JOHANNA LINDSEY

UNGESTÜM DES HERZENS

Roman

Aus dem Englischen
von Uschi Gnade

Deutsche Erstausgabe

WILHELM HEYNE VERLAG
MÜNCHEN

HEYNE ALLGEMEINE REIHE
Nr. 01/9452

Titel der Originalausgabe
HEART OF THUNDER

4. Auflage

Copyright © 1983 by Johanna Lindsey
Copyright © 1985 der deutschen Ausgabe
by Wilhelm Heyne Verlag GmbH & Co. KG, München
Printed in Germany 1995
Umschlagillustration: Elaine Duillon/Schlück
Umschlaggestaltung: Atelier Ingrid Schütz, München
Gesamtherstellung: Ebner Ulm

ISBN 3-453-08278-8

1

8. Februar 1870, Denver, Colorado

Samantha hielt in ihrem Aufundabgehen inne, als sie ihr Bild in dem großen, ovalen Spiegel über dem Kamin sah. Sie stand am anderen Ende des Raums, so weit von dem Spiegel entfernt, daß sie sich fast ganz darin sehen konnte. Samanthas Augen funkelten. Sie sah nicht, wie provokativ sie in dem modischen zweiteiligen Kleid aus dunkelgrünem Taft aussah, das mit schwarzem Samt eingefaßt war. Alles, was sie sehen konnte, war, daß ihr Haar, das sie eine Stunde lang kunstvoll frisiert hatte, wegen ihres erbosten Herumlaufens völlig aus der Façon geraten war. Zwei ihrer seidigen kastanienbraunen Locken hingen bis auf ihre schlanke Taille herunter.

Samantha knirschte mit den Zähnen und stapfte durch die geräumige Hotelsuite, die sie mit ihrer Freundin Jeannette Allston teilte. Jeannette war nicht da, doch selbst wenn sie dagewesen wäre, hätte Samantha nicht versucht, ihren Zorn vor ihr zu verbergen. Gewöhnlich hielt sie ihre Launen in Schach, wenn das kleine blonde Mädchen in der Nähe war, aber in diesem Moment war sie zu wütend. *Wütend.*

Sie hielt ihre erzürnten Schritte an und blieb direkt vor dem ovalen Spiegel stehen, die Hände in die Hüften gestemmt, und sie funkelte sich böse an. Große smaragdene Augen blitzten zurück.

»Sieh nur, was du getan hast, Samantha Blackstone Kingsley!« zischte sie den Spiegel an. »Wieder einmal hast du dich von ihm aus der Fassung bringen lassen. Sieh dich doch an! *Estúpida!*«

Sie fluchte oft auf spanisch, weil sie diese Sprache ebenso gut wie das Englische sprach.

Heftig steckte sie ihre losen Locken wieder hoch. Eigentlich interessierte es sie nicht mehr, wie sie aussah. Ihr grüner Samthut würde die Frisur ohnehin verstecken. Sie würde ihn direkt vor dem Ausgehen aufsetzen. Falls sie ausging. *Falls* Adrien je eintraf, um sie ins Restaurant zu begleiten.

Eine Stunde Verspätung – eine Stunde! Ihr Magen knurrte vor Hunger, und dadurch steigerte sich ihr Zorn. Warum hatte sie Jeannette bloß gesagt, sie würde hier auf Jeannettes Bruder warten? Sie hätte gleich mit Jeannette gehen sollen. Aber nein, Samantha wollte Gelegenheit haben, Adrien allein zu sehen. Es schien, als sei sie nie mit ihm allein.

Sie liebte Adrien, sie betete ihn an, und wie sollte sie ihm das zeigen, wenn sie ihn nicht wenigstens eine Weile für sich alleine hatte? Doch Adrien kam zu spät. Er kam immer zu spät, und diesmal war sie wütend auf ihn.

Dieses eine Mal hätte sie Gelegenheit gehabt, Adrien ganz für sich allein zu haben, aber er hatte ihr diese Chance vermasselt, indem er zu spät kam, und das machte sie so wütend. Wenn er käme, *falls* er käme, wäre sie erbost genug, um Adrien Allston deutlich zu sagen, was sie von ihm hielt! Eine solche Frechheit!

Warum hatte sie sich ausgerechnet *ihn* ausgesucht, sich in ihn verliebt? In den überheblichen Adrien. Er sah gut aus – nein, er war schön. Er war einfach schön. Nicht zu groß, aber so muskulös, und er sah so männlich aus.

Ihn würde sie zum Mann nehmen. Natürlich wußte Adrien davon noch nichts. Doch Samantha hatte es von dem Augenblick an gewußt, als sie ihn zum erstenmal gesehen hatte, vor zwei Jahren. Er war der richtige Mann für sie. Und Samantha bekam immer alles, was sie wollte. Seit sie vor zehn Jahren zu ihrem Vater gezogen war – damals war sie erst neun gewesen –, war alles nach ihren Wünschen verlaufen. Sie war es gewohnt, das zu bekommen, was sie wollte.

Und Samantha wollte Adrien. Also würde sie ihn auf die eine oder andere Art bekommen – vorausgesetzt, sie vergraulte ihn sich heute nicht vollständig.

Sie mußte sich wirklich beruhigen, denn sie konnte es sich nicht leisten, ihrer Wut an Adrien Luft zu machen. Darauf war er nicht im geringsten gefaßt. Es war ihr immer gelungen, die reizende, zarte Dame zu sein, für die er sie hielt. Von dem Augenblick an, in dem Jeannette gestanden hatte, daß ihr Bruder keinerlei Gefühlsausbrüche duldete, hatte Samantha in seiner Gegenwart nie auch nur die Stimme erhoben. Sie war immer leise, wenn nicht gar gesetzt. Welche Anstrengung sie das gekostet hatte! Sie, die so leicht in Wut ausbrach, die so temperamentvoll war.

Ihr Hauslehrer hatte sie als verdorben bezeichnet, verdorben, verzogen und eigensinnig. Aber er konnte nicht verstehen, was sie in den ersten neun Jahren ihres Lebens durchgemacht hatte, die sie mit ihrer Großmutter in England verlebt hatte. Daher konnte er nicht wissen, daß sie, sobald sie die Freiheit geschmeckt hatte, nicht genug davon bekommen konnte. Sie war fest entschlossen, die Strenge dieser ersten neun Jahre zu vergessen. Sie war entschlossen, ganz das zu tun, was sie wollte. Und wenn sie manchmal aufbrausen mußte, um ihren Willen durchzusetzen, und wenn sie verzogen war – na und? Sie bekam ihren Willen. Immer.

Maria, die Haushälterin der Kingsleys, die von allen, die Samantha je gekannt hatte, einer Mutter am nähesten kam, war freundlicher als der Hauslehrer. Maria nannte sie *pequeña zorra* – kleiner Fuchs. »Du bist verschlagen wie *la zorra, niña*«, schalt Maria, wenn sie das entschlossene Funkeln in Samanthas Augen sah. Eines Tages hatte sie dem noch hinzugefügt: »Du bist klug genug, um mit deinem Papa fertig zu werden, aber eines Tages wirst du einen Mann kennenlernen, mit dem du nicht machen kannst, was du willst. Was wirst du dann tun, *niña*?«

Doch Samantha hatte sie spöttisch angeschaut und zuversichtlich erwidert: »Mit einem Mann, der mir meinen Willen nicht läßt, will ich nichts zu tun haben. Warum sollte ich? Ich werde nie meine Freiheit aufgeben.«

Das war ... wie lange war es her? Fast drei Jahre. Kurz

bevor sie in den Osten ging, um ihre Schulausbildung abzuschließen. Doch sie empfand noch heute so wie damals. Und sie würde wissen, wie sie mit Adrien umgehen mußte, dessen war sie sich sicher. Sicher genug, um ihn zu heiraten.

Doch er wußte nichts von ihren Plänen. Schließlich war sich Adrien ihrer Existenz kaum bewußt. Das verletzte ihre Eitelkeit, denn wenn Samantha etwas war, dann war sie schön. Das war ein glücklicher Umstand, doch sie nahm es als selbstverständlich hin und hatte nie genauer darüber nachgedacht – bis vor kurzem. Denn trotz all ihrer Mühen, trotz all ihrer Bestrebungen, aus dem, was ein gütiger Gott ihr mitgegeben hatte, das Beste zu machen, nahm Adrien keine Notiz von ihr.

Sie war von einer nahezu klassischen Schönheit, und sie hatte einen rosigen Teint, Haar, das bei bestimmtem Licht fast karmesinrot schimmerte, und Augen wie strahlende Smaragde. Eine ansprechende schlanke Figur. Und bemerkenswerte Gesichtszüge, die mehr als einen ersten Blick auf sich zogen. Aber sah Adrien sie an? Er schien durch sie hindurchzusehen, in ihre Richtung zu schauen und dabei gar nicht hinzuschauen. Es war zum Verrücktwerden.

Samanthas Magen knurrte peinlich laut, und sie riß sich aus ihren Träumereien heraus. Sie funkelte noch einmal ihr Spiegelbild böse an, und plötzlich riß sie in einem Wutausbruch die Nadeln aus ihrem Haar, mit denen sie sich so sehr abgemüht hatte, und sie ließ die leuchtenden rotbraunen Locken in einer losen Fülle von Wellen und Ringeln über ihre Schultern und ihren Rücken fallen.

»Somit hätten wir das geregelt«, sagte sie erbost, sich selbst und ihren bohrenden Hungergefühlen zum Trotz. »Selbst *wenn* du jetzt noch kommst, kann ich nicht mehr ausgehen, Adrien.«

Zu spät wurde ihr klar, daß sie damit niemand anderem etwas antat als sich selbst. Adrien würde sich nichts daraus machen. Auf seine gefühllose Art würde er fröhlich über die Möglichkeit hinwegsehen, daß sie wütend über seine Verspätung sein könnte. Aber es war auch durchaus möglich, daß er gar nicht erst kam. Die Essenszeit war längst vorbei. Wartete Jeannette immer noch mit der geschwätzigen Witwe, die sie auf der holprigen Fahrt in der Postkutsche von Cheyenne nach Denver kennengelernt hatten, auf sie? Mrs. Bane hatte es auf sich genommen, die Rolle einer inoffiziellen Anstandsdame für die Mädchen zu übernehmen. Oder war Adrien direkt ins Restaurant gegangen, weil er ohnehin zu spät dran war? Hatte er ihre Essensverabredung einfach vergessen?

»Verdammter Kerl«, fluchte sie leise vor sich hin. Sie war allein, und niemand würde die schockierende Verletzung der Etikette mit anhören. »Wenn ich ihn nicht lieben würde, würde ich ihn umbringen.«

Das Klopfen an der Tür ließ sie zusammenfahren. Ihre Augen verengten sich und wurden vor Unwillen wieder größer, als ihr einfiel, was sie mit ihrem Haar angestellt hatte. Ach, warum hatte er nicht fünf Minuten eher kommen können, ehe sie ihrem Ärger Luft gemacht hatte?

»Geh, Adrien«, rief Samantha unwillig. »Ich habe mich entschlossen, das Essen heute ausfallen zu lassen.« Würde er enttäuscht sein?

Noch einmal ertönte ein Klopfen, und sie legte finster die Stirn in Falten, während sie auf die Tür zuging. »Hast du nicht gehört, was ich gesagt habe?«

»Doch, ich habe Sie gehört, Miß Kingsley, aber warum machen Sie nicht einfach auf?«

Samantha blieb stehen. Es war nicht Adrien. Trotzdem kannte sie diese Stimme. Tom ... Tom ... Sie konnte sich nicht an seinen Nachnamen erinnern, aber der Mann war letzte Woche bei ihrer Ankunft an der Haltestelle der Postkutsche gewesen. Er hatte eine spontane Zuneigung zu ihr gefaßt – eine ausgesprochen unliebsame Zuneigung. Der Mann war reichlich ungeschlacht. Außerdem war er ein ungehöriger Ignorant, denn er war ihr die ganze Woche über gefolgt, hatte sie bei jeder erdenklichen Gelegenheit angesprochen und reagierte nicht auf ihre Andeutungen, die ihm zeigen sollten, daß sie sich nicht für ihn interessierte.

Er war ein auf seine ungeschliffene Weise gutaussehender Mann. Ein junger Mann, der nach Denver gekommen war, um wie so viele andere nach Silber zu schürfen. Das Gold war in der Gegend um Pikes Peak rar geworden, aber auf Silber war man erst im Vorjahr gestoßen.

Doch Tom war für sie nicht von Interesse. Er hatte sie im Gegenteil sogar durch die intime Art geängstigt, in der er zu ihr sprach, wenn niemand anders zuhörte. Auch die Art, wie er seine Blicke über sie streifen ließ, behagte ihr nicht. Als versuche er, sich vorzustellen, was unter ihren Kleidern verborgen war. Sein Vorstellungsvermögen schien in alle Einzelheiten zu gehen. Doch was sie am meisten störte, was sie erboste, war, daß dieser Mann tatsächlich glaubte, daß sie sich von ihm angezogen fühlte, obwohl sie ihm ganz offensichtlich aus dem Weg gegangen war. Als sie ihm das letztemal im Foyer des Hotels begegnet war und es gemieden hatte, auch nur in seine Richtung zu schauen, hatte er sie zur Seite genommen und sie gewarnt, weiterhin mit ihm zu spielen, wenn sie ihn bekommen wollte. Er hatte gesagt, seine Geduld ginge ihrem Ende zu. Sie war so schockiert gewesen, daß sie nicht gewußt hatte, was sie sagen sollte, als Jeannette sie fragte, was los sei.

Und jetzt stand er vor ihrer Tür. Warum bloß?

Er besaß die Frechheit, in diesem Augenblick wieder zu klopfen, ein lautes, beharrliches Klopfen. »Jetzt kommen Sie schon, Miß Kingsley, machen Sie mir die Tür auf.«

»Sie haben nichts vor meiner Tür zu suchen«, rief sie wütend. »Ich werde nicht aufmachen. Gehen Sie jetzt!«

Einen Moment lang blieb es still. So still, daß man hören konnte, wie sich der Türknauf drehte. Samantha schnappte nach Luft. Eine solche Frechheit! Das Schlimmste war, daß die Tür nicht abgeschlossen war. Sie öffnete sich langsam, und der große junge Mann trat ins Zimmer. Er grinste und schloß die Tür eilig hinter sich.

Samantha war sprachlos – aber nur einen Moment lang. »Sind Sie verrückt?« fragte sie, und ihre Stimme wurde bei jedem Wort lauter. »Verlassen Sie augenblicklich mein Zimmer!«

Er schüttelte nur belustigt den Kopf. »Ich beabsichtige zu bleiben, Froillein. Jetzt unterhalten wir uns erst mal.«

Sie schlug die Hände über dem Kopf zusammen. »Mein Gott, Sie *sind* verrückt!« Dann riß sie sich zusammen und versuchte es ganz ruhig mit ihm. »Hören Sie, Mister ... wie immer Sie ...«

Er fiel ihr mit zornig zusammengekniffenen Augen ins Wort und sagte in scharfem Tonfall: »Machen Sie mir nichts vor. Sie kennen meinen Namen. Tom Peesley.«

Samantha zuckte die Achseln. Sie hatte den Namen noch nie gehört, aber es schien ihr, als erinnerte sie sich an alles andere, was er je zu ihr gesagt hatte. An ihm und an der Art, wie er ihr nachschlich, lag es, daß sie das Hotel nicht allein verließ. Er hielt sich immer im Foyer auf. Immer. Als warte er dort nur auf sie.

»Mir ist egal, wie Sie heißen. Verstehen Sie das denn nicht? Warum lassen Sie mich nicht in Ruhe?«

»Ich höre, was Sie sagen, Miß Kingsley, aber ich weiß es besser. Wann werden Sie aufhören, sich etwas vorzumachen?«

»Was soll denn das heißen?«

»Sie wissen genau, was ich meine«, brummte er. »Sie mögen mich, aber Sie müssen mir vorspielen, es sei nicht so.«

Samantha hielt ihre Zunge im Zaum. War er wütend? Bisher war er ihr lästig gewesen, ein starrköpfiger, beharrlicher Mann, aber nicht wirklich bedrohlich. Zwar war er groß und breit gebaut und kräftig. Er hatte gewaltige Arme und Schultern mit starken Muskeln, die er von der Arbeit in den Minen anderer Männer bekommen hatte, als er sich noch nicht nach einem eigenen Schürfgrund umgesehen hatte. Sie erinnerte sich, daß er ihr davon erzählt hatte. Davon und auch von den Gründen, aus denen er in Denver blieb. Er mochte den Trubel der Großstadt, und Denver war groß, fast westlich in seinem Reichtum. Im Gegensatz zu den meisten anderen Städten, in denen der Goldrausch ausgebrochen war, hatte Denver überlebt, und die Stadt dehnte sich weiterhin aus.

»Nun, Froillein?«

»Was ist?«

»Sie haben mir noch keine Antwort gegeben.« Er fuhr sich mit einer massigen Hand durch rötlich-goldenes Haar, um seiner Ungeduld Ausdruck zu verleihen. Dann heftete er seine hellbraunen Augen auf sie. »Wann werden Sie mit Ihren Spielchen aufhören, damit es zu einem ernsten Freien kommen kann? Es ist an der Zeit, daß wir beide uns offen und ehrlich miteinander unterhalten.«

»Sie und ich?« fauchte sie. »Zwischen uns beiden gibt es nichts zu bereden. Warum kriegen Sie das nicht in Ihren Kopf?«

»Schluß damit, Frau!« schrie er. »Heute morgen habe ich dir gesagt, daß meine Geduld am Ende ist. Entweder du verhältst dich freundlicher, oder ich trage keine Verantwortung für meinen Zorn!«

Samantha starrte ihn entgeistert an, doch sie hielt den Mund. Sein Wutausbruch machte sie wachsam. Er war so groß und kräftig. Er gab ihr das Gefühl, viel kleiner als den Meter zweiundsechzig zu sein, und so groß war sie. Außerdem konnte sie sich gut vorstellen, daß er zu Gewalttätigkeiten in der Lage war. Wie standen ihre Chancen, sich gegen ihn zu verteidigen? Und was auf Erden hatte sie bloß getan, um diesem Mann das Gefühl zu geben, sie wollte, daß er um sie warb?

Er sah finster auf sie herunter und erwartete eine Antwort von ihr. Sie legte die Stirn in Falten. Wie konnte sie ihn loswerden? O Gott, warum kam Adrien nicht? Er hätte all dem ein Ende machen können.

»Mr. Peesley ... Tom ... warum besprechen wir das nicht auf dem Weg ins Foyer?« Samantha schenkte ihm ein warmes Lächeln. Sie hoffte, er würde angesichts der plötzlichen Veränderung in ihrem Verhalten keinen Argwohn schöpfen. »Sie können mich ins Restaurant begleiten. Meine Freundin, Miß Allston, erwartet mich dort.«

Er schüttelte nur den Kopf. »Wir bleiben hier, bis wir das geregelt haben.«

Seine Beharrlichkeit erzürnte sie, und sie vergaß ihre Wachsamkeit. »Wie können wir etwas regeln, wenn Sie nicht *zuhören*?« fragte sie hitzig. »Die reine Wahrheit ist, daß ich Sie nicht leiden kann. Sie haben mich sogar so sehr belästigt, daß ich anfange, einiges gegen Sie zu haben. War Ihnen das deutlich genug, Mr. Peesley?«

Zwei große Schritte, und er ragte über ihr auf. Samantha keuchte, als er ihre Schultern packte und sie rüttelte. Ihr Kopf flog zurück, und sie sah in seine zornigen Augen auf.

»Du lügst«, knurrte er unheilvoll. Er schüttelte sie wieder. »Ich weiß, daß du lügst. Warum?«

Tränen brannten in ihren Augen. »Bitte, Sie tun mir weh.« Er lockerte seinen Griff nicht. »Das ist ganz allein deine Schuld.«

Sein Gesicht senkte sich auf ihr Gesicht, und sie dachte, er wollte sie küssen. Doch er sah nur in ihre Augen, die jetzt vor Tränen glänzten. Er schien sie dazu bringen zu wollen, das zu sagen, was er hören wollte.

Weniger grob sagte er: »Warum kannst du nicht zugeben, daß du dasselbe empfindest wie ich? Ich wußte schon in dem Moment, in dem ich dich zum erstenmal gesehen habe, daß du die Richtige für mich bist. Ich habe genügend Frauen gehabt und sie verlassen. Ich wollte nie eine heiraten, bis ich dich gesehen habe. Ist es das, worauf du gewartet hast? Daß ich dir sage, daß ich dich heiraten will?«

»Ich . . .« Sie setzte dazu an, es zu leugnen, doch dann fiel ihr ihre Wut wieder ein – und seine. Sie versuchte, ihn von sich zu stoßen, sich aus seinem Griff zu befreien, doch er ließ nicht locker. »Lassen Sie mich los!«

»Nicht, ehe du mir antwortest.«

Samanta hätte gern geschrien, geflucht, doch Damen fluchten nicht. Das war ihr in den allerletzten Jahren eingepaukt worden. Damen konnten zwar innerlich vor sich hin fluchen oder auch ausnahmsweise laut fluchen, wenn sie allein waren und es einfach unvermeidlich war, aber doch mit möglichst harmlosen Worten. Aber nie, niemals in der Öffentlichkeit. Es war ein Jammer, denn Samantha standen mehrere Beschimpfungen für diesen Trottel zur Wahl. Sie kannte ein paar ziemlich schockierende Worte, Worte, die sie auf der Ranch von den *vaqueros* ihres Vaters gehört hatte. Sie hatten ungezwungen geredet, weil sie nicht gemerkt hatten, daß die kleine Engländerin schnell Spanisch lernte.

Die meisten Worte, die sie benutzt hatten, hatten ihr in ihrem zarten Alter nichts gesagt. Einmal hatte sie Maria gefragt, was eine *puta* war, und Maria hatte ihr eine Ohrfeige gegeben. Daraufhin hatte sie eine Woche lang kein Wort mit Maria gesprochen, und sie hatte sie nie mehr nach der Bedeutung eines Wortes gefragt.

Später war sie in eine Schule im Osten gegangen. Dort sprachen die Mädchen offen und ausführlich über Sex und über Männer, wenn kein Erwachsener in der Nähe war. Schnell und ohne jedes Anzeichen des Schockiertseins beantworteten sie ihr alle ihre Fragen. Auch Samanthas Vokabular an Worten, die sich für eine Dame nicht schickten, schien sie nur geringfügig zu schockieren.

Bei diesem Mann fiel es ihr sehr schwer, daran zu denken, daß sie eine Dame war. Sie sagte sich, daß sie alles für eine Waffe gegeben hätte. Aber ihre kleine Taschenpistole, die in ihrer Handtasche auf dem Schreibtisch lag, hätte ihr nichts genutzt. Mit nur einer Kugel eignete sie sich für die offenen Straßen der Stadt, in denen auf einen Schuß hin Hilfe zu erwarten war. Nein, sie brauchte die Waffe aus ihrem Schlafzimmer – ihren Revolver mit sechs Schuß Munition.

»Ich warte, Froillein, und ich habe das Warten verdammt satt«, knurrte Tom.

Samantha holte tief Atem, um ihn nicht anzuschreien. »Sie erwarten Antworten von mir. Vorher werden Sie mir eine Frage beantworten. Was habe ich bloß getan, um Ihnen das *Gefühl* zu geben, daß ich mir etwas aus Ihnen machen könnte?«

Er sah sie finster an. »Das ist eine dumme Frage.«

»Beantworten Sie sie!« sagte Samantha.

»Na ja ... Sie wissen schon. In dem Moment, in dem Sie mich gesehen haben, haben Sie übers ganze Gesicht gelächelt und mit Ihren hübschen grünen Augen geklimpert. Ein so schönes Mädchen hatte ich noch nie gesehen. In dem Moment wußte ich, daß Sie die Richtige für mich sind.«

Samantha seufzte. Bei Gott, sie würde nie mehr einen Mann höflich anlächeln.

»Mr. Peesley, ein Lächeln deutet nicht zwangsläufig auf Zuneigung hin«, sagte sie. »Ich habe an jenem Tag jeden angelächelt, und zwar deshalb, weil ich vor Freude ganz außer mir war bei der Vorstellung, wochenlang keine Postkutsche mehr sehen zu müssen. Ich habe *jeden* angelächelt. Verstehen Sie das?«

»Aber mich haben Sie ganz speziell angelächelt«, protestierte er hartnäckig. »Ich habe es doch gemerkt.«

Verdammt noch mal. Sie würde sich gröber ausdrücken müssen.

»Tut mir leid«, sagte sie mit zusammengepreßten Lippen. »Sie haben sich geirrt, Mr. Peesley.«

»Nenn mich Tom.«

»Nein, das werde ich nicht tun«, fauchte sie. »Wie soll ich es Ihnen bloß begreiflich machen? Ich habe nicht den Wunsch, Sie kennenzulernen. Ich liebe einen anderen, den Mann, mit dem ich hierhergekommen bin. Mr. Allston. Und *ihn* werde ich heiraten. Würden Sie mich jetzt in Ruhe lassen und gehen?«

Statt sich zu erzürnen, lachte Tom Peesley. »Jetzt weiß ich, daß Sie lügen. Ich habe Sie mit ihm zusammen gesehen. Er schenkt seiner Schwester mehr Aufmerksamkeit als Ihnen.«

Das traf sie, denn es war absolut wahr. »Das geht Sie nichts an. Er ist es, den ich liebe.«

Ihre Beharrlichkeit erboste ihn. »Wenn ich das wirklich glauben würde, würde ich ihn umbringen.«

Und jetzt kam endlich der Kuß. Samantha war nicht auf diesen brutalen Überfall vorbereitet. In seine Arme gepreßt, schmeckte sie ihr eigenes Blut auf den Lippen, die an seine Zähne gerissen wurden. Der wütende Schrei, der sich ihr entrang, wurde in ihrer Kehle erstickt.

Plötzlich ließ er sie los, aber im ersten Moment war sie zu benommen, um es zu merken.

Sein Tonfall war eisig. »Ich kann ein zärtlicher Liebhaber sein, aber ich kann dich auch leiden lassen. Ich habe einmal ein Mädchen, das mich geärgert hat, beinahe umgebracht. Und genau das tun Sie gerade, Froillein. Ihr Spott fängt an, mich zu ärgern.«

Eigentlich hätte sie sich fürchten müssen, doch statt dessen war sie wütend. So war sie noch nie behandelt worden, und sie würde das nicht länger mit sich geschehen lassen. Sie schlug ihm so kräftig ins Gesicht, daß ein leichterer Mensch quer durchs Zimmer geflogen wäre. Tom Peesley rührte sich nicht von der Stelle, doch er war sprachlos vor Staunen. Das war so in etwa das letzte, was er erwartet hatte, und er blieb mit aufgerissenem Mund stehen, als sie herumwirbelte und in ihr Schlafzimmer stürzte.

Samantha schlug die Tür zu. Allerdings ließ sich die Tür nicht abschließen, und sie wußte nicht, ob Tom Peesley aufgeben oder ihr folgen würde. Sie stürzte zu ihrer Kommode und wühlte in der obersten Schublade nach dem Revolver. Sobald der Perlmuttgriff ihrer Waffe sicher in ihrer rechten Hand ruhte, fühlte sie sich als Herrin der Lage.

Sie konnte mit der Waffe umgehen. Und wie gut sie damit umgehen konnte. Dafür hatte Manuel Ramirez gesorgt, der älteste unter den *vaqueros* ihres Vaters und zugleich auch Marias Mann. Manuel war stur – und oft fühlte sich Samantha durch ihn an sich selbst erinnert. Als sie mit zwölf Jahren darauf bestanden hatte, daß sie keinen Begleiter mehr brauchte, daß sie allein auf der Ranch herumreiten konnte, war es niemandem gelungen, sie vom Gegenteil zu überzeugen – bis auf Manuel. Er hatte ihr damit gedroht, ihren schönen weißen Mustang zu erschießen, wenn sie es wagen sollte, allein auszureiten, ehe sie mit einer Schußwaffe umgehen konnte. Daher hatte sie das Schießen gelernt, und zwar nicht nur den Umgang mit einer Pistole, sondern auch mit einem Gewehr, und sie hatte es in beidem zu großer Könnerschaft gebracht. Von da an hatte sich niemand mehr Sorgen um sie gemacht, wenn sie einen ganzen Tag lang ausritt oder sogar die Nacht auf freiem Gelände verbrachte. Man wußte, daß ihr schnelles Pferd und der Colt, den sie an ihrer Hüfte trug, ihr allen Schutz gaben, den sie brauchte.

Es war Tom Peesleys Pech, daß er sich entschlossen hatte, Samantha zu folgen. Er öffnete die Schlafzimmertür, und beim Anblick des Revolvers, der auf seine Brust gerichtet war, riß er die Augen weit auf.

»Was zum Teufel haben Sie sich denn dabei gedacht, Froillein?«

»Ich will Sie zwingen zu gehen.«

»Und Sie glauben, das klappt?«

»Dessen bin ich mir sicher, Mr. Peesley«, sagte sie völlig ruhig. »Ich könnte es sogar beschwören.«

Sie grinste zum erstenmal. Sie hatte wieder die Oberhand gewonnen, und das war ein herrliches Gefühl.

Doch davon ahnte Tom Peesley bisher nichts. »Ich sage es dir nur einmal, Mädchen. Leg das Ding weg.«

Sie lachte und ließ die Waffe spielerisch durch ihre Hand gleiten, wobei der Lauf mehrere Halbkreise beschrieb, ein Ziel von seiner linken Schulter zu seinem Bauch, dann wieder hinauf zu seiner rechten Schulter und zurück zu seinem Bauch. Ihr Lachen hallte in dem großen Zimmer wider.

»Ich bin ein recht guter Schütze.« Samanthas Augen strahlten vor Freude. »Nach allem, was Sie mir angetan haben, würde ich es gern unter Beweis stellen.«

»Das täten Sie nie«, sagte er mit vollkommener Zuversicht.

Ihre Belustigung nahm ab. »Wieso nicht? Ich sollte Sie erschießen, weil Sie mich ungehörig behandelt haben.

Und ungebeten in mein Zimmer gekommen sind. Aber das tue ich nicht. Ich werde Ihnen lediglich freundlich anraten, jetzt zu gehen. Wenn Sie meinen Rat allerdings *nicht* annehmen ... werde ich ein Stück Fleisch aus der Innenseite Ihres rechten Oberschenkels herausschießen.«

Ihr beiläufiger Tonfall versetzte Tom Peesley in Raserei, und er machte einen Schritt in ihre Richtung. Doch er kam nur diesen einen Schritt weit, ehe die Waffe losging.

Er beugte sich vor, um die Innenseite seines rechten Oberschenkels zu halten, nur Zentimeter von seinen Lenden entfernt. Blut rann durch seine Finger. Die Kugel war genau dort eingeschlagen, wo sie es vorhergesagt hatte. Sie war auf der anderen Seite wieder herausgekommen und steckte in der Tür. Er starrte sie ungläubig an. Dann hob er seine Hand, um sich das Blut anzusehen.

»Ist eine weitere Demonstration meines Könnens notwendig, damit Sie gehen?« fragte Samantha leise.

Beißender Rauch brannte in ihren Augen, doch sie hielt die Waffe fest in der Hand und richtete sie weiterhin auf Peesley. Er hatte sich nicht von der Stelle gerührt.

»Diesmal vielleicht der linke Oberschenkel, aber ein kleines bißchen höher?« fuhr Samantha fort.

»Du gottverdammtes ...«

Die Waffe gab den nächsten Laut von sich, und Tom heulte vor Schmerz auf, als die Kugel das zarte Fleisch hoch oben an seinem linken Oberschenkel aufriß.

»Verstehen Sie endlich, daß es mir recht ernst ist, Mr. Peesley? Ich will, daß Sie mein Zimmer verlassen. Und aus meinem Leben verschwinden. Oder wollen Sie vorher noch mehr bluten? Vielleicht hätten Sie gern eine meiner Kugeln als Erinnerungsstück? Wie wäre es mit der rechten Schulter?«

Er starrte sie böse an, während Blut an seinen beiden Beinen herabrann, dunkle Flecken auf seiner hellgrauen Hose hinterließ und in seine Stiefel floß. Sie sah, daß er sie unbedingt in die Finger kriegen wollte, und ihr war klar, daß er sie wahrscheinlich umbringen würde, wenn er sie erwischte.

»Meine Geduld ist am Ende, Mr. Peesley«, sagte sie kühl.

»Ich gehe«, erwiderte er verdrossen. Er drehte sich um. Dann verließ er das Schlafzimmer und blieb in der Tür zum Korridor stehen. Sie folgte ihm in sicherer Entfernung, ohne die Waffe zu senken, die auf seine humpelnde Gestalt gerichtet war. Als er noch länger in der Tür stehenblieb, sagte sie: »Muß ich Sie aus dem Gebäude hinausbegleiten?«

Sein Rücken richtete sich kantig auf, während sie sprach, und er wirbelte zu ihr herum. Kugel Nummer drei bohrte sich in seine rechte Schulter und warf ihn gegen die Tür.

»Gehen Sie!« schrie Samantha über den Lärm des Schusses. Ihre Augen tränten von dem Rauch, und sie war wütend, weil er sie dazu gebracht hatte, so weit zu gehen. »Jetzt sofort!«

Er ging. Endlich war er zum Rückzug bereit. Samantha folgte ihm durch den Gang, ohne auf den Tumult zu achten. Gäste hatten sich beim Geräusch der Schüsse versammelt. Sie ging hinter Peesley her, an den Gästen vorbei bis zur Rückseite des Hotels. Die Hintertreppe befand sich außerhalb des Gebäudes im Freien. Sie wartete ungeduldig darauf, daß er die Tür öffnen würde, und während er an der Klinke herumfummelte, kam sie ihm zu nah. Während er die ersten Stufen hinunterging, holte er mit dem linken Arm nach hinten aus und versuchte, sie niederzuschlagen. Doch ehe seine Faust sie berühren konnte, durchschoß sie mit ihrer vierten Kugel die starken Muskeln seines Oberarms.

Wenngleich auch sein übriges Gesicht vor Wut verzerrt war, so stand doch glühender Zorn in seinen Augen. Seine Hand streckte sich nach ihr aus, und Blut tropfte auf den hölzernen Treppenabsatz. Der verwundete Arm war kraftlos, doch die Finger griffen trotzdem noch nach ihr.

Samantha verzog ihr Gesicht und trat einen Schritt zurück. »Sie sind *verrückt!*« keuchte sie. Beim Anblick des Blutes, das von seinem Arm, seiner Schulter und seinen

Beinen rann, drehte sich ihr der Magen um. Er stand da, ein großer Ochse, der nicht genügend Verstand hatte, um aufzugeben.

»Ich wollte Sie nicht verletzen«, flüsterte sie eindringlich. »Sie hätten mich nur in Ruhe lassen müssen. Verdammter Kerl! Gehen Sie jetzt endlich? Würden Sie jetzt endlich gehen?« flehte sie.

Doch der sture Dummkopf ging nochmals einen Schritt auf sie zu, und seine ausgestreckten Finger berührten das Vorderteil ihrer Taftjacke. Ihre Waffe ging noch einmal los, und sie würgte ein Schluchzen hinunter. Die fünfte Kugel drang in sein Schienbein ein. Sie wußte nicht, ob es ihr gelungen war, den Knochen zu verfehlen oder nicht, denn inzwischen zitterten ihre Hände zu sehr. Er taumelte zurück und verlor sein Gleichgewicht auf den Stufen. Er rollte die lange Treppe hinunter.

Samantha stand auf dem oberen Treppenabsatz und blickte auf Tom Peesley hinunter, als er auf dem Boden landete. Sie hielt angespannt den Atem an. Würde er sich bewegen? Sie wollte seinen Tod nicht. Sie hatte nie jemanden getötet, und die Vorstellung jagte ihr Grauen ein.

Er rührte sich. Es gelang ihm sogar, sich auf die Füße zu ziehen und aufzustehen, wenn auch leicht schwankend. Er richtete seinen Blick zu ihr hinauf. Er wußte ebensogut wie sie, daß sie nur noch eine Kugel übrig hatte. Fragte er sich, ob er die nächste Kugel überstehen würde? Würde er ihr wieder ins Hotel folgen und versuchen, sie zu töten? Sie konnte sich denken, was in ihm vorging.

»Sie Narr!« schrie sie hinunter. »Wissen Sie denn nicht, daß ich Sie mit jedem einzelnen Schuß hätte töten können? Mit der letzten Kugel wäre ich dazu gezwungen. Diese letzte Kugel ist für Ihr Herz bestimmt. Zwingen Sie mich nicht, sie zu benutzen!«

Er blieb eine Ewigkeit lang dort stehen, im Widerstreit mit sich selbst. Endlich wandte er sich ab und humpelte davon.

Samantha wußte nicht, wie lange sie noch dort wartete, nachdem er aus ihrer Sicht verschwunden war. Es war nicht kalt, doch sie begann zu zittern. Schließlich trat sie in den Hoteleingang zurück und wurde rot, als sie die vielen Menschen sah, die sie vom anderen Ende des Korridors aus anstarrten. Mit einem kleinen, verlegenen Schrei lief sie zu ihrer Suite zurück und schlug den neugierigen Schaulustigen die Tür vor der Nase zu.

Sie eilte in ihr Schlafzimmer, warf sich auf ihr Bett und ließ ihrer Anspannung freien Lauf. »Tom Peesley, du verdammter Kerl. Ich hoffe, du verblutest und stirbst an den Wunden!« schrie sie. Dabei vergaß sie völlig, daß sie seinen Tod eigentlich gar nicht wollte.

Doch Samantha wäre noch elendiglicher zumute gewesen, wenn sie gewußt hätte, daß ein großer dunkler Fremder das Schauspiel auf dem Treppenabsatz mit angesehen hatte.

2

Das Hotel, in dem Samantha Kingsley ihre Suite hatte, lag im neuen Teil von Denver, am Stadtrand, an dem ständige Expansion die Regel war. Vor dem Hotel verlief eine Straße, in der sich Läden ballten, mehrere Saloons, zwei Restaurants, zwei kleinere Hotels, ein Fleischmarkt, eine Bank, und sogar eines der neuen Theater gab es dort. Aber hinter Samanthas Hotel lag freies Land, Land, das noch darauf wartete, von Denver beansprucht zu werden.

Hank Chavez ritt von Süden her langsam auf das Hotel zu. Er hoffte, daß die Größe des Gebäudes nicht teure Zimmer bedeutete. Er wollte lieber dort bleiben, als noch länger nach einer Unterkunft zu suchen.

Er hatte sein Pferd unter einer Pappel anhalten lassen, als er einen Mann und eine junge Frau auf den Treppenabsatz hinter dem Hotel treten sah. Im hellen Licht des Nachmittags konnte er erkennen, daß der Mann blutete. Hatte ihn die junge Dame verwundet, die den Revolver in der Hand hielt? Es war kaum zu glauben, und doch schnitt Hank eine Grimasse, als der Mann nach der Frau griff und der Revolver abgefeuert wurde.

Hank starrte die Frau hingerissen und fasziniert an. Die Frau – nein, es war noch ein Mädchen, siebzehn oder achtzehn – war sehr hübsch. Ein junges Mädchen mit dem Körper einer Frau. Bezauberndes Haar floß über ihren Rücken und ihre Schultern, dunkles Haar, das in der Sonne leuchtend rot glänzte.

Hank beugte sich vor, stützte sich mit den Armen auf den Sattelknauf und beobachtete das Schauspiel. Er hätte alles dafür gegeben, zu erfahren, was die beiden sagten, aber er war zu weit weg, um es zu hören. Kurz darauf fiel der Mann die Treppe hinunter und humpelte dann davon. Hanks dunkelgraue Augen flogen zu dem Mädchen zurück, und er starrte sie unablässig an. Er wollte, daß sie in seine Richtung sah, damit er ihr Gesicht ganz sehen konnte. War sie so hübsch, wie es schien?

Doch sie drehte sich nicht zu ihm um. Und einen Moment später war sie fort, wieder im Hotel, und ebenso schnell, wie er den Wunsch verspürt hatte, sie kennenzulernen, war dieser Wunsch auch schon wieder verflogen. Die Dame mit dem Revolver. Nein, er wollte sie nicht kennenlernen. Er hatte wichtigere Geschäfte hier zu erledigen, vielleicht sogar Mordgeschäfte, und er hatte keine Zeit, sich mit streitsüchtigen Frauen einzulassen.

Er hatte Monate gebraucht, um von Dallas nach Denver zu kommen, Monate, in denen er sich selbst angetrieben hatte, in die Irre geritten war, Rückzieher gemacht hatte und immer Städte gemieden hatte, die ihn in Versuchung hätten führen können, dort eine Weile auszuruhen. Er hätte Pat McClure einholen können, der Dallas erst vor ein paar Tagen verlassen hatte, als Hank herausfand, daß er fort war. Doch nachdem er Pats Nachricht gelesen hatte, war er so wütend gewesen, daß er sein Hotelzimmer kurz und klein geschlagen hatte, in den nächsten Saloon gezogen war und auch diesen kurz und klein geschlagen hatte. Da er nicht in der Lage war, den entstandenen Schaden zu zahlen, hatte er einen Monat im Gefängnis gesessen.

Vielleicht hätte er das Geld von Bradford Maitland bekommen können. Schließlich hatte Hank Maitland einmal das Leben gerettet, und Maitland war reich. Doch Hank war zu stolz gewesen, um ihn darum zu bitten. Maitland hatte die Frau bekommen, die Hank für sich gewollt hatte, und wenn sich Hank auch gnädig zurückgezogen hatte, so hegte er in seinem tiefsten Innern doch noch einen gewissen Groll. Schließlich war sie die einzige Frau, die Hank je gebeten hatte, sein Leben mit ihm zu teilen. Aber er hatte nie wirklich Chancen bei Angela gehabt. Als Hank sie kennengelernt hatte, hatte sie bereits Maitland gehört, mit Leib und Seele. Natürlich war Maitland zu blöd gewesen, um das selbst zu wissen. Wäre er nur weiterhin so blöd geblieben, dachte Hank versonnen.

Nein, er würde Maitland niemals bitten, ihm zu helfen. Und auch nicht Angela, die jetzt eigenen Reichtum besaß. Er hatte schon Geld von ihr genommen, es ihr genaugenommen sogar abgenommen, als er die Postkutsche überfallen hatte, in der sie reiste.

So hatte er Angela Sherrington kennengelernt. Es war Hank nicht gelungen, sie zu vergessen, und er hatte sich auf die Suche nach ihr gemacht und ihr die Hälfte dessen zurückgegeben, was er ihr gestohlen hatte. Sie war natürlich wütend gewesen – oh, welche Wut –, bis sie die Juwelen sah, die er zurückbrachte. Später hatte er den Vorwand benutzt, ihr Geld zurückzubringen, um sie noch einmal aufzusuchen. Doch inzwischen war Maitland gekommen.

Hank hatte Angela gebeten, mit ihm nach Mexiko zu gehen. Sie hatte abgelehnt. Sie war eine Frau, die in ihrem ganzen Leben nur einen Mann liebte, und dieser Mann war Bradford Maitland. Das bewunderte Hank. Dennoch hatte er in Dallas darauf gewartet, daß sie es sich anders überlegen würde, denn er hatte gehofft, Maitlands grausame Behandlung würde ihre Liebe töten. Sie war eine Frau, die zu haben sich durchaus lohnte, auch wenn sie schon vorher geliebt hatte. Doch als Maitland wieder bei Sinnen war, hatte Hank gewußt, daß er sie auf alle Zeiten verloren hatte.

Sein Partner, Pat McClure, hatte sich ihm in Dallas angeschlossen. Er war gewillt, mit Hank nach Mexiko zu gehen, um ihm zu helfen, sich die Ländereien seiner Familie zurückzuholen. Doch Pat hatte eine hübsche kleine Señorita gefunden und war in ihr Haus aus Luftziegeln am Stadtrand eingezogen, während Hank im Hotel geblieben war. Daher war sich Hank nicht darüber im klaren gewesen, daß Pat nach Denver abgereist war, bis er sich auf die Suche nach ihm gemacht hatte und die Señorita ihm Pats geheimnisvolle Nachricht ausgehändigt hatte, die Nachricht, die Hank alles und nichts sagte. Hank hätte Patrick McClure in dem Moment umbringen können, egal, wie nahe sie einander gestanden hatten. Pat hatte nämlich nicht nur sein Geld mitgenommen, sondern auch das Geld, das er für Hank aufbewahrt hatte, das Geld, das dazu gedacht gewesen war, die Hazienda von Hanks Familie in Mexiko zurückzukaufen.

Dieser Traum war das einzige, wofür Hank Chavez all diese vielen Jahre gelebt hatte. Seit jenem Tag im Jahre '59, an dem die Freischärler von Juárez auf der Hazienda erschienen waren und seine Familie massakriert hatten, träumte Hank von Rache. Diese Männer waren Banditen, die um des Profits willen töteten und plünderten und die Revolution als Tarnung benutzten.

Der Anführer dieser Freischärlerbande hatte behauptet, die Ländereien der Chavez seien Eigentum der Kirche, obwohl jeder wußte, daß das nicht wahr war. Doch das hatte keine Rolle gespielt. Da Juárez bestimmt hatte, daß die Kirche enteignet werden sollte, da sie die Konservativen unterstützte, war ›Kirchenbesitz‹ ein gern benutzter Vorwand für jede Form des Plünderns in ganz Mexiko.

Hank konnte nie vergessen, daß er mit angesehen hatte, wie Vaqueros, mit denen er aufgewachsen war, erschossen worden waren, weil sie sich der Wehrpflicht widersetzten, die man ihnen aufzwingen wollte. Ihre Frauen und Töchter waren vergewaltigt worden. Seine Großmutter war an einem Herzschlag gestorben, nachdem sie mit angesehen hatte, wie ihr Sohn, Hanks Vater, getötet worden war, weil er versucht hatte, das Haus vor der Bande zu verriegeln.

Es hatte Überlebende gegeben. Zwar waren ein paar Frauen gestorben, weil sie sich gegen die Vergewaltigung gewehrt hatten, doch die meisten hatten überlebt, ebenso ihre Kinder und die alten Männer, die nicht für das Heer zu gebrauchen waren. Hank, siebzehn, hatte überlebt, obwohl er nachträglich oft gewünscht hatte, er hätte es nicht überlebt.

Nach den Schrecken, die er mit seinen Augen gesehen hatte, war er von hinten niedergeschlagen worden, und als er wieder zu sich kam, fand er sich als Mitglied der Armee vor, das gezwungen war, seinen Dienst zu leisten oder zu sterben. Man hatte ihm gesagt, daß seine Ländereien nicht länger ihm gehörten, daß man sie verkaufen würde, um mit dem Geld die Revolution zu unterstützen.

All dies war im Namen der Revolution geschehen – aber nein, zum Teufel, es war nur um persönlichen Profit gegangen. Hank konnte nichts dagegen tun. Er konnte nicht einmal die Schuld auf Juárez schieben, auf die Revolution, auf ein unterdrücktes Volk, das nur versuchte, seine Lage zu verbessern. Er konnte nichts weiter tun als versuchen, wiederzubekommen, was ihm gehörte.

Eineinhalb Jahre lang hatte Hank für die Liberalen gekämpft, erbittert gekämpft, doch es war ihm nicht gelungen, an Juárez heranzukommen und sein Recht zu fordern, und es war ihm auch nicht gelungen, zu entkommen. Es war eine harte und böse Zeit gewesen, und ihm war es zur Besessenheit geworden, sein Land zurückerobern zu wollen.

Zwei andere Mitglieder seiner Familie hatten überlebt, und das auch nur, weil sie zur Zeit des Überfalls nicht zu Hause gewesen waren. Sein Großvater, Don Victoriano, hatte Hanks Schwester Dorotea nach Spanien mitgenommen, damit sie den Vega-Zweig der Familie kennenlernte, und als Don Victoriano krank geworden war, waren sie dort geblieben. Hank hatte die Nachricht erhalten, daß sein Großvater im Sterben lag, und er hatte dagegen rebelliert, daß man ihn hinderte, zu ihm zu reisen. Wegen seiner Auflehnung hatte er fast zwei Jahre im Gefängnis verbracht. Während er in diesem stinkigen Gefängnis saß, war sein Großvater gestorben, und sein Zuhause war verkauft worden. Er hatte nicht hoffen können, daß er es zurückkaufen könnte, auch dann nicht, als er aus dem Gefängnis entkam. Er war arm.

Niemand wußte, daß sein richtiger Name Enrique Antonio de Vega y Chavez lautete. Die vielen Gringos im Gefängnis hatten ihn Hank genannt.

Nach seinem Ausbruch hatte er Mexiko verlassen. Es bestand immer die Gefahr, daß man ihn doch wieder zum Militärdienst einzog. Er hatte in Texas gearbeitet, bis er genügend Geld hatte, um nach Spanien zu seiner Schwester zu fahren. Doch seine Schwester war nicht mehr in Spanien. Sie hatte einen Engländer geheiratet und lebte jetzt in England. Daher war Hank nach England gereist. Doch Dorotea, die inzwischen ihre eigene Familie hatte, brauchte Hank eigentlich gar nicht mehr. Er fühlte sich nutzlos. Und dazu kam der rasende Wunsch, den Familienbesitz zurückzufordern. Dazu brauchte er Geld, viel Geld, Geld, das er nicht hatte. Ende 1864 war er nach Nordamerika zurückgekehrt. In seiner Jugend hatte er eine vorzügliche Ausbildung genossen, und es gab vieles, was er tun konnte, aber keine dieser Tätigkeiten brachte ihm das Geld ein, das er brauchte.

Dann hatte er Patrick McClure und etliche andere Männer kennengelernt, die ganz leicht zu Geld kamen. Sie stahlen es.

Ein Verbrecher zu werden, verstieß gegen alles, woran er glaubte, und er hatte den Kompromiß geschlossen, nur Leute auszurauben, die es sich leisten konnten, ein bißchen Geld einzubüßen. Er hätte die Minenarbeiter im Mittleren Westen nicht bestohlen, wie es Pat und seine Bande taten, denn diese Männer arbeiteten hart für ihr Gold, und das, was sie bei sich trugen, war gewöhnlich alles, was sie besaßen. Er hätte auch keine Banken ausgeraubt, denn das bedeutete, unschuldigen Menschen ihre

Ersparnisse wegzunehmen. Doch er hatte die Postkutschen ausgeraubt, die durch Texas fuhren. Die Reisenden in den Postkutschen trugen nicht ihre gesamte Barschaft bei sich. Es war Hank wichtig gewesen, niemanden mittellos zurückzulassen. Er hatte sogar mehrere Male Geld zurückgegeben, wenn jemand ihn davon überzeugt hatte, daß das, was er ihm wegnahm, alles war, was er besaß.

Sein neuer Beruf hatte sich als einträglich erwiesen. Das Anhäufen von Geld erforderte Zeit, denn bei einer einzelnen Postkutsche war nicht viel zu holen, und alles war unter den Männern aufgeteilt worden. Doch nach fünf Jahren, viel, viel eher, als es andernfalls gedauert hätte, hatte Hank genug Geld, um nach Mexiko zurückzukehren und sein Land zurückzukaufen.

Inzwischen hätte er dort sein und seinen Traum verwirklicht haben sollen, dachte er erbittert. Statt dessen hatte er Hunderte von Meilen reiten müssen, um seinen Partner aufzuspüren. Er konnte nur beten, daß er nicht zu spät kam, daß Pat nicht sein gesamtes Geld ausgegeben hatte. Wenn das der Fall war, würde er Pat umbringen, und folglich sollte Pat sich davor hüten.

Eine kurze Frage an der Rezeption im Foyer, und Hank wußte, daß er sich eine andere Unterkunft suchen mußte. Er hatte nur noch zehn Dollar übrig, und das hätte nicht einmal für eine Nacht in dem schicken Hotel gereicht.

Er fand einen Stall für sein Pferd und ging dann die Straße entlang, um sich ein billigeres Hotel oder eine Pension zu suchen. Er hoffte, daß er ein Zimmer mit Bad finden würde. Seine Kleider waren nicht mehr schwarz, sondern braun vom Staub. Auch einen Barbier mußte er aufsuchen. In diesen letzten Monaten hatte er sich einen schwarzen Vollbart wachsen lassen, und sein pechschwarzes Haar reichte ihm weit über die Schultern, was ihn recht liederlich wirken ließ.

Hank kam an einem Barbierladen vorbei, merkte sich die Adresse und ging weiter. Nach einem Restaurant und einer Eisdiele sah er das Schild MRS. HAUGES PENSION. Er bekam ein Zimmer für einen Dollar pro Tag oder fünf

Dollar pro Woche, das er tageweise mietete. Er hatte nicht vor, lange zu bleiben. Er schlang sich die Satteltaschen über die Schulter und lehnte Mrs. Hauges Angebot ab, ihn zu seinem Zimmer zu bringen. Er ließ sich nur von ihr sagen, wo das Zimmer lag.

Es war ein neues, zweistöckiges Haus, und sein Zimmer lag im oberen Stock, am Ende des langen Ganges auf der rechten Seite. Als Hank durch den Korridor ging, stellte er fest, daß er einer Blutspur folgte, die noch naß war. Er hörte Stimmen, die aus einem Zimmer kamen, dessen Tür offenstand. Die Blutspur endete an dieser Tür. Als er näher kam, waren die Stimmen deutlich zu vernehmen.

»Ich bin wirklich froh, daß dein neues Haus noch nicht fertig ist, Doc, und daß du deshalb noch da bist. Ich glaube, weiter als bis hierher wäre ich nicht gekommen.«

»Unsinn«, krächzte es zur Antwort. »Du hast viel Blut verloren, aber so schlimm bist du wirklich nicht dran, Tom. Jetzt bleib endlich still liegen.«

»Wie zum Teufel kannst du so was sagen? Ich liege im Sterben.«

»Du liegst nicht im Sterben«, lautete die entschiedene Antwort.

»Mir kommt es allerdings so vor«, brummte die tiefere Stimme. »Ich bin von Kopf bis Fuß verletzt.«

»*Das* bezweifle ich nicht.«

Hank trat in die offene Tür und sah ins Zimmer. Tom lag ausgestreckt auf einem langen, schmalen Tisch. Ein kleiner, alter Mann stand mit einem Messer in der Hand neben seinen Füßen. Keiner der beiden Männer bemerkte Hank. Er vergaß seine Erschöpfung und sah zu, wie der Arzt Toms Hosenbeine abschnitt und eine der Wunden untersuchte.

»So was habe ich noch nie gesehen, Tom. Wie konntest du dich so durchlöchern lassen?«

»Ich sage dir doch, daß dieser Kerl mich am Cherry Creek erwischt hat«, erwiderte Tom geringschätzig. »Und frag mich nicht noch mal, warum, weil ich es nämlich nicht weiß. Er hat nur einfach abgedrückt und immer wieder abgedrückt, und ich konnte nicht rechtzeitig aus seiner Schußlinie verschwinden. Ein Verrückter war das.«

Der Arzt schüttelte den Kopf, als glaubte er kein Wort. Hank wollte lachen. Er nahm an, daß Tom die Wahrheit nicht eingestehen wollte, und dafür hatte er durchaus Verständnis.

»Die zwei Wunden zwischen deinen Beinen sind es, die ich einfach nicht begreife«, fuhr der Arzt nachdenklich fort. »Sie sind reichlich nah an Du-weißt-schon-Was.«

»Ich *weiß*, wie dicht sie dran sind!« fauchte Tom, dessen Gesicht sich rötete.

»Ich kann das einfach nicht verstehen. Wenn du die Beine nebeneinander gehabt hättest und eine einzige Kugel zwischen deinen Beinen durchgegangen wäre, wäre das ein reichlich merkwürdiger Schuß. Aber die beiden Wunden stammen nicht von einem Schuß. Du bist zweimal in diese Gegend geschossen worden. Die Wunden sind identisch, an beiden Schenkeln fehlen drei Zentimeter Fleisch. Der Kerl muß ein grandioser Schütze sein. Um Himmels willen, Tom, hast du einfach dagestanden und dich als Zielscheibe zum Üben benutzen lassen?«

»Würdest du jetzt aufhören zu jammern und mich wieder zusammenflicken?«

»Ich kann nicht schneller arbeiten«, brummelte der Doktor. Er ging um den Tisch herum und sah sich der Reihe nach alle Wunden an. »Die tiefere Beinwunde ist genauso sauber wie die in deinem Arm. Die Wunde an der Schulter ist die einzige, in der ich wühlen muß.«

»Ja, sie – er – hat gesagt, daß er mir eine Kugel als Andenken vermacht«, murmelte Tom.

Der Arzt zog eine Augenbraue hoch. »Du hast ›sie‹ gesagt.«

»Habe ich das gesagt?« stammelte Tom. »Na ja . . . der Kerl hatte eine Frau dabei. Die grünäugige Hexe hat jeden einzelnen Moment genüßlich ausgekostet.«

Der Arzt drückte Tom eine Whiskyflasche in die Hand und schüttelte den Kopf. »Genug geredet. Trink was davon, ehe ich die Kugel rausshole. Dir ist doch wohl klar, daß du eine Weile nicht in die Minen gehen kannst?«

»Verfluchter Mist«, knurrte Tom. Er trank einen Schluck.

»Du solltest dich nicht beklagen; zähl lieber statt dessen deine Wunden, Tom. Es ist beachtlich, aber nicht eine deiner Wunden ist ernsthaft gefährlich. Kein Knochen ist zersplittert, noch nicht mal an der Schulter. An allen fünf Wunden hast du dir nichts weiter geholt als ein paar zerrissene Muskeln und Knorpel. Du hast verdammtes Glück gehabt, junger Mann. Wenn dieser Kerl wirklich ein exzellenter Schütze war, dann wollte er dir keinen bleibenden Schaden zufügen.« Der Arzt ließ seine Augen von oben bis unten über den Patienten gleiten. »Ich kann das einfach nicht verstehen«, sagte er leise.

Hank ging in sein Zimmer, ohne bemerkt worden zu sein. Seine Neugier war wieder erwacht, und zugleich wußte er, daß Tom nie zugeben würde, daß er von einem kleinen Mädchen fünfmal angeschossen worden war. Na und, schließlich ging es Hank nichts an. Und so dumm, das Mädchen auszufragen, war er nun auch wieder nicht. Einer Dame, die so gut – oder vielleicht auch so schlecht – schießen konnte, würde er keine Fragen stellen. Beides war gleich gut möglich. Entweder sie hatte weit daneben gezielt bei ihren Versuchen, Tom zu verletzen, oder sie konnte erlesen gut schießen. Wahrscheinlich würde er nie erfahren, was von beidem zutraf.

3

Samantha weinte immer noch in ihre Kissen, als ein Vertreter des Gesetzes an ihre Tür klopfte. Sie war keineswegs auf Mr. Floyd Ruger vorbereitet, nicht in ihrer Gemütsverfassung. Er war ein Mann mit einem viel zu ernsten Gesicht, der ihr eine Frage nach der anderen an den Kopf warf, ohne ihr Gelegenheit zu geben, nachzudenken, ehe sie antwortete.

»Ihr Name, Miß?«

»Samantha Blackstone Kingsley.«

»Ihr zweiter Vorname ist ausgesprochen ungewöhnlich.«

»Es handelt sich um den Familiennamen meiner Mutter. Ich kannte nicht einmal den Namen meines Vaters, bis . . .«

»Das spielt keine Rolle«, unterbrach er sie. »Woher kommen Sie?«

»Aus dem Osten.«

»Und wo dort?«

»Geht Sie das irgend etwas an?« Nachdem er sie zurückgewiesen hatte, hatte Samantha nicht mehr die Absicht, ihm weitere Informationen zu geben.

Ohne mit der Wimper zu zucken, wiederholte Ruger: »Woher?«

Sie seufzte. »Ich bin in Philadelphia zur Schule gegangen, wenn Sie es unbedingt wissen müssen.«

»Sind Sie in Philadelphia zu Hause?«

»Nein. Ich bin nur dort zur Schule gegangen.«

Jetzt kam die Reihe an Ruger, zu seufzen. »Und wo sind Sie also zu Hause?«

»Im Norden Mexikos.«

Er zog eine Augenbraue hoch. »Aber Sie sind keine Mexikanerin.« Er schien verblüfft zu sein.

»Das haben Sie also gemerkt?«

Er ignorierte ihren Sarkasmus und fragte: »Werden Sie in Denver bleiben?«

»Nein, Mr. Ruger, ich bin nur auf der Durchreise auf meinem Weg nach Hause«, erwiderte sie ungeduldig. »Und ich sehe nicht ein, was diese Fragen sollen.«

Wieder ignorierte er sie. »Es ist verlautet, Sie hätten auf einen Mann geschossen.«

Samanthas Augen wurden kleiner. Sie hatte gewußt, weshalb er da war.

»Ich glaube kaum, daß ich mit Ihnen darüber reden werde.«

Floyd Ruger sah sie aufmerksam an. »Sie glauben nicht, daß Sie mit mir darüber reden werden? Sehen Sie, Miß Kingsley...«

»Jetzt hören Sie mir mal zu«, fauchte sie. »Ich habe kein Verbrechen begangen. Und ich bin nicht dazu aufgelegt, alberne Fragen zu beantworten. Es wäre mir sehr lieb, wenn Sie jetzt gehen würden, Mr. Ruger.«

In dem Moment betrat Jeannette Allston die Suite. Ihr folgte dicht auf dem Fuß Adrien. Jeannette wirkte besorgt, doch Adrien wirkte schlicht schockiert. Samantha hatte gewußt, daß er schockiert sein würde.

Es machte sie wütend, und sie funkelte ihn böse an. »So! Du hast dich also endlich doch entschlossen, hierherzukommen.«

»Unten hat man uns gesagt, du hättest auf einen Mann geschossen«, sagte Adrien ungläubig. »Stimmt das?«

Sie merkte, daß Mr. Ruger sie genau ansah. Es war zuviel. Es war einfach zuviel.

»Das erkläre ich euch später«, sagte Samantha steif zu Adrien. »Und was Sie betrifft, Mr. Ruger – Ihnen habe ich nichts mehr zu beantworten. Falls der Mann, auf den ich angeblich geschossen habe, sterben sollte, werde ich Ihnen gern jede Ihrer Fragen beantworten.«

»Miß Kingsley, ich bestehe darauf, daß Sie mir zumindest seinen Namen nennen«, erwiderte Ruger.

»Wer sagt denn, daß ich ihn kenne? Vielleicht war es ein Fremder.«

»Oder ein guter Freund«, bemerkte Ruger anzüglich.

In Samanthas Augen blitzte Smaragdfeuer auf. »Ich schieße nicht auf meine Freunde, Mr. Ruger. Wenn wir den Fall damit abschließen können, werde ich Ihnen sagen, daß dieser Mann gewaltsam hier eingedrungen ist und mich nicht in Ruhe lassen wollte. Ich habe mich verteidigt. Ich war vollkommen allein.«

»Sich verteidigt, indem Sie fünfmal auf ihn geschossen haben?«

»Fünfmal!« keuchte Adrien. Er ließ sich auf einen Stuhl fallen.

Samantha schrie den Gesetzeshüter an. »Mir reicht es! Sie haben hier nichts zu suchen! Guten Tag!«

Als Floyd Ruger gegangen war, herrschte absolutes Schweigen. Samantha starrte Adrien an. Er schien einen Schock erlitten zu haben. Was für ein Mann war er, wenn er so reagierte? Sie fand, er hätte sie trösten sollen, statt dazusitzen und so auszusehen, als sei er trostbedürftig.

»Ach, Chérie, was mußt du durchgemacht haben«, sagte Jeannette mitfühlend, während sie ihren Arm um Samantha legte und sie zum Sofa führte.

Samantha dankte Gott für Jeannette. Sie und ihr Bruder waren eindeutig Franzosen, wenngleich sie auch in Amerika geboren waren. Ihre Mutter war Französin, und ihr amerikanischer Vater war gestorben, als sie noch Kinder waren. Der Vater hatte ihnen genug für ein angenehmes Leben hinterlassen. Ihre Mutter hatte nicht wieder geheiratet, und insofern war ihr Einfluß der einzige Einfluß auf die Kinder gewesen. Vielleicht hätte Adrien den Einfluß eines Mannes gebraucht. Herr im Himmel, er benahm sich wie eine verzagte Frau.

»Hast du wirklich fünfmal auf jemanden geschossen?« fragte Jeannette.

Samantha seufzte. »Ja«, lautete ihre schlichte Antwort.

»Wie entsetzlich!«

»Für ihn«, sagte Samantha bitter.

»Bist du denn nicht außer dir?«

»Ach, ich weiß es nicht. Ich war so wütend. Ich bin es immer noch. Der Mann wollte einfach nicht gehen, auch dann nicht, als ich ihn mit meiner Waffe bedroht habe. Ich nehme an, er hat einfach nicht damit gerechnet, daß ich sie benutzen würde.«

»Aber nachdem du den ersten Schuß auf ihn abgegeben hattest . . .«

Samantha schnitt ihr mit einem trockenen Lachen das Wort ab. »Man sollte meinen, dann sei er gegangen, nicht wahr? Aber nach dem ersten Schuß ist er rasend geworden und wollte Hand an mich legen. Er hätte mich umgebracht, wenn ich ihm Gelegenheit dazu gegeben hätte.«

»Mon Dieu! Dann war es also reine Notwehr, wie du gesagt hast?«

»Ja. Es ist mir schließlich doch noch gelungen, ihn aus dem Zimmer zu vertreiben und sicherzugehen, daß er das Hotel über die Hintertreppe verläßt. Aber selbst dann hat er noch nicht aufgegeben. Er hat versucht, mich niederzuschlagen, und deshalb habe ich noch einmal auf ihn geschossen.«

»Wie konnte der Mann all das überleben?« fiel Adrien plötzlich ein.

»Ich hatte nicht vor, ihn zu töten, Adrien. Ich wußte genau, was ich getan habe. Ich habe ihm fünf harmlose Verletzungen zugefügt.«

»Harmlos? Harmlos!« keuchte Adrien. »So ruhig kannst du darüber sprechen, daß du auf einen Mann geschossen hast! Ich dachte, daß ich dich kenne. Ich bin mit dir durch dieses Land gereist, aber ich kenne dich nicht!«

Samantha war aufgebracht. »Was hätte ich denn tun sollen? Hätte ich mir von ihm etwas antun lassen sollen? Schließlich ist er schon über mich hergefallen, ehe ich meinen Revolver zur Hand hatte. Und er konnte von hier fortgehen. Er wird es überleben, dessen bin ich mir sicher. Außerdem möchte ich deutlich darauf hinweisen, daß nichts von alledem passiert wäre, wenn du, wie ausgemacht, hierhergekommen wärst. Wo warst du, Adrien? Hast du unsere Essensverabredung vergessen?«

Adrien nickte. Sie hatte den Spieß geschickt umgedreht. Doch seine dürftige Antwort stellte Samantha nicht zufrieden.

»Ich habe es vergessen.«

»O Adrien, wie konnte das sein?« Jeannette war es, die exakt die Worte aussprach, die Samantha auf der Zunge lagen. In Samanthas Tonfall hätte sich jedoch reine Enttäuschung ausgedrückt.

»Sieh mich nicht so an, Jean«, erwiderte Adrien fester. Sein Schock schien nachzulassen. »Ich habe es ganz einfach vergessen. Ich habe heute morgen einen wichtigen Entschluß gefaßt und mich sofort darangemacht, ihn in die Tat umzusetzen. Ich bin eben erst fertig geworden.«

»Mit was fertig geworden?« fragte Jeannette überrascht.

»Ich habe Vorräte gekauft«, sagte er in einem Tonfall, als wollte er sich verteidigen. »Ich gehe nach Elizabethtown.«

Samantha runzelte die Stirn. Sie hatte nicht damit gerechnet, daß Adrien Denver verlassen würde. Sie hatte angenommen, daß sie noch mindestens einen weiteren Monat Zeit in Denver hatte, sich mit ihm zu befassen. In einem Monat würde sie nach Santa Fe aufbrechen, um dort ihre Eskorte von der Hazienda zu treffen.

»Elizabethtown? Wieso?« fragte Jeannette.

»Natürlich um Gold zu suchen.«

Die Mädchen schnappten nach Luft. Jeannette fand als erste Worte. »Aber wieso denn, Adrien? Du bist hierhergekommen, um eine Anwaltspraxis zu eröffnen.«

»Andere werden hier reich, Jean. Ich hätte mir nie träumen lassen, wie das sein kann«, erwiderte Adrien. Er wirkte jetzt ganz erregt. »Wir werden auch reich, und wir werden eines dieser schönen Häuser besitzen, wie sie die reichen Goldgräber jetzt bauen.«

Samantha lachte plötzlich, als ihr aufging, was los war. »Der Goldrausch hat ihn gepackt!«

Jeannette sah erst Samantha an, dann ihren Bruder. Sie wirkte reichlich bestürzt. »Aber wozu die lange Strecke nach Elizabethtown zurücklegen? Hier gibt es Silber – tonnenweise, wenn die Berichte wahr sind.«

»Der Meinung bin ich auch, Adrien«, schloß sich Samantha nüchtern an. »Du könntest hier nach Silber graben. Es besteht kein Grund, Hals über Kopf nach New Mexico zu ziehen. Hast du denn nichts von dem Ärger mit den Indianern gehört, den sie dort haben?«

»Ach, das will nichts heißen.« Adrien winkte ab.

»Du hast noch nie einen Apachen gesehen, Adrien. Du weißt nicht, was du sagst, wenn du über die Gefahr der Kämpfe mit den Indianern spottest.«

»Das geht an der Sache vorbei. Wenn ich hier Silber

schürfen könnte, täte ich es. Aber das kann ich nicht tun, solange ich es mir nicht leisten kann, mir die Geräte zu kaufen, um Erz daraus zu gewinnen. Es ist wesentlich leichter, Gold zu waschen.«

»O mein Gott«, sagte Samantha. Sie seufzte angewidert. »Du willst dort Gold waschen, um dann wieder hierherzukommen und nach Silber zu graben? Das ist doch lächerlich, Adrien.«

»Mein Entschluß steht fest«, erwiderte Adrien hartnäckig. »Und lächerlich ist das bestimmt nicht. Ich bin nicht der einzige, der sich die Geräte nicht leisten kann, die erforderlich sind, um Silber zu gewinnen. Es gibt viele andere, die nach Elizabethtown gehen. Gold kann man vom Boden aufsammeln. Silber muß veredelt werden. Ich habe bereits eine ausgezeichnete Mine gekauft. Ich brauche nur noch eine Schmelzhütte.«

»Du hast eine Mine gekauft!« rief Jeannette mit wachsender Bestürzung aus. »Was hat sie gekostet?«

Er zuckte die Achseln. »Der Preis war durchaus vernünftig, da der Besitzer vor demselben Problem stand wie ich – keine Schmelzhütte.«

»Wieviel?«

»Nur ein paar Hundert.«

»Adrien!« keuchte sie. »Wir können es uns nicht leisten, ein paar Hundert auszugeben.«

»Wir können es uns nicht leisten, diese Gelegenheit ungenutzt zu lassen. In einem Jahr können wir uns alles leisten.«

Samantha war peinlich berührt. Sie hatte geglaubt, die Allstons müßten sich ebensowenig Geldsorgen machen wie sie. »Wieviel würde die Vorrichtung zur Silbergewinnung kosten?« erbot sich Samantha.

Adrien wandte sich ihr hoffnungsfreudig zu, doch Jeannette fauchte: »Wir sind nicht darauf angewiesen, uns Geld zu borgen, Adrien. Wenn du das schon tun mußt, dann sieh zu, daß du es allein schaffst.«

»Ich hatte es mir als eine Art Geldanlage gedacht«, sagte Samantha eilig. »Nicht als Darlehen.«

Adrien schüttelte den Kopf. »Danke, Samantha, aber es bleibt bei einem Nein. Die kleine Jean hat recht. Wir müssen das allein schaffen.«

»Nun gut. Wann gedenkst du abzureisen? Wir könnten gleich alle zusammen reisen, da ich ohnehin in den Süden muß.«

»Übermorgen«, sagte er eilfertig. Er war froh, daß Jeannette nicht noch mehr Wirbel gemacht hatte. »Wir warten nur noch auf die Postkutsche.«

4

Hank ritt vier Stunden lang zügig, um die Pitts-Mine zu erreichen. Er fand dort sechs Männer vor, die in der heißen Sonne arbeiteten, Felsen aus der Erde gruben und murrten und schimpften, während sie schwitzten. Er sah ein großes Zelt, das am Wasser aufgeschlagen war, und er ritt darauf zu, stieg ab und ließ seine wachsamen Blicke nicht von dem Zelt.

Hank trat lautlos ein. Im Innern standen zwei lange Holztische und ein bauchiger alter Ofen. An den Seiten lagen Bettrollen. Das Kochgeschirr um den Herd herum ließ darauf schließen, daß man sich hier für längere Zeit eingerichtet hatte. Nur ein Mann war im Zelt. Er saß an dem langen Tisch zu Hanks Rechten. Vor ihm stand ein Blechkrug mit Kaffee, und er war mit einer Spalte von Zahlen auf einem Stück Papier beschäftigt.

»Hola, Pat.«

Patrick McClure riß den Kopf hoch und wollte aufstehen, doch er hielt in der Bewegung inne und fiel auf seinen Stuhl zurück. Die Stimme war die altbekannte, aber das Gesicht war sehr verändert. Nichts war mehr von den lachenden grauen Augen zu erkennen, die Pat so gut kannte. An ihrer Stelle blickten ihm Augen aus Stahl entgegen. Er hatte gefürchtet, es könnte so kommen, Hank könnte ihn mißverstehen.

»Hör mal, Junge, du hast keinen Grund, deinen alten Amigo so anzusehen«, fing Pat voller Unbehagen und mit brüchiger Stimme an.

»*Amigo*?« Hank trat langsam näher. »Du bezeichnest dich als *Amigo*?«

Hank wartete die Antwort nicht ab. Er holte mit dem rechten Arm aus und versetzte Patrick einen deftigen Kinnhaken. Der Stuhl – auf dem Patrick noch saß – kippte nach hinten um. Patrick war älter, und sein Körper war kraftloser, doch im nächsten Moment stand er auf den Füßen. Ganz, ganz langsam wich er vor Hank zurück.

»Ich werde mich nicht mit dir schlagen, Junge. Jedenfalls nicht, ehe du dir meine Erklärung anhörst«, knurrte Pat durch seinen pochenden Mund. »Wenn du die Sache hinterher immer noch austragen willst...«

»Ich will nur eins von dir, Pat – mein Geld. Rück es raus, und ich belasse es dabei.«

»Hast du denn die Nachricht nicht bekommen, die ich dir hinterlassen habe?«

»*Perdición!*« fluchte Hank durch zusammengebissene Zähne. »Komm nicht vom Thema ab.«

»Ich habe dir doch von dieser Mine berichtet«, fuhr Pat unerschrocken fort. »Wir werden reicher, als wir es uns je hätten träumen lassen, Junge.«

»Dann gib mir jetzt meinen Anteil, und du kannst den gesamten Rest behalten. Ich bin nicht an Minen interessiert, Pat. Du kennst meine Träume. Mehr als zehn Jahre habe ich gewartet. Ich werde nicht länger warten. Ich muß nach Mexiko gehen.«

»Hank, mein Junge, du verstehst mich nicht. Setz dich hin, und laß es dir erklären.«

»Es gibt nichts zu erklären. Entweder du hast mein Geld, oder du hast es nicht.«

»Ich habe es nicht. Ich habe fast alles für einen Schmelzofen ausgegeben«, sagte Patrick schnell. Er trat einen Schritt weiter zurück.

Hank griff nach seiner Hemdsbrust und zog ihn dicht

an sich. Dabei hob er ihn fast vom Boden hoch. In seinen Augen stand Mordlust.

»Ich glaube, du zwingst mich, dich umzubringen, Patrick«, sagte er mit unheilverkündend ruhiger Stimme. »*Si*, ich muß. Du weißt, was mir dieses Geld bedeutet hat. Du weißt, wie sehr mir das verhaßt war, was wir getan haben, um an das Geld zu kommen. Du hast es gewußt . . . und trotzdem hast du es ausgegeben.«

»Junge, du wirst genug Geld haben, um dir ein Dutzend Haziendas zu kaufen, zwei Dutzend«, sagte Patrick flehentlich. »Ich sage es dir – wir werden reich.«

»Woher willst du das wissen?« fragte Hank. »Solange das Silber erst noch bearbeitet werden muß?«

»Ich habe es analysieren lassen. Wir haben hier Erz erster Güte, das beste, und gleich so viel davon! Es geht nur noch darum, das reine Silber aus dem Erz zu gewinnen, sobald die Schmelzhütte ankommt. Das kann natürlich ein bißchen dauern.«

»Wie lange? Ein Jahr . . . zwei Jahre?«

»Das kann ich dir nicht sagen, Junge. Ich habe die neuesten und besten Geräte aus England bestellt.«

Urplötzlich ließ Hank Pat los und wandte sich ab. Der ältere Mann stieß einen Seufzer der Erleichterung aus. Hank war wesentlich größer und stärker, schlank, aber sehr muskulös. Im Zorn hätte er Pat ohne weiteres mit bloßen Händen töten können.

»Wie konntest du mir das antun, Pat? Ich habe dir vertraut. Wir waren Amigos.« Hanks Stimme war kaum hörbar.

»Das sind wir noch«, protestierte Hank. »Nimm Vernunft an. Ich habe dich zu einem reichen Mann gemacht.«

»Reichtümer, die ich nicht sehe, helfen mir jetzt auch nicht weiter«, knurrte Hank.

Pat beobachtete Hank wachsam. Er kannte Hank Chavez schon lange, aber so hatte er ihn noch nie erlebt. Hank, ein dunkelhäutiger, gutaussehender Mann, der gewöhnlich dunkle Kleidung trug, hatte immer gefährlich gewirkt. Auf den ersten Blick erschien er einem als kalter

Schütze. Doch die Wärme und die Belustigung in seinen Augen zerstreuten diesen Eindruck schnell. Der junge Mann konnte an fast jeder Situation etwas Komisches finden, und die wahre Liebe, die er dem Leben trotz der Tragödien in seiner Vergangenheit entgegenbrachte, machte ihn bemerkenswert.

Pat probierte es noch einmal. »Hank, mein Junge, kannst du es nicht aus meiner Sicht sehen? Es war die Chance für mich. Wir hatten eine Menge Geld, aber du kennst mich ja. Ich hätte es in kurzer Zeit durchgebracht, und dann wäre nichts mehr übriggewesen.«

»Du hättest dir eine Ranch kaufen können. Oder ein Geschäft aufmachen, Pat. Du hättest dich irgendwo niederlassen können.«

»Das ist nichts für mich«, erwiderte Pat mit wachsender Hoffnung. Zumindest hörte Hank ihn an. »Ich bin nicht dazu geschaffen, regelmäßig zu arbeiten.«

»Hier arbeitest du doch auch«, hob Hank hervor.

»Arbeiten? Ich zahle andere dafür, daß sie sich krumm und schief arbeiten, während sie die Felsen spalten.«

Hanks Augen wurden schmal. »Wovon zahlst du sie, Patrick?« fragte er leise.

»Es war noch ein bißchen Geld übrig. Tausend oder so was«, gestand Pat widerstrebend ein. Er hatte sich selbst eine Falle gebaut. »Ich dachte, es würde uns Zeit sparen, wenn alles schon vorbereitet ist, damit wir schnell reich werden, wenn die Ausrüstung hier ankommt.«

»Ich nehme das, was noch übrig ist, Pat.«

»Jetzt hör mal, Junge . . .«

Hank kam wieder auf ihn zu, und Pat wich eilig zurück. »Schon gut, schon gut. Das macht wohl auch keinen Unterschied mehr.« Er sah, daß Hanks Anspannung ein wenig nachließ, und er glaubte, der Ärger sei ausgestanden. »Sag mal, warum hast du so lange gebraucht, um hierherzukommen? Ich habe damit gerechnet, daß du gleich nach mir ankommst.«

Hanks Anspannung nahm wieder zu. »Ich war im Gefängnis.«

Pat runzelte die Stirn. »Doch nicht . . .?«

»Nein, es hatte nichts mit unseren Überfällen zu tun«, sagte Hank verbittert. »Ich habe einiges kurz und klein geschlagen, nachdem ich deinen Zettel gelesen und mich betrunken hatte.«

Pat schnitt eine Grimasse. »Das tut mir leid. Aber du siehst doch ein, daß ich es genau so machen mußte? Ich habe die Mine bei einem Kartenspiel gewonnen, und daran, wie sich der Kerl verhalten hat, als er die Mine verloren hatte, konnte ich erkennen, wie wertvoll sie war. Er hat es wirklich schlecht aufgenommen. Er war auf dem Weg in den Süden von Texas, um von Freunden Geld für einen Schmelzofen zu borgen. Ich wußte, daß ich den Schmelzofen nicht mit meinem eigenen Geld kaufen konnte, und deshalb habe ich mir deinen Anteil geborgt, Junge. Ich mußte es einfach tun.« Pat zögerte. »Was hast du jetzt vor?«

»Ich werde mich wieder betrinken und höchstwahrscheinlich wieder ein oder zwei Saloons auseinandernehmen«, sagte Hank finster.

»Es ist noch nicht alles verloren, mein Junge. Du hast beim Kartenspiel ganz beachtliches Glück gehabt. Auf die Weise könntest du dein Geld leicht verdoppeln, ja, verdreifachen.«

»Oder alles verlieren.«

»Es gibt andere Möglichkeiten.«

»Mit dem Stehlen ist es aus!« knurrte Hank.

»Nein, nein, das wollte ich dir nicht vorschlagen. Vor ein paar Jahren hat man unten in New Mexico große Goldfunde gemacht. Tausende von Männern sind in diese neue Siedlung gezogen. Elizabethtown.«

»Du meinst, ich sollte Gold waschen?« fauchte Hank. »Dann kann ich ebensogut warten, bis diese Mine Geld einbringt. Mir dauert beides zu lang. Meine Ländereien warten, und ich brenne darauf, sie zurückzukaufen. Seit Jahren zehrt dieser Wunsch an mir. Ich kann nicht länger warten.«

Pat war es wieder recht unbehaglich zumute. »Du

warst immer ein Hitzkopf, wenn es um deine Ländereien ging. Du hast dich jeder Vernunft verschlossen. Du hättest längst herausfinden sollen, wieviel du brauchst, um dein Land zurückzukaufen. Hast du dir je Gedanken darüber gemacht, daß dein Geld vielleicht nicht ausreicht?«

»Ich hatte genug Geld – bis du es mir gestohlen hast.«

»Das kannst du nicht mit Sicherheit sagen, Junge. Es hätte sein können, daß du hinkommst und der Besitzer das Doppelte von dem will, was du hast. Oder sogar noch mehr. Du kannst es einfach nicht wissen. Warum bringst du den Preis nicht *jetzt* in Erfahrung?« rief Pat mit plötzlicher Begeisterung aus. »Genau das kannst du tun! Geh hin, und bring genau raus, wieviel du brauchst. Zum Teufel, wenn du zurückkommst, wirft unsere Mine schon etwas ab, und du hast alles, was du brauchst. Du hast gesagt, daß du nicht mehr warten willst. Auf die Weise brauchst du nicht zu warten. Du kannst *jetzt gleich* etwas dafür tun, dein Land zu bekommen.«

»Was du vorschlägst, ist Zeitverschwendung«, sagte Hank barsch. »Aber dir habe ich zu verdanken, daß ich Zeit zu verschwenden habe, und ich habe wirklich nichts Besseres zu tun. Also machen wir es so.« Dann lächelte er, und um seine Augen bildeten sich die vertrauten Fältchen. »Aber das Geld, das noch übrig ist, Amigo – das nehme ich mit.«

Hank verließ Denver am folgenden Tag und ritt direkt nach Süden. Er würde den größten Teil von Colorado durchqueren und ganz New Mexico, ein weites Gebiet, in dem ein einsamer Reisender keineswegs sicher war. Doch Hank war geschickt, wenn es darum ging, Menschen aus dem Weg zu gehen, Indianer inbegriffen. Das hatte er nach seiner Flucht aus dem Gefängnis gelernt. Er wußte, wie man sich auf Bergen und in Ebenen versteckt.

Hank mußte siebenhundert Meilen zurücklegen, eine Strecke, die ihm nicht vertraut war, um die mexikanische Grenze zu erreichen. Selbst bei zermürbender Geschwindigkeit würde er dafür mehr als einen Monat brauchen, doch er hatte sich bereits entschlossen, sich Zeit zu lassen. Dank Pat hatte er diesmal keine Eile. Er war wütend über diese neuerliche Verzögerung, doch er konnte nichts tun, um die Dinge voranzutreiben – es sei denn, er stahl wieder, und das kam für Hank nicht in Frage.

Zum Teufel mit Pat, und zum Teufel mit seiner Silbermine!

In den folgenden Tagen grübelte Hank über sein Pech im Leben nach. Am vierten Tag war seine Stimmung so finster, daß er unvorsichtig war. Er ritt am Fuß der Rocky Mountains entlang, trieb sein Pferd grausam vorwärts und versuchte, seinem Zorn durch das Reiten Luft zu machen, als das Pferd plötzlich in ein Loch stürzte. Hank wurde abgeworfen. Er verstauchte sich den Knöchel, aber schlimmer war, daß sich das Pferd einen Fuß gebrochen hatte und nicht weiterlaufen konnte. Er mußte es erschießen.

Hank stand ohne Pferd und voller Gewissensbisse wegen seiner Nachlässigkeit da. Er war fern von jeder Stadt.

5

In der Postkutsche war es stickig. Zwei der Mitreisenden, eine Frau und ihr kleiner Sohn, waren in Castle Rock ausgestiegen, weil der Sohn krank geworden war. Niemand hatte ihre Plätze eingenommen, und daher saßen nur vier Reisende in der Kutsche. Doch vor Elizabethtown kamen noch viele kleine Städte, und da die Kutsche noch oft anhalten würde, würde sie sich zweifellos wieder füllen.

Sie hatten zwar mehr Platz, doch trotzdem war es warm und stickig in der Kutsche. Mr. Patch, der mit Samantha und den Allstons reiste, bestand darauf, die Fensterläden geschlossen zu halten, da es eine alte Kutsche war und sämtliche Scheiben Sprünge hatten. Patch hatte gesagt, daß sein Zustand sich durch Staub verschlechterte. Wenn er keinen Staub verträgt, sollte er nicht durch den Südwesten reisen, dachte Samantha erbost.

Sie war nicht wirklich böse auf Mr. Patch, nicht einmal dann, als sie gezwungen waren, eine rauchende, alte Laterne anzuzünden, um Licht zu haben. Nein, Adrien war es, der Schuld daran trug, daß sie verstimmt war. Es war immer Adrien. Manchmal fragte sie sich, wie sie sich je in einen solchen Mann hatte verlieben können. Nach all dieser Zeit, den gemeinsamen Reisen, war er immer noch distanziert. Er unterhielt sich nicht einmal mit ihr.

Und diese kindlichen Verhaltensweisen bei einem Mann! Dinge, die sie aus Verdruß hätte tun können, aber ein Mann von dreißig Jahren? Und all das nur, weil er an Tom Peesley erinnert worden war.

Dafür konnte sie Mr. Ruger danken. Als er gehört hatte, daß sie Denver verlassen würde, war er direkt vor der Abfahrt der Postkutsche erschienen und hatte die Dreistigkeit besessen, sie aufzufordern, nicht abzureisen, ehe er sicher war, daß kein Verbrechen vorlag. Er konnte jedoch nicht darauf bestehen, und das wußten beide. Tom Peesley hatte keine Klage gegen sie erhoben, und Samantha wußte, daß er es nie tun würde. Das würde er nicht wagen.

Sie hatte Floyd Ruger beschwichtigt, indem sie ihm mitgeteilt hatte, wo er sie gegebenenfalls finden könnte. Doch Adrien war nicht zu beschwichtigen gewesen.

Sie konnte Adrien einfach nicht verstehen. Sie konnte sein Verhalten auch nicht auf die Tatsache schieben, daß er aus dem Osten kam, denn andere Leute aus dem Osten waren nicht so ... so kindisch. Sie hatte sich bei Jeannette über ihn beklagt, doch die kleine Blondine hatte sich auf die Seite ihres Bruders geschlagen.

»Er ist sensibel, Chérie«, versuchte Jeannette zu erklären. »Er kann Gewalttätigkeit einfach nicht ausstehen.«

»Aber er hat sich entschlossen, in ein gewalttätiges Land zu ziehen«, hatte Samantha hervorgehoben.

»*Oui*, und er wird sich mit der Zeit daran gewöhnen. Aber das wird eine Weile dauern.«

Wie lange würde er brauchen, um über Tom Peesley hinwegzukommen? Samantha kam zu dem Schluß, daß sie zu drastischen Maßnahmen greifen mußte. Sie spielte mit dem Gedanken, Adrien eifersüchtig zu machen. Schließlich hatte sie alle anderen Männer abgewiesen, seit sie Adrien kennengelernt hatte. Er hatte wirklich keine Mitbewerber gehabt. Vielleicht mußte sie ihn einmal aufrütteln. Doch Mr. Patch mit dem Schmerbauch und der Halbglatze war der einzige Mann, der momentan zur Verfügung stand, und daher mußte sie die Idee vorübergehend vergessen. Das Ärgerliche war, daß Adrien beschäftigt sein würde, sobald sie Elizabethtown erreicht hatten.

Was sollte sie tun? Sie würde nicht aufgeben. Sie hatte beschlossen, daß er der Mann war, den sie wollte, und sie bekam immer alles, was sie wollte. Sie träumte von ihm, malte sich aus, in seinen Armen zu liegen, von ihm geküßt zu werden, von ihm geliebt zu werden, wie die Mädchen in der Schule es beschrieben hatten. Ja, Adrien würde ihr erster Mann sein.

Nie hatte sie auch nur ein Mann im Arm gehalten, nicht zärtlich, denn Tom Peesley und seine heftige Umarmung zählte sie nicht mit. Doch Peesley war der erste Mann, der sie leidenschaftlich geküßt hatte. Sie betete, daß solche brutalen Küsse nicht typisch waren. Und auch der Kuß von Ramón Mateo Nunez de Baroja von der Nachbarranch möge nicht typisch sein. Ramóns Kuß war ein brüderlicher Schmatz gewesen, den er ihr gegeben hatte, ehe sie zur Schule abreiste.

Es mußte eine Art von Kuß geben, der zwischen diesen beiden Varianten lag, etwas, das sie aufwühlen würde, ihre Sinne schwinden ließ, wie sie es in den romantischen Liebesromanen gelesen hatte, die heimlich in die Schule mitgebracht wurden. Das war der Kuß, von dem Samantha träumte, und sie wußte, daß Adrien ihn ihr geben würde – wenn es je soweit kam. Irgend etwas mußte sie tun können, um ihm einen kleinen Schubs in ihre Richtung zu geben.

Seit fünf Tagen holperten sie in der Kutsche durch die Gegend, und Samantha hätte sich ein Pferd gekauft und wäre neben der Kutsche hergeritten, wenn das nicht bedeutet hätte, nicht in Adriens Nähe zu sein.

Ihr Vater war entsetzt gewesen, als er erfahren hatte, daß sie über Land nach Hause kam, statt wie auf dem Hinweg mit dem Schiff zu reisen. Er wollte eine Eskorte schikken, die ihr entgegenkam, sobald sie ihm mitteilte, daß sie Cheyenne erreicht hatte. Doch sie telegrafierte kein zweites Mal. Sie brauchte Zeit mit Adrien.

Ihr Vater hatte ihr Warnungen oder besser gesagt Anweisungen telegrafiert, darunter auch die, ihren vollen Namen nicht zu benutzen. Hamilton Kingsley machte sich Sorgen um seine Tochter, doch sie nahm ihm seine Beschützerhaltung nicht übel, nicht mehr. Jahrelang hatte er sie nicht gescholten, weil sie zu neu für ihn war. Er konnte ihr nichts abschlagen. Sie hatte ihn schließlich erst mit neun Jahren kennengelernt. So lange hatte er gebraucht, um sie von ihren Großeltern in England fortzuholen. Ihren Bruder Shelton hatte er nie bekommen.

Ihre Großeltern waren so streng gewesen, daß Samantha nie gewußt hatte, was Kindheit bedeutete. Seit sie laufen und sprechen konnte, hatte man von ihr erwartet, daß sie sich wie eine Erwachsene benahm, ohne jedoch die Vorrechte eines Erwachsenen zu genießen. Sie hatte nicht gewußt, was es bedeutete, zu spielen, zu rennen und zu lachen. All dies war ihr von der Großmutter strikt verboten worden, und wenn sie bei einem nicht damenhaften Verhalten ertappt wurde, folgte die Strafe auf dem Fuß.

Ihr Großvater, Sir John Blackstone, war nicht so übel gewesen. Henrietta war es, die sie tyrannisiert hatte. Henrietta Blackstone hatte den Amerikaner Hamilton Kingsley dafür gehaßt, daß er ihre einzige Tochter geheiratet hatte, und sie hatte alles getan, um Samanthas Eltern auseinanderzubringen, nachdem die Kinder geboren waren. Ellen Kingsley war mit ihren zwei Kindern auf den Landsitz der Blackstones zurückgekehrt und hatte sich einen Monat darauf das Leben genommen. Samantha konnte ihrer Mutter nicht vorwerfen, daß sie sich umgebracht hatte, denn sie wußte, was es hieß, bei

Henrietta zu leben. Und sie hatte nie daran gezweifelt, daß es Henriettas alte Leier war, die ihre Mutter in den Selbstmord getrieben hatte.

Als ihr Vater damit gedroht hatte, die Blackstones vor Gericht zu bringen, da sie ihn seine Kinder nicht einmal sehen lassen wollten, hatte Sir John seine Frau überredet, lieber die Kinder gehen zu lassen, als einen Skandal heraufzubeschwören. Samantha hatte sofort die Gelegenheit ergriffen, Blackstone Manor zu verlassen, doch Sheldon hatte sich geweigert, mitzukommen. Henrietta hatte großen Einfluß auf ihn, und Hamilton mußte sich damit zufriedengeben, nur eins seiner Kinder zu bekommen.

Samantha hatte große Angst gehabt, ihr Vater könnte dasselbe von ihr verlangen wie Henrietta. Als nichts darauf hinwies, hatte Samantha allmählich begonnen, all das zu tun, was man ihr nie erlaubt hatte. In den ersten gemeinsamen Jahren hatte sie ihren Vater auf die Probe gestellt und seine Liebe und seine Freude, sie endlich bei sich zu haben, ausgenutzt.

Das tat ihr jetzt so schrecklich leid, daß sie sogar so weit ging, sich an einige seiner Anweisungen zu halten. Sobald sie durch die Gegend reisten, in der die Leute von Hamilton Kingsleys Reichtum wußten, legte sie einen Teil ihres Namens ab. Sie wollte es niemandem leichtmachen, einen Haufen Geld zu bekommen, indem er Kingsleys einzige Tochter entführte. Entführungen waren verbreitet, und die Entführer wurden in den seltensten Fällen geschnappt. Daher würde sie für den restlichen Heimweg eine vielköpfige Eskorte haben, obwohl die Männer auf der Ranch gebraucht wurden.

Samantha seufzte und sah Adrien an, der neben Mr. Patch saß. Sie sträubte sich nicht mehr dagegen, eine Dame zu sein. Sie strengte sich sogar ganz höllisch an, sich an all das zu erinnern, was ihre Großmutter sie zwangsweise hatte lernen lassen. Adrien würde keine Frau heiraten, die keine Dame war. Und diese Dame würde sie sein. Sie würde Adriens Frau werden.

Ihre langen Wimpern waren gesenkt, damit er nicht sehen konnte, daß sie ihn beobachtete. Samantha öffnete den obersten Knopf ihrer weißen Seidenbluse. Die maulbeerblaue Jacke, die zu ihrem Rock paßte, lag neben ihr, weil es so warm in der Kutsche war. Diese Hitze diente ihr als Vorwand, noch einen Knopf zu öffnen, dann noch einen. Die Rüschen ihrer Bluse fielen langsam seitlich herunter und entblößten ihre Kehle, nachdem der vierte Knopf aufgeknöpft worden war.

Adrien sah nicht in ihre Richtung. Sie wippte verärgert mit dem Fuß und öffnete zwei weitere Knöpfe. Ihr war jetzt kühler, aber sie fächerte sich weiterhin Luft ins Gesicht, um vielleicht damit Adriens Aufmerksamkeit auf sich zu ziehen. Es klappte nicht. Dagegen wandte ihr Mr. Patch seine gesamte Aufmerksamkeit zu. Am liebsten hätte sie laut geschrien. Was mußte sie denn noch alles tun?

Plötzlich fuhr die Kutsche langsamer, und Adrien zog die Jalousie hoch. Mr. Patch fing an zu husten.

»Was ist los, Adrien?« fragte Jeannette.

»Es sieht so aus, als würden wir einen Mitreisenden aufnehmen.«

»Haben wir eine Stadt erreicht?«

»Nein.«

Adrien rückte zur Seite, als die Tür aufging. Der Fremde setzte sich neben ihn und berührte zu den Damen gewandt die Krempe seines Hutes, doch er nahm ihn nicht ab. Samantha nickte kurz und wandte sich schnell wieder von ihm ab. Sie tat ihn als Cowboy ab und ließ ihren Blick wieder zu Adrien wandern. Doch Adrien sah den Fremden neugierig an und ignorierte Samantha.

»Wie kommt es, daß Sie ohne Pferd in dieser Gegend sind?« fragte Adrien freundlich.

Der Mann antwortete nicht sogleich. Er musterte Adrien, ehe er mit tiefer, barscher Stimme antwortete: »Ich mußte mein Pferd erschießen.«

»*Mon Dieu*!« keuchte Adrien, und Samantha seufzte. Seine unmännliche Reaktion stieß sie ab.

Ihr Seufzen zog die Blicke des Fremden auf sie. Samantha fühlte sich gezwungen zu fragen: »War es verletzt?«

»*Si*, es hat sich ein Bein gebrochen. Ich habe mir das Bein auch verletzt. Es scheint, als würde ich doch noch nach Elizabethtown kommen.«

Er kicherte über etwas Komisches, was den anderen entgangen sein mußte. Samantha sah ihn sich genauer an. Der obere Teil seines Gesichts war durch den Schatten eines breitkrempigen Huts verborgen, doch die untere Hälfte wies ein kräftiges Kinn auf, das schwach mit schwarzen Stoppeln bedeckt war, feste Lippen, die an einer Seite hochgezogen waren und ein Grübchen in seiner Wange zeigten, und eine schmale, gerade, aber nicht zu lange Nase. Was sie sah, versprach ein gutaussehendes Gesicht.

Er streckte sich fast frech auf seinem Sitz aus. Vielleicht war er aber auch nur müde. Seine langen Beine, die er ausgestreckt hatte, nahmen einen großen Teil des Ganges ein und reichten fast bis an Samanthas Knie. Die Hände, die er vor seiner Taille gefaltet hatte, zeigten lange, spitz zulaufende Finger, die fast anmutig waren, was Samantha überraschte. Er pflegte seine Hände. Sie wiesen auch keine Schwielen auf. Vermutlich trug er beim Reiten Handschuhe.

Auf den ersten Blick wirkte er wie ein gewöhnlicher Cowboy. Staubig und in seiner dunklen Kleidung recht schnittig. Doch als sie ihn näher musterte, wunderte sie sich. Er war schmutzig, doch bis auf die Stoppeln auf seinem Kinn hatte er nichts Ungepflegtes an sich. Sein Haar, das so schwarz war wie Ebenholz, reichte nur bis auf seinen Hemdkragen, und seine Kleider saßen gut und waren qualitativ hochwertig. Sein dunkelbraunes Hemd war aus Leinen, sein Halstuch aus Seide, und die schwarze Weste war, ebenso wie seine Schuhe, aus edlem spanischen Leder.

Allmählich erwachte Samanthas Neugier für den Mann, den sie so schnell abgetan hatte. Zum erstenmal, seit sie Adrien kannte, empfand sie Interesse für einen anderen Mann, und das überraschte sie.

Er war schlank, aber seine Brust und seine Arme waren muskulös. Ebenso die langen Beine, die in engen schwarzen Hosen steckten. Samantha verglich ihn vor ihrem geistigen Auge mit Adrien. Der Fremde war jung, vital und in exzellenter körperlicher Verfassung. Es war sogar so, daß der blonde Adrien neben dem Fremden verblaßte und fast kränklich wirkte.

Adrien musterte ihn ebenso interessiert wie Samantha, aber wen sah der Mann an? Jeannette oder sie? Sie konnte es nicht sagen, da sie seine Augen nicht deutlich erkennen konnte. Aber wahrscheinlich sah er Jeannette an, sagte sie sich, denn Jeannette war eine klassische Schönheit. Sie war zierlich und der Typ Frau, zu dem die Männer sich hingezogen fühlten, weil sie ihre Beschützerinstinkte ansprach und sie sie in den Arm nehmen wollten. Sie war zwar weder uneinnehmend noch zu groß, doch Samantha kam sich neben Jeannette regelrecht linkisch vor.

Das Schweigen zog sich in die Länge. Mr. Patch hustete so lange, bis Samantha sich seiner erbarmte und den Fensterladen schloß. Das anhaltende Schweigen weckte ihr Unbehagen. Jeannette hatte gelangweilt die Augen geschlossen, und auch Mr. Patch saß mit geschlossenen Augen da, doch Samantha konnte die Augen nicht schließen. Sie mußte wissen, ob der Fremde sie ansah oder nicht.

Ihr Verdruß wuchs, bis sie schließlich ganz plump fragte: »Nehmen Sie eigentlich nie Ihren Hut ab?«

Adrien blieb angesichts dieser Roheit die Luft weg, und sie errötete. Der Fremde grinste, nahm seinen Hut ab und strich sich über das gewellte schwarze Haar.

»Ich bitte um Verzeihung, Señorita.«

Sie starrte in schiefergraue Augen, die von Lachfältchen umgeben waren. Die Augen selbst schienen sie anzulachen!

»Sie sprechen Spanisch, Señor«, sagte Samantha impulsiv. »Sie sehen aber nicht wie ein reinrassiger Spanier aus. Ich würde annehmen, daß Sie ... ein halber Amerikaner sind.«

»Sie sind eine gute Beobachterin.«

»Also wirklich, Samantha«, mischte sich Adrien mit verächtlicher Stimme ein.

Sie wandte ihm ihre grünen Augen zu und zog die Augenbrauen hoch. »Ach! Sprichst du etwa wieder mit mir, Adrien?«

»Eigentlich sollte ich es nicht tun«, antwortete er mürrisch. Dann wandte er sich an den Fremden und sagte: »Sie müssen die Grobheit meiner Begleiterin verzeihen, Mr. . . . äh . . . ?«

»Chavez. Hank Chavez.« Er nickte Adrien zu. »Aber einer so reizenden Dame braucht man nichts zu verzeihen.«

Samantha lächelte über sein Kompliment. »Sie sind sehr freundlich, Señor. Aber es war wirklich unhöflich von mir. Und ich habe noch nicht einmal recht gehabt. Ihr Name ist mexikanisch.«

»*Si*, ich habe auch Indianerblut.«

»Aber nicht viel«, vermutete sie.

»Sie haben auch diesmal recht, Señorita.«

Adrien stellte eilig alle Anwesenden vor, ehe Samantha ihn mit ihrer Plumpheit in weitere Verlegenheit bringen konnte. Sie lehnte sich zurück und hörte zu, während Adrien Konversation betrieb und erklärte, warum er nach New Mexico reiste. Sie schloß die Augen und ließ sich von seiner Stimme, gefolgt von der tieferen Stimme Hanks, in den Schlaf lullen.

Ein heftiger Ruck riß sie aus dem Schlaf, und als sie die Augen öffnete, ruhten Hank Chavez' graue Augen auf ihr. Oder genauer gesagt auf dem tiefen V, das sie am Ausschnitt ihrer Bluse hatte entstehen lassen.

Samantha sah an sich hinunter. Ihre Brüste schauten ein winziges bißchen heraus. So weit hatte sie sich noch nie vor jemandem entblößt. Und selbst das hatte nichts genutzt! Während all der Zeit hatte Adrien es nicht bemerkt. Ganz im Gegensatz zu Hank Chavez.

Ihre Blicke trafen sich. Er lächelte. Sie wollte sterben. Ein Erröten stieg von ihrem Hals auf und breitete sich auf ihrem Gesicht aus. Sie konnte sich nicht erklären, warum sie so verlegen war, aber sie war es. Vielleicht lag es daran, daß er ein so attraktiver Mann war, doch vielleicht kam es auch daher, wie er sie mit seinen Blicken abschätzte. Was auch immer der Grund sein mochte – sie fühlte sich zutiefst gedemütigt. Und daran ließ sich nichts ändern. Wenn sie ihre Bluse jetzt schnell zuknöpfte, machte sie damit nur alles schlimmer.

Adrien redete immer noch auf den Fremden ein, und schließlich drehte sich Hank Chavez zu ihm um. Samantha hörte nicht zu. Sie nahm ihren Fächer zur Hand, hielt ihn vor ihre Bluse und knöpfte verstohlen einen Knopf zu. Doch weiter kam sie nicht, ehe diese grauen Augen wieder auf sie fielen. Sie ließ die Hände auf den Schoß sinken. Nur er wußte, was vorgefallen war, und sein Blick wanderte an die Stelle, an der ein kleiner Spalt zu sehen gewesen war. Dann sah er ihr in die Augen. Er schien sie dafür zu schelten, daß sie ihm den Ausblick verwehrte, den er so sehr bewundert hatte.

Unter seinen andauernden Blicken wurde es Samantha warm, und sie schloß die Augen. Sie wollte schlafen oder notfalls auch so tun, als schliefe sie, doch sie würde Hank Chavez nicht mehr ansehen, ganz gleich, was geschah.

6

Die Dämmerung brach herein, doch die Kutsche holperte weiter. Der nächste Halt war noch etliche Meilen entfernt. Hanks Knöchel pochte, und er sehnte sich danach, seine Stiefel auszuziehen, aber damit würde er warten müssen, bis sie anhielten.

Er hatte mehr als eine Meile humpeln und den Sattel schleppen müssen, um zu der Strecke zu kommen, die die Postkutsche nahm. Zehn Minuten später, und er hätte sie verpaßt. Er fragte sich, ob er die ganze Strecke bis Elizabethtown mit der Postkutsche fahren sollte, damit sein

Knöchel eine Chance hatte, sich zu erholen, oder ob er versuchen sollte, sich in der nächsten Stadt ein Pferd zu kaufen. Als er die Frau ansah, die ihm gegenübersaß, entschloß er sich, nicht gleich ein Pferd zu kaufen.

Was für eine faszinierende Frau sie war, selbst im Schlaf. Die Blonde war unbestreitbar schön, doch die Dunkelhaarige war der Inbegriff des Liebreizes. Sie erinnerte ihn an das Mädchen in Denver, das Mädchen mit dem Revolver. Alles an ihr erinnerte ihn an dieses Mädchen, aber er hatte sie nur im Profil und aus großer Entfernung gesehen. Dieses Mädchen hier war wesentlich reifer. Ihr Haar war elegant frisiert, und sie wirkte älter. Er schätzte sie auf zwanzig – eine ausgewachsene Frau.

Ihre zarte weiße Haut konnte daher kommen, daß sie aus dem Osten kam. Vielleicht mochte sie aber auch einfach nur keine Sonne. Dennoch wußte sie etwas über Mexiko, denn sie hatte sich nicht in seiner Abstammung getäuscht. Seine Mutter, eine Amerikanerin, hatte englische Vorfahren gehabt. Sie war es, die ihm den Namen Hank gegeben hatte, den sein Vater später in Enrique umgewandelt und dem Namen noch Beträchtliches hinzugefügt hatte. Sein Vater war ein mexikanischer Spanier gewesen, wenngleich auch wenig mexikanisches Blut in seinen Adern geflossen war. Hanks Urgroßvater war ein halber Mestize gewesen und hatte eine spanische Doña geheiratet, und ihr Sohn Victoriano hatte in die Familie Vega eingeheiratet, die kurz vorher aus Spanien gekommen war.

Hanks Gedanken weilten nicht mehr oft bei seinen Vorfahren: Bis auf seine ältere Schwester waren alle, die ihm lieb gewesen waren, tot. Doch Samantha Blackstone hatte ihn wieder an seine Familie denken lassen. Wie neugierig die junge Dame war! Adrien Allston war sicher schockiert gewesen. Hank dagegen störte sich nicht daran. Er bewunderte es, wenn eine Frau keine Angst hatte, das zu sagen, was sie dachte, oder ihre Neugier zu befriedigen.

Er konnte seinen Blick nicht von ihr losreißen. Lange braune Wimpern spielten auf ihren Wangen, und im

Schlaf war ihr ein kurzes Löckchen auf die Schläfe gefallen, das im Schein der Lampe rot schimmerte. Genüßlich rief er sich ihre Verlegenheit ins Gedächtnis zurück, als sie ihn dabei ertappt hatte, ihre vollen Brüste zu bewundern. Er hatte ihre Verlegenheit ausgekostet, und es hatte ihm gefallen, daß sie seinetwegen errötet war. Wenn er sie zum Erröten bringen konnte, stand sie ihm nicht gleichgültig gegenüber.

Er stand ihr gewiß nicht gleichgültig gegenüber. Auf gewisse Weise erinnerte sie ihn an Angela, obwohl sich die beiden äußerlich, abgesehen von der Tönung ihres Haares, nicht ähnlich waren. Auch Angela hatte er leicht zum Erröten bringen können. Er konnte sich daran erinnern, wie knallrot ihr Gesicht geworden war, als er beim Überfall auf die Postkutsche ihr Mieder nach Wertsachen durchsucht hatte. Sie hatte ihm eine kräftige Ohrfeige gegeben, und er hatte sich genötigt gesehen, diese Ohrfeige mit einem Kuß zu beantworten, von dem er gewünscht hatte, er möge nie enden.

Zum erstenmal in seinem Leben wollte Hank wirklich eine Postkutsche ausrauben – diese hier, um die dunkelhaarige Frau durchsuchen zu können, die ihm gegenüber saß. Schon ihr Anblick löste aus, daß er sie haben wollte, und er mußte seinen Hut auf seinen Schoß legen, um den Aufruhr, der dort herrschte, zu verbergen.

Was war bloß los mit ihm? Nie hatte er so stark, so körperlich auf eine Frau reagiert, die er nie auch nur berührt hatte. Nicht einmal Angela hatte ihn derart leicht erregen können. Und dabei schlief diese Frau. Sie ließ nicht einmal ihre Augen spielen.

Hank schloß die Augen, um sie nicht mehr zu sehen und so sein Blut zu kühlen. Doch es klappte nicht. Sie schlich sich in seine Träume ein.

Der Weg nach Elizabethtown würde ein langer Weg werden.

Samantha stieg als letzte aus der Kutsche aus. Jeannette mußte sie wecken. Sie schalt sie, weil sie in der Nacht nicht schlafen könne. Samantha war das gleich. Die Reise war so langweilig, daß man nur schlafen konnte. Dann fiel ihr Señor Chavez wieder ein, und sie war augenblicklich hellwach.

Doch er war mit den anderen Männern fortgegangen. Es gab einen Stall, in dem zusätzliche Pferde bereitstanden, und ein Haus, das eigentlich nur aus einem großen Raum bestand. Dort konnten die Reisenden eine warme Mahlzeit zu sich nehmen und ein paar Stunden auf den Bänken schlafen.

Samantha ging mit Jeannette und Mr. Patch ins Haus. Der Kutscher und Adrien kamen kurz darauf durch die Hintertür. Hank Chavez war nicht bei ihnen. Samantha wünschte, er würde bald kommen, damit sie sich am Brunnen waschen konnte. Es hätte sich nicht geziemt, daß sie ins Freie ging, solange er noch dort war.

Adrien kümmerte sich um das Wohlergehen seiner Schwester, und als das Essen fertig war, brachte er ihr einen Teller. Samantha ignorierte er nach wie vor. Der alte Koch bot ihr einen Teller an, doch sie lehnte ab, weil sie sich vorher waschen wollte. Sie fühlte sich von der Fahrt von Kopf bis Fuß schmutzig, und sie hätte sich gern umgezogen, aber für diesen kurzen Halt wurde das Gepäck nicht abgeladen, und sie war nicht dazu aufgelegt, jemanden um Hilfe zu bitten, damit er ihr einen ihrer Koffer herunterhob.

Als Hank Chavez endlich das Haus betrat, blieb Samantha nichts anderes mehr übrig, als seine beträchtliche Verwandlung zu bewundern. Er hatte sich rasiert, und ohne Bart sah er noch besser aus. Er hatte ein dunkelgraues Hemd mit Perlmuttknöpfen angezogen, die dem Ton seiner Augen entsprachen.

Sobald diese schiefergrauen Augen sich auf sie richteten, wandte Samantha ihren Blick ab. Sie ging wortlos an ihm vorbei, hob die Lampe hoch, die er abgestellt hatte, und trat hinter das Haus. Auf einem steinernen Sims am Brunnen standen ein leerer Eimer und eine große Blechschale mit dem schmutzigen Wasser der anderen, die sich hier gewaschen hatten. Samantha stellte die Lampe dort ab und schüttete das schmutzige Wasser aus. Dann goß sie frisches Brunnenwasser in die Schale. Sie zog ein Taschentuch aus ihrer Handtasche und beugte sich vor, um sich Gesicht und Hände, Hals und Nacken und die Stelle zwischen ihren Brüsten zu waschen.

Sie legte das Taschentuch zum Trocknen auf das Steinsims und knöpfte eilig ihre Bluse zu. Den Fehler, sie aufgeknöpft zu lassen, würde sie nicht wiederholen! Als ihr die glühenden Blicke wieder einfielen, die auf ihr geruht hatten, wurde ihr rundum unbehaglich.

Samantha hörte Schritte, wirbelte herum und schnappte nach Luft. Hank Chavez stand einen halben Meter neben ihr. Sie sah, daß die Hintertür des Hauses geschlossen war, und das bedeutete, daß sie mit ihm allein im Hof stand. Samantha spürte ihren rasenden Herzschlag, doch sie trat einen Schritt zurück und neigte ihren Kopf leicht. Sie wirkte so ruhig und der Situation gewachsen, wie es ihr nur irgend möglich war. Seine Augen lachten nicht. Die Fältchen waren verschwunden, und das erschreckte sie um so mehr.

Endlich sagte er etwas. »Ich habe meinen Hut vergessen.«

»Oh«, seufzte sie. »Hören Sie, Sie haben mich wirklich erschreckt. So leise hinter mir aufzutauchen!«

Gütiger Himmel! Wie lange hatten sie dort gestanden und einander angesehen, ohne ein Wort zu sagen?

»Ich wollte Sie nicht erschrecken, Señorita Blackstone, aber Sie sollten nicht allein hier draußen sein.«

»Unsinn.« Sie lachte, und ihre Angst ließ nach. »Ich bin nahe genug am Haus. Außerdem ist hier niemand außer den Mitreisenden. Ich vertraue jedem einzelnen von ihnen.«

»Das sollten Sie aber nicht tun, Señorita. Sie kennen mich doch gar nicht.«

Er sagte das so ernst, daß sie einen Schritt zurücktrat und nach ihrer Handtasche griff. Wenn es sein mußte, hatte sie ihren neuen Derringer greifbar. Sie hatte den

Derringer kurz nach dem Tag gekauft, an dem Tom Peesley sie belästigt hatte. Eine zweischüssige Pistole war besser als der sechsschüssige Revolver.

»Wollen Sie damit sagen, daß ich Ihnen nicht trauen sollte, Señor?« fragte sie schmeichlerisch.

»Ich sage nur, daß ich ein Fremder bin und daß Sie Fremden nicht trauen sollten. Aber lassen Sie sich jetzt von mir versichern, daß Sie mir tatsächlich trauen können.«

Sie grinste ihn an. »Wenn man Ihren Rat bedenkt, sind die Vergewisserungen eines Fremden so gut wie keine Vergewisserungen.«

Er lachte herzlich, ein tiefes, warmes Lachen. »Ah, die Señorita ist nicht nur *bella*, sondern zugleich auch noch *sabia*.«

Samantha neigte ihren Kopf zur Seite und entschloß sich, unwissend zu tun. »Und was soll das heißen?«

Er streckte eine Hand aus, wie um ihre Wangen zu berühren, doch er überlegte es sich sogleich anders und ließ diese intime Geste bleiben. »Daß Sie weise und schön zugleich sind.«

»Oh, vielen Dank«, antwortete sie. Sie lächelte vor sich hin, denn er hatte sie nicht belogen. Sie verstand Spanisch ausgezeichnet.

Es war ein Spiel, das sie mit Leuten spielte, die nicht wußten, daß sie die Sprache fließend sprach. Es war eine sichere Probe für die Ehrlichkeit ihres Gegenübers. Hank Chavez hatte den Test bestanden.

Sie hatte sich bereits vor einer Weile eingestanden, daß sie sich zu ihm hingezogen fühlte. Sie fühlte sich magnetisch von seiner Männlichkeit angezogen, doch sie war sich nicht sicher, woher das kam. Gewiß, er sah gut aus, aber sie hatte andere gutaussehende Männer kennengelernt, und nicht nur sein Äußeres war attraktiv. Hank hatte noch etwas anderes an sich, etwas Gefährliches. Konnte es ein Hauch des Verbotenen sein? Trotz seines Lächelns und seiner lachenden Augen gab es auch seine andere Seite, und sie hatte sie gesehen. Fürchtete sie sich denn nicht ein wenig vor dem, was sie sah?

»Gestatten Sie mir, Sie zum Haus zurückzubegleiten, Señorita?«

»Ja, vielen Dank. Ich bin ohnehin fertig.«

Er setzte den Hut verwegen schief auf, hob die Lampe auf und nahm ihren Arm. Seine Hand auf ihrem Ellbogen war warm. Seine Schulter berührte die ihre fast, und seine Nähe kostete Nerven.

»*El hombre* Allston, was bedeutet er Ihnen?« fragte er unvermittelt. Die plumpe Frage verblüffte Samantha, doch sie fühlte sich nicht beleidigt. Hatte sie ihn denn nicht genauso dreist ausgefragt, als sie in der Kutsche saßen? Dennoch wußte sie nicht, wie sie die Frage beantworten sollte. Sie wollte ihm nichts von ihren Gefühlen für Adrien erzählen.

»Er ist mein Reisebegleiter. Er und seine Schwester. Ich bin mit Jeannette zur Schule gegangen, und wir sind gute Freunde geworden.«

Hank war sich im Moment zu sehr über seine begehrlichen Gelüste im klaren, um Samanthas Zögern und ihre Ausflüchte zu bemerken. Sie hatte seine Frage nicht beantwortet, nicht wirklich, denn ein Verlobter konnte ebensogut ein Begleiter sein. Ein Liebhaber konnte ein Begleiter sein. Doch darüber machte er sich keine Gedanken. Er konnte nur noch daran denken, wie sehr er diese Frau begehrte.

Sie war ihm so nah, daß er den Duft ihres Haares riechen konnte. Es roch nach Rosen, und wenn er sich ein wenig dichter an sie schmiegte, konnte er ...

Wie konnte er auf solche Gedanken kommen? Er hatte sie an diesem Tag erst kennengelernt. Sie war eine Dame und würde erwarten, daß man sie als solche behandelte. Oh, wäre sie doch keine Dame gewesen. Zwei Sekunden, und ich würde sie hier auf den Boden ziehen, waren Hanks teuflische Gedanken.

Viel zu schnell erreichten sie das Haus, und er mußte ihren Arm loslassen. Nicht einmal diese unschuldige Berührung war ihm jetzt noch möglich.

Sie ließ ihn stehen, um sich einen Teller zu holen, und

Hank folgte ihr eilig. Dann setzte er sich ihr gegenüber an einen leeren Tisch. Die anderen hatten schon gegessen. Jeannette Allston schlief auf einem Stuhl am Feuer. Ihr Bruder und Mr. Patch hatten sich auf Bänken ausgestreckt, und der Kutscher sah nach den Pferden.

Hank war allein mit Samantha Blackstone – und doch nicht allein mit ihr. Er wollte mehr über sie wissen. Er wollte alles wissen. *Por Dios!* Was stellte diese Frau mit ihm an?

»Ich weiß, warum Señor Allston und seine Schwester nach Elizabethtown reisen«, bemerkte Hank beim Essen. »Aber warum reisen Sie dorthin?«

Samantha ließ ihren Teller nicht aus den Augen, denn sie fürchtete, nicht wegschauen zu können, wenn sie ihn noch einmal ansah. »Man könnte sagen, daß ich nur einfach mitkomme, um in Gesellschaft zu reisen. Ich reise nicht gern allein.«

»Werden Sie in dieser Goldgräberstadt bleiben?«

»Nicht lange. Und Sie?« fragte sie zögernd.

»Ich habe weiter südlich Geschäfte zu erledigen.«

Ihre ausweichenden Antworten fielen ihm jetzt auf. Sie war es entweder nicht gewohnt, allzuviel zu reden, oder sie wollte ihm nicht sagen, wohin sie fuhr. Er wollte es trotzdem wissen.

»Wohin gehen Sie, wenn Sie sich von den Allstons trennen?« fragte er direkt.

»Nach Santa Fe. Mein Vater schickt einige seiner Vaqueros, die mich abholen sollen.«

»Vaqueros?« fragte er überrascht.

Sie sah zu ihm auf und grinste verschmitzt. »Ja. Ich bin in Mexiko zu Hause, Señor. Dachten Sie wirklich, ich käme aus dem Osten?«

»Ja, das dachte ich.« Er grinste sie jetzt an.

»Dann wissen Sie jetzt, daß dem nicht so ist.«

»Dann haben wir wohl etwas gemeinsam. Aber Sie sind bestimmt keine Mexikanerin.«

»Nein, ich habe englisch-amerikanisches Blut.«

»Ich habe eine Schwester in England.«

Sie zog die Augenbrauen hoch und lachte. »Und ich habe einen Bruder dort. Schon wieder eine Gemeinsamkeit, nicht wahr?«

Sie war jetzt gelöster, und die beiden unterhielten sich über Nebensächliches. Nachdem sie die Nervosität überwunden hatte, die seine Nähe bei ihr bewirkt hatte, stellte sie fest, daß sie Hank Chavez mochte, daß er ihr sogar sehr gut gefiel. Bei ihm fühlte sie sich entspannt. Bei Adrien mußte sie ständig auf der Hut sein, ständig ihr Temperament zügeln, ständig ein damenhaftes Benehmen an den Tag legen. Bei Hank fühlte sie sich wohl. Er brachte sie zum Lachen. Er war charmant und geistreich und doch durch und durch ein Gentleman.

Warum konnte Adrien nicht so sein? Warum konnte er nicht dasitzen und sich mit ihr unterhalten, Interesse an ihr zeigen? Er hatte ihr nicht einmal gute Nacht gesagt oder sich vergewissert, daß ihr nichts fehlte, ehe er sich schlafen gelegt hatte. Adrien machte sich nichts aus ihr, und das war die schlichte Wahrheit. Aber sie machte sich etwas aus Adrien, und das war das Problem. Sie würde etwas unternehmen müssen, um ihn so weit aufzurütteln, daß er sich etwas aus ihr machte.

In dem Moment schoß ihr die Idee wieder durch den Kopf, die sie zuvor verworfen hatte. Sie würde Adrien eifersüchtig machen. Sie hatte genau den richtigen Mann für diesen Zweck gefunden – Hank Chavez. Doch konnte sie es wagen, ihn für ihre Zwecke zu nutzen? Er hatte Interesse an ihr gezeigt. Sie brauchte nichts weiter zu tun, als dieses Interesse zu züchten.

Die Mädchen in der Schule hatten ihr die Techniken des Flirts erklärt, doch sie hatte noch nie mit einem Mann geflirtet – Adrien hatte ihr nie Gelegenheit dazu gegeben. Bei Hank konnte sie üben. Nur ein kleines bißchen. Sie wollte ihm keinen Mut machen, nur sein Interesse an ihr nicht erlahmen lassen ... um Adrien etwas zu demonstrieren.

Sie war aufgeregt. Es würde klappen! Es mußte klappen.

»Ihre Augen funkeln«, bemerkte Hank, der sie bewundernd ansah.

Sie lächelte schwach. »So? Meine Güte, ich bin ja so müde.« Sie täuschte ein Gähnen vor. »Ich weiß nicht, wie ich auf dieser Bank schlafen soll. Ich glaube, aus Angst, runterzufallen, könnte ich gar nicht erst einschlafen.«

»Ich habe ein Bettzeug ganz oben auf der Kutsche«, erbot er sich. »Würden Sie mir gestatten, es für Sie zu holen?«

»Täten Sie das wirklich? Das wäre schrecklich nett. Ich dachte schon daran, in der Kutsche zu schlafen.«

Seine Augen funkelten. »Ich könnte Ihnen Gesellschaft leisten.«

»Nein, nein. Das Bettzeug reicht mir voll und ganz«, sagte sie hastig, während eine leichte Röte in ihr Gesicht stieg.

War er ein Gentleman oder nicht? Sie stellte sich diese Frage voller Unbehagen. Wenn er es nicht war, konnte sie ihren Plan nicht ausführen. Ein Gentleman mußte dem besseren Mann huldvoll den Vortritt lassen. Und so *mußte* es enden. Sie würde Adrien dazu bringen, sie zu lieben, und Hank Chavez würde seines Weges ziehen. Genau so würde es kommen.

Er kam mit dem Bettzeug zurück, küßte ihr galant die Hand und wünschte ihr *buenas noches*. Dann entfernte er sich, um sich auf einer Bank auszustrecken, die weit von ihr weg stand, und wieder einmal entspannte sie sich. Ja, er war ein Gentleman. Wenn ihr Plan ausgeführt war und sein Ziel erreicht hatte, würde es nicht zu erbitterten Gefühlen kommen. Dessen war sie sich sicher.

7

Vier Tage lang waren Samantha und Hank die einzigen in der Kutsche, die sich unterhielten. Mr. Patch fiel gelegentlich in ihr Gespräch ein, doch Jeannette fühlte sich ausgeschlossen, wenn sie nicht gerade über den Osten sprachen, und sie sprachen auch über den Osten. Sie sprachen überhaupt über vieles. Samantha ließ Hank nicht wissen, wer ihr Vater wirklich war oder wo sie lebte. Sie wich geschickt allen Einzelheiten aus, und er drängte sie nicht.

Sie unterhielten sich über England, und er erzählte ihr von Spanien und Frankreich, denn dort war er zur Schule gegangen. Das war der Punkt, an dem Adrien sich in das Gespräch einmischte.

Es klappte! Adrien sah sie häufig komisch an, und mehrfach ertappte sie ihn dabei, daß er Hank fast glimmend ansah. Und Hank Chavez verlor sein Interesse an ihr nicht. Er war aufmerksam und verwöhnte sie.

Am achten Tag fuhr die Postkutsche früh abends in Trinidad ein. Sie hatten bereits fast zweihundert Meilen zurückgelegt, und weitere fünfundsiebzig Meilen lagen vor ihnen.

Adrien und Jeannette beschlossen, gleich im Rasthaus zu übernachten. Sie sparten auf jede erdenkliche Weise Geld. Adrien hatte zuviel für seine Gerätschaften für die Mine ausgegeben. Samantha erbot sich, den beiden Hotelzimmer zu zahlen, doch sie lehnten stolz ab. Samantha schüttelte den Kopf. Sie hatte gewußt, daß die beiden ablehnen würden. Seit die drei über Geld gesprochen hatten, war die Situation zwischen Jeannette und ihr angespannt. Jeannette war durch dieses Thema vor den Kopf gestoßen und zahlte seither beharrlich alles selbst. Samantha war außer sich. War Adrien denn nicht klar, daß er ein reicher Mann sein würde, sobald er mit ihr verheiratet war? War ihm denn das Wohlbefinden seiner Schwester völlig gleich? Jeannette war es nicht gewohnt, zu knausern oder gar in Absteigen am Wege zu übernachten.

Die Ranch ihres Vaters umfaßte Tausende von Morgen in Mexiko und erstreckte sich über weitere Tausende von Morgen jenseits der texanischen Grenze. Er hatte mehr Land, als er bewirtschaften konnte, doch er nutzte einen großen Teil des Landes. Neben der Viehzucht baute er in den fruchtbaren Tälern östlich der westlichen Sierra-Berge Getreide an, und seine beiden Kupferminen machten ihn jährlich reicher. Wenn Adrien all dies bloß gewußt hätte. Aber sie sprach nicht über ihren Reichtum, und daher war es möglich, daß er nichts davon wußte. Die Allstons wußten lediglich, daß ihr Vater eine Ranch in Mexiko hatte. Vielleicht setzten sie eine Ranch nicht mit Reichtum gleich. Adrien würde staunen, wenn sie heirateten und sie es ihm endlich offen sagen konnte.

Hank begleitete Samantha zum Hotel. »Werden Sie heute mit mir zu Abend essen?« fragte er, ehe er sie auf einem Treppenabsatz zurückließ. Als sie nickte, griff er nach ihrer Hand und drückte sie. Dann ließ er sie los. »Ich hole Sie in einer Stunde ab.« Er ging in sein Zimmer.

Samantha weichte sich lange in einem kleinen Holzzuber ein und grübelte über diese vertraute Geste nach. Es wäre ihr lieb gewesen, wenn Adrien es gesehen hätte, aber da Hank und sie allein gewesen waren, bereitete ihr diese Geste Unbehagen.

Sie hoffte, daß Hank sich nur mit ihr amüsierte. Es wäre nicht angebracht, wenn er es ernst mit ihr meinen sollte. Sie mochte ihn, aber sie liebte Adrien, und sie war nicht so wankelmütig, leichtfertig ihre Gefühle an einen anderen zu vergeben – auch nicht für einen so gut aussehenden, galanten Mann. Mehr als zwei Jahre hatte sie davon geträumt, Adriens Frau zu werden, und ihn würde sie auch heiraten.

Hank stand um Punkt sechs Uhr vor ihrer Tür, wie versprochen. Er hatte gebadet und sich rasiert, und er trug einen Anzug. Rock und Hose waren schwarz, doch die gestreifte Satinweste war in zwei Brauntönen gehalten. Dazu trug er ein weißes Rüschenhemd. Er sah großartig aus. Konnte er diese Kleidungsstücke in seine Satteltasche gestopft haben? Unmöglich. Wahrscheinlich hatte er sie sich gerade eben erst gekauft.

»Sie sehen *magnifica* aus.« Hank machte ihr dieses

Kompliment, als er ihr graues Kleid aus Merinowolle mit der dazu passenden Jacke sah, die schwarz eingefaßt war.

Samantha lächelte gegen ihren Willen. »Dasselbe habe ich gerade über Sie gedacht.«

Er grinste. Um seine Augen bildeten sich die Fältchen, und die Grübchen verliehen seinem Gesicht etwas Knabenhaftes. »Gehen wir? Ein paar Häuser weiter gibt es ein kleines Restaurant.«

»Hätten Sie etwas dagegen, erst noch einen kleinen Spaziergang zu machen?« wagte sich Samantha vor. »Wir könnten uns vielleicht ansehen, was es in dieser Stadt zu sehen gibt?«

»Es ist schon dunkel«, gab er zu bedenken.

»Wir können auf der Hauptstraße bleiben.«

Es gab kaum Licht, nur eine Mondsichel und gelegentlich einen Lichtschein aus einem Fenster. Sie schlenderten langsam über die Holzplanken vor den Geschäften. Samantha kostete es aus, nur einfach zu laufen, Gelegenheit zu haben, sich die Beine zu vertreten.

Wie sie es haßte, mit der Postkutsche zu reisen! Nur noch drei Tage. Nur? Sie zog ernsthaft in Erwägung, eine Nachricht nach Santa Fe zu schicken, in der sie darum bat, in Elizabethtown abgeholt zu werden, doch die Vaqueros waren schon unterwegs, da sie ihrem Vater telegrafiert hatte.

»Wie werden Sie von engen Freunden genannt, Samantha?« fragte Hank leise.

Sie dachte an Adrien und Jeannette und antwortete: »Samantha.«

»Nennt jeder Sie so?«

Sie sah ihn belustigt von der Seite an. »Wieso? Gefällt Ihnen mein Name nicht?«

»Er paßt nicht zu Ihnen«, sagte er frei heraus. »Sie haben mehr von einer Carmen, einer Mercedes, einer Lanetta. Samantha ist so ... viktorianisch.«

Sie zuckte die Achseln. »Meine Großmutter war Viktorianerin, und sie hat meinen Namen ausgesucht. Aber Sie haben recht. Es klingt ziemlich förmlich.«

Dann grinste sie. »Zu Hause werde ich Sam oder sogar Sammy genannt.«

Hank kicherte. »Sam! Nein, ein Sam sind Sie ganz bestimmt nicht. Sammy ist gar nicht übel, wenn ich mir auch für ein so hübsches Mädchen durchaus bessere Namen vorstellen könnte. Haben Sie etwas dagegen, wenn ich Sie Sammy nenne?«

»Ich weiß nicht.« Sie zögerte. »Es ist ein bißchen zu...«

»Vertraulich?« Er schüttelte den Kopf. »Sehen Sie mich nicht als einen Freund an?«

»Doch, natürlich«, versicherte sie ihm eilig. »Doch, ich glaube schon, daß sich das machen läßt. Aus Ihrem Mund wird es komisch klingen. Man nennt mich nur zu Hause so, und ich kenne Sie erst seit ein paar Tagen.«

»Aber Sie waren damit einverstanden, daß wir Amigos sind.«

»Ja, wir sind Freunde. Und ich nutze im Moment unsere Freundschaft aus.« Sie hatte bemerkt, daß sein Humpeln schlimmer wurde. »Ich bringe Sie dazu, mit mir spazierenzugehen, obwohl Ihr Knöchel noch nicht richtig ausgeheilt ist.«

Er nahm ihren Arm und führte sie zurück zu dem kleinen Restaurant. »Ich versichere Ihnen, daß es mir ein Vergnügen ist, mit Ihnen spazierenzugehen... Sammy.«

Sie grinste verschmitzt. »Trotz der Schmerzen?«

»Wenn ich mit Ihnen zusammen bin, spüre ich keinen Schmerz«, antwortete er gewandt.

»Wie galant! Aber das sollten Sie lieber Ihrem Knöchel sagen«, neckte sie ihn.

Sie betraten das Restaurant, und als er sie zu einem freien Tisch führte, glitt seine Hand von ihrem Arm zu ihrer Taille. Als sie diese starken Finger spürte, die ihre Taille umfaßt hatten, geschah etwas mit Samantha. Ihr wurde von Kopf bis Fuß warm, und sie war sicher, daß sie stark errötete. Dennoch war sie nicht verlegen.

Sie sprachen wenig, während sie aßen. Es war schwer, Hank gegenüber die Gleichgültigkeit vorzutäuschen, die sie ihm hatte zeigen wollen. Er war einfach zu attraktiv, und sie genoß seine Gesellschaft sehr. Während der Mahlzeit ertappte sie sich oft dabei, daß sie ihn verstohlen ansah, wobei sie feststellen mußte, daß auch er ihr heimliche Blicke zuwarf. Wahrscheinlich war er es gewohnt, auf Frauen zu wirken, und es war ein berauschendes Gefühl, dieselbe Wirkung auf einen so gut aussehenden Mann auszuüben.

Langsam schlenderten sie zum Hotel zurück, denn es widerstrebte ihnen, gerade jetzt auseinanderzugehen. Aber es war spät, und die Kutsche würde am nächsten Morgen sehr früh weiterfahren.

Hank begleitete sie bis vor ihre Zimmertür, und Samantha wartete in atemloser Vorfreude. Würde er versuchen, sie zu küssen?

Seine Heftigkeit hatte sie nicht erwartet. Als sie sich zu ihm umdrehte, um ihm eine gute Nacht zu wünschen, schlang er seinen rechten Arm um ihre Taille und zog sie an sich. Seine linke Hand wanderte auf ihren Hinterkopf und hielt ihn so fest, daß sie sich nicht abwenden konnte. Sie wollte es gar nicht. Er würde sie küssen, und sie wollte von ihm geküßt werden. Nur ein einziger Kuß würde nicht schlimm sein. Sie würde dafür sorgen, daß es bei einem Kuß blieb.

Die Heftigkeit, mit der seine Lippen sich auf ihren Mund senkten, war so außerordentlich, daß sie einen Moment lang glaubte, sie würde ohnmächtig werden. Sie spürte seinen Körper, der sich gegen sie preßte und sie in Flammen setzte. In seinen Armen war sie nicht mehr sie selbst, sondern eine willenlose Marionette.

Als er sie losließ, brach Enttäuschung über sie herein. Plötzlich war ihr ganz kalt. Doch als er gute Nacht sagte, wärmte der Blick seiner Augen sie wieder.

Sie betrat völlig benommen ihr Zimmer, ließ ihre Kleider auf den Boden fallen und kroch ins Bett. Sein Kuß brannte noch auf ihren Lippen, und ihr Körper bebte innerlich.

8

Am nächsten Morgen schlich sich Adrien in ihre Gedanken ein, und sie entwickelte Schuldgefühle. Als sie erst diese Treppe mit Hank hinaufgestiegen war, hatte Adrien aufgehört zu existieren. Es war, als hätte sie ihn betrogen, nicht mit dem Kuß, sondern dadurch, daß sie ihn vollständig vergessen hatte.

Sie würde dafür sorgen, daß es kein zweites Mal passierte. Sie konnte es abwarten, bis Adrien sie küßte und sie dieselbe Erregung spüren ließ. Natürlich würde Adriens Kuß noch wunderbarer sein, weil sie ihn liebte. Sie liebte ihn wirklich. Doch, sie liebte ihn. Aber warum mußte sie sich das immer wieder sagen?

Samantha verließ zornig ihr Hotelzimmer. Sie würde nicht auf Hank warten, obwohl Adrien sie dann beide zusammen sehen könnte. Als sie jedoch in die Eingangshalle kam, erwartete Hank sie dort.

»*Buenos dias*, Sammy.« Hank lächelte.

Samantha konnte ihm nicht in die Augen schauen. Er sagte ihren Namen so zart, als sei es eine Liebkosung. Wie hatten ihr die Dinge nur so schnell so weit entgleiten können? Es war klar ersichtlich, daß er ihr auf den Leim gegangen war. Zu sehr, und zu schnell. Würde sie ihren Plan fallenlassen müssen? Sie wollte diesen charmanten Mann bestimmt nicht verletzen.

»Hank ... wegen gestern abend«, setzte sie an.

»Ich habe an nichts anderes mehr gedacht«, sagte er schnell, und sie wußte, daß sie ihn entmutigen mußte, ehe seine Gefühle stärker wurden.

»Hank, Sie ... Sie hätten mich wirklich nicht küssen dürfen.«

»Es hat dir aber doch gefallen.«

»Ja, aber ...«

»Es war zu früh«, beendete er den Satz für sie, ehe sie ihm das mit Adrien erklären konnte. »Du mußt mir verzeihen, Sammy. Ich bin kein geduldiger Mensch. Für dich werde ich trotzdem versuchen, geduldig zu sein.«

Sie wollte Einwände dagegen erheben, ihm sagen, daß er zu einem falschen Schluß gekommen war, doch er nahm ihren Arm und führte sie aus dem Hotel. Sie würde ihm sagen müssen, daß sie nur gute Freunde sein konnten, daß sie Adrien liebte. Wie sollte sie die richtigen Worte finden? Vielleicht war es besser, ihm zu zeigen, woran er war. Ja, so würde sie es machen.

Adrien sah die beiden kühl an. Oh, es hatte ja so gut geklappt. Er war eifersüchtig. Aber jetzt konnte sie das Spiel nicht weiterspielen. Sie konnte Hank nicht weh tun.

Samantha verschwand wortlos von Hanks Seite und schloß sich Adrien und Jeannette an. Sie mußte sich Hank gegenüber kühl und unbeteiligt geben. Das war die einzige Möglichkeit. Und dennoch fühlte sie sich ganz schrecklich dabei.

Den ganzen Tag über sprach sie nicht mit Hank und sah ihn auch nicht an. Adrien schien etwas besser aufgelegt zu sein, und er sprach sogar gelegentlich mit ihr. Die meiste Zeit unterhielt er sich jedoch mit Hank.

Am folgenden Abend setzte sich Samantha beim Essen so dicht wie möglich neben Adrien und zwang ihn, mit ihr zu reden. Sie wich nicht von seiner Seite, ehe es an der Zeit war, schlafen zu gehen. In jener Nacht schlief sie nicht. Hank hatte sie seltsam, fast flehentlich angesehen. Sie verfluchte sich hundertfach dafür, Hank für ihre Zwecke benutzt zu haben, während sie die ganze Nacht lang wach lag. Es tat ihr so leid. Aber der Schaden war angerichtet.

Am nächsten Morgen war sie so müde, daß sie kaum zur Kutsche laufen konnte. Sie schlief während der ganzen Fahrt, und als sie abends in einer anderen Stadt anhielten, war sie hellwach. Sie wollte sich kein Hotelzimmer nehmen. Sie wollte in Adriens Nähe sein. Als Hank sah, daß sie nicht wie er in ein Hotel gehen würde, packte er sie am Arm, zog sie von den anderen fort und zwang sie, mit ihm zu sprechen.

»Warum tust du, als sei ich Luft, Sammy?«
»Wie meinen Sie das?«
Seine Augen wurden kleiner. »Du hängst dich an dei-

nen Freund Adrien, als würdest du dich vor mir fürchten.«

»Adrien ist mehr als nur ein Freund«, sagte sie betont. Dann wandte sie sich ab und ging. In ihren Augen brannten Tränen. Plumper hätte sie es nicht sagen können. Jetzt mußte er es verstehen.

Hank sah ihr mit finsterem Gesicht nach. Am liebsten wäre er ihr nachgelaufen und hätte sie kräftig geschüttelt. Was tat sie da? Warum ignorierte sie ihn plötzlich und wandte ihre gesamte Aufmerksamkeit Adrien zu?

Plötzlich kam er auf die Antwort, und er hätte fast laut gelacht. Die kleine Närrin! Sie wollte ihn eifersüchtig machen! Wußte sie denn nicht, wie überflüssig das war? Er war längst restlos von ihr eingenommen. Sie brauchte ihn nicht eifersüchtig zu machen.

Doch er beschloß, sie ihr Spielchen spielen zu lassen. Für sie würde er geduldig sein. Für sie wollte er alles tun.

Diese Feststellung verblüffte Hank. Es stimmte. Wie hatte er sich so schnell in diese Frau verlieben können? Sie hatte ihn Pat vergessen lassen, ihn Mexiko vergessen lassen. Außer für Samantha hatte er für nichts mehr Gedanken.

Das verwirrte ihn. Das der Liebe Verwandteste, was er je für eine Frau empfunden hatte, hatte er bei Angela empfunden. Und das war gar nicht lange her, nicht so lange, daß er sich nicht deutlich an die Bitterkeit erinnern konnte, die es bedeutet hatte, sie an einen anderen Mann zu verlieren. Doch all das erschien ihm jetzt vollkommen unwesentlich.

Noch liebte er sie nicht. Er hielt es nicht für Liebe, nicht so schnell. Doch er konnte sie lieben. Er konnte ihr sein Herz durchaus ganz schenken, wenn sie ihm dafür ihr Herz gab.

Doch eines war ihm jetzt schon klar. Es verlangte ihn nach ihr. In dieser Hinsicht herrschte keinerlei Verwirrung in ihm. Er brauchte sie nur anzusehen, und sein Blut kochte. Doch sie war eine Dame, und daher mußte er langsam vorgehen. Auch schien es, als wollte sie ihre weiblichen Spielchen betreiben.

Hank schüttelte den Kopf über diese absurde Geschichte. Merkte Samantha denn nicht, zu welcher Sorte von Männern Adrien Allston gehörte? Auf Adrien konnte er nicht eifersüchtig sein. Adrien hatte Hank bereits zwei Anträge gemacht, und den zweiten Versuch hatte Hank damit beschlossen, daß er seine Waffe zog, um seinen Abscheu auszudrücken.

Samantha war bei Adrien völlig sicher, aber offensichtlich glaubte sie, Hank wüßte das nicht. Dieses eine Mal würde er es ihr nachsehen und warten, bis sie den Unsinn satt hatte, und dann würde er ernsthaft mit ihr reden. Danach kam kein solcher Unsinn mehr in Frage. Das würde er nicht zulassen. Wenn er sie erst darum bat, seine Frau zu werden – *Dios!* Ja, ihm wurde klar, daß er daran dachte, genau das zu tun.

9

Die Siedlung, die sich Elizabethtown nannte, war 1868 gegründet worden, zwei Jahre nachdem man Gold in den Bächen und Schluchten in der Umgebung des Baldy Mountain gefunden hatte. Tausende von Goldgräbern waren in den letzten Jahren in diese Gegend gekommen, und weitere kamen ständig hinzu. Es wurde ständig neu gebaut. Es handelte sich bei den Gebäuden hauptsächlich um wacklige Holzhütten, aber mehr als hundert standen bereits da – Läden, Saloons, Tanzdielen, Hotels, und sogar eine Drogerie gab es.

Die Kutsche war gut vorwärtsgekommen und rollte am Spätnachmittag des 18. Februar in die Stadt. Adrien ließ sich von der wüsten, sprudelnden Aktivität des Ortes mitreißen und konnte nicht bis zum nächsten Tag abwarten, sondern lieh sich gleich ein Pferd und ritt zum Moreno Valley hinaus.

Er ließ Jeannette mit dem gesamten Gepäck und den Vorräten allein. Die arme Jeannette war ganz benommen.

Sie konnte Adriens wilden Enthusiasmus nicht verstehen, und sie war es auch nicht gewohnt, auf sich allein gestellt zu sein, da sich Adrien gewöhnlich um alles kümmerte.

Samantha nahm schnell alles in die Hand, und Jeannette überließ es ihr dankbar, sich um ihre Angelegenheiten zu kümmern. Samantha fand ein billiges Hotel und sorgte dafür, daß das Gepäck der Allstons dorthin gebracht wurde. Sie hatte die Absicht, ebenfalls dort unterzukommen. Das Hotel gefiel ihr nicht, aber sie wäre nicht auf den Gedanken gekommen, Jeannette allein zu lassen, solange Adrien fort war.

Als sie gehen wollten, kam Hank Chavez auf sie zu. Samantha war angespannt, doch er überraschte sie.

»Señorita.« Er legte die Finger an seine Hutkrempe und sagte galant: »Ihre Gesellschaft hat eine an sich äußerst mühselige Reise zu einer angenehmen gemacht.«

Samantha nickte. »Das ist freundlich von Ihnen.«

»Vielleicht sehen wir uns vor meiner Abreise noch«, fuhr Hank fort. Dabei sah er Samantha an.

»Vielleicht«, erwiderte sie ausweichend.

Er lächelte. »Wenn nicht, dann verabschiede ich mich jetzt von Ihnen, Samantha. Señorita Allston.«

Er legte wieder die Finger an seinen Hut, und dann verschwand er eilig. Samantha sah ihm entgeistert nach. Sie war erleichtert, doch gleichzeitig empfand sie etwas anderes, etwas, worüber sie sich nicht klarwerden konnte. Sie sagte sich, daß er die Umstände verstanden hatte. Indem er sie Samantha nannte, drückte er aus, daß er verstanden hatte. Und das mit Anstand, wie sie es gehofft hatte. Sie fand, daß er sogar fast zu schnell aufgegeben hatte.

»Das war ein ausgesprochen netter Gentleman ... und so bedachtsam«, bemerkte Jeannette.

»Ja, das war er.«

»Und er hat sich sichtlich in dich verliebt, Chérie.«

»Nein ... nicht wirklich«, erwiderte Samantha voller Unbehagen.

»Er hat dir also nicht gefallen?« fragte Jeannette. »Das kann ich dir nicht verdenken. Er hat nicht direkt ansprechend ausgesehen.«

»Was soll das heißen?« fragte Samantha mit Schärfe in der Stimme. »Er war ein gutaussehender Mann.«

Jeannette war schockiert. »*Mon Dieu!* Du meinst es zu gut mit ihm, Chérie. Der Mann war viel zu dunkel. Zu ... wie soll ich es sagen? Ein rauhes Äußeres, und zu gefährlich. Er würde einen gräßlichen Liebhaber abgeben.«

»Warum sagst du das?«

»Er wäre zu aggressiv, zu fordernd. Die Rohen sind immer zu fordernd.«

Samanthas Augen sprühten grünes Feuer. »Sprichst du aus Erfahrung?« fragte sie schneidend vor Wut.

»*Oui*, Chérie«, erwiderte Jeannette ruhig. Dann ließ sie Samantha stehen, die ihr überrascht nachsah.

Erst am späten Abend kehrte Adrien zurück, und er fand Jeannette und Samantha im Hotel vor. Er war aufgeregt und schmiedete Pläne für den kommenden Tag. Er hatte viele Ratschläge von den Goldgräbern bekommen, die ihren Anspruch bereits abgesteckt hatten, Ratschläge, die sich darauf bezogen, wo Gold zu finden war. Er fand am nächsten Tag kein Gold, doch das versetzte seinem Enthusiasmus keinen Dämpfer. Am dritten Tag fand er ein paar kleine Goldklümpchen neben einem ausgetrockneten Flußbett und steckte sich augenblicklich ein Stück Land ab. Er kam nur in die Stadt zurück, um seinen Besitz rechtmäßig eintragen zu lassen und Vorräte zu holen. Dann ritt er gleich wieder ins Tal.

Jeannette und Samantha begleiteten ihn, um in Zukunft zu wissen, wo sie ihn finden konnten, denn er würde dort draußen im Tal wohnen. Jeannette machte sich Sorgen. Es war Mitte Februar, nicht gerade die günstigste Zeit, um ein Zelt im Freien aufzuschlagen. Doch Adrien war nicht umzustimmen.

Jeannette war ebenfalls fest entschlossen – ihn täglich

zu besuchen. Samantha kam jedesmal mit. Das war ihre einzige Chance, Adrien zu sehen.

Bis auf diese Ritte langweilte sich Samantha. In Elizabethtown konnte man nichts anfangen. Sie verbrachte einen großen Teil ihrer Zeit damit, Dinge zu kaufen, die sie nicht gebrauchen konnte.

Sie hatte Hank Chavez nicht mehr gesehen und fragte sich, ob er Elizabethtown verlassen hatte. Bis zum Eintreffen ihrer Eskorte konnte noch ein Monat verstreichen. Was sollte sie mit dieser Zeit anfangen?

Sie dachte sehnsüchtig an zu Hause. Sie hatte ihren Vater seit fast drei Jahren nicht mehr gesehen. Die Zeit ihrer Abwesenheit hatte sich in die Länge gezogen, weil sie noch sechs Monate geblieben war, um Jeannette zu besuchen – hauptsächlich deshalb, weil sie in Adriens Nähe sein wollte. Aber er hatte ihr nie seine Aufmerksamkeit zugewandt. *Warum* fand Adrien sie nicht attraktiv? Anderen Männern gefiel sie schließlich auch.

Samantha überlegte sich, ob er vielleicht wie Jeannette war und einen ebenso ausgefallenen Geschmack hatte wie sie. Allein die Vorstellung, daß Jeannette Hank Chavez nicht attraktiv fand! Fühlte sich Adrien von dunkler Haut abgestoßen? Vielleicht war sie ihm zu dunkel, zu robust, zu gesund. Als sie in den Osten gekommen war, hatte sie eine dunkle, gesunde Bräune gehabt, die fast sechs Monate gehalten hatte. Sie mochte jetzt blaß genug sein, aber vielleicht konnte er nicht vergessen, wie dunkel sie anfangs gewesen war. War ihm ihre blühende Gesundheit zuwider? Vielleicht mochte er auch einfach keine dunkelhaarigen Frauen. Seine Mutter und seine Schwester waren so blond, so zierlich. War sie ihm vielleicht zu groß?

Verdammt noch mal! Was paßte ihm nicht an ihr? Wenn er Dreistigkeit bei Frauen nicht ganz so sehr verabscheut hätte, hätte sie ihn ganz direkt gefragt. Die Zeit wurde knapp. Jetzt konnte sie ihn nur noch wenige Stunden am Tag sehen. Sie brauchte Hilfe. Sie hätte sich Jeannette längst anvertrauen sollen. Jeannette wußte nicht, daß Samantha Adrien liebte. Vielleicht sollte sie jetzt mit ihr reden.

Sie unterhielten sich beim Abendessen in einem kleinen Restaurant, in dem ihnen Hausmannskost vorgesetzt wurde. Als sie gekommen waren, war es fast leer gewesen, doch es hatte sich rasch gefüllt, hauptsächlich mit ungehobelten Männern, die aus der Spielhalle nebenan kamen. Während des Abendessens mußten sie Lärm und unerwünschte Aufmerksamkeit über sich ergehen lassen.

»Hat Adrien irgendwo eine Liebste? Jemanden, von dem ich nichts weiß?« fing Samantha an.

Jeannette war überrascht. »Natürlich nicht, Chérie«, sagte sie. »Warum fragst du?«

Samantha war verlegen, aber sie konnte nicht mehr zurück. »Ich frage mich nur, warum er sich nichts aus mir zu machen scheint.«

»Er mag dich, Samantha. Du bist nicht nur meine Freundin, sondern auch seine.«

»Ich rede nicht von Freundschaft, Jeannette. Bin ich denn so häßlich? Warum kann er mir nicht mehr als freundschaftliche Gefühle entgegenbringen?«

Jeannette runzelte die Stirn. Sie konnte Samantha nicht in die Augen sehen, die eine zu deutliche Sprache sprachen. »Warum solltest du das wollen?«

»Warum?« Samantha beugte sich vor, um zu flüstern. »Hast du denn nicht gemerkt, daß ich ihn liebe? Natürlich weißt du es nicht. *Er* weiß es ja auch nicht. Was soll ich bloß tun, Jeannette?«

»Ach, Chérie, es tut mir so leid für dich. Ich wußte nicht, daß du so für meinen Bruder empfindest.«

»Aber was soll ich tun? Ich reise in weniger als einem Monat ab.«

»Vielleicht solltest du ihn vergessen und nach Hause zu deinem Papa gehen«, sagte Jeannette behutsam.

»Ihn vergessen? Ausgeschlossen.«

»Es wäre wohl das beste, Samantha. Verstehst du, Adrien hat sich ein Ziel gesetzt. Er hat sich geschworen, nichts mit Frauen zu tun zu haben, ehe er sein Ziel erreicht hat.«

»Und das wäre?«

»Zu Reichtum und Ansehen zu kommen. Vorher war es sein Ziel, eine Anwaltspraxis zu eröffnen. Ich nehme an, daß es jetzt diese Silbermine ist, die er gekauft hat. Ehe er reich ist, wird er nicht an Frauen denken.«

»Er ist sich selbst gegenüber zu hart«, bemerkte Samantha. »Was wäre, wenn er eine reiche Frau heiraten würde?«

»Das täte er nicht, solange er nicht genauso reich ist. Das ist eine Frage seines Stolzes.«

Samantha wurde unwillig. Sie suchte Zuspruch und bekam keinen.

»Du willst darauf hinaus, daß ich aufgeben sollte?«

»*Oui*. Es wäre das beste für dich.«

»Dann kennst du mich schlecht, Jeannette«, erwiderte sie steif. »Ich gebe niemals auf.«

Samantha war zu wütend und zu enttäuscht, um weiterzureden. Jeannette wurde schweigsam und sah nachdenklich ihr Essen an. Sie wollte gerade gehen, als eine tiefe Stimme sie aufhielt.

»Ah, die Señoritas«, begrüßte Hank sie heiter. »Welch ein Vergnügen, Sie wiederzusehen.«

Samantha nickte, und Jeannette sagte: »Ganz unsererseits, Señor Chavez. Wir haben Ihre Gesellschaft vermißt. Adrien hat auch schon nach Ihnen gefragt.«

»Wie geht es Ihrem Bruder?« erkundigte sich Hank höflich. »Hat er schon eine Goldmine gefunden?«

»Nicht direkt eine Mine, aber er schürft im Tal.« Jeannette schenkte ihm ein warmes Lächeln. »Ich bin sicher, daß er Sie gern wiedersehen würde. Hätten Sie Lust, ihn morgen mit uns zu besuchen? Wir reiten jeden Morgen hinaus, um ihn zu sehen.«

»Es wäre mir ein Vergnügen«, erwiderte Hank, und seine Augen lachten.

»Wunderbar. Dann treffen wir Sie morgen früh im Reitstall. Um neun?«

Als Hank gegangen war, sah Samantha Jeannette mit funkelnden grünen Augen an. »Warum um Himmels willen hast du das getan? Du magst ihn doch gar nicht.«

»Er ist charmant und unterhaltsam.«

»Deshalb hättest du ihn noch lange nicht auffordern müssen, mit uns zu kommen!« fauchte Samantha.

»Um ehrlich zu sein – ich fühle mich wesentlich sicherer, wenn uns ein Mann zum Tal begleitet.«

»Ich kann uns durchaus schützen, Jeannette«, erwiderte Samantha entrüstet.

»Es sollte nicht unsere Sache sein, uns selbst zu beschützen, Chérie. Ich habe mir schon ernstlich überlegt, ob ich nicht bei Adrien bleibe, um nicht jeden Tag hinausreiten zu müssen.«

»Du willst in einem Zelt schlafen? Sei nicht albern, Jeannette. Du unterschätzt die Unbequemlichkeiten.«

»Aber ich würde mich wohler fühlen und mich weniger fürchten. Vielleicht brauche ich mich nicht mehr zu fürchten, wenn es mir gelingt, deinen Freund zu überreden, daß er uns täglich begleitet, bis er die Stadt verläßt.«

»Hank Chavez ist nicht mein Freund!« wandte Samantha mit scharfer Stimme ein. »Und morgen kannst du allein mit ihm rausreiten. Ich will ihn nicht sehen.«

»Nein, nein, ich könnte nicht allein mit ihm rausreiten.«

»Du hast doch gesagt, daß du dich bei ihm sicher fühlst«, hob Samantha hervor.

»Nur, wenn du auch dabei bist. Du mußt mitkommen. Adrien würde dich vermissen, wenn du nicht mitkämst.«

Unter diesem Gesichtspunkt willigte Samantha ein. Das mit Hank Chavez war ohnehin albern. Sein Interesse an ihr war sicher verflogen. Seit der Ankunft in Elizabethtown hatte er keinen Versuch unternommen, sie zu sehen. Sie hatten sich heute abend rein zufällig getroffen.

»Ich werde wohl doch mitkommen«, sagte Samantha, als die beiden jungen Frauen vom Tisch aufstanden. »Und außerdem«, fügte sie mit einem schelmischen Lächeln hinzu, »wird Adrien vielleicht eifersüchtig, wenn er mich mit Mr. Chavez sieht.«

Jeannette seufzte. Die arme Samantha. Wenn sie nur gewußt hätte, wie vergeblich ihre Bemühungen waren. Sie hoffte um Samanthas willen, daß Hank Chavez feurig genug war, um sie Adrien vergessen zu lassen, denn die Liebe ihrer Freundin zu Adrien konnte zu nichts führen.

10

Elizabethtown kam nie zur Ruhe. Vom frühen Morgen an waren dort Aktivitäten im Gange, und das Gewimmel und der Lärm setzten sich die ganze Nacht lang in den Saloons und den Spielhallen fort. Es gab große Zelte zum Spielen und zum Trinken, die eigens von ehrgeizigen Unternehmern aufgestellt worden waren, um den Goldgräbern das Gold abzuluchsen.

An ihrem sechsten Tag in Elizabethtown wurde Samantha durch den lauten Morgenverkehr früher wach als gewöhnlich. Sie entschloß sich spontan, ihrem Äußeren mehr Sorgfalt als sonst zu widmen. Sie weichte sich länger als nötig in dem zu kleinen Badezuber ein und wusch sich ihr Haar zweimal mit ihrer besonderen Rosenseife. Anschließend bürstete sie es, bis das lange, dichte Haar funkelte und glitzerte. Sie steckte es kunstvoll hoch und ließ nur zwei kurze Löckchen auf ihre Schläfen fallen. In Verbindung mit ihrem kecken beigen Hut, der fast keine Krempe hatte, würde die Wirkung verblüffend sein. Die sechs dunkelgrünen Bänder fielen ihr bis auf den Rücken. Der Hut paßte blendend zu ihrer Reitkleidung aus hellgrünem Samt.

Im Reitstall suchte sich Samantha die graue Stute aus, an die sie bereits gewohnt war. Es war ein behutsames, sanftes Tier, das ihr keinen Ärger machen würde. Sie legte keinen gesteigerten Wert darauf, Hank mit ihrem exzellenten Reiten zu beeindrucken.

Wenig später gesellte er sich zu ihnen. Bis auf sein

Halstuch aus blauer Seide und ein blaugemustertes Hemd war er ganz in Schwarz. Er sah außerordentlich verwegen aus, und Samantha erwiderte seine warme Begrüßung mit einem fröhlichen Lächeln.

Auf dem Ritt ins Tal sprachen sie nicht miteinander. Als sie Adriens Lager erreichten, nahm Samantha augenblicklich wahr, daß Adrien nicht erfreut war, sie mit Hank zu sehen. Er behandelte sie grob unhöflich und richtete kaum ein Wort an einen von ihnen.

Samantha war verlegen, und sie machte einen Spaziergang. Jeannette hatte sich zu ihrem Bruder gesetzt. Hank stand bei den Pferden. Er dachte gar nicht daran, Samantha zu folgen. Sollte sie ruhig noch ein bißchen schwitzen. Er konnte warten. Er hatte bereits fünf Tage verstreichen lassen, ohne einen Versuch zu unternehmen, sie zu sehen. Sie mußte wissen, daß sie mit ihm nicht spielen konnte.

Er hatte sie vermißt und seine Zeit damit zugebracht zu spielen. In einer Hinsicht hatte Pat recht gehabt. Beim Kartenspiel war das Glück auf seiner Seite. Er hatte weit mehr erreicht, als sein Geld nur zu verdoppeln. Dennoch hatte er noch nicht genug Geld, um seine Ländereien zurückzukaufen, doch er fühlte sich reich. So viel Geld hatte er nie gehabt. Und wer weiß? Wenn Samantha ihn lange genug hier festhielt, würde er vielleicht weiterhin gewinnen, bis er genügend Geld zusammenhatte.

Wie lange würden er und Samantha bleiben? Lange würde er nicht um sie freien. Er hatte Geduld mit ihr, aber seine Geduld war nicht unbegrenzt. Schließlich war er hier nicht in Europa, wo es üblich war, ausgedehnt um eine Frau zu werben. Dies hier war der Westen, und hier konnte ein Mann eine Frau kennenlernen, um sie werben und sie heiraten – und das alles innerhalb von einem Tag. So machten es viele.

Wenn sie Elizabethtown verließen, würden sie entweder verheiratet sein oder sich auf den Weg nach Mexiko machen, um dort zu heiraten. Falls sie auf dem Segen ihres Vaters bestehen sollte, war er damit einverstanden.

Um ihretwillen war er mit fast allem einverstanden. Im Rahmen der Vernunft, versteht sich.

Hank wunderte sich nicht wenig darüber, wie verzückt er von Samantha war. Er hatte sie angesehen und sofort gewußt, daß er sie haben mußte. Sie war eine Dame, und daher konnte er sie nicht haben, wenn er sie nicht heiratete. Und daher hatte er beschlossen, sie zu heiraten. Einfach so! Er hatte sich keine Gedanken darüber gemacht, daß er sie kaum kannte. Sie sprach sehr wenig über sich und ihre Familie. Aber das schien nicht wichtig zu sein. Er ließ sich von seinen Gefühlen bestimmen – ganz wie damals bei Angela. Er ließ sich von der Liebe zu einer schönen Frau davontragen.

Wenige Minuten später kehrte Samantha zu Adriens Lager zurück. Sie stellte fest, daß sich nichts verändert hatte. Hank lehnte an einem Baum und spielte mit einem langen Grashalm. Jeannette saß ein paar Meter weiter auf einem entwurzelten Baumstamm. Adrien war im Bach weitergezogen. Niemand sagte etwas.

Samantha lächelte flüchtig Hank an, ehe sie sich zu Jeannette setzte. »Was hat Adrien heute bloß?« flüsterte sie. Sie hoffte, daß Hank sie nicht hören konnte. »Er war schon öfter grob, aber so wie heute hat er sich noch nie benommen. Im ersten Moment dachte ich, er sei eifersüchtig, aber mit dir spricht er auch nicht.«

»Ich glaube, sein Mut verläßt ihn«, erwiderte Jeannette. »Er hat bisher sehr wenig Gold gefunden.«

»Glaubst du wirklich, das ist alles?«

»*Oui.*« Jeannette seufzte.

»Hast du schon versucht, es ihm auszureden? Er könnte immer noch eine erfolgreiche Anwaltspraxis in Denver eröffnen.«

Jeannette schüttelte den Kopf. »Das weiß ich, und du weißt es auch, aber er ist wild entschlossen, auf die schnelle zu großem Reichtum zu kommen. Er wird nicht aufgeben, so schnell jedenfalls nicht. Ich kenne ihn.«

»Er könnte eigentlich mit uns in die Stadt zurückreiten. Vielleicht hat er morgen wieder bessere Laune.«

»Du reitest zurück, Chérie. Ich glaube, ich bleibe heute nacht bei Adrien.«

»Sei nicht albern.«

»Nein, es ist mein Ernst«, erwiderte Jeannette. »Adrien ist überarbeitet. Es geht ihm nicht gut.«

»Hat er das gesagt?« Samantha war jetzt besorgt.

»Nein, aber ich sehe es selbst. Er schwitzt zuviel. Er ist fiebrig. Er will die Arbeit nicht liegenlassen, um zu einem Arzt zu gehen. Ich würde krank vor Sorge, wenn ich nicht hierbliebe, um mich um ihn zu kümmern. Mir macht es weniger aus zu bleiben, als mir Sorgen zu machen.«

Samantha warf einen Blick auf Hank und dachte daran, daß sie auf dem Heimritt mit ihm allein sein würde. Sie schauderte. »Aber, Jeannette...«

»Nein. Señor Chavez beschützt dich auf dem Heimritt. Um mich brauchst du dir keine Sorgen zu machen.«

Samantha biß sich auf die Unterlippe und runzelte nachdenklich die Stirn. »Ich bleibe auch hier.«

Jeannette lachte. »In Adriens kleinem Zelt ist nicht genug Platz für uns drei.« Sie wurde wieder ernst. »Du fürchtest dich doch nicht davor, mit ihm allein zu sein?« Sie wies mit einer Kopfbewegung auf Hank.

Samanthas Rücken wurde steif. »Natürlich nicht«, sagte sie entrüstet. »Nun gut, wir sehen uns morgen.«

Samantha war nicht mehr ganz so steif, als sie zögernd auf Hank zuging. »Sind Sie bereit, zurückzureiten?«

»*Si.*« Er stand mit einer einzigen anmutigen Bewegung auf. Dann sah er in Jeannettes Richtung. »Kommt sie nicht mit?«

»Nein, Jeannette beharrt darauf, daß Adrien krank wird und daß sie hierbleibt. Ich hoffe, es macht Ihnen nichts aus, aber wir beide werden auf dem Heimritt allein sein.«

Hank grinste, und seine Augen tanzten. »Wie könnte mir das etwas ausmachen... Sammy?« antwortete er liebevoll.

Hank hätte am liebsten laut gelacht. Sie kam also von

sich aus wieder auf ihn zu! Sie hatte arrangiert, daß sie mit ihm allein war. Sie war nicht so spröde, wie er geglaubt hatte. Sie war so verrückt nach ihm wie er nach ihr.

Als sie das Lager hinter sich ließen, war Hank bester Laune. Er würde Samantha nicht enttäuschen. Er kannte genau die richtige Stelle, an der sie anhalten und allein sein konnten, weitab von jedem Goldgräberlager. Sie lag am Fuße des Steilufers, an dem sie gekommen waren. Ein schmaler Strom war direkt unter den Klippen vorbeigeflossen. An diesem Strom breitete ein gewaltiger Baum seine Äste aus. Von der Steilküste aus konnte niemand unter diesen Baum schauen, und dort war ein Stückchen Wiese, ein winziges Paradies, in dem er mit seiner Frau allein sein konnte. Schon jetzt dachte er an sie als seine Frau.

Samantha wurde zunehmend nervöser, und ihre Gedanken wucherten ins Uferlose. Was sollte das heißen? Er hatte sie Sammy genannt. Sollte sein Interesse an ihr etwa wiederaufgelebt sein? Es war nicht ihre Idee gewesen, mit ihm allein sein zu wollen. Wußte er das? Was mochte er denken? Warum war er so . . . so vertraulich?

Ach, Jeannette, was hast du mir angetan?

Hank ritt rechts neben ihr und hielt sich ein wenig vor ihr. Als sie die Steilküste erreichten, wandte er sich plötzlich nach links und führte Samanthas Pferd ab vom Pfad und einen kleinen Hang hinunter. Der Hang war mit Salbeisträuchern, Kakteen und Bäumen bewachsen und wirkte völlig unberührt. Als Samantha versuchte, ihr Pferd wieder auf den Pfad zu treiben, griff Hank in ihre Zügel und ritt vor ihr her. Er zog sie mit sich.

»Hank?« fragte Samantha mit gepreßter Stimme. »Wohin reiten wir?«

Hank drehte sich zu ihr um und grinste. »Nur ein Stückchen von dem ausgetretenen Pfad abseits. Dort gibt es etwas, was ich dir zeigen möchte«, erklärte er.

Sie verstummte und ließ sich von ihm weiterziehen. Was sollte ihr passieren? Niemand, der ein so gewinnendes Benehmen an den Tag legte, konnte ihr Schwierigkeiten machen. Zudem hatte sie ihre Handtasche um ihr Handgelenk geschnürt, und ihre Derringer war wie immer in ihrer Tasche.

Sie ritten mehrere Meter steil bergab und standen kurz darauf am Ufer des Flusses. Es war ein seichter Fluß, und Hank führte die Pferde ohne jedes Zögern direkt durch das Wasser. Zu ihrer Rechten stieg das Ufer steiler und immer steiler an. Als sie die höchste Stelle des Steilufers fast direkt über sich hatten, standen sie vor einem riesigen Baum, der seine Äste über den Fluß streckte und das Steilufer auf der anderen Seite des Wassers berührte.

Die Eiche breitete sich wie ein Zelt über ihnen aus. Hank hielt sein Pferd an und stieg ab. Dann streckte er seine Hand aus, um Samantha vom Sattel zu helfen.

Als sie zögerte, lächelte er. »Wir wollen die Pferde am Fluß tränken.«

Sie legte ihre Hände auf seine Arme und ließ sich von ihm auf den Boden heben. Die Pferde liefen zum Wasser, sobald sie frei waren.

Sie waren auf zwei Seiten von Mauern umgeben, denn die Sträucher hinter ihnen waren größer als Samantha. Vor ihnen lag die Steilküste. Und über ihnen erstreckte sich der Baum, der die Sonne kaum zu ihnen durchdringen ließ.

»Hier ist es ganz bezaubernd«, flüsterte sie. »War es das, was Sie mir zeigen wollten?«

»Nein, *querida*«, murmelte er mit tiefer Stimme. »Das ist es, was ich dir zeigen will.«

Er zog sie dicht an sich, und sie kam nicht dazu, sich zu wundern, ehe er sich vorbeugte und seine Lippen ihren Mund berührten. Sein Kuß war mehrere Sekunden lang ganz zart. Dann wurde er schnell leidenschaftlicher und fordernder. Er nahm ihr Gesicht zwischen seine Hände, damit sie seinem Kuß nicht ausweichen konnte.

Irgendwie kam es, daß sie plötzlich nicht mehr aufrecht dastand. Einer seiner Arme war auf ihren Rücken gewandert, und er hatte sie sachte und zärtlich auf den Boden sinken lassen. Seine Lippen lösten sich nicht einen Augenblick von den ihren.

Die Wärme, die sich in ihr ausbreitete, durchrieselte sie so schnell, so köstlich. Sie ließ ihre Handtasche von ihrem Handgelenk gleiten, um ihre Hände leichter zu seinem Gesicht heben zu können. Ihre Finger fuhren durch sein Haar und ließen seinen Hut auf den Boden fallen. Sein Haar war so geschmeidig, so kühl, und es glitt so sinnlich durch ihre Finger. Ohne es selbst zu merken, preßte sie ihre Lippen fester auf seinen Mund.

Sie erwiderte seinen Kuß von ganzem Herzen, und ihr Atem ging schnell. Die Wärme, die sie in sich aufsteigen spürte, wurde zu glühender Hitze.

Samantha wurde nicht bewußt, daß Hank ihre Jacke aufknöpfte. Doch sie kam zu sich, als er bei den Knöpfen ihrer Bluse angelangt war. Eine zarte Stimme sagte ihr, daß sie ihn aufhalten mußte. Es war einem Mann nicht gestattet, sie auszuziehen. Doch es war nur eine zarte Stimme, die gleich wieder verstummte, als seine Finger ihre Brüste berührten. Seine Hand schien aus Feuer zu bestehen. Sie bedeckte einen der festen Hügel vollständig und preßte ihn dann genüßlich zusammen.

Samantha stöhnte, als dieses köstliche, unbekannte Gefühl sie durchströmte. Sie wand sich, und sie versuchte, sich noch dichter an Hank zu schmiegen, doch er drückte sie sachte auf das weiche Gras zurück. Jetzt verließ sein Mund ihre Lippen, und sie wollte dagegen protestieren, bis seine Lippen ihren zarten Hals versengten. Ein köstlicher Schauder durchzuckte sie. Und als seine Zunge ihre keck aufgestellte Brustwarze zu necken begann, bog sie ihren Rücken durch und bot sich ihm dar, bis sich sein Mund um das einladende Fleisch schloß.

Samantha war außer sich. Hank knetete eine zarte Brust, während sein Mund die andere marterte. Sie stöhnte, sie war am Ertrinken, sie sank.

Hanks Mund kehrte langsam zu ihren Lippen zurück und hinterließ auf den Stellen ihres Körpers, die er berührte, eine Feuerspur. Aus weiter Ferne hörte sie ihn stöhnen: »Ah, Samina, *mi querida, mi bella amor.*«

Sein Mund schloß sich wieder um ihre Lippen, doch inzwischen hatten die Worte sie aufgeweckt. Ein Schock brach über sie herein. Was hatte sie geschehen lassen?

Sie verspannte sich und zog ihren Kopf fort. »Nein! Das darfst du nicht tun.« Sie stöhnte und bemühte sich, ihn von sich zu stoßen. »Bitte, laß mich aufstehen.«

Er ließ zu, daß sie ihn gerade so weit von sich stieß, daß er auf sie niederblicken konnte. Weiter ließ er sich nicht zurückdrängen. Seine Augen loderten dunkel auf.

»Dich loslassen, *querida*?« hauchte er heiser. »Nein, ich glaube, dazu ist es zu spät.«

»Nein!« Sie keuchte. Sie geriet in Panik. »Bitte, Hank, du verstehst das nicht. Ich kann das nicht tun. Ich kann nicht.«

Er lächelte zärtlich. »Du fürchtest dich, aber das ist nur natürlich. Ich werde dir nicht weh tun, Samantha. Ich werde ganz zart mit dir umgehen.«

»Nein . . . nein . . . nein!« schrie sie. »Du bist schon zu weit gegangen. Wir dürften gar nicht hier sein. Du hättest mich nie küssen dürfen. Ich . . . ich . . .«

»Du läßt dich von mir küssen, *querida*. Du läßt sogar noch viel mehr zu. Wenn ich dich nicht hätte küssen sollen, dann hättest du mich nicht küssen dürfen.«

»Ich weiß«, sagte sie jämmerlich. »Und es tut mir leid. Ich wollte es nicht. Ich habe nicht nachgedacht. Ich bin noch nie so geküßt worden. Ich habe noch nie so empfunden. Ach . . . du verstehst das sowieso nicht.«

»O doch, ich verstehe dich.« Wie zart er das sagte. Seine Stimme war eine zärtliche Liebkosung. »Ich verstehe dich sehr gut. Du hast dich von deinen Gefühlen übermannen lassen, ganz wie ich.«

»Aber ich kann mich nicht mehr von dir küssen lassen oder . . . oder zulassen, daß du andere Dinge tust.« Ihr Gesicht brannte vor Scham. Sie hatte sich bis jetzt noch nicht wieder bedeckt. Jetzt tat sie es eilig, doch seine Blicke ruhten auf ihr, und ihre Verlegenheit nahm zu. »Es geht nicht, Hank. Das siehst du doch ein, oder?«

»Es ist nichts Böses daran. Nicht bei uns beiden.«

»Ich finde es nicht richtig«, beharrte sie. »Ich habe nie zuvor etwas Derartiges getan.«

Jetzt stieß er einen tiefen Seufzer aus und drehte sich um, damit sie unbeobachtet ihre Kleider wieder zuknöpfen und zurechtrücken konnte.

»Also gut, *querida*«, sagte er, während er ihr den Rücken zuwandte. »Ich werde warten.«

In seiner Stimme schwang etwas mit, was Samantha zusammenzucken ließ. Sie war so erleichtert gewesen, erleichtert, daß er es verstand und nicht wütend war. Sie blieb erstarrt sitzen und starrte stirnrunzelnd seinen breiten Rücken an.

»Warten?«

Er warf einen Blick über seine Schultern. Als er sah, daß sie inzwischen ihre Bluse zugeknöpft hatte, drehte er sich zu ihr um. Plötzlich grinste er und schüttelte den Kopf.

»Das fragst du noch, Sammy? Obwohl du genau weißt, was ich für dich empfinde?«

»Ich weiß gar nichts.« Ihre Stimme wurde vor Entsetzen lauter. »Seit Tagen habe ich dich nicht gesehen.«

»Das war ganz deine Schuld. Du wolltest mit mir spielen.«

»Wovon sprichst du? Ich hatte schon angenommen, du hättest die Stadt verlassen.«

Wieder schüttelte er den Kopf. »Nein. Du wußtest, daß ich ohne dich nicht gehe.«

Samantha holte tief Atem. Was mochte er sich dabei bloß denken? »Hank, ich . . .«

Er fiel ihr ins Wort. »Ah, *mi amor*, ich nehme an, du willst, daß alles seine Ordnung hat? Nun gut, ich sage dir also hiermit, daß ich von Anfang an wußte, daß du meine Frau werden würdest. Jetzt bitte ich dich in aller Form, mit mir nach Mexiko zu kommen und meine . . .«

»Warte!« rief Samantha. Sie sprang eilig auf. »O Gott, Hank, das ist ja entsetzlich!«

Sein Lächeln verschwand. »Könntest du mir das erklären?«

»Ich mag dich, Hank. Ich mag dich wirklich. Und es hat mir Spaß gemacht, gemeinsam mit dir zu reisen. Aber unsere gemeinsame Reise ist jetzt vorbei.«

»Was sagst du da?«

Sie zuckte unter der Schärfe seines Tonfalls zusammen. »Du bist ein netter Mensch, ein sehr attraktiver Mann, und es hätte anders kommen können, wenn ich nicht einen anderen lieben würde. Aber es gibt einen anderen, und ich habe vor, ihn zu heiraten.«

Hanks Augen wurden schmal. »Du flirtest recht gekonnt mit anderen Männern, *niña*, während dein Mann nicht bei dir ist. Wo ist er?«

Samantha spürte einen Stich. »Er ist natürlich hier. Ich dachte, du hättest mich verstanden, als ich dir gesagt habe, daß Adrien und ich mehr als Freunde sind.«

»Adrien? *Por Dios!*« Hank sah ihr fest in die Augen. »Jetzt willst du mich wohl zum Narren halten?«

»Ich will dich nicht zum Narren halten. Ich liebe Adrien. Ich liebe ihn schon seit mehr als zwei Jahren.«

»Das ist doch einfach lächerlich, mein Kleines«, sagte er liebevoll. »Das kann einfach nicht sein.«

Samanthas Augen funkelten zornig. »Wie kannst du es wagen, das zu sagen! Ich liebe ihn!«

Hank erstarrte. Sie meinte es ernst. Sie liebte wirklich diesen Mann – einen Mann, der ihre Liebe nie erwidern würde. Aber warum hatte sie Hank soviel Aufmerksamkeit geschenkt?

»Ich könnte mir denken, daß du mich ausgenutzt hast«, sagte er finster. »In der Postkutsche hast du Adrien ignoriert und mir deine Aufmerksamkeit zugewandt. Warum?«

Samantha sah, wie purer Zorn in sein Gesicht trat. »Ich wollte dich nicht irreführen. Ich ... ich hatte gehofft, Adrien würde eifersüchtig. Aber sobald ich gesehen habe, daß dein Interesse an mir zugenommen hat, habe ich dir das mit Adrien und mir gesagt. Ich wollte dich nicht irreführen. Ich habe dir gesagt, daß wir mehr als nur Freunde sind.«

»Ich weiß, was er ist, *niña*«, zischte Hank wütend. »Ich hätte nicht gedacht, daß du so dumm bist, ihn zu lieben.«

»Wieso?« fragte sie. »Wie kommst du dazu, so über ihn zu sprechen?«

»Glaubst du denn, daß er deine Liebe jemals erwidern wird? Du bist ein kleiner Dummkopf, *niña*. Aber andererseits bin ich auch ein Dummkopf. Ich habe wieder einmal einen schrecklichen Fehler gemacht.«

Er sagte es so feierlich, daß es ihr widerstrebte, zu fragen, wie er es meinte. Doch sie mußte ihn von den Dingen ablenken, die er über Adrien sagte, und daher drang sie in ihn:

»Was für einen Fehler?«

Seine Augen bohrten sich kalt in sie. »Ich war so dumm, mich einer Frau zu geben, die einen anderen Mann liebt. Angela war wenigstens von Anfang an ehrlich. Ich wußte, daß sie einen anderen geliebt hat, aber ich wollte sie trotzdem. Du warst nicht so ehrlich.«

Samantha war reuig. »Ich wäre im Traum nicht darauf gekommen, daß du mich *heiraten* willst. Wie hätte ich denn darauf kommen sollen?«

Hanks Stolz war tief getroffen. Er hätte Samantha am liebsten dafür erdrosselt, daß sie ihn derart benutzt hatte. Er würde niemals zugeben, daß er vorgehabt hatte, sie zu heiraten.

»Du schmeichelst dir, *chica*.« Er warf ihr brutale Wörter an den Kopf. »Dich heiraten? Das ist es nicht, was ich im Sinn hatte.«

»Aber du hast mich doch gebeten, mit dir nach Mexiko zu gehen.«

»Ja, das habe ich getan, und das war ein Fehler. Aber dich heiraten? Jetzt hast du einen großen Fehler gemacht.«

Hank lachte höhnisch, ein gräßlicher Laut. Er kniff die Augen zusammen, und seine Blicke ließen Samantha frösteln. Nie hatte sie einen solchen Blick gesehen. Der lachende, gutaussehende Mann, bei dem sie sich so sicher gefühlt hatte, hatte sich in einen dunklen, bedrohlichen Fremden verwandelt, der ihr Entsetzen einjagte.

Er fuhr fort, und seine Stimme triefte vor Gehässigkeit.

»Ich hatte nicht im entferntesten die Absicht, dich zu heiraten. Ich hätte dich zu meiner Geliebten gemacht und dich gut behandelt. Aber eine Dame läßt sich nicht so mit einem Mann ein, wie du dich mit mir eingelassen hast. Da du also keine Dame bist, werde ich dich auch nicht als solche behandeln.«

»Und was soll das heißen?« fragte sie trotzig. Ihr Zorn siegte über ihre Vorsicht.

Sein Grinsen war nicht wohlmeinend. »Ich verspüre keine Lust mehr, dich mitzunehmen, aber mein Begehren, dich zu besitzen, ist immer noch stark. Ich muß dich aus meinem Blut vertreiben, *mujer*, und zwar auf die einzige Art, die ich kenne.«

Er schnallte seinen Pistolenhalfter auf und ließ ihn auf den Boden fallen. Dann legten sich seine Hände auf seine Gürtelschnalle, und Samanthas Augen wurden riesengroß, als ihr klar wurde, was das zu bedeuten hatte. Sie stürzte sich auf ihre Handtasche, doch er erreichte sie eher und gab ihr einen Tritt, der sie aus Samanthas Reichweite schleuderte. Sie versuchte, hinter ihrer Tasche herzulaufen, denn dort befand sich die einzige Hilfe, die ihr jetzt noch zu Gebote stand. Doch Hank packte ihr Handgelenk, warf sie auf den Boden, ließ sich zwischen ihre Beine fallen und hielt sie auf dem Rasen fest.

Er kniete zwischen ihren Beinen und sah sie so ernst und entschlossen an, daß sie ihn nur noch anstarren konnte. Dann knöpfte er sein Hemd auf und sah auf sie herunter. In seinen grauen Augen glühte Feuer. Das Hemd war offen, doch Hank zog es nicht aus. Ihr wurde klar, daß er es nicht ausziehen würde, und dieser Umstand ließ alles gewissermaßen noch schändlicher erscheinen. Über seinen Brustwarzen spielten Muskeln, und kurze, dunkle, krause Haare reichten bis zu seinem Nabel.

Samantha war gegen ihren Willen fasziniert, aber nur einen Moment lang. Als er sich dichter über sie beugte, schlug sie mit ihren Fäusten auf ihn ein, doch er fing ihre Schläge ab. Als sie ihre Nägel in seine Brust grub, verlor er die Geduld, und er hob seine Hand.

Sie keuchte, wand sich von ihm fort und bedeckte mit den Händen ihr Gesicht. Sie war nicht auf den Gedanken gekommen, daß er sie schlagen könnte. Nichts konnte ihn aufhalten. In ihrem ganzen Leben hatte sie sich noch nicht so hilflos gefühlt.

Als der Schlag ausblieb, wagte sie es, ihn wieder anzusehen. Er blickte sie finster an, und sein Mund war ein dünner Strich.

»Ich will dir nicht weh tun, *chica*. Wehr dich jetzt nicht mehr.«

Sie stöhnte leise, als seine Finger zu den Knöpfen ihrer Bluse glitten. Sie hielt seine Hände fest und sah hilflos zu ihm auf.

»Ich kann es dich nicht tun lassen«, flüsterte sie.

Als er auf sie niedersah, war sein Zorn gerade so weit besänftigt, daß er sich an das erinnerte, was er nur wenige Minuten zuvor empfunden hatte. Ja, Hank wollte sie haben. Aber nicht auf brutale Weise. Sie hatte ihn verletzt, und sie hatte sich albern benommen, aber er wollte ihr nichts Böses tun.

Sie sah den Umschwung seiner Gefühle, sah, wie sein schönes Gesicht weicher wurde, und plötzlich kehrte die Begierde, die sie gerade vor einer kurzen Weile verspürt hatte, in aller Heftigkeit zurück. Sie wollte ihn so sehr, wie sie ihn schon vorhin gewollt hatte. Sie streckte ihre Arme nach ihm aus, als er sich herunterbeugte, um sie zu küssen.

Bald breitete sich wieder ein Feuer in ihr aus. Hanks Mund glitt über ihren Hals. Er biß sie zärtlich. Sie fing an zu stöhnen, sich zu winden. Die Hitze nahm zu, trieb sie voran.

Irgendwie kam es, daß ihre Kleidung nicht länger im Weg war, ebensowenig wie seine, und irgendwie erschien es ihr nur allzu richtig. Seine Arme schlangen sich um sie, und sie zog sich hoch, um ihn zu empfangen. Sie nahm ihn auf einmal in sich auf und empfand nur einen Moment lang Schmerz, ehe sich das Feuer wieder ausbreitete und die Flammen in ihr immer stärker züngelten. Sie empfand es als eine köstliche Folter, und dann schlug eine Welle über sie hinweg, spülte durch sie hindurch, und sie schrie auf. Was auch immer sich in ihr aufgebaut haben mochte – es zerplatzte.

Sie hatte gehört, daß es großartig sein sollte, aber niemand hatte ihr gesagt, daß es so großartig sein konnte. Diesen wundersamen Genuß hatte sie sich nie ausgemalt.

Es dauerte etliche lange Momente, ehe das köstliche Pochen aufhörte und Samantha ihre Umgebung wieder wahrnahm. Hank lag schwer atmend neben ihr.

Er stand wortlos auf, schnallte eilig seinen Gürtel zu und stopfte dann sein Hemd in seine Hose, ohne es auch nur zuzuknöpfen. Samantha rührte sich nur von der Stelle, um ihren Rock überzuziehen. Sie versuchte nicht, ihre Brüste zu bedecken. Sie fühlte sich matt, und sie war entspannter, als sie es seit langem gewesen war.

Hank schnallte sich seinen Pistolenhalfter um und hob seinen Hut auf. Er stand vor ihren Füßen, wieder ganz brüsk und sachlich.

»Was ist los, Hank?« fragte Samantha sarkastisch. Sie war plötzlich wieder furchtbar wütend. »Erwartest du von mir, daß ich weine? Würde das deinen Triumph vollständig machen?«

Er wandte sich steif von ihr ab und stolzierte zu seinem Pferd. Doch ehe er aufstieg, rief er ihr zu: »Wenn du deinen Adrien überredest, dich zu heiraten, wird er nie merken, daß du keine Jungfrau bist. Darüber brauchst du dir keine Sorgen zu machen.«

Sie verzog das Gesicht. »Verdammt noch mal, natürlich wird er es erfahren!«

»Nein, *chica*, denn er wird nie in dein Bett kommen«, spottete Hank, der sie verletzen wollte. »Wenn du Adrien Allston heiratest, wirst du vollauf damit beschäftigt sein, ihn von deinen Liebhabern fernzuhalten.«

»Wovon sprichst du?« fragte sie atemlos.

Hank lachte barsch, während er auf sein Pferd stieg und es im Schritt an ihre Seite laufen ließ. Er beugte sich herunter und flüsterte mit boshafter Ruhe: »Der Mann, den du liebst, zieht es vor, Männer in seinem Bett zu haben, *querida*.«

Der Schock, den seine Worte bei ihr auslösten, ließ sie aufschreien, ehe sie wirklich verstanden hatte, was er da sagte. »Du lügst! Du elender Schurke! Wie ich dich hasse! Hau ab! Und wenn du weg bist, dann halte am besten nicht mehr an!«

Er kicherte in sich hinein. »Wirst du mir ein Polizeiaufgebot nachschicken, Samina? Ich entkäme nicht zum erstenmal der Polizei. Einmal mehr macht keinen Unterschied für mich. Sie erwischen mich nie.«

»Wenn ich dich je wiedersehe, bringe ich dich um«, sagte sie mit vor Wut unterdrückter Stimme.

Er zuckte unbeteiligt die Achseln. »Wir werden uns nicht wiedersehen. Adios, Samantha Blackstone.« Er legte die Finger an die Krempe seines Hutes.

Hank ritt auf seinem Pferd zum Fluß und ließ Samantha zurück, die vor Wut bebte. Ihr Haar hing in losen Strähnen herunter, und sie schob es unwillig aus ihrem Gesicht. In dem Moment kam ihr ein Gedanke, und sie sprang auf, um ihre Handtasche zu suchen.

Hank blieb noch einmal stehen und blickte sich um. Zorn und Bitterkeit fraßen noch an ihm und machten es ihm unmöglich, die Art seines Abgangs zu bedauern. Auch seine grausame Art, ihr die Wahrheit über Adrien mitzuteilen, tat ihm nicht leid.

Als er sich umsah, sah er erst das Haar, das auf ihren Schultern wippte, und dann die Waffe, die sie langsam hob und direkt auf ihn richtete.

Eine Erinnerung schoß ihm durch den Kopf, und Hank gab seinem Pferd die Sporen. Er krümmte sich neben den Pferdehals. *Madre de Dios*! Sie war es! Das Mädchen aus Denver! Mit ihrem Haar, das gelöst war und in der Sonne, schimmerte, und mit einer Waffe in der Hand war sie dasselbe Mädchen! *Dios*!

Samantha feuerte schnell hintereinander die beiden einzigen Schüsse ab. Sie wußte nicht, ob sie ihr Ziel getroffen hatte, denn es war außer Sichtweite. Ihre Hände zitterten vor Zorn, als sie die Waffe auf den Boden warf und sie verfluchte, weil sie keine sechs Schuß hatte. Dann ließ sie sich auf das Gras sinken und schlug mit ihren Fäusten auf die feuchte Erde ein.

»Verdammter Hank, scher dich zum Teufel! Lügner! Schmutziger Lügner!«

Sie fing an zu schluchzen. Es durfte nicht wahr sein. Sie hatte sich nicht in Adrien täuschen können, nicht so lange. Sie würde es Hank nie glauben. Niemals!

Wie sehr sie diesen Schurken haßte, und sie haßte ihn mehr wegen seiner Lügen als wegen des Umstands, daß er sie verführt hatte. Sie würde Adrien aufsuchen und beweisen, daß Hank im Unrecht war. Dann erst würde sie in der Lage sein, diesen Tag zu vergessen und auch zu vergessen, daß sie Hank Chavez je getroffen hatte.

11

Als Samantha den Ort ihrer Schande verließ, hatte sie einen Trost. Sie fand Blutspuren auf dem Boden. Ob das Blut aus den acht tiefen, gezackten Wunden kam, die ihre Nägel in seine Brust gebohrt hatten, oder ob sie einer Verwundung durch eine Kugel entstammten, wußte sie nicht. Doch zumindest konnte sie sicher sein, daß er Schmerzen hatte. Sie fühlte sich gleich wesentlich besser.

Sie hatte lange gebraucht, um ihre Fassung wiederzufinden, während sie am Fluß saß und sich alle Einzelheiten ins Gedächtnis zurückrief. Sie wusch sich Hanks Blut von ihrer Brust und versuchte, das Blut aus ihrer weißen Bluse zu waschen. Er hatte so sehr geblutet, daß beide Seiten Blutflecken hatten. Daraus schöpfte sie Befriedigung. Sie hatte ihm Narben beigebracht.

An diesen Gedanken klammerte sie sich, während sie eilends zu Adriens Lager zurückritt. Mit den Kugeln, die sie immer in ihrer Handtasche bei sich trug, hatte sie den

Derringer wieder geladen, und sie war zu Scherereien aufgelegt, zu jeder Art von Scherereien, aber auf dem Rückweg zum Lager begegnete ihr niemand.

Sie hatte ihre Haare wieder hochgesteckt und ihren Hut aufgesetzt, und ihre Kleidung war nicht allzu feucht und verknittert, und daher glaubte sie, so auszusehen wie sonst auch. Sie wußte nicht, daß ihre Augen wie Smaragde funkelten. Doch Jeannette fiel es augenblicklich auf, das und auch alles andere.

»*Mon Dieu!* Was ist mit deinem Mund und deinem Hals?« keuchte Jeannette, sowie Samantha von ihrem Pferd geglitten und zu ihr gestapft war.

»Wovon sprichst du?« Samantha blieb abrupt stehen.

»Du bist von deinem Mund bis zu deinem Hals blutverschmiert! Und...« Sie ging um Samantha herum. »Auf deinem Halsrücken und in deinem Haar klebt auch Blut. Was ist passiert?«

»Das spielt keine Rolle, denn es ist nicht mein Blut«, fauchte Samantha. Sie machte sich auf den Weg zu der Wasserflasche, die immer neben Adriens Zelt stand.

Jeannette folgte ihr mit besorgtem Gesichtsausdruck. Samantha wischte das Blut in ihrem Gesicht heftig weg. »Ist es etwa sein Blut?«

Beide wußten, von wem sie sprach. »Ja.«

»Was hast du mit ihm gemacht?«

Samantha ließ ihren Kopf herumwirbeln und starrte die zierliche Blondine erbost an. »Was ich ihm getan habe?« Ihr Tonfall war verächtlich und schneidend. »Du hast nicht gefragt, was er mir getan hat! Ich will nur eins von dir wissen: Wie konntest du mich mit diesem elenden Schurken allein lassen?«

»Samantha!«

»Nicht Samantha!« brauste sie auf. »Du wußtest, wie unangemessen es war, mich mit ihm allein zurückreiten zu lassen. Trotzdem hast du darauf bestanden, hierzubleiben. Du hast darauf beharrt, daß Adrien krank ist. Wehe ihm, wenn er nicht krank ist, Jeannette«, stieß sie finster hervor. »Wo ist er?«

»Nicht weit von hier«, erwiderte Jeannette vorsichtig. »Er ist etwas höher am Bach hinaufgegangen.«

»Adrien!« rief Samantha zum Bach hinüber. »Adrien! Komm sofort her!«

»Samantha, bitte! Erzähl mir, was passiert ist.«

Samantha drehte sich mit schmalen Augen zu ihrer Freundin um. »Ich fange an, mich zu fragen, ob du dir das alles ersonnen hast!«

»Wie meinst du das?«

»*Du* warst diejenige, die Hank aufgefordert hat, heute mitzukommen, und ich weiß, daß du ihn gar nicht leiden kannst. Und dann ist es dir gelungen, ihn mit mir allein zu lassen. Hast du das absichtlich getan? Hast du gehofft, daß er mich deinen Bruder vergessen läßt?«

Jeannette erbleichte und wollte gerade eine Antwort herausstottern, als Adrien auftauchte. »Was soll dieses Geschrei? Samantha, warum bist du zurückgekommen?«

»Um dich zu sehen.« Es gelang ihr, ruhig zu bleiben.

Sie stellte fest, daß sie ihn in einem neuen Licht sah. Hanks Anschuldigungen waren ihr unter die Haut gegangen.

»Weshalb wolltest du mich sehen?« fragte Adrien mißtrauisch. Samanthas Verfassung legte ihm nahe, auf Distanz zu bleiben.

»Du scheinst meiner überdrüssig zu sein, Adrien«, sagte sie mit täuschend sanfter Stimme. »Warum macht dich meine Nähe nervös?«

»Das stimmt doch gar nicht«, leugnete er, obwohl er sogar währenddessen weiter vor ihr zurückwich. »Was ist nur in dich gefahren, Samantha?« fragte er.

»Nichts, was sich durch ein bißchen Offenheit nicht klären ließe«, erwiderte sie fest, während sie seine Hand nahm und ihn an sich zog. »Küß mich, Adrien.«

Er sprang zurück und entzog ihr seine Hand. »Was ist bloß los mit dir?« keuchte er.

»Nichts«, sagte sie gelassen, »aber wenn du mich nicht jetzt sofort küßt, Adrien, dann könnte ich glauben, daß mit dir etwas nicht stimmt.«

Er sah Jeannette hilflos an, als Samantha plötzlich seinen Kopf packte und ihn zu ihrem Gesicht herunterzog. Das Küssen blieb ihr allein überlassen. Es war eine Katastrophe. Adrien war angewidert. Er ließ die Hände seitlich an seinem Körper herunterhängen. Seine Lippen waren so kalt wie Stein. In ihm war absolut kein Gefühl wachzurufen.

Samantha ließ ihn langsam los. Er trat zurück und wischte sich mit dem Handrücken den Mund ab. Sie war nicht schockiert. Sie dachte nicht an ihn. Sie konnte an nichts anderes denken als an die Zeit, die sie damit vergeudet hatte, ihn zu lieben und ihn zu wollen.

»Du gemeiner Schuft!« schrie sie aufbrausend.

»Samantha...«, setzte Jeannette an, und Samantha wandte sich jetzt gegen sie.

»Du Judas! Hättest du mir nur die Wahrheit gesagt! Ich habe dir gestern abend gesagt, daß ich ihn liebe, und wahrscheinlich hast du es dir schon vorher denken können. Warum hast du mir nichts gesagt?«

»Chérie, das ist... nichts, was man eingestehen kann«, sagte Jeannette hilflos.

»*Mir* hättest du es sagen können! Du wußtest, was ich empfinde.« Tränen sprangen in Samanthas Augen, und sie konnte sie nicht mehr zurückhalten. »Es hätte mich verletzt, aber zumindest hätte ich meine Unschuld noch. Und jetzt habe ich sie nicht mehr... weil du mich anlügen und zudem noch die Kupplerin spielen mußtest. Du hast mich diesem Teufel auf einem silbernen Tablett serviert, Jeannette.«

»Es tut mir ja so leid, Samantha«, sagte Jeannette. Sie meinte es ernst. »Ich konnte nicht wissen, daß Hank Chavez die Situation ausnutzen würde. Das mußt du mir glauben.«

»Es ist verdammt noch mal zu spät, und wenn dir oder mir etwas leid tut, dann nutzt das jetzt nichts mehr.«

»Was ist mit Hank?« fragte Adrien schließlich. »Was hast du ihm getan?«

Samantha brach in hysterisches Gelächter aus. »O Gott, man könnte meinen, du hältst mich für den Schurken.«

Adrien drehte sich um und stolzierte davon, und in dem Moment wußte Samantha nicht, welchen der beiden Männer sie mehr haßte.

»Samantha . . .«, versuchte es Jeannette noch einmal.

»Nein!« fauchte Samantha. Sie stürzte zu ihrem Pferd und drehte sich noch einmal zu ihrer Freundin um. »Du kannst nichts sagen, was jetzt noch hilft, Jeannette. Ich reite in die Stadt zurück, und ich hoffe ernstlich, daß ich weder dich noch deinen Bruder wiedersehe, ehe ich abreise.«

Dann ritt Samantha davon, und ihr Zorn und ihre Erbitterung glühten heftiger auf denn je. Als sie die Stadt erreichte, zog sie in ein anderes Hotel, das beste, das Elizabethtown zu bieten hatte.

Den Rest des Nachmittags verbrachte sie mit düsteren Grübeleien. Was konnte sie Hank Chavez antun? Sie hatte schnell gemerkt, daß sie ihn mehr haßte als Adrien. Sie konnte Hank nicht mit dem davonkommen lassen, was er ihr angetan hatte, nicht zulassen, daß er sie verführt und anschließend verhöhnt hatte und ungestraft davonkam. Ganz gleich, wie sehr sie ihn verletzt haben mochte – er hatte nicht das Recht, sie so sehr zu verletzen.

Der Verlust ihrer Jungfräulichkeit war es nicht, was an ihr nagte, was ihren Zorn anheizte. Das war seine Rache gewesen, schlichte Rache, die schnell vorübergegangen war. Hank hatte das Gefühl gehabt, daß sie es verdient hatte, weil sie ihn verletzt hatte, und das hätte sie ihm vielleicht sogar vergeben können. Schließlich wußte sie, was es hieß, verletzt zu werden. Und wenn sie auch wünschte, es wäre nicht geschehen, so mußte sie sich doch zu ihrer Schande eingestehen, daß sie Vergnügen bei ihrer Vereinigung mit ihm verspürt hatte. Ihr Körper hatte in gewisser Weise auf ihn reagiert.

Doch Hanks Spott zum Abschied hatte sie wirklich beschämt. Sie konnte die Vorstellung nicht ertragen, daß er wußte, wie dumm sie gewesen war. Hank wußte, daß sie den Mann, den sie liebte, nie bekommen würde.

Geliebt hatte. Samantha empfand jetzt nur noch Mitleid mit Adrien. Sie verabscheute sich dafür, daß sie so dumm gewesen war. Sie warf sich vor, daß sie sich selbst unterschätzt und immer geglaubt hatte, es sei ihre Schuld, daß Adrien keine Notiz von ihr nahm.

All das nagte an ihr. Das war auch der Grund, warum sie es Hank unbedingt heimzahlen wollte. Sie wußte nur nicht wie. Sie wußte nicht einmal ansatzweise, wie man einen Mann aufspürte. Sie konnte jemand anderen für diese Aufgabe anwerben, aber sie wußte nicht einmal, wie man die Art von Männern fand, die andere Männer hetzten.

Ihr blieb nur noch die Hoffnung, daß sie Hank eines Tages wiedersehen würde. Und das ließ sich durchaus ermöglichen – indem sie eine Belohnung aussetzte. *Gesucht, lebendig.* Und sie wollte ihn lebendig haben, damit sie zuschauen konnte, wie er dafür ausgepeitscht wurde, daß er ein so elender Schurke war.

Um eine Belohnung auszusetzen, mußte sie einen Grund angeben. Am leichtesten ließ sich ein Raubüberfall erklären. Wenn das Gesetz ihn je in seine Finger bekam, würde man ihn festhalten, bis sie ihn identifizieren konnte. Dann würde sie seine Freilassung bewirken und seine Strafe selbst in die Hand nehmen. Einige der Vaqueros ihres Vaters würden ihr dabei behilflich sein.

Allein der Gedanke an ihre Rache bewirkte, daß sie sich wohler fühlte. Sie hatte einen Plan, etwas, was sie morgen früh gleich in Angriff nehmen konnte, und das erleichterte ihr jetzt das Einschlafen ... doch sie schlief nur ein, um von Hank Chavez zu träumen.

12

Vier Tage darauf ritt Samantha mit ihrer sechsköpfigen Eskorte in einer Staubwolke aus Elizabethtown hinaus. Mit dem breitkrempigen braunen Hut, der gewagt auf ihrem dicht zusammengebundenen roten Haar saß, war sie ein bemerkenswerter Anblick. In ihrem braunen Lederrock, der vorne geschlitzt war, und einer dazu passenden Weste über ihrer weißen Seidenbluse gab sie ein verblüffendes Bild ab. Sie sah ganz so aus wie ein weiblicher Cowboy, bis hin zu ihren Sporenstiefeln und dem Pistolenhalfter, der sich an ihre Hüften schmiegte. Ihr Rock war angefertigt worden, um ihr das Reiten zu erleichtern und um die Pistole anschnallen zu können.

Sie hatte sich bei Manuel überschwenglich dafür bedankt, daß er ihre Reitkleidung mitgebracht hatte, und ebensosehr freute sie das Pferd, das er für sie bereithielt. El Cid, der muntere, schwarze Hengst, war noch ein Füllen gewesen, als sie vor drei Jahren von zu Hause fortgegangen war. Jetzt war er kräftig und wendig, und sie würde ihn mit der Zeit so lieben, wie sie Princesa geliebt hatte, ihren temperamentvollen weißen Mustang, der kurz vor ihrer Abreise in den Osten gestorben war.

In der ersten Woche bestand Samantha darauf, eine möglichst große Strecke zurückzulegen, sich so weit wie möglich von dem zu entfernen, was sie als den Ort ihrer Schande ansah. Doch schon bald wurde auch Manuel beharrlich, und er sorgte dafür, daß sie ihre Reisegeschwindigkeit verminderten. Er erklärte es damit, daß er nicht bereit war, *el patrón's niña* erschöpft und wundgescheuert vom schnellen Reiten nach Hause zu bringen.

Nach dieser ersten Woche ritten sie nur noch etwa zwanzig Meilen am Tag, ein Tempo, das die Pferde mühelos durchhalten konnten. Sie machten in jeder Stadt halt, und Samantha vergewisserte sich überall, ob man ihre Handzettel auch ausgehängt hatte, die eine Belohnung auf Hank aussetzten. Gewöhnlich hatte man sie ausgehängt.

In Gegenwart von Fremden wurde sie reizbar und nervös. Jedesmal, wenn sie einen großen schwarzhaarigen Mann in dunkler Kleidung sah, raste ihr Puls, und sie griff nach ihrer Waffe. Sie konnte Hank nicht vergessen. Sie hatte ihn verfolgen wollen, und jetzt fühlte sie sich von ihm verfolgt.

Als sie die mexikanische Grenze überquert hatten, fühlte sie sich schon ganz zu Hause, obwohl noch ein Ritt von einer Woche vor ihnen lag. Samantha war immer zu eigenen Unternehmungen ausgezogen. Sie seufzte. Sie war nicht mehr so jung wie damals, und sie war nicht mehr so abenteuerhungrig. In den drei Jahren, die sie fortgewesen war, war sie erwachsen geworden. Kläglich wurde ihr bewußt, daß sie das Erwachsenwerden weitgehend in diesem letzten Monat hinter sich gebracht hatte.

In der zweiten Aprilwoche erreichten sie an einem hellen Nachmittag die Ranch. Es war ein sonniger, warmer Tag. Als Samantha ihren Vater sah, der in der Tür des einstökkigen Hauses stand und geduldig wartete, bis sie abgestiegen war, machte ihr Herz vor Freude einen Luftsprung. Sie lief auf Hamilton Kingsley zu und warf sich in seine Arme.

Es dauerte mehrere Momente, bis sie ihn loslassen konnte. Hier war sie geborgen und in Sicherheit. Niemand konnte ihr etwas tun, wenn diese Arme sie umschlungen hielten. Dieser Mann verzog sie, verhätschelte sie und liebte sie. Es war so wunderbar, wieder zu Hause zu sein.

Endlich lehnte sie sich zurück, um ihn lange und genau anzusehen. Er sah genauso aus wie früher, und sie freute sich schrecklich darüber. Ihr Vater war nach wie vor der breitschultrige, robuste Mann, gegen den sie sich anfangs so zur Wehr gesetzt und den sie dann mit aller Liebe ins Herz geschlossen hatte.

Er lachte, doch in seinen Augen standen Tränen. »Nun, Tochter, bestehe ich vor deinem prüfenden Blick?«

Sie lachte ebenfalls. »Du hast dich nicht verändert.«

»Das kann man von dir nicht behaupten. Du bist nicht mehr mein kleines Mädchen. Ich hätte dich nie zur Schule schicken sollen. Verdammt, es war eine zu lange Zeit. Du warst viel zu lange fort. Ich habe dich vermißt, *niña*.«

»Ich habe dich auch vermißt«, sagte Samantha. Sie

wußte, daß sie gleich weinen würde. »Es tut mir leid, daß ich länger fortgeblieben bin als unbedingt nötig war. Ich bereue es, daß ich nicht eher nach Hause gekommen bin. Ich bereue es weit mehr, als du dir vorstellen kannst.«

»Jetzt langt's aber«, sagte er brummig. »Ich will keine Tränen in diesen schönen Augen sehen. Komm rein.« Er führte sie in den ummauerten Patio, der den Mittelpunkt des Hauses bildete. »Maria! Unser kleines Mädchen ist wieder zu Hause!« rief er. »Komm her, und sieh dir an, wie sie gewachsen ist.«

Die Küche, in der man Maria gewöhnlich vorfand, ging direkt von dem Innenhof ab, der mit blühenden Sträuchern und Reben bepflanzt war. Aus dieser Richtung kam die stämmige Mexikanerin gelaufen, und Samantha lief ihr entgegen. Maria hatte sich kaum verändert. Ihr pechschwarzes Haar wies etwas mehr Grau auf. Doch als sie Samantha in ihre rundlichen Arme zog, fühlte sie sich so weich und gut gepolstert an wie eh und je.

»Sieh dich an! Jetzt sieh nur!« schalt Maria. »Du bist zu sehr gewachsen, *muchacha*. Du kommst als Frau nach Hause zurück.«

»Bin ich hübscher geworden?« Samantha grinste spöttisch.

»So, jetzt weiß ich, daß du dich kein bißchen verändert hast. Du versuchst immer noch, mir Komplimente zu entlocken, was?«

»Und du rückst sie immer noch nicht freiwillig raus.«

»So nicht!« Maria schnaubte vor Empörung. »Wie dieses Mädchen lügen kann. Bringt man euch das in dieser feinen Schule bei?«

Samantha unterdrückte ein Grinsen, und ihrem Vater ging es ebenso. »Maria, Maria, du weißt doch, daß sie dich nur neckt«, sagte er.

»Das weiß sie selbst, Vater«, sagte Samantha. »Sie muß es trotzdem ganz groß aufbauschen.«

»*Ay!* Von einem so jungen Ding höre ich mir nicht solche Unverschämtheiten an!« sagte Maria mit gespielter Strenge.

»So jung? Ich dachte, du hättest gesagt, ich sei eine Frau geworden. Entscheide dich, Maria.«

Maria fuchtelte mit ihren rundlichen Armen durch die Luft, um die Sinnlosigkeit ihrer Bemühungen auszudrücken. »Ich bin zu alt für deine Späße, *mi niña*. Laß eine alte Frau in Frieden.«

»Nur wenn du versprichst, *arroz con pollo* zum Abendessen zu machen«, erwiderte Samantha mit einem fröhlichen Funkeln in den Augen.

Maria sah Hamilton scharf an. »Habe ich es Ihnen nicht gesagt, daß sie nach *el pollo* fragen wird. Sie kehrt nach Hause zurück, und ich kann ihr noch nicht einmal ihr Lieblingsgericht vorsetzen – und schuld ist dieser Teufel«, fauchte sie voll der ungekünstelten Verachtung.

»Maria!« sagte Hamilton. In seinem Tonfall lag eine Warnung.

»Was soll das heißen?« fragte Samantha stirnrunzelnd. Irgend etwas stimmte hier nicht. »Gibt es keine Hühner?«

Maria übersah Hamiltons warnenden Blick und antwortete zornig: »Nicht ein einziges, *niña*.« Sie schnippte mit den Fingern. »So, einfach weg.«

»Verschwunden? Willst du damit sagen, daß sie spurlos verschwunden sind?«

Maria schüttelte den Kopf. »Dein *papacito*, er sieht mich böse an«, sagte sie beleidigt. »Ich sage nichts mehr.«

Samantha sah ihr nach, als sie wieder in die Küche ging. Dann drehte sie sich zu ihrem Vater um. »Was hat das alles zu bedeuten?«

»Nichts, Sammy«, sagte Hamilton ausweichend. »Du weißt doch, wie dramatisch Maria alles aufbauscht.«

»Aber wie konnten die Hühner verschwinden – wenn sie nicht gestohlen worden sind? Und unsere Arbeiter würden uns nicht bestehlen. Weißt du, wer es war?«

Er schüttelte den Kopf. Seine Antwort war ausweichend. »Ich habe nur einen Verdacht. Aber damit solltest du dich nicht belasten. Jorge kommt in den nächsten Tagen mit einer ganzen Kiste voller neuer Hühner zurück, und du bekommst deinen *arroz con pollo* noch. Willst du dich nicht vor dem Abendessen noch etwas ausruhen? Du mußt müde sein. Wir können uns später noch unterhalten.«

Samantha grinste. Sie war so glücklich, wieder zu Hause zu sein, daß sie die Hühner gleich vergaß. »Ich will mich nicht hinlegen, Vater, aber ich möchte ein Bad nehmen. Ich habe so viele unbequeme, enge Badewannen vorgefunden, und seit Monaten träume ich schon von der himmlischen Badewanne, die du mir gekauft hast.«

»Schön zu wissen, daß wenigstens eins meiner Geschenke derart gewürdigt wird.« Er kicherte in sich hinein.

Sie lachte. »Dieses Geschenk weiß ich sogar so sehr zu würdigen, daß ich es gar nicht mehr erwarten kann, mich reinzusetzen. Wir sehen uns später, Vater.« Sie küßte ihn auf die Wange. »Oh, es ist so schön, wieder zu Hause zu sein.«

Samanthas weißgetünchtes Zimmer mit der hohen Decke heiterte sie wie immer auf. Es war alles genau so, wie sie es zurückgelassen hatte, geräumig, ordentlich und spärlich möbliert. Die Kleidungsstücke, die sie zurückgelassen hatte, würden ihr noch passen, wenn sie die Säume ein wenig herausließ. Dennoch hatte sie eine neue Garderobe aus dem Osten mitgebracht und würde die alten Kleider wahrscheinlich bis auf ihre Reitkleidung weggeben.

Auf dem schmalen Bett lag immer noch die alte karierte Decke, die ihr so gut gefiel. Die Einrichtung war nicht verspielt. Es gab eine schlichte Eichenkommode, und die Tische neben ihrem Bett waren frei von weiblichem Firlefanz. Nichts an der Ausstattung dieses Zimmers wies darauf hin, daß es einem jungen Mädchen gehörte, denn dieses Mädchen war ein Lausejunge gewesen, der weibliche Verzierungen ablehnte.

Jetzt würde sie eine Frisierkommode in ihr Zimmer stellen und vielleicht auch Spitzenvorhänge vor die Fenster hängen. Dazu würde ein großer Spiegel, in dem sie sich ganz sehen konnte, und sogar ein paar Deckchen für den Tisch kommen. Sie hatte sich nicht allzusehr verändert, doch sie leugnete nicht mehr, daß sie eine Dame war. Sie konnte nicht für den Rest ihres Lebens gegen eine Kindheit aufbegehren, die sie mit einer übermäßig strengen Großmutter verbracht hatte. Andererseits würde sie aber auch ihre Freiheit nicht aufgeben.

Das Abendessen war ein Genuß. Maria hatte sich selbst überboten. Es gab spanischen Reis mit dicken Steaks und Paprika und *frijoles*, die köstlichsten Bohnen, die zerdrückt und mit Speck gebraten wurden. Maria servierte außerdem *enchiladas und quesadillas*, und Samantha stürzte sich auf die verschieden zubereiteten *tortillas*. Sie hatte Marias mexikanische Küche sehr vermißt, und sie beschloß augenblicklich, Maria mitzunehmen, wenn sie je wieder von zu Hause fortgehen sollte.

Nach dem Abendessen zogen sie sich in das gemütliche Wohnzimmer zurück, das an den Patio grenzte. Samantha bestand darauf, daß Maria ihnen Gesellschaft leistete. Die alte Frau gehörte für Samantha zur Familie, wenngleich sie auch eigene Kinder und Manuel, ihren Mann, hatte.

Samantha erzählte nur kurz von der Schule, denn sie hatte bereits das meiste nach Hause geschrieben. Maria und ihr Vater interessierten sich mehr für ihre Heimreise und für die Allstons. Doch Samantha konnte sich nicht begeistert zu ihrer Reise äußern, und sie berichtete nur sehr allgemein über Jeannette und Adrien. Ihr Vater stellte viele Fragen nach den beiden, doch sie ließ mit keinem Wort verlauten, daß ihre Gefühle für Adrien weitergegangen oder gar gründlich verletzt worden waren. Sie sprach abwertend von Elizabethtown, doch das schrieb ihr Vater der primitiven Atmosphäre von Goldgräbersiedlungen zu.

Den dunkelhaarigen, gutaussehenden Fremden, den sie auf ihrer Reise kennengelernt hatte, erwähnte Samantha nicht. Sie wollte nicht über ihn oder über ihre Schande sprechen, es sei denn, man fand ihn und sie mußte erklären, warum sie ihn identifizierte.

Dann kam die Reihe an sie, Fragen zu stellen und sich

darüber zu informieren, was zu Hause vorgefallen war. Unter den Vaqueros und ihren Familien waren eine Hochzeit und vier Geburten zu verzeichnen. Eine der Kupferminen war stillgelegt worden, weil es dort zu viele Unfälle gegeben hatte. Kürzlich waren Rinder auf der Weide vermißt worden, nichts Ernstes, und wahrscheinlich lag es nur daran, daß zu wenige Arbeiter auf der Ranch gewesen waren, während Samanthas Eskorte unterwegs war. Es war zu Ausbauten und zu Reparaturen an den Gebäuden gekommen, Kleinigkeiten, nichts von Bedeutung.

Ihr Vater wechselte das Thema.

»Don Ignacios Sohn ist oft hiergewesen und hat sich nach dir erkundigt, Sammy.«

»Ramón?«

»Ja, er ist ein hübscher Junge geworden.«

»Du meinst wohl, ein Mann?« hob Samantha hervor. »Ramón ist mehrere Jahre älter als ich.«

Hamilton zuckte die Achseln. »Ich habe ihn heranwachsen sehen, Sammy. Es ist dasselbe wie mit dir. Du bist immer noch mein kleines Mädchen. Es fällt mir schwer, dich als ausgewachsene Frau anzusehen.«

»Ich komme mir auch immer noch wie dein kleines Mädchen vor. Vielleicht können wir einfach manchmal vergessen, daß ich erwachsen bin.«

»Einverstanden.« Er kicherte. »Aber wie ich schon sagte, hat sich Ramón Baroja zu einem schönen ... Mann entwickelt, und ich glaube, daß du überrascht sein wirst, wie sehr er sich verändert hat. Er muß fünfzehn Zentimeter gewachsen sein, seit du von hier fortgegangen bist.«

»Und wie geht es seiner Familie?«

»Gut.«

Maria murrte. »Sehr gut sogar, wenn man bedenkt daß sie nicht den Ärger hatten, den wir hatten ...«

Hamilton räusperte sich hörbar und schnitt ihr das Wort ab. »Ich könnte einen Schnaps vertragen, Maria.«

»Welchen Ärger?« fragte Samantha Maria.

Ihr Vater antwortete eilig. »Nichts von Bedeutung. Ein paar Rumtreiber haben einige Tiere getötet. Solche Dinge sind schon öfter vorgekommen.«

Samantha sah Maria an, die den Kopf schüttelte, während sie den Schnaps holte. Was ging hier vor? Die Hühner ... die Mine ... Rinder, die vermißt wurden ... totes Vieh. Und dennoch tat ihr Vater all das als bedeutungslos ab. Tat er es wirklich? Hatte all das wirklich nichts weiter zu bedeuten, oder wollte er nur nicht, daß sie sich Sorgen machte?

»Ramón kommt wahrscheinlich morgen vorbei, um dich zu begrüßen«, sagte Hamilton. Er kicherte in sich hinein. »Er ist jetzt jeden zweiten Tag hiergewesen. Ich glaube, er traut mir nicht, daß ich auch wirklich Bescheid gebe, wenn du kommst.«

»Warum ist er denn so darauf versessen, mich zu sehen?«

»Nun ja, du hast ihm gefehlt. Verstehst du, er ist noch nicht verheiratet.«

»Das klingt ganz so, als seist du ein Kuppler, Vater.« Samantha grinste verschmitzt. »Ich nehme an, du hättest nicht das geringste einzuwenden, wenn ich Ramón heiraten sollte?«

»Ich glaube, daß er einen guten Ehemann abgibt, ja, das stimmt. Aber du brauchst nicht gleich aufzubrausen, Sam«, fügte er hinzu. »Ich habe nicht vor, dir zu erzählen, wen du heiraten sollst. Ich erwarte von dir, daß du dich von deinen Gefühlen bestimmen läßt.«

»Mir liegt nichts ferner als eine Heirat«, sagte Samantha. In ihrer Stimme lag ein Hauch von Erbitterung, doch so verdeckt, daß ihr Vater nichts merkte.

»Es freut mich, das zu hören«, erwiderte er. »Schließlich bist du gerade erst wieder zu mir nach Hause gekommen. Ich würde dich nur ungern allzubald wieder verlieren, *querida*.«

»Nenn mich nicht so!«

Hamilton blickte auf. Die Schärfe ihres Tonfalls überraschte ihn. »Was?«

»Ich habe gesagt, daß du mich nicht so nennen sollst«, fauchte sie, um dann zu seufzen: »Oh, Vater, es tut mir leid. Ich weiß selbst nicht, was mit mir los ist.«

Sie war schockiert. Wie mußte das geklungen haben! Sie ließ zu, daß Hank Chavez ihr die Heimkehr verdarb. Ihr Vater würde nicht verstehen, warum sie diese Liebkosung nicht mehr hören wollte, und sie wollte auch gar nicht, daß er es verstand. Er sorgte sich ohnehin schon viel zu sehr um ihr Wohlergehen. Wenn er erführe, was sie mit sich geschehen hatte lassen, wäre er untröstlich gewesen. Und sie hatte es geschehen lassen, rief sie sich in aller Grausamkeit ins Gedächtnis zurück. Sie hatte sich von ihm liebkosen lassen. All das hatte sie zugelassen – und dann war es zu spät gewesen, um alles übrige noch aufzuhalten.

»Ich muß wohl müde sein. Ich weiß nicht, was ich sage.« Samantha bemühte sich, eine Entschuldigung für ihren Ausbruch zu finden. »Ich habe letzte Nacht nicht gut geschlafen, weil ich so aufgeregt war, wieder nach Hause zu kommen.«

Ihr Vater nickte. »Und ich halte dich bis in die Nacht hinein wach. Geh ins Bett, Sam.«

»Ja, das werde ich wohl tun.« Sie beugte sich zu ihm hinunter und küßte ihn.

»Wir sehen uns morgen früh.« Er drückte ihre Hand, ehe er sie gehen ließ. »Gute Nacht . . . Sammy.«

Als sie ging, war sie wütend auf sich selbst, und dabei hätte sie glücklich sein sollen, daß sie wieder zu Hause war. Sie ließ zu, daß Hank Chavez sie wie ein Spuk heimsuchte. Schließlich hatte ihr Vater sie doch immer *querida* genannt, wenn er ihr gute Nacht gesagt hatte. Und jetzt durfte er das nicht mehr sagen – und das wegen Hank Chavez!

13

Froilana Ramirez weckte Samantha und brachte ihr frisches Wasser ins Zimmer. Marias jüngste Tochter war dreiundzwanzig und unverheiratet, obwohl viele Männer um ihre Hand angehalten hatten. Sie wartete auf den richtigen Mann, ›den, der mir die Füße vom Boden zieht und mich fortträgt‹. So hatte sie es Samantha immer wieder ganz im Ernst erzählt.

»Er muß sehr stark und sehr schön sein. Er muß mich vor lauter Liebe ohnmächtig machen.«

Samantha hatte sich immer über Froilanas fantastische Träume lustig gemacht. Sie hatte immer das Gefühl gehabt, Jungen seien nur dazu da, mit ihnen zu raufen. Sie hatte sich immer mit Ramón und den Jungen auf der Ranch geschlagen, auch mit den älteren Jungen. Aber jetzt war sie selbst älter geworden, und sie konnte Froilanas Träume verstehen.

Sie lag da und hörte sich Froilanas oberflächliches Geschwätz an. Froilana war ein lebhaftes, hübsches Mädchen mit seidigem, schwarzem Haar und großen braunen Augen und goldener Haut, und ihr einziger Fehler bestand darin, daß sie unablässig plapperte.

». . . nicht mehr die *muchacha* und ich die ältere Frau. Jetzt sind wir beide Frauen«, sagte Froilana gerade.

Samantha unterdrückte ein Grinsen, während sie ihre Beine über die Bettkante schwang und aufstand. »Das dürfte wohl stimmen«, antwortete sie, so ernst sie konnte.

So weit Samantha zurückdenken konnte, hatte sich das Mädchen immer als Frau angesehen. Dennoch war Froilana noch keine dreizehn gewesen, als Samantha zu ihrem Vater nach Texas gekommen war, und Maria und ihre Familie waren im Jahr darauf mit ihnen nach Mexiko gegangen. Ihr Vater war nach Mexiko ausgewandert, um dem Bürgerkrieg aus dem Weg zu gehen, der sich in den amerikanischen Staaten zusammenbraute. Auch in Mexiko war es zu Unruhen gekommen, zu einer Revolution, aber ihr Vater war neutral geblieben, und sie hatten so hoch oben im Norden gelebt, daß die Unruhen nie bis zu ihnen vorgedrungen waren.

»Jetzt kicherst du nicht mehr albern vor dich hin, wenn ich von Männern spreche«, fuhr Froilana fort, während sie Samanthas Bett machte. »Jetzt interessierst du dich selbst für Männer, stimmt's?«

Samantha gähnte und ging auf Zehenspitzen in den kleinen Raum, der an ihr Zimmer grenzte. Dort stand ihre große, vierfüßige Badewanne. Man mußte das Wasser hierhertragen, um die Wanne zu füllen, doch sie hatte ein Abflußrohr nach außen, um das Wasser ablaufen zu lassen. Die frische Schale mit kaltem Wasser stand auf dem Handtuchhalter.

»Ach, ich weiß nicht, Lana«, rief Samantha über ihre Schulter. »Männer können doch recht trügerisch sein. Ich glaube, ich komme durchaus noch eine Weile ohne sie aus.«

»*Ay*, nein!« schalt sie Froilana.

»Ich meine es ernst.«

»Und was wirst du tun, wenn der junge Ramón bei deinem *papacito* um deine Hand anhält? Und was wird er tun! Er war immer in dich verliebt, obwohl du dich wie ein kleines Kind benommen hast. Warte nur, bis er dich jetzt sieht.«

Samantha spritzte sich kaltes Wasser ins Gesicht und griff nach einem Handtuch, ehe sie erwiderte: »Von mir aus kann Ramón meinen Vater fragen, was er will, aber ich bin diejenige, die die Antwort darauf gibt. Und woher soll ich wissen, was ich sagen werde? Ich habe ihn seit fast drei Jahren nicht mehr gesehen.«

»Das, was du sehen wirst, wird dir gefallen, *patrona*.«

»Patrona?« rief Samantha überrascht aus. »Lana, so hast du mich nie genannt.«

»Du hast dich aber so verändert«, erklärte Froilana gedämpft. »Du bist jetzt eine Dame.«

»Unsinn. Ich habe mich nicht allzusehr verändert. Du nennst mich so wie früher.«

»*Si*, Sam.« Froilana grinste.

»Das ist schon besser. Und was Ramón angeht«, sagte Samantha, als sie wieder in ihr Zimmer kam und auf den Kleiderschrank zuging, »so spielt es keine Rolle, ob mir gefällt, wie er sich verändert hat. Wie ich schon sagte, komme ich durchaus noch eine Weile ohne Männer aus.«

»Du findest es nicht aufregend, Ramón wiederzusehen? Kein bißchen?«

»Aufregend? Himmel, nein.« Samantha lachte. »Ich bin nur froh, daß ich wieder zu Hause bin. Mehr brauche ich nicht.«

»Und was hast du von der Geschichte mit El Carnicero gehalten? Fandest du die Geschichten über ihn auch nicht aufregend?«

Samantha drehte sich um und sah Froilana neugierig an. »El Carnicero? Der Schlächter? Was ist das für ein Name?«

»Es heißt, daß er seine Feinde in Stücke zerschneidet und sie seinen Hunden vorwirft, Stück für Stück. So ist er zu seinem Namen gekommen«, sagte sie atemlos.

»Lana! Wie widerwärtig!«

Froilana zuckte die Achseln. »Diese Geschichte über ihn glaube ich nicht, aber die anderen Geschichten, *si*. Es heißt, er sei *mucho hombre*, aber ganz gemein. Es heißt auch, daß er sehr häßlich ist, aber daß er jede Frau haben kann, die er will. Ich frage mich . . .«

»Moment mal, Lana«, fiel ihr Samantha ins Wort. »Von wem reden wir eigentlich? Wer zum Teufel ist dieser Carnicero, den du so faszinierend findest?«

Froilana riß ihre dunklen Augen auf. »Du weißt es nicht? *El patron* hat dir nichts davon erzählt?«

»Nein, mein Vater hat nicht darüber gesprochen«, erwiderte Samantha.

»*Ay!*« stöhnte das ältere Mädchen. »*Mamacita* wird mich schlagen, weil ich es dir erzählt habe.«

»Du hast mir noch gar nicht viel erzählt«, sagte Samantha ungeduldig. »Wer ist El Carnicero?«

»Nein. Ich sage nichts mehr. Ich gehe jetzt.«

»Lana!« Das Mädchen lief aus ihrem Zimmer, und Samantha blieb verwirrt zurück. »Verdammter Mist, was zum Teufel soll das alles heißen?« murmelte sie vor sich hin, während sie sich eilig jadegrüne Reitkleidung aus Wildleder und eine leuchtendgelbe Seidenbluse anzog.

Der Schlachter. Ein Mann, der seine Feinde zerstückelt. Was mußte das für ein Mann sein? In Friedenszeiten Menschen zu töten? Vielleicht einer der Generäle der Revolution? Auf beiden Seiten hatte es viele hitzige Männer gegeben. Ein Verbrecher vielleicht oder ein Regierungsbeamter? Die Liberalen hatten bei der Revolution den Triumph davongetragen, und Juárez war Präsident. Doch der Präsident konnte nicht die Regierungsbeamten in allen seinen Staaten überwachen.

Kurz darauf saß sie mit ihrem Vater am Frühstückstisch. Sie hatten Brot und Schinken und heißen, starken Kaffee vor sich stehen. »Wer ist El Carnicero?« fragte sie ihn.

»Wo hast du diesen Namen gehört?« Ihr Vater lehnte sich mit finsterem Blick zurück.

»Was spielt das für eine Rolle?« fragte sie. »Wer ist das?«

Ihr Vater zögerte, ehe er erwiderte: »Das ist niemand, um den du dir Gedanken zu machen brauchst.«

»Vater, du weichst meiner Frage aus. Warum erzählst du mir nichts über diesen Mann?«

»Er ist ein Bandit, Sammy, ein Mann, der vor mehreren Jahren weiter unten im Süden berüchtigt war.«

»Ein Bandit? Und warum spricht man hier über ihn?«

Hamilton seufzte. »Weil dieser Kerl kürzlich in den Norden gekommen ist. Er lebt jetzt mit seinem Gefolge in der westlichen Sierra.«

»Du meinst, sie verstecken sich da draußen? Hat niemand versucht, sie aufzuspüren?«

»Du weißt ebensogut wie ich, Samantha, daß es fast unmöglich ist, jemanden zu finden, der sich in diesen Bergen versteckt.«

Plötzlich paßte alles zusammen. »Hat dieser *bandito* dir Ärger gemacht?«

»Ich bin nicht sicher, ob er es wirklich ist.«

»Ist das die Geschichte mit den Hühnern und den Rindern?«

»Möglich wäre es natürlich. Unsere Leute sagen, daß er es ist, daß El Carnicero mir aus irgendeinem Grund den Krieg erklärt hat. Ich habe dennoch meine Zweifel. Es erscheint mir unsinnig. Ich habe diesen Mann nie kennengelernt. Und außerdem sind die Sierras einen guten Drei- bis Viertageritt von hier entfernt.«

»Und deshalb glaubst du, daß nicht er derjenige ist, der dir Schwierigkeiten macht?«

»Ja. Andere Ranchs liegen näher an den Bergen, und dort könnte er weitaus leichter etwas erbeuten. Es wäre von ihm aus unsinnig, so weit zu reiten, um hier Nahrung zu suchen und Unheil zu stiften. Es gibt noch einen weiteren guten Grund, den die Vaqueros, die darauf bestehen, daß er es ist, vollkommen übersehen. Dieser Mann steht in dem Ruf, ein kaltblütiger Mörder zu sein, doch trotz all der Schrereien, die wir hatten, ist niemandem etwas zugestoßen. Außerdem hat niemand ihn oder eines seiner Bandenmitglieder gesehen. Es heißt, wenn El Carnicero ausreitet, reitet er mit allen seinen Männern aus, und das sind Dutzende. Doch wenn hier auf der Ranch etwas passiert, sind immer nur die Spuren von ein paar wenigen Männern aufzufinden.«

»Und das wiederum weist auf einzelne Stromer hin.« Samantha sprach ihre Gedanken laut aus.

»Ja.«

»Warum sind die Leute dann so fest davon überzeugt, daß es sich um El Carnicero handelt?«

Hamilton zuckte die Achseln. »Es ist aufregender, von einem berühmten Banditen eine Kriegserklärung zu bekommen, als Ärger mit Landstreichern zu haben. Die Leute lieben dramatische Geschichten. Sobald sich herumgesprochen hatte, daß der berüchtigte Bandit sich in dieser Gegend aufhält, wurde ihm jeder Zwischenfall zugeschrieben. Es geht viel Klatsch über ihn um, weil er Aufregungen und Gefahr mit sich gebracht hat, und das lieben die Leute.«

»Besteht denn wirklich Gefahr?«

»Unsinn«, spottete Hamilton. »Fang bloß nicht auch noch an, diese Geschichten zu glauben. Deshalb wollte ich nicht, daß du etwas von diesem Banditen erfährst. Ich wollte nicht, daß du dir Sorgen machst.«

»Ich hätte mir keine allzu großen Sorgen gemacht, Vater. Es hat in dieser Gegend auch früher schon Banditen gegeben.«

»Ich bin froh, daß du in diesen Dingen so vernünftig bist.« Er beugte sich wieder vor und musterte sie prüfend. »Du trägst deine Reitkleidung. Willst du ausreiten?«

Sie grinste schelmisch. »Das war doch schon immer meine Angewohnheit, oder? Morgens auszureiten. Ich kann es kaum erwarten, diese alten Sitten wiederaufzunehmen.«

»Ich hoffe, dazu zählt nicht deine frühere Unsitte, mit den Männern auf dem Feld zu arbeiten?«

Samantha lachte. »Habe ich eben Mißbilligung aus deinem Tonfall herausgehört? Nein, Vater, ich werde nicht mehr mit den Feldarbeitern ausreiten. Meine wilden Zeiten sind vorbei«, versicherte sie ihm.

»Du weißt gar nicht, wie froh ich bin, das zu hören.« Er grinste. »Ich weiß, daß du auch so vernünftig sein wirst, dich bei deinen Ausritten begleiten zu lassen.«

»Auf unserem eigenen Land?« Samantha lachte. »Sei nicht albern, Vater.«

»Du bist kein Kind mehr, Sammy. Eine junge Frau sollte nicht ohne Begleitung ausreiten.«

»Laß uns keinen Streit anfangen, Vater.« Samantha seufzte. »Bloß weil ich ein paar Jahre älter geworden bin, gebe ich doch nicht meine Freiheit auf.«

»Sammy . . .«

»So, du alter Heuchler.« Sie hatte eine starke Beunruhigung aus seiner Stimme herausgehört. »Du sorgst dich wirklich wegen dieses *bandido*, was?«

»Es schadet nichts, wenn man sich vorsieht, Sammy.«

Samantha zögerte. Dann stand sie auf. »Abgemacht, Vater, du sollst eine Zeitlang deinen Willen haben.« Sie drehte sich um, um zu gehen. Dann blieb sie noch einmal stehen und grinste ihn spitzbübisch an. »Aber es wird dir nicht viel nützen. Die Vaqueros können nicht mit mir Schritt halten. Das konnten sie noch nie.«

Samantha ritt so schnell wie möglich zur südlichen Gebirgskette hin und ließ die zwei Mann, die ihre Eskorte bildeten, weit hinter sich zurück. El Cid war ein Juwel. Er schien durch die Lüfte zu fliegen. Samantha war außer sich vor Freude. So war sie seit Jahren nicht mehr galoppiert. Ihr Sattel war fantastisch, aus dem besten spanischen Leder hergestellt und mit Silber beschlagen, mit goldenen Litzen verziert und wunderbar gearbeitet. Er paßte zu El Cid.

Als sie auf einem kleinen Hügel abstieg und ihre Begleiter erwartete, sah sie aus der Bergkette im Westen Rauch aufsteigen.

»Das ist schon das neunte Feuer in den letzten zwei Wochen«, sagte Louis, Manuels und Marias ältester Sohn. »Das war El Carnicero. Die neue Hütte ist erst gestern fertig geworden, und von dort kommt der Rauch.«

»Neun Feuer!« keuchte Samantha. »Die Scheune! Hat sie auch gebrannt?«

Louis nickte. »Eine solche Verschwendung, dieses Feuer. So viele Lebensmittel und Vorräte, die unsinnig verbrennen. Und so nahe an der *rancho*. El Carnicero, der traut sich was.«

Samantha sagte nichts mehr. Enttäuscht und verletzt ritt sie zurück. Ihr Vater hatte sie belogen. Er hatte von Reparaturarbeiten gesprochen, obwohl die Gebäude in Wahrheit angezündet worden waren. Warum hatte er sie belogen? Sie fragte sich, was er ihr sonst noch alles nicht erzählt hatte.

14

Als Samantha zurückkehrte, sah sie Ramón Barojas Pferd im Stall. Sie erkannte den Mustang und den reich mit Silber beschlagenen Sattel, in den die Initialen RMNB eingraviert waren. Sie standen für Ramón Mateo Nuñez de Baroja.

Samantha hatte im Moment kein Interesse daran, Ramón zu sehen. Manuel war es, mit dem sie reden wollte, der einzige Mann, von dem sie wußte, daß er ihr gegenüber offen sein würde. Sie fand ihn auf den Stufen seines kleinen Hauses beim Mittagessen vor.

»*Hola*, Sam«, rief er, als sie näher kam. »Im Haus wartet jemand auf dich. Kurz nachdem du ausgeritten bist, ist er gekommen. Hast du ihn noch nicht gesehen?«

»Ramón kann warten«, erwiderte sie. Sie setzte sich neben Manuel auf die Stufen und setzte ihren breitkrempigen Hut ab. »Ich will mit dir reden, Manuel. Du kennst meinen Vater so gut wie ich – zumindest so gut, wie ich ihn zu kennen glaubte. Vielleicht kennst du ihn besser.«

»Was ist los, *chica*?«

»Warum belügt er mich?«

Manuel war eher amüsiert als schockiert. »Inwiefern hat er dich belogen?«

»Was den Ärger angeht, den wir haben. Erst wollte er mir nichts erzählen. Wenn Lana nicht erwähnt hätte, daß . . .«

»Lana!« brauste Manuel auf. »Meine *jija*, sie macht den Mund immer zu weit auf. Wenn *el patrón* nicht wollte, daß du es erfährst, dann sollst du es auch nicht wissen.«

»Unsinn. Alle reden darüber, und ich hätte es sehr bald von selbst herausgefunden. Aber darum geht es nicht. Vater hat mir erzählt, daß Reparaturen an den Gebäuden durchzuführen waren. Heute habe ich erfahren, daß ein Feuer sie zerstört hat und sie wieder neu aufgebaut werden mußten.«

»Moment mal, Sam. Dein Vater hat dich nicht belogen. Während du fort warst, sind viele Reparaturen durchgeführt worden. Welches Jahr vergeht schon ohne Reparaturen?«

»Das mag sein. Warum hat er mir nichts von den Bränden erzählt? Sogar die große Scheune ist abgebrannt. Das hat er mir nicht gesagt, sondern nur, daß er eine neue hat bauen lassen.«

»Und deshalb sagst du, daß er lügt?« schalt Manuel sie grinsend aus.

»Er hat mir nicht die ganze Wahrheit gesagt. Das ist nicht besser als eine Lüge, Manuel.«

»Vielleicht hat er nur nicht daran gedacht.«

»Aber was geht hier wirklich vor? Glaubst du, daß El Carnicero dafür verantwortlich ist?«

Manuel zuckte die Achseln. »Wie kann ich das wissen? Ich war doch selbst nicht hier und habe erst gestern nacht alles gehört.«

»Ja, du hörst alles. Ist es also dieser Bandit, wenn er sich auch so weit von hier verbirgt? Oder ist das alles nur ein Zufall?«

»Mag sein, wenn man an die Rinder und die Feuer denkt. Aber warum sollte ein Durchreisender die Mine zerstören?«

»Zerstören? Was soll das heißen?«

»Louis sagt, es besteht kein Zweifel daran, daß die Mine mit Dynamit gesprengt worden ist.«

»Zwischenfälle, hat er zu mir gesagt«, keuchte Samantha. »Manuel, heute morgen ist wieder eine Hütte angezündet worden. Ich habe sie selbst noch glimmen sehen.«

»*Dios!*«

»Mach dir nicht die Mühe, dich an Gott zu wenden. Er ist zu beschäftigt, um sich mit dem Unheil zu befassen, das uns zustößt.«

»Du hättest eher kommen sollen. Du könntest tot sein!« rief Manuel aus.

»Unsinn. Dieses Feuer ist vermutlich nur von einem einzelnen in Brand gesetzt worden.«

»Dutzende von anderen hätten bei ihm sein können.«

»Darauf hat nichts hingewiesen, Manuel. Spuren waren nicht zu erkennen.«

»Louis hat mir gesagt, daß nie Spuren zu finden sind«, sagte Manuel. »Trotzdem könnten andere Männer in der Nähe sein und zuschauen. Diese Männer scheinen immer zu wissen, wo unsere Männer gerade sind, und sie schlagen nur zu, wenn niemand in der Nähe ist. Aber du, *niña*, du reitest, wohin du willst. Du reitest nie denselben Weg.«

»Worauf willst du hinaus, Manuel?«

»Du könntest auf diese Männer stoßen.«

»Na und?«

»Na und? Das heißt, daß du nicht ausreiten solltest, auch nicht mit einer Eskorte. Du bist nirgends sicher. Ich werde mit *el patrón* darüber reden.«

»Vorher wirst du mir alles erzählen, was Maria dir gestern nacht anvertraut hat, Manuel. Ich will selbst beurteilen können, ob ich hier sicher bin oder nicht.«

Er malte ihr in den lebhaftesten Einzelheiten alles aus. Es waren mehr als hundert Rinder und ein Dutzend Mustangs gestohlen worden. Ein großes »C« war eines Nachts mit Blut außen auf alle Türen geschmiert worden. War das El Carniceros Art, über seine Taten zu triumphieren, oder versuchte jemand anders, die Schuld auf den Banditen zu schieben?

Aber selbst das war noch nicht alles. Zwei Nachrichten waren hinterlassen worden, eine auf dem Kadaver einer toten Kuh, die andere war mit einem rostigen Dolch an die Haustür geheftet worden.

»Kein Wunder, daß es heißt, *der bandido* habe meinem Vater den Krieg erklärt«, sagte Samantha atemlos, als Manuel ihr alles erzählt hatte. »Was stand in diesen Botschaften?«

»Das weiß nur *el patrón*, und er hat es niemandem erzählt.«

»Waren sie denn mit ›El Carnicero‹ unterschrieben?«

»Das weiß ich auch nicht«, erwiderte Manuel.

Samantha schüttelte ungläubig den Kopf. »Ich finde es

einfach unfaßbar, daß all das in nur zwei Wochen passieren konnte.«

»So geht es mir auch, aber Maria sagt, daß täglich etwas Neues passiert. Und jetzt sagst du mir, daß heute wieder eine Hütte gebrannt hat.«

»Es klingt wirklich so, als würde hier Krieg geführt – ein einseitiger Krieg«, bemerkte Samantha. »Unternimmt mein Vater denn gar nichts dagegen?«

»Er hat sich noch nicht an den Staat gewandt, wenn es das ist, was du meinst. Noch nicht.«

»Findest du nicht, daß er das tun sollte?«

»Was kann der Staat tun, was wir nicht selbst tun könnten?« sagte Manuel nicht ganz ohne Entrüstung.

»Ich nehme an, du hast recht.« Ihr fielen die *soldados* ein, die sie das letzte Mal hinzugezogen hatten, als Rinder gestohlen worden waren. Sie waren nicht direkt darauf versessen gewesen, dem *americano* zu helfen, wie sie ihren Vater nannten. »Aber was konkret unternimmt mein Vater dagegen?«

»Er hat Männer auf die Spuren angesetzt, aber nach ein paar Meilen hören alle Spuren auf. Seit sie das letzte Mal hier waren, hat er um die Ranch herum Männer aufgestellt, die nachts Wache halten. Die Rinder und Pferde werden in die Nähe der Gebäude gebracht, und es sind ständig Menschen in der Nähe.«

»Ist das alles?«

»Was könnte er sonst tun, *niña*? Die *rancho* ist zu groß. Die *bandidos* kennen unsere schwachen Stellen, und sie schlagen nur zu, wenn niemand da ist. Man sieht sie nie.«

»Du hast sie gerade als Banditen bezeichnet. Du glaubst also doch, daß es El Carnicero ist.«

»Du verstehst mich nicht richtig, Sam«, sagte Manuel eilig. »Es gibt viele *bandidos*, nicht nur diesen einen.«

»Ich wünschte, diesem einen würde ich begegnen«, sagte Samantha impulsiv.

»*Madre de Dios*!« rief Manuel aus. »Du solltest darum beten, diesen Mann nie zu sehen, *niña*. Es heißt, daß er *gringos* rasend haßt und sie genüßlicher tötet als seine schlimmsten Feinde.«

Samantha wechselte das Thema. »Was weißt du sonst noch über diesen Mann?«

Doch Manuel stand jetzt auf. »Du hältst einen alten Mann von seiner Arbeit ab, *niña*. Für heute hast du genug gefragt.«

»O nein, Manuel!« Sie hielt ihn am Arm fest und zog ihn wieder auf die Stufen. »Du weißt mehr, nicht wahr?«

»Sam ...«

»Sag es mir.«

Er seufzte. »Ich habe ihn ein einziges Mal gesehen. Das war vor vielen Jahren. Es war damals, als *el patrón* mich nach Mexiko geschickt hat, um den großen Trog zu holen, in dem du badest.«

»Meine Badewanne?« Sie grinste.

»*Si*. Auf dem Rückweg von Mexico City war ich in einer Kleinstadt in einer *cantina* – an den Namen der Stadt kann ich mich nicht mehr erinnern. Dort hatte man El Carnicero hingebracht. *Soldados* hatten ihn gefangengenommen, als er beim Überfall auf ein nahe gelegenes Dorf verwundet worden war. Sie wollten ihn nach Mexico City bringen. Es hieß, daß der *bandido* jeden einzelnen Bewohner des Dorfs massakriert hat, und nicht einmal eine Frau oder ein Kind waren noch am Leben, um die Schrecken zu schildern.«

Samantha erbleichte. »Hast du das geglaubt?«

»Warum hätten die *soldados* lügen sollen? Sie waren dort. Sie haben das gesehen. Aber das war während der Revolution, *niña*. So was ist oft vorgekommen – Unschuldige auf beiden Seiten, die von den Armeen beider Seiten getötet worden sind.«

»Willst du damit sagen, daß El Carnicero damals ein Soldat war, ein *guerrillero*?«

»Es heißt, daß er im Krieg auf beiden Seiten gekämpft hat, immer auf der Seite, die gerade gewann. Ich weiß nicht, ob das wahr ist. Man darf nicht alles glauben, was man hört.«

»Aber was war, als du ihn gesehen hast? War er wirklich schrecklich häßlich? Lana sagt es.«

Manuel zuckte die Achseln. »Wer kann schon sagen, ob ein Mann häßlich ist? Ich konnte ihn kaum sehen vor lauter Schmutz und Blut.«

»Aber war er groß oder klein? Fett? Oder was sonst?«

Manuel strengte sich an, sich zu erinnern. »Es war ein kleingewachsener Mann mit schwarzem Haar. Sein Körper war wie ein Faß, und seine Arme waren lang und etwa so.« Er legte seine Fingerspitzen zusammen und beschrieb mit seinen Armen einen Kreis. »Wenn man sagen kann, daß ein Mensch häßlich ist, weil er aussieht wie der Teufel persönlich, dann *si*, dann war er häßlich. Ich habe noch nie einen *hombre* gesehen, der so heimtückisch ausgesehen hat.«

»Hat man ihn nach Mexico City gebracht?«

»Nein, *niña*. Er wäre längst tot, wenn er nicht an jenem Tag vor meinen Augen entkommen wäre, als gerade die meisten *soldados* in der *cantina* zu tun hatten. Einige seiner Anhänger hatten sich heimlich in die Stadt geschlichen. Sie haben seine Wächter getötet, und er ist entkommen. Daher kommt es, daß er immer wieder plündert und massakriert.«

»Das tut er hier allerdings nicht. Töten, meine ich«, sagte sie versonnen.

»Nein, das tut er nicht.«

Samantha stand auf, um zu gehen. Sie war entschlossen, aus ihrem Vater herauszubringen, was in den Nachrichten gestanden hatte. Sie war in diesen Gedanken vertieft, als sie ins Haus trat. Nach zwei Schritten stieß sie mit einer Gestalt von mittlerer Statur in einem kurzen Bolerojäckchen und Pumphosen zusammen. Das Wildleder dieses Anzugs war kunstvoll mit weißen Litzen bestickt.

Es war lange her, seit Samantha derart typisch spanische Kleidung gesehen hatte, und sie wußte, ohne in sein Gesicht aufzublicken, daß der Besitzer dieser Ausstattung nur Ramón Mateo Nuñez de Baroja sein konnte. Sie hatte vollkommen vergessen, daß er sie erwartete. El Carnicero hatte ihn aus ihren Gedanken verbannt.

Samantha warf den Kopf zurück, um sein Gesicht zu sehen. Der Anblick überraschte sie. Sie fand einen dichten blonden Schnurrbart vor, und in Ramóns Gesicht stand eine Männlichkeit, die früher nicht dagewesen war.

»Ramón, *mi amigo*«, sagte Samantha schließlich.

Sie zögerte, ihn wie bisher mit einem unschuldigen, schwesterlichen Kuß auf die Wange zu begrüßen. Dieser neue Ramón war imposant, ein Fremder. Das war nicht der Junge, den sie früher geneckt und als das weiße Schaf seiner Familie bezeichnet hatte, weil er der einzige Blonde war.

»Samantha.« Er sprach ihren Namen zart und verwundert aus. Und dann lächelte er sie strahlend an. »Samantha, ich hatte vergessen, wie wahrhaft schön du bist. Und jetzt . . .«

»Ja, ich weiß«, fiel sie ihm lachend ins Wort. »Ich bin erwachsen geworden – und ich bin jetzt eine Frau.«

»Nicht nur das«, versicherte er ihr, während er ihre Hände nahm und ihre Arme ausbreitete, um sie besser ansehen zu können. »Du bist noch schöner geworden. Und wo bleibt meine Begrüßung?«

Ohne ihr Gelegenheit zu einer Antwort zu geben, zog er sie an sich, um sie zu küssen. Er nahm ihren Mund mit seinen Lippen gefangen. Nichts Brüderliches war an diesem Kuß.

Der Kuß dauerte an, doch als Ramón versuchte, seine Zunge durch ihre geschlossenen Lippen zu stoßen, riß sich Samantha abrupt los. »*Das* hast du nie getan!«

»Das hätte ich mir nie herausgenommen.« Er grinste.

»Wohl kaum.« Sie lächelte ihn verschmitzt an. »Ich hätte dir einen Fausthieb verpaßt und dich nach Hause geschickt.«

Ramón warf seinen Kopf zurück und lachte. »Du sagst nicht, du hättest mir eine Ohrfeige gegeben, wie eine Frau es sagen würde, sondern du sprichst von einem Fausthieb, wie ein Mann es täte.« Mit gespieltem Ernst fügte er hinzu: »Ich glaube, du warst nicht lange genug in deiner Schule im Osten, Samantha. Es gibt noch Dinge, die ich dir abgewöhnen muß.«

Samanthas Augen funkelten zornig. »*Mir abgewöhnen!* Ich...«

Doch Ramón legte schnell einen Finger auf Samanthas Lippen. »Verzeih mir, Sam. Das war nur ein Scherz.«

»Das ist auch gut so. Ich werde nie so denken, wie man es von einer Dame erwartet. Ich habe es probiert, und es...«

Samantha wandte sich ab. Die Wendung, die ihre Gedanken genommen hatten, war ihr zutiefst zuwider. Fast hätte sie Ramón zuviel erzählt. Sie hatte sich so viel Mühe gegeben, sich für Adrien wie eine Dame zu benehmen, und diese Mühen hatten sie blind gemacht. Deshalb hatte sie nicht durchschaut, wie es um ihn stand. War das vielleicht auch der Grund, aus dem sie sich in Hank Chavez getäuscht hatte?

»Was ist los, *niña?*« fragte Ramón leise. Er drehte sie zu sich um und sah ihr ins Gesicht. »Du siehst ganz erbärmlich aus.«

Samantha strich sich über die Stirn. Herr im Himmel, konnte denn kein Tag vorübergehen, ohne daß sich dieser Teufel in ihre Gedanken einschlich? Sie brauchte Ablenkung, und die bot ihr Ramón.

»*Niña?*« Ihre leuchtendgrünen Augen wurden schmäler, und sie stemmte ihre Hände in die Hüften. »Du hältst dich wohl für alt genug, mich so zu nennen, was?«

»Also, hör mal, Sam...«

»Als ich von hier fortgegangen bin, warst du nicht größer als ich«, fuhr sie in strengem Ton fort. »Aber jetzt bist du größer und glaubst, du seist deshalb auch älter, was?«

»Du verletzt mich, Samantha.« Seine braunen Augen sahen sie betrübt an. »Ich hatte vergessen, wie aufbrausend du bist.«

Plötzlich grinste sie. »Wer kann hier keinen Spaß verstehen... *niño?*«

Mit einem heiteren Lachen zerzauste Samantha sein

blondes Haar. Dann sprang sie mit einem Satz an ihm vorbei und in die *sala*. Als er sich umdrehte, um sie zu schnappen, war sie schon fort. Er folgte ihr in das geräumige Zimmer und mußte feststellen, daß ihre heitere Ausgelassenheit ebenso schnell wieder verflogen war, wie sie gekommen war.

»War mein Vater nicht mit dir hier?«
»*Si*, er hat mir Gesellschaft geleistet, während ich auf dich gewartet habe – mehrere Stunden lang.«
Samantha ignorierte diesen Vorwurf. »Wo ist er?«
»Er ist gegangen, weil ihm ein Feuer gemeldet wurde.«
»Die Hütte im Westen?«
»*Si*.«
»Verdammt noch mal. Ich wollte mit ihm reden. Jetzt kann man nicht wissen, wann er zurückkommt.«
»Dann unterhalte dich statt dessen doch mit mir.« Ramón trat hinter sie. »Ich habe Ewigkeiten darauf gewartet, dich wiederzusehen. Komm, setz dich zu mir.« Er deutete auf das große Sofa.
Eine Stunde lang ließ sie sich von ihm ablenken und vergaß ihren Vater und diese mysteriösen Nachrichten. Doch sobald Ramón gegangen war, kehrten ihre Gedanken wieder zu El Carnicero zurück. Was ging hier wirklich vor? Sie war sicher, daß ihr Vater es wußte. Diesmal würde sie sich nicht mit ausweichenden Antworten zufriedengeben.
Erst Stunden nach dem Mittagessen kehrte Hamilton Kingsley zurück. Samantha schlief. Ihr Vater ließ sie schlafen.

15

Samantha erwachte bei Einbruch der Dämmerung und stellte augenblicklich fest, daß sie vollständig angekleidet war. Sie hatte die Gelegenheit verpaßt, mit ihrem Vater zu sprechen. Das wollte sie jetzt gleich tun, ehe er Gelegenheit zu neuen Ausflüchten hatte. Notfalls würde sie vor seiner Tür auf ihn warten, damit er sich nicht davonschleichen konnte. Sie wußte, daß er sie nicht mit der Wahrheit konfrontieren wollte, nicht jetzt, nachdem er versucht hatte, ihr einzureden, daß alles in Ordnung war. Nein, sicher wollte er sie nicht sehen.

Sie riß sich eilig das grüngestreifte Leinenkleid herunter und zog einen beigen Wildlederrock an, der vorne geschlitzt war und nur bis auf ihre Waden reichte. Selbst für die kühle Morgenluft reichte eine safrangelbe Bluse aus schwerem Leinen, doch sie griff trotzdem nach ihrer Wildlederjacke mit den Fransen, die zu dem Rock paßte. Von allen Kleidern, die sie für sich selbst entworfen hatte, gefiel ihr dieses Kostüm am besten. Sie fühlte sich darin wie ein Cowgirl. Sie fühlte sich gerne der Landschaft angemessen, den rauhen Elementen angepaßt.

Sie zog ihre hohen Lederstiefel an. Ihre gesamte Reitkleidung paßte ihr noch. Es machte nichts, daß die Röcke etwas zu kurz geworden waren. Sie hatten ohnehin schon immer recht gewagt kurz über ihren Knöcheln aufgehört, und es spielte keine große Rolle, daß sie jetzt vielleicht fünf Zentimeter kürzer waren. Ihre Taille war noch so schmal wie vor drei Jahren, aber viele Blusen waren jetzt etwas eng.

Der Pistolengürtel, den sie bei ihren Ausritten immer trug, hing über dem Fußende des Bettes, aber sie brauchte ihn sich jetzt noch nicht umzuschnallen. Sie grinste, als sie auf den Gedanken kam, dieser Umstand könnte ihren Vater im Lauf ihrer Unterhaltung einschüchtern. Wenn alles geregelt war und sie sich zu ihrem morgendlichen Ritt aufmachte, würde sie ihren Pistolengürtel und ihren Hut holen.

Samantha zog ihren Rock gerade und kämmte sich flüchtig. Dann band sie sich die Haare zurück. Draußen war es es schon richtig hell. Sie trat ans Fenster, um sich anzusehen, wie der Tag werden würde, und in dem Moment sah sie den Rauch.

Es war eine große graubraune Rauchwand, die jeden

Moment höher wurde und drohte, die wunderbaren Berge hinter sich zu verstecken. Sie war weit weg, so weit, daß es ... die Kornfelder!

»Zum Teufel mit diesen Mistkerlen«, schrie sie. Sie hielt sich am Fenstersims fest und wollte einfach nicht glauben, was sie mit eigenen Augen sah. Statt an einer Stelle zu bleiben und weiterhin anzuwachsen, bewegte sich die Rauchwand erst nach Süden, dann nach Norden und breitete sich in beide Richtungen weiter aus. Nach einer Weile sah sie nichts anderes mehr als Rauch, unbarmherzigen Rauch.

Mit einem Aufschrei griff Samantha nach ihrem Pistolengürtel und ihrem Hut und lief aus dem Zimmer. Sie pochte zweimal an die Tür ihres Vaters, ehe sie in sein Zimmer stürzte.

»Sie haben die Felder im Westen in Brand gesteckt!«

Hamilton verschlug es vor Verblüffung die Sprache.

»Steh auf!« schrie Samantha. »Es ist zu spät, um die Felder noch zu retten, aber Juan ist mit seinen Leuten in den Feldern. Sie könnten tot sein.«

Das nutzte etwas. Hamilton schwang sich aus dem Bett, denn die Neuigkeiten waren endlich in sein schlafumnebeltes Gehirn vorgedrungen.

»Ich mache die Pferde fertig und wecke die Männer«, rief Samantha. Sie wandte sich um, um den Raum zu verlassen.

»Warte, Sam! Du kommst nicht mit.«

Doch sie rannte schon durch den Flur. Er wußte verflucht gut, daß seine Anweisung ohnehin auf taube Ohren stieß.

Hamilton verfluchte den Tag, an dem er diese grünen Augen zum erstenmal sein Herz erobern ließ. In den ersten Jahren, die sie gemeinsam verbracht hatten, war sie ein so trotziges kleines Geschöpf gewesen. Er hatte sie schrecklich verzogen, seine neue Tochter, die Tochter, die er erst nach neun Jahren zu sich hatte holen können. Nach all der Zeit, die sie getrennt gewesen waren, hatte er das Gefühl gehabt, sich ihre Liebe verdienen zu müssen. Er hatte alles getan, worum sie ihn gebeten hatte.

Es war seine Schuld, daß sie so unabhängig war, so willensstark. Es war auch seine Schuld, daß sie manchmal ein regelrechter Lausbub war. Er hatte gehofft, die Schule im Osten würde dagegen angehen, aber daraus war nichts geworden. Er schnitt eine Grimasse, als er an die Aufmachung seiner Tochter in ihrer Wildlederkleidung und mit der Pistole dachte, die sie umgeschnallt hatte. Seine Samantha ... ein besserer Schütze als er selbst! Das war nicht richtig. Es hätte ihr fernliegen sollen, eine Waffe mit sich herumzutragen und eigenständig auf dem Gelände auszureiten. Statt dessen hätte sie Seide und Spitze tragen sollen.

Warum mußte sie so verdammt ... anders sein? Doch er liebte sie, sein einzigartiges Kind. Trotz all ihrer aufbrausenden Launenhaftigkeit und ihrer Hartnäckigkeit bedeutete sie ihm die Welt. Sheldon hatte er nicht mehr gesehen, seit er ein kleines Baby war. Das hatte ihn jahrelang sehr geschmerzt, doch jetzt hatte er sich damit abgefunden, daß er keinen Sohn hatte. Samantha war alles, was ihm geblieben war.

Sie ritt los, als er ins Freie trat. Hamilton stieg auf sein Pferd und ritt ihr nach, nachdem er zehn der besten Reiter ausgewählt hatte.

Er konnte es sich nicht leisten, alle Männer mitzunehmen. Es bestand die Gefahr, daß es eine Falle war, daß das Feuer nur in Brand gesetzt worden war, um alle vom Haus fortzulocken. Dann hätte er das Haus in lodernden Flammen vorfinden können, wenn er zurückkehrte. Insofern war es ihm doch recht, daß Samantha mit ihm kam. So konnte er sie im Auge behalten. Er wußte, daß es seinen Tod bedeuten würde, wenn diesem Mädchen jemals etwas zustieß.

Seit er die erste Nachricht erhalten hatte, wußte Hamilton mit Bestimmtheit, daß alles El Carnicero zuzuschreiben war. Dieser elende Schurke! Die Dreistigkeit, Hamilton zu befehlen, Mexiko zu verlassen! Es war absurd, und dennoch sorgte der Bandit dafür, daß Hamilton sich ernstlich mit diesem Ultimatum auseinandersetzte. Doch jetzt wollte er sich von einem Verbrecher nichts mehr diktieren lassen. Eine ganze Armee von Männern würde er sich kaufen, ehe er abzog. Er würde diesen Schlachter aus seinen Bergen vertreiben. Und nach diesem heutigen Angriff war es an der Zeit, diesen Schritt ernstlich zu erwägen.

Sie kamen näher, und der Rauch wurde dichter. Samantha hatte recht gehabt – es war zu spät, um die Felder zu retten. Die Erde war schwarz vernarbt und brannte nicht mehr, doch das kleine Lager aus strohgedeckten Hütten, in dem die Feldarbeiter während der Ernte und der Aussaat wohnten, ließ immer noch schwarzen Rauch zum Himmel aufsteigen.

Samantha ritt geradewegs auf die Hütten zu, ehe Hamilton sie aufhalten konnte. Sie war die erste, die Juan sah. Er lehnte an einem knorrigen Baumstamm und hielt den Kopf in den Händen. Sein kleiner Sohn kniete neben ihm und blickte zu seinem Vater auf.

»Juan!« schrie Samantha, während sie von ihrem Pferd glitt und sich über die beiden beugte.

Das Kind war nicht älter als sieben Jahre, und seine Augen waren vor Entsetzen aufgerissen. Juan weinte und preßte seine Hände an die Stirn, in der eine tiefe Wunde klaffte.

»*Patrona?*« Er sah benommen zu ihr auf. »Ich habe versucht, sie daran zu hindern.«

»Natürlich hast du das getan, Juan«, erwiderte sie leise.

»Es waren zu viele.« Er murmelte nur noch. »Einer von ihnen hat mir eine Flinte über den Kopf geschlagen, aber ich habe nicht aufgegeben – bis sie gesagt haben, daß sie meinen *jijo* töten.«

»Es ist nicht deine Schuld, Juan. Dein Leben und das Leben des Jungen sind wichtiger.«

Er schien sie zu verstehen. Doch plötzlich packte ihn die Angst, und er griff nach ihrem Arm.

»Du bist doch nicht allein, *patrona*? Bitte! Sag, daß du nicht allein hierhergekommen bist.«

»Mach dir keine Sorgen, Juan. Mein Vater ist hier. Wir bringen dich sicher zur Ranch.«

»Nein! Ihr müßt gehen – schnell. Sie sind noch da. Sie sind noch nicht fort.«

Ehe die panischen Worte des Mexikaners wirklich zu Samantha vorgedrungen waren, stand ihr Vater hinter ihr und zog sie hoch.

»Hast du ... hast du gehört, was Juan gesagt hat?«

»Ja«, knurrte Hamilton. »Aber das war nicht nötig. Schau nur.«

Sie blickte in die Richtung, in die er wies. Er sah auf einen kleinen Hügel am anderen Rand des Feldes. Der Rauch war jetzt nicht mehr so dicht, und sie konnten es deutlich erkennen. Fünfzehn Männer auf Pferden standen nebeneinander auf der Hügelkuppe. Eine so bedrohlich wirkende Gruppe von Menschen hatte Samantha noch nie gesehen. Sie standen da und beobachteten sie, und die Sonne glitzerte auf ihren gekreuzten Bandelieren und ihren langen Messern. Breitkrempige Sombreros verbargen dunkle Gesichter.

Ihr Vater zog sie zu ihrem Pferd und half ihr beim Aufsteigen. So, wie er jetzt aussah, hatte sie ihn noch nie gesehen.

»Reite los, Sam«, befahl er ihr streng. »Du wirst jetzt sofort zur Ranch zurückreiten.«

»Nein.« In ihrer Stimme schwang Trotz mit, doch ihr Tonfall war ebenso entschlossen wie der seine.

Er sah sie finster an. »Mach dich sofort auf den Weg.«

»Ohne dich gehe ich nicht.«

»Um Gottes willen, kannst du nicht ein einziges Mal tun, was ich dir sage? Die anderen sind in der Überzahl.«

»Eben. Ihr könnt jeden Schützen gebrauchen.«

Hamilton starrte sie ungläubig an. »Deine Prahlerei kannst du dir augenblicklich abschminken, kleines Mädchen. Hinter dem Hügel könnten weitere Männer sein. Wir reiten nicht in eine Falle.«

Sie sah ein, daß er klug handelte. »Dann reiten wir eben nach Hause.«

»Du reitest voraus. Wir kommen nach, sobald wir Juan und den Jungen auf Pferde gesetzt haben.« Er gab Manuel und Louis ein Zeichen, genau das zu tun. »Reite jetzt los, Sam.«

»Ich warte auf euch.«

Hamilton wurde wütend. »Ist dir denn nicht klar, daß jetzt jede Sekunde kostbar ist? Es ist das erste Mal, daß die Banditen nicht vom Schauplatz ihres Verbrechens davonlaufen. Sie fühlen sich stark, Sam. Sie könnten uns jeden Moment angreifen.«

»Ich warte«, sagte sie noch einmal mit entschlossenem Mund. »Ich lasse dich nicht allein hier zurück, Vater.«

Er funkelte sie wütend an, schüttelte den Kopf und half dann mit, den verletzten Juan auf sein Pferd zu setzen.

Die Banditen wichen keinen Zentimeter. Sie schienen auf etwas zu warten. Aber worauf? Darauf, angegriffen zu werden, oder darauf, anzugreifen? Samantha konnte sechs von ihnen töten, ehe sie ihre Waffe nachladen mußte, und weitere sechs, ehe sie ihr so nahe kommen konnten, daß es gefährlich wurde. Von einem günstigeren Standort aus hätte sie jeden einzelnen von ihnen erwischen können.

Es war ihr zuwider, den Schwanz einzuziehen und fortzulaufen, und sie war froh, daß sie nicht wie Feiglinge das Gebiet verließen. Als Vorsichtsmaßnahme und aus Rücksicht auf Juans Verletzung bewegten sie sich nur langsam voran, die Gewehre im Anschlag, um im Fall eines Angriffs mit schußbereiten Waffen reagieren zu können. Die Banditen folgten ihnen nicht. Samantha sah sich einmal um und stellte fest, daß sie sich nicht vom Fleck gerührt hatten. War das alles nur Prahlerei?

Es schien eine Ewigkeit zu dauern, bis sie die Ranch erreichten. Juan wurde fortgebracht, damit man sich um seine Verwundung kümmern konnte, und Samantha folgte ihrem Vater ins Haus. Als sie im Haus waren, schrie er sie an: »Jetzt reicht es mir. Es reicht! Das war das letztemal, daß du dich mir widersetzt hast!«

»Beruhige dich, Vater«, sagte Samantha freundlich. »Wir können uns vernünftig darüber unterhalten.«

»Jetzt willst du plötzlich vernünftig sein? Warum konntest du da draußen nicht Vernunft annehmen? Du hast dein Leben aufs Spiel gesetzt!«

»So habe ich das nicht gesehen.«

»Das tust du nie«, sagte er mit schneidender Stimme. »Aber du bist zu alt dazu, um dich wie ein Kind zu benehmen.«

»Dann behandle mich nicht wie ein Kind!« fauchte sie. Ruhiger fügte sie hinzu: »Die Situation war mir durchaus bewußt, Vater. Ich weiß sehr gut, daß sie uns jeden Moment hätten angreifen können. Aber ich hätte auf mich selbst aufpassen können – sogar besser als du. Mit meinem Colt hätte ich drei Männer erschossen, ehe du auch nur einen getroffen hättest.«

»Darum geht es nicht. Du bist meine Tochter, Samantha, nicht mein Sohn. Du sollst dich gar nicht erst in Gefahr bringen. Ich wollte dich beschützen, die Gefahr von dir fernhalten.«

»Vater, auch ich empfinde diesen Beschützerdrang. Ich konnte dich nicht allein lassen. Ich konnte es einfach nicht.«

Er ließ sich seufzend auf einen Stuhl sinken. »Du verstehst mich einfach nicht, Sam. Ich bin ein alter Mann. Ich habe mein Leben gelebt. Aber dein Leben liegt noch vor dir. Du bist alles, was ich habe. Wenn dir etwas zustoßen sollte . . . ich hätte keinen Grund mehr weiterzuleben. Du darfst dich nicht in Gefahr bringen.«

»Jetzt hör aber auf!« sagte sie heiser. Seine Art zu reden bereitete ihr Unbehagen. »Du bist schließlich auch alles, was ich habe.«

»Nein, Sam. Du wirst eines Tages einen Mann und Kinder haben. Du wirst andere Menschen haben, die du lieben kannst. Mein Gott, ich hätte heute morgen unter keinen Umständen zulassen dürfen, daß du das Haus verläßt, aber ich wäre im Traum nicht auf den Gedanken gekommen, sie könnten noch dasein. Wenn ich mir nur vorstelle, was hätte passieren können . . .«

»Jetzt mach dir bloß keine Vorwürfe.«

»Ich mache mir Vorwürfe, wann es mir paßt.« Er setzte

sich abrupt auf und funkelte sie böse an. »Aber das war das letzte Mal, daß du einer Gefahr ausgesetzt warst, mein Mädchen. Du wirst dieses Haus nicht mehr verlassen, ehe der Ärger ausgestanden ist!«

»Du gehst zu weit!« protestierte sie.

»Nein, keineswegs. Ich meine es völlig ernst, Sam. Von jetzt an gibt es keine morgendlichen Ausritte mehr, auch nicht in Begleitung.«

»Das mache ich nicht mit«, warnte sie ihn erbost.

»O doch, das wirst du mitmachen, bei Gott, oder ich lasse deine Fenster vergittern und sperre dich in dein Zimmer ein.«

Smaragdfunken sprühten aus ihren Augen, als sie merkte, daß er ernst machte. »Und wie lange?« fragte sie kühl.

»Du brauchst gar nicht beleidigt zu sein. Ich untersage dir nur deine morgendlichen Ausritte, und das nur um deiner Sicherheit willen.«

»Für wie lange?«

»Vielleicht eine Woche. Ich lasse noch heute staatliche Hilfe holen. Und wenn das nichts hilft, stelle ich eine eigene Armee auf. Wir werden ja sehen, wie es El Carnicero gefällt, wenn sich der Spieß umdreht.«

»Wenigstens gibst du jetzt die Wahrheit zu«, sagte Samantha erbittert. Der Gesichtsausdruck ihres Vaters verschaffte ihr Befriedigung. Er zuckte tatsächlich zusammen. »Ich erkläre mich unter einer Bedingung mit einer Woche einverstanden.«

»Und die wäre?« fragte er argwöhnisch.

»Du erzählst mir, was in den Nachrichten stand, die der Schlachter dir geschickt hat.«

Zu ihrem Erstaunen wirkte er erleichtert. »Du kannst etwas noch Besseres haben.« Er stand auf, verließ den Raum und kehrte im nächsten Moment mit zwei schmutzigen, verknitterten Zetteln zurück. »Hier, lies sie selbst.«

Sie waren derb hingekritzelt, und beide waren mit einem großen »C« unterzeichnet. In einer stand: »*Gringo, geh nach Hause.*« Die andere war deutlicher. »*Mexico haßt dich, du Ami. Wenn du hierbleibst, wirst du sterben. Geh nach Hause.«*

»Manuel hat mir erzählt, daß er einen rasenden Haß auf weiße Amerikaner hat«, sagte sie nach einer Weile.

»Er hat es nicht aufgegeben, mich auszuweisen. Er wird immer dreister. Aber die Tatsache, daß du in Gefahr warst, hat das Faß zum Überlaufen gebracht. Der *bandido* soll den Krieg bekommen, den er wünscht.«

»Ich warte eine Woche, Vater, das verspreche ich dir. Aber nicht länger als eine Woche.«

Er wußte, daß es ihr Ernst war.

16

Die kommende Woche verging langsamer als jede andere in Samanthas Leben. Doch der Ärger schien vorbei zu sein. *Soldados* waren in die Berge vorgedrungen. Die Berichte gingen langsam ein. In einem alten, verlassenen Dorf sprachen Anzeichen dafür, daß sich viele Männer dort aufgehalten hatten. Doch sie waren fort. Dann waren die mexikanischen Soldaten tiefer in die Berge vorgedrungen, doch hier waren keine Spuren, denen sie folgen konnten, und kein Anzeichen wies auf die Banditen hin. Man einigte sich allgemein darauf, daß El Carnicero wieder in sein südliches Territorium zurückgekehrt war. Samantha stimmte dem eilig zu, und bald darauf war die Woche vergangen.

Sie wollte wieder ausreiten, doch ihr Vater beharrte darauf, daß sie vier Vaqueros mitnahm.

»Aber der Ärger ist doch vorbei«, protestierte sie. »Der Schlachter ist fort.«

»Das können wir erst mit Sicherheit sagen, wenn mehr Zeit vergangen ist. Vier Männer, Sam, und du wirst trotzdem in der Nähe der Ranch bleiben.«

»Warum hast du mir letzte Woche nichts von all diesen Bedingungen gesagt?« fragte sie aufbrausend. »Du hast wohl Angst gehabt?«

»Sei vernünftig. Mir wäre es wirklich lieber, wenn du gar nicht aus dem Haus gehen würdest. Noch nicht. Laß mir wenigstens den Seelenfrieden zu wissen, daß du gut beschützt bist.«

Samantha biß die Zähne aufeinander. »Einverstanden. Ich gebe dir noch eine Woche – aber keinen Tag mehr. Danach habe ich meine uneingeschränkte Freiheit wieder, und du hörst auf, mich wie ein Kind zu behandeln.«

»Einverstanden – vorausgesetzt, daß in der Zwischenzeit nichts passiert.«

Samantha war immer noch wütend, als sie in den Stall ging, um El Cid zu holen, doch Ramón erwartete sie. Er versuchte, sie aufzuheitern. Sie hatte vergessen, daß er ihr versprochen hatte, sie auf einem Ausritt zu begleiten. Jetzt hatte sie fünf Beschützer, wenngleich auch sie alle fünf beschützen würde, wenn es zu einem Zwischenfall käme.

Ramón und Samantha waren zu ihrer früheren Kameradschaft zurückgekehrt, und sie nahm seine Gesellschaft dankbar hin, doch oft war sein Verhalten ihr gegenüber anders als früher, und das beunruhigte sie. Manchmal stand schwelende Leidenschaft in Ramóns Augen. Sie sagte sich, daß er sich wohl kaum in sie verlieben würde. Sie hoffte es für ihn, denn ihre Gefühle gingen nicht in diese Richtung.

Als sie sich von der Ranch entfernten, in ganz gemütlichem Schritt, sah Samantha immer wieder Ramóns grauen Hengst an. Es war ein kräftiges Tier, fast so rassig wie El Cid. Sie ritten nach Süden, und die vier Vaqueros blieben zwanzig Meter hinter Ramón und Samantha zurück. Samantha sah Ramón spitzbübisch an.

»Ramón, laß uns um die Wette zu dem Hügel am Rande der südlichen Bergkette reiten. Du weißt schon, welchen ich meine.«

Doch er schüttelte entschieden den Kopf. »Nein, Samantha. Wir sind doch keine Kinder mehr.«

»Was hat das denn damit zu tun? Ich will ein Wettreiten«, beharrte sie.

»Nein, deinem Vater wäre das nicht recht.«

Samantha grinste ihn breiter an. »Ich fordere dich heraus«, sagte sie. »Wenn ich verliere, tanze ich die Jarabe für dich. Aber ich werde natürlich nicht verlieren.«

Ramóns Augen strahlten. Nur einmal hatte er sie die wilden mexikanischen Tänze tanzen sehen, die Froilana ihr beigebracht hatte. Er war damals siebzehn gewesen, und sein Blut hatte gekocht. Er hätte alles darum gegeben, sie in dieser losen, tiefausgeschnittenen *camisa* und dem vollen roten Rock zu sehen, ihr Haar wie einen Umhang aus Feuer über ihren Rücken fallen zu sehen, sie tanzen zu sehen, nur für ihn – einen Tanz der Leidenschaft.

Samantha bemerkte die Veränderung in seinem Gesichtsausdruck, und sie wußte, daß sie gewonnen hatte. Als er nickte, grub sie ihre Fersen in El Cid und ließ Ramón zurück. Doch er holte sie schnell ein. Sie legten eine Meile zurück, dann eine zweite. Sie forderte El Cid bis an seine Grenzen. Sie wandte sich nicht um und sah nach, wie weit ihre Eskorte zurückgeblieben war. Sie beugte sich vor, und ihr Hut tanzte auf ihren Schultern. Er wurde von dem Band gehalten, das um ihren Hals geschlungen war. Sie flog. Sie war frei. Nie hatte sie sich wohler gefühlt.

Der Hügel lag direkt vor ihnen, und sie spürte, daß Ramón zurückfiel. Der Hügel stieg sachte auf eine Höhe von sechzig Metern an, und Samantha erstürmte ihn. Sie lachte vor Freude. Sie hatte gewonnen. Oben angekommen, riß sie ihr Pferd herum, ließ sich von El Cid gleiten und sah hinunter. Ramón hatte erst die Hälfte der Steigung zurückgelegt. Die Vaqueros waren gar nicht mehr zu sehen.

»Habe ich dir nicht gesagt, daß ich . . .«

Die Worte blieben ihr im Hals stecken, als sich von hinten eine Hand auf ihren Mund legte. Sie zuckte verblüfft zusammen. Im nächsten Moment griff sie nach der Pistole an ihrer Hüfte. Doch eine andere Hand zog ihr die Pistole aus dem Halfter, ehe sie sie auch nur berühren konnte.

Ramón ritt mit weit aufgerissenen Augen auf den Hügel. Drei Männer standen da, und einer richtete ein Gewehr auf ihn. Er trug Bandolieren auf der Brust und lange Pistolen an den Hüften. Ein anderer Mann mit Poncho und Sombrero hielt die Pferde fest, fünf an der Zahl, darunter auch El Cid. Ein dritter Mann in einem leuchtend buntgestreiften Umhang stand hinter Samantha und hatte ihre eigene Waffe auf sie gerichtet. Seine andere Hand bedeckte ihren Mund.

Als er Samanthas große Augen sah, die ihn anstarrten, verlor Ramón einen Moment lang den Verstand. Er war nicht sicher, ob Furcht oder Zorn in diesen Augen stand, die er so sehr liebte, aber er war sicher, daß sie ihn um Hilfe anflehten. Er griff nach seiner Schußwaffe, doch ein Gewehr ging los, ehe er sie ziehen konnte. Der Schuß aus dieser Nähe wirbelte ihn von seinem Pferd, und er rollte den Hügel zur Hälfte hinunter, ehe er seinen Fall aufhalten konnte.

Samantha erholte sich von ihrem Schock und biß in die Hand, die auf ihrem Mund lag. Plötzlich war sie frei, und sie lief den Hügel hinunter und rief Ramóns Namen. Er versuchte, sich aufzusetzen, doch von dieser Anstrengung fiel er gleich erschöpft wieder zurück. In seiner Schulter klaffte ein großes Loch. Samantha stockte der Atem.

»O Ramón, du warst ja so mutig! Aber das hättest du nicht tun sollen. Trotzdem, das wird wieder.« Sie sprach unter Tränen, sprach nur, um den Klang ihrer eigenen Stimme zu hören, um ihren Magen zu beschwichtigen, der sich umdrehte. »Ich schwöre dir, daß das wieder in Ordnung kommt. Ich werde dich nach Hause bringen und mich selbst um dich kümmern.«

»Das werden Sie nicht tun, Señorita.«

Jetzt merkte Samantha, daß sie nicht allein waren. Sie hatte ihre Angreifer völlig vergessen. Sie drehte sich um und sah die beiden Männer an, die ihr gefolgt waren. Bisher hatte sie keinen von ihnen gesehen, und die Farbe wich aus ihrem Gesicht. *Bandidos!* Sie betete darum, daß sie nur auf Geld aus waren, aber sie wußte nur zu genau, wie dumm das war.

»Natürlich werde ich ihn nach Hause bringen«, sagte sie mit fester Stimme. »Ihr könnt uns die Pferde stehlen, aber gleich kommen andere Männer, die uns helfen. Hier, nehmt das!« Zornig zog sie sich einen Smaragdring von ihrem Finger und warf ihn dem Mann zu, der am nächsten stand. »Das ist alles, was ich habe. Und jetzt geht, ehe meine Vaqueros kommen und noch mehr Blut vergossen wird.«

Der Mann, der den Ring gefangen hatte, lachte barsch. »Wir haben gesehen, daß Sie Ihrer Eskorte davongaloppiert sind, Señorita. Sie haben sie weit zurückgelassen. Sie haben uns die Arbeit leicht gemacht.«

»Sie meinen wohl Ihren Diebstahl«, fauchte sie.

Sie fürchtete sich nicht. Sie war wütend. Und der größte Teil ihrer Wut galt ihr selbst, weil sie in die Falle geritten war. Sie hatten sie kommen sehen und hatten sich hinter der Hügelkuppe versteckt. Und sie hatte sich nicht einmal umgesehen, als sie oben angekommen war. Und dann hatte sie sich auch noch ihre Pistole wegnehmen lassen!

Der Mann mit dem Umhang schüttelte den Kopf. Es war ein junger Mann mit einem kurzen schwarzen Bart und dunklen, stechenden Augen, die fast so schwarz waren wie sein schulterlanges Haar. Über eine Wange zog sich eine schmale Narbe, die aber sein gutes Aussehen nicht beeinträchtigte. Im Vergleich zu ihm erschien der Mann mit dem Gewehr als ein heimtückisches Tier. Er hatte einen langen, dichten schwarzen Schnurrbart und ein häßliches Grinsen, bei dem er seine Zahnlücken entblößte. Der dritte Mann, der noch oben auf dem Hügel stand, war mit seinem dunkelbraunen Haar und ohne irgendwelche hervorstechenden Merkmale fast unauffällig. Er wirkte distanziert und reserviert, und er mischte sich nicht in die Späße der beiden anderen ein.

Der gutaussehende Mann sprach jetzt wieder. Seine Stimme wirkte immer noch belustigt. »Wir wollen Sie nicht ausrauben, Señorita.« Und er warf ihr den Ring wieder zu.

»Was sonst?« fragte sie unwillig. »Sehen Sie denn nicht,

daß mein Freund Hilfe braucht? Sagen Sie mir, was Sie wollen, und dann gehen Sie.«

Die beiden Männer sahen einander an und lachten. Der Häßliche bemerkte in einem gutturalen Spanisch: »Die gibt wohl gern Befehle, was? Es wird ihr wohl kaum gefallen, Befehle zu befolgen.«

Samantha ließ sich nicht anmerken, daß sie ihn verstanden hatte, aber ihr Herz fing an, heftig zu schlagen. Ihr grauste davor, sich auszumalen, was der Mexikaner meinen mochte. Sie mußte die Situation unter Kontrolle kriegen, und zwar schnell.

Ramón stöhnte jetzt, und sie wandte sich wieder zu ihm um. Er hatte die Augen geschlossen und schien das Bewußtsein zu verlieren. Doch sie sah, daß seine Hand sich langsam zu seiner Waffe vortastete. Seine Waffe! Sie steckte immer noch in seinem Halfter. Blitzschnell stürzte sie sich darauf.

»Tun Sie das nicht, Señorita.«

Samantha hielt mit der Hand am Griff in der Bewegung inne. Konnte sie es riskieren? Würden sie sie erschießen? Ja, sie würden es tun. Langsam und nur unter größtem Widerstreben ließ sie die Waffe los.

»Was wollen Sie?« rief sie wütend und verzweifelt.

»Sie, Señorita«, sagte der Mann mit dem Umhang gelassen. Dann wandte er sich an seinen Gefährten. »Nimm dem Dummkopf die Waffe weg, Diego, und gib ihm die Nachricht, die er überbringen soll.« Er sah Samantha wieder an und erklärte: »Unsere Aufgabe war es, Sie zu finden und Sie mitzunehmen.«

Sie sah mit aufgerissenen Augen zu, wie derjenige, der auf Ramón geschossen hatte, ihm die Waffe abnahm und einen zusammengefalteten Zettel in sein Jackett steckte. Eine Nachricht. O Gott! El Carnicero hinterließ Nachrichten.

Samantha schüttelte ungläubig den Kopf. »Wer hat euch gesagt, daß ihr mich schnappen sollt?«

»*El jefe.*«

Der Anführer. Aber wer war dieser Anführer? fragte sie

sich, und der Mexikaner grinste. »El Carnicero. Er hat den Wunsch, Sie eine Weile zu Gast zu haben, Señorita Kingsley.«

Als sie hörte, daß er ihren Namen aussprach, bestätigten sich ihre schlimmsten Ängste. Sie kannten sie. El Carnicero hatte die Gegend also doch nicht verlassen. Ihr Vater hatte recht gehabt. Warum hatte sie nicht auf ihn hören können?

»Nein«, flüsterte sie.

»*Si*«, entgegnete er gelassen.

Daraufhin sprang Samantha auf die Füße und rannte in Panik den Hügel hinunter. Der Mexikaner konnte sie spielend einfangen, doch beide fielen hin und rollten ein paar Meter, ehe sie gebremst wurden.

»Verdammter Kerl!« fauchte Samantha, während sie ausspuckte. »Ich gehe nicht mit!« schrie sie. »Ich weigere mich!«

»Wir verschwenden hier nur unsere Zeit, *mujer*«, erwiderte er barsch. Er riß sie auf die Füße.

Seine Hand umklammerte ihren Arm in einem erbarmungslosen Griff. Sie konnte sich nicht losreißen. Auf dem Hügel geleitete der dritte Mann sie zu einem prächtigen weißen Hengst und befahl ihr aufzusteigen. Samantha blieb stehen. »Vielen Dank, aber ich reite mein eigenes Pferd«, sagte sie zynisch.

»*El jefe* hat sein eigenes Pferd für Sie geschickt, Señorita Kingsley. Sie werden El Rey reiten.«

El Rey. Der König. Der Name war passend. Der Hengst wirkte majestätisch. Die Farbe erinnerte sie an Princesa. Er hätte einen guten Gefährten für die Paarung mit ihr abgegeben. Für einen Schlachter war er zu schön.

»Steig jetzt auf. Sonst muß ich dich in den Sattel heben«, sagte der Mann mit dem Umhang.

»Ich sehe nicht ein, warum ich nicht mein eigenes Pferd reiten kann«, fauchte Samantha erbost.

»Wenn Ihr Pferd ohne Sie nach Hause kommt, wird Ihr Vater leichter verstehen, was los ist«, erwiderte der Mann. Dann grinste er. »Außerdem können Sie es als eine Ehre betrachten, El Rey zu reiten. El Carnicero schätzt dieses Pferd hoch. Es hat ein Vermögen gekostet. Verstehen Sie, *el jefe* erweist Ihnen eine besondere Großzügigkeit, indem er Ihnen diesen Hengst zur Verfügung stellt. Er wünscht, daß Sie sich über diese Ehrenbezeigung im klaren sind, damit Sie sich nicht fürchten.«

Es gelang Samantha, spöttisch zu lachen. »Ich fürchte mich nicht.« Sie stieg auf das großgewachsene Tier und riß dem Mann die Zügel aus der Hand. »Weshalb sollte ich mich fürchten?« fügte sie zuversichtlich hinzu. »Schließlich habt ihr mir die Mittel in die Hand gegeben, euch zu entkommen.« Sie grub dem Tier ihre Fersen in die Flanken und stürmte den Hügel hinunter. Doch sie hatte den Fuß des Hügels noch nicht erreicht, als ein schrilles Pfeifen den Hengst so abrupt anhalten ließ, daß sie fast über seinen Hals geflogen wäre. Dann stand der Mexikaner neben ihr, nahm ihr lachend die Zügel aus der Hand und führte den Hengst wieder auf den Hügel.

»Wissen Sie jetzt, warum El Rey so wertvoll ist?« fragte er stolz.

»Ich weiß jetzt, warum ich ihn reiten soll«, erwiderte sie erbittert. Ihre Augen sprühten Pfeile.

Die beiden anderen Männer stiegen auf, doch sie ritten noch nicht los. Sie stöhnte, als sie den Grund der Verzögerung erkannte. Ihre Eskorte hatte sie endlich eingeholt. Jeder der Banditen richtete ein Gewehr auf die herannahenden Vaqueros.

Samantha war außer sich. »Wenn ihr einen meiner Männer erschießt, dann wird es mir irgendwie gelingen, diesem Tier den Hals zu brechen. Glaubt ihr, daß euer Boß sich freut, wenn ihr ohne sein kostbares Pferd zurückkommt?«

Der Bandit mit dem Umhang funkelte Samantha mit zornigen schwarzen Augen an, doch er ließ seine Waffe sinken. Aber jetzt richtete er sie auf Samantha. Ihre vierköpfige Eskorte war gerade am Fuße des Hügels angelangt und blieb in einer Staubwolke stehen, als die Männer sie und ihre Häscher sahen.

Der Anführer der Banditen rief ihnen zu: »Der *caballero* trägt eine Nachricht für Señor Kingsley an seinem Körper. Überbringt sie!« Dann fügte er hinzu: »Wenn ihr uns folgt, stirbt das Mädchen.«

Samantha wußte, daß die Vaqueros sich fürchteten, ihr zu folgen, ihr Leben aufs Spiel zu setzen. Sie wußte, daß sie jetzt allein war und nicht auf Hilfe hoffen konnte, ehe die Lösegeldforderung ihrem Vater überbracht worden war.

Sie ritten bis gegen Mittag zügig nach Süden und wandten sich dann der Gebirgskette im Westen zu. Die Pferde waren von dem scharfen Galopp übermüdet, und sie verlangsamten das Tempo unbedeutend, ohne jedoch anzuhalten, obwohl die Mittagssonne erbarmungslos herunterbrannte.

Samantha wußte selbst, wie viele verborgene Schluchten und Täler es in der Sierra Madre gab, Verstecke, in denen man eine große Gruppe von Menschen niemals ausfindig machen konnte. Zu einem dieser Verstecke brachte man sie. Würde *sie* je wieder aufgefunden? Sie durfte gar nicht daran denken, was ihr bevorstand. Sie hatte zu viel Schreckliches über El Carnicero gehört.

Am späten Abend machten sie in der Ebene Rast. Die Männer kümmerten sich um die Pferde, ehe sie selbst getrocknete Nahrungsmittel auspackten. Diego brachte Samantha geräuchertes Fleisch und kalte, fettige Tortillas und vor allem eine kleine Flasche Wein. Sie wußte, daß die Männer wahrscheinlich Tequila tranken, und die Tatsache, daß sie Wein für sie mitgebracht hatten, war eine nette Geste. Sie war erstaunt und dankbar.

Ihr Hunger war schnell gestillt, und jetzt merkte sie, wie erschöpft sie war. Ihr tat jeder Knochen weh, und sie hatte ihren Schlaf dringend nötig, doch sie setzte ihre gesamte Willenskraft ein, um nicht einzuschlafen. Wenn die Banditen schliefen, bot sich ihr vielleicht eine Gelegenheit zur Flucht.

Sie zündeten kein Feuer an, aber der Halbmond erhellte die Ebene und ermöglichte es ihr, die drei Männer zu beobachten, die leise miteinander flüsterten. Sie wartete, bis sie sich hingelegt hatten, und sie betete darum, daß sie sie in Ruhe lassen würden. Während sie wartete, kämpfte sie darum, die Augen offenzuhalten. Es kam ihr vor, als wartete sie stundenlang, doch in Wirklichkeit dauerte es nur zehn Minuten, bis die Männer aufstanden. Serape, wie sie den mit dem Umhang für sich nannte, ging zu den Pferden und holte eine Decke. Er brachte sie Samantha. Als er auf sie zukam, hielt sie ängstlich den Atem an.

Er beschwichtigte ihre Ängste, indem er sagte: »Schlafen Sie, solange Sie Zeit dazu haben, Señorita. Wir bleiben nicht lange hier.«

Dann legte er sich neben sie, und auf ihre andere Seite legte sich der Mann mit dem Poncho. Doch Diego legte sich nicht hin. Er ging mit seinem Gewehr auf den Knien in die Hocke und zündete sich einen Zigarillo an. Er saß nur wenige Meter entfernt, aber er war zwischen ihr und den Pferden. Als er den Zigarillo ausgeraucht hatte, legte er sich immer noch nicht hin, und sie wußte, daß er es nicht tun würde. Er würde Wache halten.

Sie konnte nicht entkommen. Doch zumindest wollte niemand sie belästigen. Als ihr diese Umstände klar waren, gab Samantha ihrer Erschöpfung nach und schlummerte ein, während sie sich sagte, daß sie morgen entkommen würde. Morgen. Irgendwie.

17

Viel zu schnell kam dieser Morgen. Als eine rauhe Hand auf ihrer Schulter sie weckte, war der Mond kaum gewandert. Während der restlichen Nacht ritten sie flott voran. Bei Sonnenaufgang verlangsamten sie das Tempo. Sie aßen beim Reiten und hielten auch in der größten Mittagshitze nicht an. Die Nacht war eine Wiederholung der vorangegangenen Nacht. Samanthas Verzweiflung nahm in dem Maß zu, in dem sie den Bergen und El Carnicero näher kam. Sie erlaubte sich, das Unvorstellbare zu denken: Wollte er sie nicht nur wegen des Lösegeldes entführen, sondern sie umbringen?

Sie wurde diesen Gedanken nicht mehr los, und sie gestand sich ihre Panik ein. In dieser Nacht versuchte Samantha fortzulaufen, obwohl sie wußte, daß es ihr nicht gelingen konnte. Sie warf sich auf den Mann, der Wache hielt, und entriß ihm seine Waffe. Die beiden anderen waren erwacht. Sie grinsten sie an. Serape sagte: »Sie ist nicht geladen, Señorita.«

Sie schnappte nach Luft. »Nicht geladen?«

Er zuckte die Achseln. »Man kann weit sehen, und Zeit zum Laden wäre immer noch. Inigo mag Waffen nicht. Er lädt sie nur, wenn es sein muß.«

Samantha starrte die Männer ungläubig an. Dann richtete sie die Waffe auf Serapes Bein und betätigte den Abzug.

Nichts. Das Gewehr war tatsächlich nicht geladen.

»Du Feigling!« schrie sie Inigo an.

»Lassen Sie den Unsinn, Señorita«, sagte Serape belustigt. »Sie vergeuden die Zeit, in der Sie schlafen könnten.«

»Zum Teufel mit dir!« schrie sie. Sie warf die Waffe nach ihm. Dann lief sie zu den Pferden. Sie wollte sich eines der Pferde der Männer holen, ein Pferd, das sich nicht von einer Pfeife zurückrufen ließ. Doch sie kam nicht bei den Pferden an. Ein Arm legte sich um ihre Taille, und sie wurde auf ihre Decke gestoßen. Sie sprang augenblicklich auf und holte zu einem Fausthieb aus. Ihre Faust traf mit einem lauten Knacken auf Serapes Wange, und sie hörte Diegos Lachen.

Serape verzog keine Miene. Er griff ganz schlicht nach ihren Händen und band sie mit seinem roten Schal zusammen.

»Nein!« protestierte sie, doch es war schon zu spät.

»Es ist keine Schnur, Señorita, die sich in Ihre zarte Haut schneiden würde«, sagte er freundlich. »Danken Sie mir dafür?«

»Ich danke dir für gar nichts!« fauchte sie.

»Sie haben mich doch dazu gezwungen«, erinnerte er sie.

»Willst du mir die Füße auch zusammenbinden, du Feigling?« zischte sie wütend.

»Wenn ich es mir recht überlege . . .« Er grinste. »Das ist eine ausgezeichnete Idee. Wir haben ohnehin nicht mehr viel Zeit zum Schlafen. Ich würde ungern noch einmal aufwachen, weil Sie dem armen Inigo etwas tun wollen.«

Als er ihre Füße mit einer Schnur zusammengebunden hatte, schrie sie: »Du verdammter Kerl! Sag mir wenigstens deinen Namen, damit ich dich anständig beschimpfen kann.«

Er ging neben ihr in die Hocke und sah sie nachdenklich an. »Warum wollen Sie mich beschimpfen, Señorita? Ich befolge nur Anweisungen. Dafür werde ich bezahlt. Heben Sie sich Ihre Beschimpfungen für El Carnicero auf.«

Bei der Nennung des gefürchteten Namens verflog ein Teil ihres Zorns. Das entging ihm nicht, und er lächelte verständnisvoll.

»Sie wollen ihn nicht kennenlernen?«

»Nein«, erwiderte Samantha. Als er aufstand, flehte sie ihn an: »Warte. Sag mir, was mit mir geschieht, wenn wir angekommen sind.«

»Sie werden eine Weile bei *el jefe* zu Gast sein.«

»Seine Gefangene! Kannst du mir nicht sagen, was mir bevorsteht?«

»Niemand wird Ihnen etwas tun, wenn es das ist, was Ihnen Sorgen bereitet«, sagte er freundlich.

Doch Samantha legte seinen Tonfall als Herablassung aus. »Wie würdest du dich fühlen, wenn ich dich entführen würde? Du würdest, verdammt noch mal, auch Fragen stellen!«

Er lachte. »Ich glaube, ich hätte nichts dagegen, von Ihnen gekidnappt zu werden, Kleines«, sagte er leise.

Samantha errötete. »Kannst du mir wenigstens sagen, was in der Nachricht an meinen Vater steht?«

»Ich weiß es nicht.«

»Du lügst!«

Er sah sie finster an. »Und Sie sind ein Quälgeist, Señorita. Schlafen Sie jetzt.«

Er stand auf. Er hatte ihr nichts gesagt, und an seine Versicherung, daß ihr nichts zustoßen würde, konnte sie nicht glauben. Doch er war recht sympathisch, dieser *bandido*. Er hatte ihr die Hände und die Füße zusammengebunden, aber sie mußte sich widerwillig eingestehen, daß sie sich das selbst zuzuschreiben hatte. Er war freundlich, und er sah sie voller Bewunderung an. Vielleicht konnte sie das auf irgendeine Weise für sich nutzen. Es konnte nichts schaden, wenn sie von jetzt an ihm gegenüber weniger feindselig war.

18

In der nächsten Nacht ritten sie in die Berge hinein und lagerten an einem Gebirgsfluß.

Samantha hatte inzwischen neue Sorgen. Warum versuchten die Männer nicht, ihre Spuren zu verwischen? War es ihnen gleich, ob sie wußte, wo sie ihr Lager aufgeschlagen hatten? Entweder sie zogen herum und hatten kein festes Versteck ... oder es kam nicht darauf an, weil sie ohnehin nie mehr von dort fortkam.

Als die Nacht hereinbrach, ritten sie auf einem schmalen Pfad am Rand eines steilen Canyon weiter. Trotz der Fackel, die Diego hochhielt, war es sehr dunkel. Dreieinhalb Tage waren sie durchgeritten! Samantha nahm an, daß die Pferde bis auf El Rey ihrem Vater gehörten, und man konnte sie schinden, weil sie als Wegwerfartikel angesehen wurden.

Bald wurde der Weg wieder breiter, und Samantha seufzte erleichtert auf. Doch dann bogen sie scharf um die Kurve, und was vor ihnen lag, ließ ihr Blut gefrieren.

Es war ein weiterer Canyon, so breit wie ein Tal, der

sich tief in die Berge hinein erstreckte. Rechts vor ihnen auf dem flachen, unfruchtbaren Boden zwischen den Steilwänden lag ein kleines Dorf, ein halbes Dutzend Häuser, die um die Ruine einer Kirche herumgebaut waren. Waren sie am Ziel angelangt?

In mehreren Häusern brannte Licht, doch die Ansiedlung lag still da. Nicht eine Seele regte sich – bis Diego, der vor ihnen her ritt, ein Geheul ausstieß, um ihre Rückkehr anzukündigen. Bald schien in weiteren Fenstern Licht. Türen öffneten sich. Samantha war ängstlich und angespannt.

Sie wollte dem Schlachter nicht gegenüberstehen, aber auch die Unwissenheit barg ihre Schrecken. Sie trieb El Rey an Serapes Seite. »Sind wir da, Señor?«

»*Si.*«

»Wird er ... wird er dasein?« fragte sie zögernd.

Er zog die Krempe seines Hutes höher, um sie im schwachen Mondschein besser sehen zu können. »Wenn du von *el jefe* sprichst, dann wüßte ich nicht, warum er nicht hiersein sollte.«

»Gibt es einen Grund dafür, daß ich ihn treffen muß? Ich meine, wenn ich nicht wegen eines Lösegeldes hier festgehalten werde, dann weiß ich eigentlich nicht ...«

»Er wird mit Ihnen reden wollen, um bestimmte Dinge zu erfahren«, erwiderte Serape.

»Was für Dinge?«

Er zuckte die Achseln. »Er wird Ihre Meinung dazu hören wollen, ob Ihr Vater sich mit seinen Forderungen einverstanden erklären wird.«

»Mein Vater wird mit allem einverstanden sein, um mich wiederzubekommen«, versicherte ihm Samantha.

»El Carnicero wird sich freuen, das zu hören. Aber Sie wissen nicht, was in der Nachricht stand. Erst wenn Sie selbst hören, wie die Forderungen lauten, können Sie sicher sein, daß Ihr Vater einverstanden ist.«

»Das könnte mir doch auch jemand anders erzählen«, sagte sie strahlend, doch er fiel ihr ins Wort.

»Warum fürchten Sie sich immer noch? Ich höre Angst

aus Ihrer Stimme heraus. Ich habe Ihnen doch gesagt, daß man Ihnen nichts antut. Das hat er mir geschworen.«

»Und du glaubst ihm?«

»*Si*, ich glaube ihm«, antwortete er ohne jedes Zögern. »Andernfalls hätte ich Sie niemals hierhergebracht. Haben Sie mich verstanden, Señorita? Ich tue einer Frau nichts Böses an.«

Samantha dachte über diese Aussage nach. »Du kannst noch nicht lange mit dieser Horde zusammen reiten.« Sie dachte an Manuels Geschichte von dem Massaker, das unter den Frauen und Kindern angerichtet worden war.

»Nein, noch nicht lange«, erwiderte er offen, und somit hatten sich ihre Hoffnungen wieder zerschlagen.

»Lorenzo!« rief jemand aus dem Lager. »Wir warten. Bring deine Beute her!«

Der Mann hatte spanisch gesprochen. Niemand konnte wissen, daß sie spanisch verstand, und sie entschloß sich, es für sich zu behalten. Es konnte ihr von Nutzen sein, wenn sie sich offen vor ihr unterhielten.

»Gilt dieser Ruf dir?« fragte sie unschuldig.

»*Si*. Sie warten auf uns.«

»Du heißt Lorenzo? Serape gefällt mir besser.« Als er sie verblüfft ansah, fügte sie hinzu: »Schon gut. Ich erkläre dir das ein anderes Mal. Aber sag mir, wie ihr euren Boß nennt – außer *el jefe*?«

»Rufino.«

»Ist das sein richtiger Name?«

»Wohl kaum. Nicht viele, die sich zu diesem Leben entschließen, behalten ihre wahren Namen bei. Aber ich kenne ihn unter keinem anderen Namen.«

»Und wie heißt du richtig?«

»Nicht Lorenzo«, gestand er ein.

»Lorenzo!« Der Ruf klang diesmal ungeduldiger, und Samantha zuckte zusammen.

»Kommen Sie, Señorita Kingsley.« Sie ritten weiter. »Sie bekommen eine warme Mahlzeit und ein bequemes

Bett. Und es ist das beste, wenn Sie Rufino gleich treffen. Dann sehen Sie selbst, daß Sie sich nicht vor ihm zu fürchten brauchen.«

Sie stiegen vor einem Haus, vor dem sich alle Männer versammelt hatten, von ihren Pferden ab. Samantha fühlte sich umzingelt, erstickt und in Panik. Sie kamen zu nah, und sie war unbewaffnet. Sie war es nicht gewohnt, sich so hilflos zu fühlen.

Jemand streckte seine Hand aus und berührte die Stikkerei ihrer Weste. Samantha holte aus, um diese Hand von sich zu schlagen. Sie stand mit dem Rücken zum Haus, ließ sich lüstern begutachten und hoffte, daß man ihr die Angst nicht ansehen konnte.

»*La gringa es muy bella!*« hörte sie. »*Magnifica.*« Dann sprachen sie über ihre Reitkleidung, wie männlich sie war, und über den leeren Pistolengürtel an ihren Hüften. Während sie von ihnen umringt war und nicht wußte, was sie tun sollte, warfen sie Lorenzo Fragen an den Kopf. Sie fragte sich, ob El Carnicero da war. Welche dieser dunklen, rauhen Gestalten mochte der kaltblütige Mörder sein, vor dessen Anblick sie sich fürchtete?

Sie fürchtete sich immer mehr, während sie dort stand und gemustert wurde. Sie wollte sich gerade abwenden, als eine tiefe Stimme hinter ihr alle anderen Stimmen übertönte.

»Bist du sicher, daß du seine Tochter mitgebracht hast, Lorenzo, und nicht seinen Sohn?«

Samantha drehte sich zu demjenigen um, der die Frage gestellt hatte, als die Männer im Chor lachten. Sie wirbelte herum und rechnete damit, El Carnicero zu sehen, einen kleingewachsenen, tonnenförmigen Mann. Doch der Besitzer der höhnischen Stimme war groß, und seine schmale Gestalt zeichnete sich als Silhouette im Eingang des Hauses ab. Da die Fackeln, die entzündet worden waren, nur einen Teil des Platzes erleuchteten, stand er vollkommen im Schatten.

Samantha war froh, daß die breite Krempe ihres Hutes ihr Gesicht verbarg. So konnte wenigstens niemand die

Angst in ihren Augen sehen. Doch sie stellte fest, daß ihre Furcht dem Zorn Platz machte. Sie war erschöpft. Sie war hungrig. Seit Tagen hatte sie keine anständige Mahlzeit mehr bekommen. Man ließ sie hier draußen in der Kälte stehen und setzte sie der demütigenden Musterung verlumpter Banditen aus. Und jetzt machte sich auch noch einer der Banditen über sie lustig.

Samantha ignorierte den Mann auf der Veranda und wandte sich an Lorenzo. »Du hast mir eine Mahlzeit und ein Bett versprochen«, erinnerte sie ihn. »Muß ich hier draußen stehen, bis jeder einzelne Mann im Lager mich angeschaut hat? Wo ist dein Anführer? Ich brächte es gern hinter mich.«

»Du hast also keine Angst mehr, was?« Er grinste.

»Es gibt Grenzen, Señor, und mir reicht . . .«

»Ach du Scheiße!« Der Fluch dröhnte von der Veranda. Alle anderen verstummten.

Die Heftigkeit der Stimme ließ Samantha zusammenfahren, und sie drehte sich langsam wieder zum Haus um. Doch der große Mann war fort, vermutlich wieder ins Haus gegangen. Sie starrte die leere Haustür an, und ihre Augen wurden größer, als Erinnerungen sie durchfluteten. Diese Stimme . . . nein! Das war unmöglich.

Aus dem Haus drangen Flüche und Schreie, und Lorenzo schüttelte den Kopf. »*Por Dios!* Was hat ihn bloß so aufgebracht?«

Doch Samantha hörte ihn nicht. Sie hörte nur noch die Stimme, die im Hausinnern tobte. Diese Stimme, erst spöttisch, dann wütend . . . aber das konnte nicht sein.

Wie von einem Magnet angezogen lief sie die Stufen zur Haustür hinauf, doch Lorenzo hielt ihren Arm fest. »Nein, Señorita. Hier stimmt etwas nicht. Ich kann das nicht verstehen. Kommen Sie, ich bringe Sie in ein anderes Haus.«

Doch Samantha schüttelte seine Hand ab, ohne ihn auch nur anzusehen. Sie ging auf die Tür zu. Weiter ging sie nicht. Das war nicht nötig. Das Zimmer war hell erleuchtet, und sie konnte alles deutlich sehen. Der Mann lief zornig auf und ab wie ein Tier in einem Käfig.

»Señorita, *por favor*«, flüsterte Lorenzo ihr eindringlich ins Ohr. »Kommen Sie, schnell. Aus irgendeinem Grund hat Ihr Anblick ihn erbost.«

Samantha wandte sich plötzlich zu Lorenzo um und überraschte ihn damit, daß sie ihre Arme um seine Taille legte. Ehe er sich von seinem Erstaunen erholt hatte, war sie von ihm gewichen. Sie hielt seine Waffe in der Hand.

»*Madre de Dios!*« keuchte er.

Doch noch während er das sagte, richtete Samantha die Waffe auf den Mann im Haus. Sie drückte ab, Rauch wirbelte auf, doch die Kugel schlug in die Decke ein, denn Lorenzo hatte ihren Arm nach oben geschlagen, während sie den Schuß abgefeuert hatte. Er umfaßte ihr Handgelenk und versuchte, ihr die Waffe zu entwinden.

»Nein!« schrie sie rasend, und sie setzte sich ihm mit aller Kraft zur Wehr. »Verdammt noch mal, laß los! Wenn du mich das nicht hinter mich bringen läßt, bringe ich dich um.«

Schnell wurde ihr die Waffe entrissen, aber nicht von Lorenzo. Hank Chavez stand vor ihr, und in seinen Augen tobte ein dunkles Unwetter. Doch Samantha war es gleich, wie zornig er war. So zornig wie sie auf sich selbst war, weil sie ihn mit ihrem Schuß verfehlt hatte, konnte er nicht sein.

Samantha entwand sich Lorenzos Griff und trat auf ihn ein, um sich zu befreien. Sie schlug Hank ins Gesicht, doch er hatte seinen Kopf abgewandt, und so tat es ihm fast nichts. Er packte ihre Handgelenke und bog sie ihr auf den Rücken. Der Schmerz, der sich durch ihre Schultern zog, hielt sie wirksam davon ab, auf ihn einzutreten, und sie hielt still.

»Verdammter Kerl!« schrie sie.

»Halt den Mund!« zischte Hank. Dann rief er Lorenzo, der nach wie vor völlig verblüfft in der Tür stand, wütend zu: »Du hast mir die falsche Frau gebracht. Wie konnte das passieren?«

Lorenzo war jetzt völlig hilflos. »Die falsche Frau?«

Hank konnte seinen Zorn kaum noch zügeln. »Siehst

du denn nicht selbst, daß wir uns kennen? Das ist Samantha *Blackstone*.«

»*Si*«, sagte Lorenzo jetzt langsam. »Samantha ... Blackstone ... *Kingsley*.«

Hank wirbelte Samantha herum. Seine Finger bohrten sich in ihre Schultern. »Stimmt das?«

»Scher dich zum Teufel!«

Er schüttelte sie. »Ist das wahr?«

»Ja, verdammt noch mal. Ja!«

Er ließ sie los, und sie taumelte zurück. »Bring sie in das andere Zimmer, und sorg dafür, daß sie da bleibt.«

Lorenzo packte Samantha an den Schultern. »Du hast vor, sie in diesem Haus zu behalten?«

»Ich kenne sie, Lorenzo. Ich weiß, wozu sie in der Lage ist. Ich will sie in meiner Nähe haben, um sie im Auge zu behalten.«

»Nein!« Samantha sah mit funkensprühenden grünen Augen Lorenzo an. »Du hast mir gesagt, daß mir nichts Böses widerfährt«, erinnerte sie ihn. »Aber eben gerade hat er mir fast den Arm gebrochen, und ich habe blaue Flecken auf der Schulter. Du kannst mich nicht mit diesem Menschen allein lassen. Ich fordere, deinen Boß zu sprechen.«

Hank lachte, ein brutales, höhnisches Lachen. »Und weshalb möchtest du mich sprechen, *niña*?«

Sie hielt den Atem an und wirbelte erneut zu ihm herum. »Du – El Carnicero? Das glaube ich nicht. Er ist klein und häßlich und ...«

»Und du hast Angst vor ihm gehabt?«

»Nein, natürlich nicht.« Doch sie wußte, daß ihre Stimme nicht überzeugend klang, und sie gab zu: »Man erzählt sich gräßliche Geschichten über ihn.«

»Mag sein. Die meisten Leute fürchten ihn, und diese Angst habe ich für meine Zwecke genutzt.«

»Aber du bist nicht El Carnicero.«

»Nein«, gestand er ein.

»Gibt es diesen Mann wirklich?«

Hank nickte. »Er hält sich nach wie vor in seiner Gegend im Süden auf, und er weiß nicht, daß ich mir seinen Namen geborgt habe. Ich brauchte den Ruf dieses Mannes.«

»Du bist also ein Bandit.« Ihre Stimme triefte vor Verachtung. »Ich hätte es eher merken müssen – nach allem, was du mir angetan hast.«

»Jeder Mann hätte sich verleiten lassen, das zu tun, was ich getan habe, *niña*«, sagte Hank.

Samanthas Gesicht war glühend heiß. Sie wünschte, sie hätte dieses Thema nie zur Sprache gebracht. Lorenzo sah sie ganz seltsam an.

»Ist er wirklich dein Boß, Lorenzo?« fragte sie.

»*Si*. Ich befolge seine Anweisungen.«

»Aber stehst du auch hinter ihm?« Sie legte eine Hand auf seinen Arm. »Oder kann man deine Dienste kaufen? Ich kann dir eine große Summe dafür zahlen, daß du mich von hier fortbringst, mehr als den Anteil des Lösegeldes, den er dir geben wird.«

»Genug jetzt!« knurrte Hank.

»Was ist, Rufino?« spottete Samantha. »Hast du Angst, er könnte mein großzügiges Angebot annehmen?«

»Sag es ihr, Lorenzo«, fauchte Hank unwillig.

»Ich kann Ihnen nicht helfen, Señorita«, sagte Lorenzo im Tone der Entschuldigung.

»Du bist ihm also treu ergeben?«

»*Si*.«

»Vielleicht wirst du mir eines Tages den Grund verraten«, entgegnete Samantha mit betontem Sarkasmus.

Hanks Augen wurden zu dunklen, schiefergrauen Schlitzen. Es war ihm nur unter Mühen gelungen, seinen Zorn unter Kontrolle zu bringen. »Sorg dafür, daß sie mir nicht unter die Augen kommt, Lorenzo. Mit ihrer spitzen Zunge hat sie schon mehr gesagt, als ich dulden kann.«

»Und ich kann es nicht dulden, auch nur noch einen Augenblick im selben Raum mit dir zu sein«, rief Samantha, ehe sie Lorenzo quer durch den Raum zur einzigen anderen Tür zerrte. Sie stieß die Tür auf und ging hinaus, ohne sich noch einmal nach Hank umzusehen.

Es war ein sehr kleines Zimmer mit einem schmalen Bett an der Wand, einem alten Schrank und einem Waschtisch. Der Fußboden und das einzige Fenster, das jetzt gegen die kalte Bergluft geschlossen war, waren schmucklos.

»Schläft *er* hier, Lorenzo?« fragte Samantha mit einem Blick auf das zerknitterte Bettzeug.

»*Si*, das ist sein Zimmer.«

»War«, verbesserte sie ihn. Sie ging zum Bett und riß die Decke und die Laken herunter. Sie warf alles auf den Boden. »Ich schlafe nicht in diesem Bettzeug. Ich weigere mich.«

Sie hatte Lorenzo ihren Rücken zugekehrt, als seine Stimme leise zu ihr drang. »Sie hassen ihn. Warum?«

Sie wollte kein Wort mehr über Hank Chavez sagen. »Würdest du mir frisches Bettzeug bringen?«

»Ja, und warmes Essen.«

»Laß das mit dem Essen sein«, sagte sie barsch. »Ich bin zu erbost, als daß ich etwas essen könnte.«

»Wie Sie wünschen.«

Er wollte gehen, doch sie hielt ihn am Arm fest und sagte verzweifelt: »Bleib bei mir, Lorenzo.«

»Hier?«

»Ja, ja, hier. Ich traue ihm nicht.«

»Ich kann nicht einfach hierbleiben, Señorita.«

Sein Blick war auf das schmale Bett gerichtet, und sie sagte: »Dann bleib in dem anderen Zimmer. Bitte, Lorenzo. Du kannst mich nicht in diesem Haus mit ihm allein lassen.«

»Er wird Ihnen nichts tun.«

»Wie kannst du das sagen? Du hast doch gesehen, wie er gerade mit mir umgegangen ist. Er hätte mir Schlimmeres getan, wenn du nicht dabeigewesen wärst. Das weiß ich.«

»Was ich gesehen habe, war, daß *Sie ihn* angegriffen haben«, erwiderte Lorenzo ohne Mitgefühl. »Ich glaube nicht, daß ich Sie so milde behandelt hätte, wenn Sie versucht hätten, mich umzubringen, Señorita.«

»Ihr Männer haltet wohl immer zusammen«, gab sie erbittert zurück. »Ihm ist nichts passiert, oder?«

»Aber Sie haben versucht, ihn umzubringen.«

»Hau endlich ab, und laß mich in Ruhe!« schrie sie entrüstet. »Wie konnte ich glauben, daß du mich verstehst? Du bist genauso wie er.«

Samantha wandte ihm den Rücken zu, und kurz darauf ging er. Er schloß leise die Tür. Hank stand im anderen Zimmer vor dem Kamin, die Hände auf dem Kaminsims, und er starrte in das Feuer, das er gerade angezündet hatte. Als Lorenzo ins Zimmer kam, drehte er sich um und kicherte in sich hinein.

»Was? *La princesa* muß frische Laken haben? Das Bettzeug ist gestern erst gewechselt worden.«

Lorenzo zuckte die Achseln. »Sie will nicht darin schlafen, weil du darin geschlafen hast. Warum will sie dich umbringen, Amigo?«

Hank wandte sich ab. »Ich glaube, die Antwort kann dich nicht interessieren«, sagte er kühl.

»Du haßt sie auch?«

»*Si*, ich hasse sie auch.«

Lorenzo schüttelte den Kopf. »Ich für meinen Teil habe noch nie eine so schöne Frau gesehen«, sagte er ernst.

»Woher willst du das wissen? Sie ist so verschmutzt, daß man es nicht sehen kann.«

»Ich bin ganz sicher. Und ich glaube nicht, daß ich eine solche Frau hassen könnte, ganz gleich, aus welchem Grund. Ich kann nicht verstehen, wie du sie hassen kannst.«

»Du läßt dein Urteilsvermögen von ihrer Schönheit trüben, Lorenzo. Laß dich nicht täuschen. Diese Frau nutzt Männer aus. Sie trampelt auf ihren Seelen herum und wirft sie dann weg, ohne einen weiteren Gedanken an sie zu verschwenden.«

»Ach so.« Lorenzo grinste plötzlich verständnisvoll. »Du hast sie geliebt.«

»*Perdición!* Eine solche Hexe könnte ich niemals lieben. Kein Wort mehr davon!«

»Sie will, daß ich bei ihr bleibe«, sagte Lorenzo. »Sie traut dir nicht, und allmählich verstehe ich, warum.«

Hank lachte bitter. »Deine Aufgabe ist erledigt. Du hast sie hierhergebracht. Jetzt bin ich für sie verantwortlich.«

»Du tust ihr doch nichts?«

»Nicht, solange sie sich benimmt.«

»Das ist mir kein großer Trost, Amigo. Du hast mir das Leben gerettet, und daher stehe ich in deiner Schuld. Ich hoffe, du gibst mir keinen Anlaß, meine Treue zu bereuen.«

Hank wurde ungeduldig. »Hörst du jetzt endlich auf, dir Sorgen zu machen? Sie ist es nicht wert, Lorenzo, und ich versichere dir, daß sie auf sich selbst aufpassen kann.«

»Ich will nicht, daß ihr etwas Böses geschieht.«

»Überlaß mir das, Lorenzo«, brummte Hank. »Du hast dich von ihr zum Narren halten lassen. Sie ist so berechnend und hinterhältig wie jeder Mann – und ebenso geschickt im Schießen. Ich warne dich – wenn ihr einmal eine Waffe in die Hand kommt, werde ich dich zur Verantwortung ziehen.«

Bei dieser Erwähnung seiner Demütigung errötete Lorenzo. Er konnte nicht alles glauben, was Rufino über das Mädchen sagte, nicht wirklich. Es stimmte, daß sie heute abend versucht hatte, Rufino zu erschießen, aber sie war in einer verzweifelten Lage. Sie war mit Waffengewalt entführt worden.

Was konnte er tun, wenn das Mädchen Rufino noch einmal erzürnte? Lorenzo verließ widerstrebend das Haus. Er hatte nicht die Zusicherung bekommen, die er sich gewünscht hatte.

19

Die Tür öffnete sich ohne Vorwarnung, und Samantha richtete sich kerzengerade im Bett auf und zog sich die Decke bis zum Kinn. Sie hatte nur ein kurzes Hemdjäckchen mit Spitzen und die engen Schlüpfer an, die sie unter ihren Röcken trug. Wenn sie damit gerechnet hätte, daß jemand so in den Raum stürzen könnte, hätte sie sich nicht soweit ausgezogen. Erst recht nicht, wenn dieser Jemand auch noch Hank war ...

»Ich will ein Schloß an dieser Tür haben«, sagte sie mit verletzender Stimme zu ihm.

»Das kannst du haben«, sagte er. »Aber den Schlüssel bewahre ich auf.«

»In dem Fall kannst du dir die Umstände sparen.«

»Nein, ich bestehe darauf. Gleich morgen früh werde ich etwas unternehmen. Und damit niemand durch das Fenster eindringen und dir etwas antun kann, lasse ich es auch verriegeln.«

»Verdammter Kerl«, zischte sie durch zusammengebissene Zähne. »Warum bindest du mich nicht gleich ans Bett?«

Er grinste, und seine Augen lachten, wie sie es von früher kannte. »Wenn du mir Grund dazu gibst, *chica*, wird es mir ein Vergnügen sein.«

»Das kann ich mir vorstellen«, brummte sie. Dann hob sie die Stimme. »Oh, warum habe ich dich bloß an jenem Tag am Fluß verfehlt? Warum mußten meine Hände zittern?«

Hank zuckte zusammen, und seine Augen wurden stürmisch grau. Er ballte die Fäuste und mußte sich zusammenreißen, denn er wäre ihr gern an die Kehle gegangen. Aber noch lieber wollte er ... nein, er würde sie nicht mehr anrühren. Es hatte ihm auch nicht geholfen, sie zu vergessen.

»Du hast mich nicht verfehlt«, sagte er. »Eine deiner Kugeln hat mich in die Seite getroffen.«

»Das hat wohl nicht viel genutzt«, sagte sie erhitzt. »Du bist noch am Leben.«

»Du bist das blutrünstigste ...«

»Nein, das bin ich nicht!« fiel sie ihm ins Wort. »Bis ich dich kennengelernt habe, wollte ich nie einen Mann töten. Und was hast du hier überhaupt zu suchen? Ich habe gebetet, daß ich dich wiedersehe, aber nicht so, sondern im Gefängnis! Warum führst du Krieg gegen meinen Vater?«

»Das ist kein Krieg.«

»Du versuchst, ihn aus Mexiko zu vertreiben! Warum? Was hat er dir getan?«

Hank überlegte sich genau, was er ihr sagen konnte, denn sie kannte ihn, kannte seinen Namen und wußte, daß er nicht El Carnicero war. Daher konnte sie seine Pläne ruinieren. Es war so gedacht, daß kein Zusammenhang zwischen dem *bandido* und dem Fremden hergestellt werden konnte, der die Ländereien der Kingsleys bald kaufen würde. Doch Samantha würde wissen, daß der *bandido* und der neue Besitzer ein und dieselbe Person waren – falls sie den neuen Gutsbesitzer je kennenlernte. Doch wie sollte sie dahinterkommen? Sie würde gemeinsam mit ihrem Vater Mexiko verlassen müssen.

»Dein Vater hat mir nichts getan, Samantha«, sagte er. »Meinem Cousin hat er Unrecht getan.«

»Mein Vater hat nie jemandem etwas zuleide getan!«

Hank zuckte die Achseln. »Wenn du nicht zuhören willst, kann ich es dir auch nicht erklären.«

Sie funkelte ihn böse an. »Na gut. Was hat mein Vater deinem Cousin getan?«

»Antonio ist kürzlich bei deinem Vater gewesen und hat ihm angeboten, die *rancho* zu kaufen.«

»Antonio ist dein Cousin?«

»Ja. Antonio de Vega y Chavez. Aber dein Vater wollte nichts von seinem Angebot wissen und hat auch keinen Preis genannt.«

»Warum sollte er das tun? Er will unser Land nicht verkaufen.«

»Aber es ist nicht euer Land, Samantha. Es ist das Land meines Cousins.«

Sie lachte ihn aus. »Du bist verrückt. Mein Vater hat das Land gekauft. Er hat dafür bezahlt. Er . . .«

»Er hat es billig bekommen. Er hat es von Vertretern der Regierung gekauft, die behauptet haben, es sei im Besitz der Kirche. In jenen Zeiten konnte es leicht vorkommen, daß das Land bei einem Regierungswechsel an die Kirche zurückgefallen ist und somit für seinen neuen Besitzer verloren war. Deshalb hat er es so billig bekommen.«

»Aber du gibst selbst zu, daß mein Vater für das Land gezahlt hat. Wie kannst du dann behaupten, daß es ihm nicht gehört?«

»Weil die Regierungsvertreter, die deinem Vater das Land verkauft haben, nicht das Recht hatten, es zu verkaufen. Es war Vega-y-Chavez-Land, das man meiner Familie während der Revolution gestohlen hat.«

»Das glaube ich nicht!«

»Hat dir nie jemand etwas von den Vorbesitzern erzählt? Eure Nachbarn, die Galgos, die Barojas? Sie wissen von dem Massaker auf der Hazienda de las Flores.«

»Massaker?«

»Ja, Massaker«, erwiderte Hank mit kalter Stimme. »Ein paar Juárez-*guerilleros* sind in die Hazienda gekommen und haben behauptet, das Land sei Eigentum der Kirche, um damit das Recht zu beanspruchen, meine Familie zu enteignen. Antonios Vater ist getötet worden, weil er sich widersetzt hat. Seine Großmutter ist in seinen Armen gestorben, weil sie zu alt war, um diesen gräßlichen Schock zu überleben.« Hank unterbrach sich, denn die Erinnerung war so schmerzlich wie eh und je. »Alle Männer wurden zwangsweise zum Heer eingezogen – oder erschossen, wenn sie Widerstand geleistet haben. Ich will dir gar nicht erzählen, was den Frauen und den jungen Mädchen zugestoßen ist.«

Samantha fühlte sich ganz elend, denn sie konnte es sich denken. »Und dein Cousin? Was ist aus ihm geworden?«

»Er wurde ins Heer gesteckt und später wegen fortwährenden Widerstandes ins Gefängnis geworfen. Während er im Gefängnis saß, wurde sein Land an deinen Vater verkauft. Er konnte nichts dagegen unternehmen. Die frühere Urkunde über den Besitz der Hazienda de las Flores hatten die *guerilleros* verbrannt. Nur das Wort der Menschen, die Antonio kannten, sprach dafür, daß die Hazienda ihm gehörte. Das genügte den korrupten Beamten nicht, die aus dem Verkauf von ›Kircheneigentum‹ Profit schlugen. Antonio blieb nur die Hoffnung, sein Land eines Tages zurückkaufen zu können. In all den Jahren hat er von nichts anderem geträumt.«

»Ist Antonio dein Cousin ersten Grades?«

»Nein, aber du warst lange genug in Mexiko, um zu wissen, daß auch entferntere Verwandtschaftsgrade hier als nahe Verwandtschaft angesehen werden. Antonio ist für mich eine Art Bruder. Ich empfinde sein Elend wie mein eigenes.«

Samantha war sich natürlich der Ironie seiner Worte nicht bewußt. »Es tut mir leid, Hank. Es tut mir wirklich leid«, sagte sie, denn einen Moment lang überkam sie wahres Mitgefühl. »Aber du siehst doch gewiß auch ein, daß mein Vater nicht schuld ist. Er hat deinem Cousin das Land nicht gestohlen. Er hat es in gutem Glauben gekauft. Eine Urkunde, einen Kaufvertrag, gibt es auch.«

»Willst du damit sagen, mein Cousin sollte einfach die Ländereien vergessen, die über Generationen Familienbesitz waren? Er hat mehr als die Hälfte seines Lebens auf diesem Land verbracht. Wie lange hast du hier gelebt?«

»Darum geht es jetzt nicht. Heute gehört das Land meinem Vater, und du hast nicht das Recht, ihn zu vertreiben. Das ist nicht gerecht.«

»Mein Cousin hat zu lange für diesen Traum gelebt, um heute aufzugeben. Er wird deinem Vater mehr zahlen, als das Land wert ist.«

»Aber mein Vater wird es nicht verkaufen.«

»Doch, das wird er tun, wenn er dich jemals wiedersehen will.«

Sie schnappte nach Luft. »Du Schurke! Deshalb bin ich also hier. Du hundsgemeiner, räudiger ...«

»Es reicht, Samantha!« fiel ihr Hank mit scharfer Stimme ins Wort. »Das, was hier vorgeht, paßt mir ebensowenig wie dir, aber dein Vater war zu stur. Und meine Männer waren verdammt wütend, als er die *soldados* auf sie angesetzt hat.«

»Er hatte guten Grund, die Soldaten zu Hilfe zu holen!«
»Das mag sein«, stimmte er zu. »Aber das ändert nichts am Zorn meiner Männer. Einer meiner Männer war es auch, der die Entführung vorgeschlagen hat, als er dich gesehen hat.«

»Mich gesehen?« fragte sie voller Unbehagen. »Soll das heißen, daß ich beobachtet worden bin?«

»Natürlich. Alle standen unter Beobachtung. Wir wußten gar nicht, daß Kingsley eine Tochter hat. Zum erstenmal bist du gesehen worden, als du mit deiner Eskorte auf die Ranch zurückgekommen bist. Und von da an täglich. Es war nicht schwierig, sich bei einem der Nachbarn zu erkundigen, wer du bist. Aber glaub mir, wenn ich gewußt hätte, daß du es bist, wärst du jetzt nicht hier. Du warst die letzte Frau, die ich je wiedersehen wollte, Sam.«

»Nenn mich nicht so! Ich habe es dir gesagt – nur meine Freunde nennen mich so.«

»Natürlich, und wir sind keine Freunde«, sagte er mit gespieltem Ernst. »Sag mir eins: Warum bist du nicht unter deinem richtigen Namen gereist?«

»Blackstone war der Mädchenname meiner Mutter. Ich bin immer unter diesem Namen gereist, um eine Entführung zu vermeiden. Die reinste Ironie, findest du nicht? Und wie kannst du dich darüber beschweren, daß jemand einen anderen Namen annimmt . . . Rufino?«

Ihr Spott belustigte ihn. »Jetzt hast du mich, Samina.«

Der Name erboste sie.

Er grinste. »Ich sage dir gleich, daß ich dich nennen werde, wie es mir gefällt. Samina, *gata* . . . oder *puta*.«

Samantha kochte, und ihre Bettdecke bebte. »Raus!«

Er zog eine Augenbraue hoch. »Du willst mir in meinem eigenen Haus befehlen?«

»Warum bist du überhaupt reingekommen? Ich habe dich nicht darum gebeten. Ich mag wohl deine Gefangene sein, aber deine widerwärtige Gesellschaft brauche ich deshalb noch lange nicht zu ertragen.«

»Ich bin gekommen, um zu fragen, ob du hungrig bist.«

»Natürlich bin ich hungrig. Eine dümmere Ausrede ist

dir wohl auch nicht eingefallen! In Wirklichkeit wolltest du mich demütigen, indem du mich im Bett überraschst. Hast du etwa gehofft, mich unbekleidet vorzufinden?« zischte sie. »Du bist widerlich.«

Hanks Lippen wurden zu einem schmalen Strich. Er war nicht bereit, ihre Verachtung hinzunehmen. Nein, zum Teufel!

Samantha schrie auf, als er mit Mordlust in den Augen einen Schritt auf sie zukam. Sie sprang im Bett auf und versuchte, die Decke mitzuziehen, doch sie verfing sich am Fußende, und Samantha ließ sie los. Das war jetzt unwichtig. Es ging nur noch darum, aus Hanks Reichweite zu entfliehen.

Ihre Augen waren vor Angst weit aufgerissen. Diese entsetzliche Angst bewirkte, daß Hank nicht näher kam. Ihr Zorn konnte seinen eigenen Zorn entfachen, doch ihre Furcht löste andere Regungen bei ihm aus.

»Es ist gut, daß du mich fürchtest, *niña*«, sagte er mit beherrschter Stimme. »Und es ist gut, daß du dich erinnerst, was passiert ist, als du mich letztes Mal geärgert hast.«

»Ich fürchte mich nicht vor dir – ich hasse dich. Ich kann es einfach nicht ertragen, von deinen Händen berührt zu werden.«

Hank brachte mit Mühe ein spöttisches Lachen zustande. »Vielleicht ist dir nicht bewußt, wie du aussiehst, Sam. Ich habe noch nie eine so dreckige Frau gesehen. Ich habe bestimmt nicht vor, mir an dir die ›Hände‹ schmutzig zu machen.«

»Verdammt noch mal, ich weiß, wie ich aussehe!« schrie sie. »Und ich weiß auch, wessen Schuld es ist, daß man mich hierher verschleppt hat. Tag und Nacht sind wir geritten, ohne eine Gelegenheit, sich auszuruhen oder sich zu waschen. Was zum Teufel erwartest du? Soll ich Seide tragen und nach Rosen duften?«

»Das, was du im Moment anhast, ist schon gar nicht schlecht.« Hank kicherte in sich hinein.

Samantha schnappte nach Luft und legte eilig ihre

Arme über ihre Brust, denn ihre Brustwarzen zeichneten sich unter dem dünnen Leinenhemdchen ab. Doch der hautenge Schlüpfer enthüllte immer noch jede Rundung ihrer Hüften und ihrer Beine, und sie konnte sich nicht wirklich bedecken.

»Oh! Würdest du jetzt gehen und mich in Ruhe lassen?« schrie sie. Sie konnte diese Demütigung kaum ertragen. »Und komm bloß nicht wieder. Jemand anderes kann sich um meine Belange kümmern.«

»Vielleicht ist dir deine Lage noch nicht ganz klar. Hier gibst du keine Befehle. Ich habe auch noch nicht über diese Situation nachgedacht, aber es könnte mir Freude machen, daß du meiner Gnade ausgeliefert bist. Denn schließlich, Samina«, fügte er hinzu, wobei er sich die Stelle rieb, an der ihre Kugel ihn getroffen hatte, »stehe ich in deiner Schuld.« Dann wandte er sich abrupt ab und ging.

Samantha warf sich schluchzend aufs Bett. So hatte sie sich ein Zusammentreffen mit ihm nicht vorgestellt. Sie wollte die Oberhand haben. Es war einfach nicht gerecht!

Kurz darauf brachte Inigo ihr ein üppiges Frühstück. Das Essen tröstete sie jedoch nicht, denn währenddessen mußte sie zusehen, wie das einzige Fenster mit dicken Balken verriegelt wurde. Dann wurde ein Schloß an ihrer Tür angebracht. Fast kein Licht drang mehr in das kleine Zimmer, und die Hitze nahm unerträglich zu. Samantha fühlte sich schmutzig und klebrig und steigerte sich in einen solchen Zorn hinein, daß sie kaum noch Luft bekam. Schließlich hämmerte sie gegen die Tür und schrie, daß sie ein Bad nehmen wollte. Doch niemand kam. Nach einer Stunde gab sie auf und schlief erschöpft wieder ein.

20

Sie wurde von Schreien geweckt, vom Weinen und Flehen einer Frau. Was taten sie dieser armen Frau an, daß sie so weinte und flehte? Ließ Hank sie so schreien?

Endlich hörten die Schreie auf, doch das Weinen ging weiter. Auch das hörte eine Weile später auf, und alles war still – zu still. Samantha hörte ihren eigenen Herzschlag. Das war der einzige Laut, den sie hörte, ein Laut zum Verrücktwerden. Sie versetzte sich an die Stelle dieser Frau und malte sich alle erdenklichen Schrecklichkeiten aus. Endlich fing sie an zu erkennen, wie gefährlich ihre Lage wirklich war.

Seiner Gnade ausgeliefert – *seiner* Gnade! Samantha mußte ihre Angst überwinden oder sich schämen. Zorn war besser. Zorn machte stark. Zorn! Sie würde sich wieder in ihren Zorn hineinsteigern.

»Hank!« schrie Samantha. »Wenn du da draußen bist, dann antworte mir, verflucht noch mal!«

Sie schoß aus dem Bett und hämmerte gegen die Tür, von ihrem Zorn angetrieben.

»Hank!« rief sie, und ihre Stimme war fest und zitterte nicht.

Hank saß auf den Stufen vor dem Haus und hörte sich den Wirbel an, den Samantha veranstaltete. Ein zufriedenes Lächeln spielte auf seinen Lippen. Sollte sie doch rätseln. Sollte sie doch kochen und brodeln.

Zwei seiner Männer packten ihre Sachen, um in ihre Dörfer zurückzukehren, denn sie hatten ihren Auftrag erledigt. Die gestohlenen Rinder und Pferde waren oben im Norden verkauft worden, und von dieser Summe hatte Hank die Männer gut bezahlt. Hank brauchte nicht mehr alle Männer. Er hatte alles, was er brauchte – Kingsleys Tochter.

Hank dachte an Samantha. Vielleicht war es doch gut, daß sie Kingsleys Tochter war. Zu oft hatte sie ihn in den letzten zwei Monaten beschäftigt. Immer wieder hatte er sich bestürzt gefragt, warum ihm diese Frau soviel bedeutete. Warum konnte er sie nicht einfach vergessen? Für das, was sie ihm angetan hatte und ihm jetzt noch antat, hatte sie Strafe verdient.

Er wußte nicht, was sich zwischen Samantha und Adrien Allston abgespielt hatte, nachdem er abgereist war, doch er fragte es sich immer wieder. Liebte sie diesen Mann immer noch? Glaubte sie Hank, was er ihr über Adrien erzählt hatte? Während des qualvollen Ritts nach Santa Fe hatte er darüber nachgedacht. Dort hatte er endlich seinen Ritt unterbrochen, um seine Wunde behandeln zu lassen. Die Kugel war noch in seinem Besitz. Er trug sie mit sich herum, um sich immer wieder selbst daran zu erinnern, daß man den tödlichen Reizen einer Frau nicht erliegen sollte.

Er war zwei Tage in Santa Fe geblieben, um sich von dem großen Blutverlust zu erholen. Dort hatte er den weißen Hengst gefunden, dem er nicht hatte widerstehen können. El Rey und sein anderes Pferd hatten es ihm ermöglicht, Mexiko in einer Rekordzeit zu erreichen. Das Zusammentreffen mit Kingsley hatte ihn in eine Sackgasse geführt. Dieser Mann, der sich geweigert hatte, sich Hanks Geschichte auch nur anzuhören, hatte ihn in Wut versetzt. Nach drei Tagen sinnloser Trunkenheit war er auf die Idee gekommen, Kingsley zu zwingen, das Land zu verkaufen. Er erinnerte sich an Lorenzo und dessen Versprechen zum Abschied, daß Hank ihn in Chihuahua finden könne, wann immer er ihn brauchte. Lorenzo stand in Hanks Schuld, weil Hank ihm das Leben gerettet hatte. Direkt außerhalb von El Paso war Hank hinzugekommen, als vier betrunkene Cowboys, die behaupteten, er sei ein Rinderdieb, Lorenzo lynchen wollten. Hank hatte nie gefragt, was es mit dieser Anschuldigung auf sich hatte. Er konnte es einfach nicht mit ansehen, wenn ein Mensch für etwas Geringeres als Mord gehängt wurde, vor allem nicht bei einem Landsmann.

Er hatte sein Leben riskiert und eines seiner Pferde

verloren, doch er und Lorenzo und El Rey waren über die Grenze gekommen.

Lorenzo hatte nichts gegen Hanks Plan einzuwenden und warb weitere Männer an. Drei dieser Männer mußten Hank und Lorenzo erst aus dem Gefängnis holen. Mit deren Freunden waren sie ein Dutzend.

Kingsley ließ sich nicht so leicht einschüchtern, doch als die Männer in Erfahrung brachten, daß er eine Tochter hatte, wußten sie, daß sie Kingsley zwingen konnten, nachzugeben. Hank würde noch einmal an ihn herantreten und fragen, ob Kingsley es sich nicht anders überlegt hatte. Kingsley würde auf sein Angebot eingehen. Er würde sein Land verkaufen, Mexiko verlassen und die Rückkehr seiner Tochter erwarten. Etwas anderes blieb ihm nicht übrig, wenn er seine Tochter wiedersehen wollte.

Hank wollte Kingsley nicht betrügen, sondern einen angemessenen Preis für das Land zahlen. Natürlich basierte sein Angebot auf Patrick McClures Versprechen, aber Hank zweifelte daran, daß es Kingsley etwas ausmachen würde, eine Weile auf das Geld zu warten. Die Sicherheit seiner Tochter würde ihm wichtiger sein.

Diego sollte sich darum kümmern, daß Pat telegrafisch erfuhr, wie eilig Hank es mit dem Geld hatte. Auf das hin, was sich gerade zwischen ihm und seiner Frau abgespielt hatte, war es wohl besser, wenn Diego das Lager für eine Weile verließ. Hank wollte ihn jedoch noch nicht endgültig gehen lassen. Eine der Aufgaben, die noch bevorstanden, war, Samantha ihrem Vater zu überbringen, und das konnte gefährlich werden, wenn Kingsley sich irgendwelche Tricks ausdachte.

Samantha konnte gegen die Tür hämmern, so laut sie wollte. Der einzige, der Einwände erheben konnte, war Lorenzo, und Lorenzo war nicht da. Hank hatte ihn aus dem Gebirge geschickt, weil er erkunden sollte, ob sie verfolgt wurden. Außerdem sollte er nachsehen, ob Samantha heimlich Zeichen, die auf ihren Aufenthaltsort hinwiesen, hatte fallen lassen. Lorenzo würde nicht vor morgen zurückkommen. Das war gut so. Hank mochte Lorenzo, und es wäre ihm verhaßt gewesen, wenn er sich von Samanthas Doppelzüngigkeit umgarnen ließ. Hank zweifelte nicht daran, daß sie versuchen würde, Lorenzo für sich zu nutzen. Sie würde mit jedem Mittel kämpfen, das ihr in die Finger kam, um von hier fortzukommen.

»Rufino!« rief Samantha jetzt. Hank grinste. Ein Moment verging, ehe sie rief: »Lorenzo!«

Hank runzelte die Stirn. Das Hämmern klang jetzt entfernter. Er wußte, daß sie ans Fenster pochte. Wütend sprang er auf. Hank riß die Tür auf. Samantha war vollständig bekleidet bis auf den Stiefel, mit dem sie gegen die Balken vor dem Fenster klopfte. Ihr Haar hing ihr wirr ins Gesicht, und ihre Wangen waren gerötet. Ihre Augen strahlten grünes Feuer. Er blieb verblüfft stehen. In ihrem Zorn war sie ein prachtvoller Anblick. Und bei ihrem Anblick, schmutzig, wüst zerzaust und dennoch unleugbar schön, vergaß Hank seinen Zorn.

»Was willst du, Sam?«

»Ein Bad nehmen.«

»Am Rande des Dorfes fließt ein Fluß vorbei. Es wäre mir ein Vergnügen, dich dorthin zu bringen.«

Samantha funkelte ihn böse an. »Ich will ein anständiges Bad, ein heißes, und zwar hier.«

»Das wäre zu mühsam. Es ist einfacher, dich zum Fluß zu bringen.«

»Mir ist egal, wie mühsam es ist!«

»Natürlich. Du schleppst ja nicht den Zuber rein und holst das Wasser und machst es warm.«

»Du weigerst dich?«

»Wenn du mich nett darum bittest, statt es zu fordern, würde ich es mir vielleicht noch einmal überlegen.«

Samantha stand erstarrt da. Am liebsten hätte sie ihm den Stiefel an den Kopf geworfen. Doch sie sehnte sich so sehr nach einem Bad, daß er sie diesmal vielleicht doch soweit erniedrigen konnte.

Sie schluckte schwer. »Könnte ich hier ein Bad nehmen ... bitte?«

»Ach! Wußte ich doch, daß du dich umstimmen läßt.«

Samantha riß sich mühsam zusammen. »Nun?« fragte sie.

»Du bekommst dein Bad – falls ich in diesem elenden Dorf einen Zuber finde.«

Er ging und schloß die Tür hinter sich ab. Es dauerte fast eine Stunde, bis er mit einem kleinen, runden Zuber zurückkehrte, der so alt war, daß er sicher löchrig war. Dann brachte er ihr das erhitzte Wasser. Es reichte nur, um den Zuber zur Hälfte zu füllen, aber er hatte Seife und ein Handtuch aufgetrieben, und sogar eine Bürste und Kleider zum Wechseln. Dafür war sie ihm dankbar, aber sie sagte kein Wort.

Er schien nicht vorzuhaben, aus ihrem Zimmer zu verschwinden. So lässig wie möglich setzte sich Hank auf ihr Bett und lehnte sich an die Wand. Offensichtlich hatte er vor zu bleiben.

»Was tust du da?« fragte Samantha.

»Ich habe noch nie einer Frau beim Baden zugesehen«, sagte er. »Ich stelle es mir amüsant vor.«

»Amüsant?« Sie deutete auf die Tür. »Raus!«

Doch Hank schüttelte den Kopf, und auf seinem Gesicht breitete sich langsam das Grinsen aus, das sie rasend machte. »Ich bleibe hier.«

»Dann bade ich eben nicht«, sagte sie.

»Wie du willst.«

Mit einem geschmeidigen Satz sprang Hank vom Bett und nahm einen der leeren Eimer, die er auf dem Boden stehen gelassen hatte. Als er anfing, das Wasser wieder aus dem Zuber zu schöpfen, hielt Samantha seinen Arm fest.

»Laß das!« fauchte sie wütend. »Es macht dir wohl Spaß, mich zu demütigen, was?«

»*Si, gatita*, das muß ich zugeben.«

Sie wandte ihm den Rücken zu. Am liebsten hätte sie vor Wut laut geschrien. Plötzlich fing sie an, sich die Kleider vom Leib zu reißen. Sie hörte, daß er sich auf das Bett setzte, doch sie machte unbeirrt weiter. Es bestand kein

Anlaß, alles auszuziehen, aber von ihm würde sie sich nicht demütigen lassen. Sie würde sich waschen, soweit das möglich war, wenn sie ihr Hemdchen und ihren Schlüpfer anließ. Es mußte beides ohnehin gewaschen werden. Samantha stieg in den kleinen Zuber.

Sie schrie auf, als er seine Hände von hinten um ihre Taille legte. Ehe sie ihn davon abhalten konnte, hatte er ihr das Hemdchen über den Kopf gezogen. Sie bedeckte ihre Brüste mit den Händen, drehte sich zu ihm um und schrie zornig auf. Doch im nächsten Moment rutschte ihr Schlüpfer auf ihre Hüften. Sie holte zu einem Fausthieb aus, doch Hank fing ihre Faust in der Luft und drückte sie ins Wasser.

»Du elender Schuft! Wie kannst du es wagen...« Er beugte sich vor, steckte eine Hand ins Wasser, und sie geriet in Panik. »Nein! Rühr mich nicht an, du verfluchter...«

Doch Hank wollte nur ihren Schlüpfer von ihr ziehen. Samantha war knallrot, als er sie ganz ausgezogen hatte. So war sie noch nie beschämt worden – doch, einmal, und auch das hatte an ihm gelegen!

Hank ließ ihren nassen Schlüpfer in den leeren Eimer fallen und sagte beiläufig: »Bade dich anständig.« Dann schlenderte er zum Bett und setzte sich wieder hin.

Er hatte sie nicht angerührt. Dafür konnte sie Gott danken. Doch sie wollte ihm auch keine Unterhaltung bieten. Sie warf ihm einen geringschätzigen Blick zu und drehte ihren Rücken zu ihm. Dann griff sie nach der Seife und fing an, sich zu waschen.

»Du bietest mir aber auch gleich gar nichts«, kicherte Hank.

Daraufhin murrte sie: »Du hast nicht einen Funken Anstand in dir, Hank Chavez. Und ich dachte, du seist ein Gentleman...«

»Das kann ich durchaus sein, wenn eine Dame anwesend ist.«

»Du bist ein Barbar!«

»Wenn du mich weiterhin beschimpfst, Sam, sehe ich

mich gezwungen, es dir gleichzutun. Ich glaube nicht, daß dir die Namen gefallen, die ich für dich auf Lager habe.«

Sie ignorierte seine Warnung und fuhr in lockerem Gesprächston fort: »Weißt du, ich wollte zusehen, wie du ausgepeitscht wirst, ehe ich dich erschießen hätte lassen. Es war mein Traum, dich bluten zu sehen.«

»Du hast mich bereits bluten lassen.«

»Zu wenig. Du hast mir etwas angetan!« schrie sie. »Ich mag zwar mit dir geflirtet haben, dich vielleicht sogar ermuntert haben, aber das sind harmlose Dinge, Dinge, die jede Frau tut. Was du mir angetan hast, war unverzeihlich!«

»Du verzeihst mir also nicht«, erwiderte er kühl. »Das wird mich keine schlaflosen Nächte kosten.«

»Vielleicht doch, wenn du erst geschnappt wirst. Ich habe dich steckbrieflich suchen lassen. Wußtest du das?«

»Das ist nicht das erste Mal«, sagte Hank. Er wirkte unbeteiligt, aber er hatte nichts davon gewußt.

»Wenn ich die Prämie auf deinen Kopf erhöhe, wirst du es nicht mehr so leicht nehmen, Amigo«, brüstete sie sich. »Ich werde eine so verführerische Summe als Belohnung aussetzen, daß jeder Kopfgeldjäger und Revolverheld im ganzen Land dich sucht.«

Hanks graue Augen wurden zu Schlitzen, die sich auf ihren Rücken richteten. »Du meinst wohl, wenn du hier noch mal rauskommst.«

Samantha erschrak. War sie zu weit gegangen? Jetzt fiel ihr die Frau wieder ein, die vorhin geschrien hatte, und sie erschauderte.

»Im Lager ist noch eine andere Frau, oder?« fing sie an.

»Es gibt mehrere. Manche meiner Männer haben ihre Frauen mitgebracht.«

»Ich habe das Schreien einer Frau gehört«, sagte sie zögernd. »Gehört sie zu einem deiner Männer?«

»Ja«, sagte er, weil kein Anlaß bestand, es ihr nicht zu sagen.

»Was hatte sie?«

»Sie ist geschlagen worden.«

»Aber warum?«

»Sie war untreu. Das ganze Lager hat es gewußt. Sie war gestern nacht mit einem anderen Mann zusammen, ehe Diego zurückgekehrt ist, und das nicht zum erstenmal. Aber Diego hat erst heute die Stiefel des anderen Mannes unter seinem Bett gefunden.«

»Diego? Sie ist seine Frau?«

»War. Er hat sie rausgeworfen.«

»Oh!« sagte Samantha voller Abscheu. »Erst schlägt er die arme Frau, und dann will er nichts mehr mit ihr zu tun haben.«

»Du billigst Untreue?«

»Nein, ich ... ich halte nur einfach nichts davon, Frauen zu schlagen.«

»Auch dann nicht, wenn sie es verdienen?«

Sie antwortete nicht. Diese Diskussion konnte zu nichts führen. »Wenn er sie schlägt, dann soll er sie nicht rauswerfen. Oder umgekehrt. Er hätte eins von beidem tun können, aber nicht beides. Ist sie in Ordnung, die Frau?«

»Sie wird wieder werden.«

Seine beiläufige Antwort ließ Samantha aufbrausen. »Du hast wohl gar kein Mitleid? Ich nehme an, du hast auch nicht versucht, Diego zurückzuhalten?«

»Nein, ich habe mich nicht eingemischt«, antwortete er offen. »Ich hätte an seiner Stelle dasselbe getan.«

»Ich darf gar nicht daran denken, daß du mich aufgefordert hast, als deine Frau mit dir zu kommen. Du hättest mich wohl auch geschlagen?«

»Höchstwahrscheinlich«, erwiderte er kühl. »Deine Augen folgen jedem Mann.«

»Das ist nicht wahr!«

»Nein?« fragte er unschuldig. »Dann bist du Adrien wohl immer noch treu?«

»Du gemeiner Schuft!« zischte Samantha. »Das mußtest du loswerden, was?«

Hank kicherte.

Samantha sprach nicht mehr mit ihm, sondern konzentrierte sich auf ihr Bad. Es war fast unmöglich, sich auf diesem knappen Raum das Haar zu waschen, doch schließlich gelang es ihr, sich mit den Händen Wasser über den Kopf laufen zu lassen. Wütend seifte sie sich die Haare ein.

Samantha hörte nicht, daß Hank hinter sie getreten war. Urplötzlich ergoß sich der ganze Eimer mit dem kalten Wasser über ihren Kopf, und sie schnaubte und spuckte, doch seine kalte Stimme hielt sie davon ab, den Mund aufzumachen.

»Raus jetzt, Sam«, befahl er ihr. »Du hast lange genug im Wasser gesessen. Es ist gleich Zeit zum Abendessen, und ich denke, daß du es zubereiten wirst.«

Als er aus dem Zimmer ging und die Tür offenstehen ließ, seufzte Samantha erleichtert auf. Sie hatte vorgehabt, in dem Zuber sitzen zu bleiben, bis sie ungestört war.

Augenblicklich stieg sie aus dem Wasser, und nachdem sie die derbe, tiefausgeschnittene, saubere Bluse und den dicken Baumwollrock angezogen hatte, die Sachen, die Hank ihr bereitgelegt hatte, schrubbte sie schnell ihre Unterwäsche und ihre Bluse. Dann reinigte sie mit dem Handtuch die Lederweste und den Lederrock. Mit den nassen Kleidungsstücken über dem Arm kam sie aus dem Zimmer.

»Kann ich die Sachen zum Trocknen auf die Veranda hängen, oder werden sie mir über Nacht gestohlen?«

Hank saß mit einem Glas in der Hand vor dem Kamin. »Du kannst sie auf der Veranda aufhängen, wenn du dich keinen Schritt weiter vom Haus entfernst.«

Die Haustür stand offen, und Samantha trat auf die schattige Veranda. Dort war nichts, nicht eine Pflanze, nicht ein Stuhl. Der Raum, aus dem sie gerade kam, war fast ebenso kahl, nur ein Tisch und vier Stühle, in einer Ecke ein Sattel und daneben ein zusammengerolltes Bettzeug. Neben dem Kamin waren eine lange Anrichte und darüber offene Regale. Dort standen ein Minimum an Geschirr und Lebensmitteln, aber es gab keinen Ofen.

Samantha hängte ihre Kleider über das Geländer. Die Sonne war hinter den hohen Felswänden hinter dem

Haus verschwunden, aber es war noch hell draußen. Sie hätte gern gesehen, wie es am anderen Ende des Tales aussah, aber ein anderes Haus nahm ihr die Sicht.

Ein Mann ging am Haus vorbei, und Samantha floh vor seinem neugierigen Blick schnell wieder ins Hausinnere. Doch dort folgten ihr Hanks Augen, und sie fing an, in ihren lockeren, wehenden Kleidungsstücken Selbstbewußtsein zu entwickeln. Die weiße Bluse war viel zu tief ausgeschnitten, und der grüne Schal, den sie sich um die Taille gebunden hatte, diente nur dazu, ihren Busen zu betonen. Der Rock war zu kurz.

»Wenn du soweit bist, helfe ich dir jetzt, den Badezuber auszuleeren«, erbot sich Samantha.

»Das hat Zeit.«

»Was willst du zum Abendessen haben?«

»Es gibt Bohnen, die du aufwärmen kannst, und eins der fetten Hühner deines Vaters ist bratfertig. In ein paar Tagen bekommen wir neue Vorräte, aber im Moment sind die Lebensmittel etwas knapp.«

Samantha sagte nichts, weil es sinnlos war, sich mit ihm über den Diebstahl der Hühner zu streiten. Nach einer Weile stand Hank auf und leerte den Zuber aus. Samantha hatte alle Hände voll zu tun. Als sie das Essen auf den Tisch gestellt hatte, zauberte Hank eine Flasche Wein hervor und schenkte beiden ein Glas ein.

Als sie fast alles aufgegessen hatten, fragte Samantha: »Warum hat Lorenzo heute nicht nach mir gesehen?«

»Er ist fort.«

»Fort? Warum?«

»Deine Betroffenheit verrät dich«, sagte Hank trocken. »Soll er deine nächste Eroberung sein?«

»Ich bin nicht auf Eroberungen aus, aber wenn es so wäre, würde ich Lorenzo dir vorziehen. Wo ist er?«

»Er kommt zurück, aber ich glaube nicht, daß ich ihn zu dir lasse.«

»Du willst mich einsperren, und ich soll nur deine Gesellschaft genießen?«

»Meine Gesellschaft scheint dich jetzt schon zu langweilen«, schalt er sie. »Mir dagegen gefällt die Vorstellung, eine Frau im Haus zu haben, selbst wenn du es bist.«

»Komm nur nicht auf falsche Gedanken«, warnte Samantha ihn. »Es macht mir nichts aus, für dich zu kochen, aber zu mehr bin ich nicht bereit.«

»Das wird sich zeigen, *niña*.«

»Ich meine es ernst«, sagte sie behutsam.

»Du weißt, daß du schön bist, wenn deine Augen Funken sprühen«, sagte Hank. »Und du hast den Körper eines Engels. Ich frage mich, wie lange ich der Versuchung widerstehen kann, die du darstellst.«

Samantha stand wortlos auf, ging in ihr Zimmer und schlug die Tür hinter sich zu. Hank runzelte nachdenklich die Stirn. Aus keinem anderen Grund als zu seinem eigenen Vergnügen hatte er die letzten Worte in Spanisch gesagt. Und doch hatte sie so reagiert, als hätte sie jedes Wort verstanden. Konnte das sein? Hatte sie nur so getan, als verstünde sie kein Spanisch?

Hank saß bis spät in die Nacht grübelnd da. Die Weinflasche war leer, als er endlich aufstand, Samanthas Tür abschloß und sich auf dem kalten Fußboden schlafen legte.

21

Zwei Tage lang ließ Hank niemanden in Samanthas Nähe, und Samantha wartete in qualvoller Anspannung ab, was er als nächstes tun würde. Sie hatte nicht gewußt, daß sie ihn noch reizte. Dieses Eingeständnis erschreckte sie, und sie band sich die Haare zu einem strengen Knoten hoch und trug ihre eigenen alten Kleider, ohne die Bluse in den Rock zu stecken oder einen Gürtel umzuschnallen. Sie bemühte sich, so schlampig wie möglich herumzulaufen, doch ihre Mühe war vergebens. Als er ihr am vierten Abend mitteilte, daß er am kommenden Tag abreisen würde, hätte sie sich daher freuen sollen, doch aus unbestimmten Gründen machte sie sich Sorgen.

»Warum? Wohin gehst du?« fragte sie. »Wie lange wirst du fort sein?«

Hank lachte herzlich. »Das klingt, als würdest du mich vermissen, *querida*.«

»Sei nicht albern!« fauchte sie. »Du hast mich lediglich überrumpelt.«

»Jetzt enttäuschst du mich aber. Ich hatte gehofft, daß dir etwas an meiner Gesellschaft liegt.«

»Zum Teufel, dann sag es mir eben nicht! Es ist mir ohnehin egal. Ich hoffe nur, daß du nie mehr zurückkommst!« Sie stürzte in ihr Zimmer und schlug die Tür hinter sich zu.

Sie konnte allerdings in dieser Nacht nicht gut schlafen. Es war ihr verhaßt, wenn sie nicht wußte, was vorging. Am nächsten Morgen kam Hank in ihr Zimmer, um sich von ihr zu verabschieden. Eigentlich hatte er einfach gehen wollen, doch irgend etwas zog ihn zu ihr. Ein letzter Blick? Er tat die Frage mit einem Achselzucken ab.

Sie stand am Fenster. Die Sonnenstrahlen, die durch die Ritzen zwischen den Brettern fielen, ließen ihr Haar rotes Feuer sprühen. Sie sah bezaubernd aus. Auch in Seide hätte sie keinen schöneren Anblick bieten können.

Langsam drehte sie sich um und sah ihm ins Gesicht.

»Du reitest jetzt los?« fragte sie in beiläufigem Tonfall.

»Ja.«

Er wartete, aber sie stellte ihm keine weiteren Fragen. Er wollte aber jetzt nicht mehr, daß sie sich Sorgen machte, und er wußte, wie stur sie sein konnte.

»Ich schätze, daß ich in einer Woche wieder zurück bin«, erklärte er. »Inigos Großvater wird sich während meiner Abwesenheit um dich kümmern.«

»Warum kann Lorenzo nicht nach mir sehen?« fragte sie.

Hank trat ein paar Schritte näher. »Das würde dir wohl gefallen, was? Dann hättest du eine ganze Woche Zeit, um ihn zu bearbeiten, damit er dir hilft.«

»Traust du ihm nicht?«

»Dir traue ich nicht, Sam«, sagte er ernst. »Du brauchst

gar nicht erst mit dem Besuch von Lorenzo rechnen, während ich weg bin. Er kommt nämlich mit mir.«

»Gut! Laß mich ruhig bei Fremden. Mir ist das gleich«, fauchte sie. »Wann kann ich von hier fort?«

»Das hängt von deinem Vater ab. Ich suche ihn jetzt auf, um zu sehen, ob er sich an meine Anweisungen hält.«

Ihr Herz blieb stehen. Sie hatte gewußt, daß es dazu kommen würde. »Du kommst also in die Nähe meines Zuhauses?« fragte sie zögernd.

»Ja.«

»Könntest du dich erkundigen, wie es Ramón geht?«

»Ramón Baroja?«

»Du . . . du kennst ihn?« Sie war überrascht.

»Ich habe ihn gekannt, als er klein war. Ich kannte ihn über meinen Cousin. Weshalb interessierst du dich für Ramón?«

»Er war an jenem Tag mit mir zusammen. Diego hat auf ihn geschossen. Hat er es dir nicht erzählt?«

»Ich habe gehört, daß ein Mann verwundet worden ist, als er auf meine Männer schießen wollte. War das Ramón?«

»Ja. Ich muß wissen, ob es ihm gutgeht.«

»Was bedeutet er dir?«

»Wenn du ihn kennst, dann weißt du, daß er mein Nachbar ist. Wir sind zusammen aufgewachsen. Er ist ein sehr guter Freund.«

Hanks Augen wurden schmäler. »Kein Mann kann einfach nur ein Freund sein. Nicht bei dir, Sam.«

Samantha senkte die Lider. Sie wollte ihm nicht in die Augen sehen. »Würdest du dich nach Ramón erkundigen?«

»Das Risiko wäre zu groß«, erwiderte er erbittert.

»Es ist das einzige, worum ich dich bitte. Schließlich hat dein Mann auf ihn geschossen. Er könnte tot sein. Ich muß es wissen.«

»Nun gut. Aber dafür möchte ich dein Wort darauf haben, daß du nicht versuchst zu fliehen, solange ich fort bin.«

»Ich...«

Dieses Versprechen konnte sie unmöglich geben. Hank sagte: »Wenn es dir lieber ist, kann ich dich auch die ganze Zeit über in deinem Zimmer einschließen lassen.«

»Ja, gut!« schrie sie. »Ich gebe dir mein Wort.«

Er nickte. »Dann sage ich dir hiermit *adios*, Samantha.«

Ohne jede Vorwarnung riß er sie in seine Arme und küßte sie mit glühender Leidenschaft. Das war es, was sie befürchtet hatte. Sie erinnerte sich nur allzu deutlich an die Wirkung, die Hanks Küsse auf sie hatten, daran, wie sie sich an die Macht des Mannes verlor. Sie hatte Angst davor gehabt, daß es noch einmal dazu kommen könnte, und jetzt war es soweit. Sie versuchte gar nicht erst, ihn von sich zu stoßen. Sie ließ sich nur in seine starken Arme sinken und schmolz dahin.

Nach langer Zeit und nur unter größten Mühen konnte er sich von ihr losreißen. Sie wäre hocherfreut gewesen, wenn sie gewußt hätte, welche Folter es für ihn bedeutete, sie loszulassen.

Heiser sagte er auf spanisch: »Ich wollte dir nur zeigen, was du zu erwarten hast, wenn ich zurückkomme.«

Er grinste breit, als er ihr Zimmer verließ. Er hatte das klare Verständnis seiner Worte in ihren Augen gesehen, und jetzt war er sicher, daß sie ausgezeichnet Spanisch verstand. Warum auch nicht? Sie hatte lange genug in Mexiko gelebt, um diese Sprache zu erlernen. Er war ihr auf die Schliche gekommen, und es gab Mittel und Wege, das zu nutzen, was er wußte. Ja... er hatte diese Möglichkeiten.

22

»Mr. ... Chavez, war das nicht Ihr Name?« fragte Hamilton Kingsley, während er Hank die Hand drückte und ihn ins Wohnzimmer führte.

»Das ist richtig, Señor. Ich war nicht sicher, ob Sie sich an mich erinnern.«

»So lange ist es nun auch nicht her, seit wir uns gesehen haben, wenngleich wir auch nur kurz zusammengetroffen sind und sich seither viel ereignet hat.«

Hank nahm die Verhärmtheit und Niedergeschlagenheit des Mannes wahr. Hamilton Kingsley war nicht mehr der selbstbewußte, arrogante Rancher, den Hank bei seinem letzten Besuch angetroffen hatte. Die Plagen der vergangenen Wochen und der Kummer um seine Tochter hatten ihren Tribut gefordert. Doch dieser Mann war hart und kräftig und brauchte vermutlich nur die Rückkehr seiner unbeschadeten Tochter, um seine Vitalität wiederzufinden. Hank begrub eilig die Gewissensbisse, die in ihm aufgekommen waren.

»Ich habe allerdings nicht damit gerechnet, Sie wiederzusehen, Mr. Chavez«, sagte Kingsley. Er lächelte trocken. »Sie waren recht, äh, erbost, als wir auseinandergegangen sind.«

»Enttäuscht«, verbesserte Hank ihn freundlich.

»Ich hoffe doch, daß keine Erbitterung zurückgeblieben ist«, sagte Hamilton. »Sie können es einem Menschen nicht verübeln, wenn er sich weigert, sich von etwas derart Wertvollem zu trennen.«

Hank runzelte die Stirn. »Ihre Liebe zu diesem Land ist groß?«

»O nein, ich war immer ein Nomade. Ich habe überall in den Vereinigten Staaten und in Europa gelebt. Ich kann mich niederlassen, aber es fällt mir jederzeit leicht, wieder weiterzuziehen. So bin ich nun mal.«

Hanks Blicke wurden finster. Darüber hatten sie beim letztenmal nicht gesprochen. Hank hatte sein Angebot vorgebracht und war auf glatte Ablehnung gestoßen. Kingsley hatte ihm nur erklärt, dieses Land sei für ihn von unschätzbarem Wert. Aber jetzt sagte er, daß er sich eigentlich gar nicht viel daraus machte. Kingsley machte sich also nichts aus dem Land? Hank machte sich um so mehr daraus.

»Sie sagen also, daß dieses Land Ihnen nichts bedeutet«, hob Hank hervor. »Warum haben Sie es mir dann nicht verkauft, als . . .«

»Einen Moment«, fiel ihm Kingsley ins Wort. »Das habe ich keineswegs gesagt. Meine Ländereien sind für mich von unschätzbarem Wert, weil sie meiner Tochter Beständigkeit und Sicherheit bieten. Ich habe mich erst seßhaft gemacht, als sie zu mir gekommen ist. Sie hat hier gelebt, und das ist ihr Zuhause. Sie ist diejenige, die daran hängt.«

»Ich wußte gar nicht, daß Sie eine Tochter haben.«

»Sie war nicht hier, als Sie das letztemal zu mir gekommen sind. Und jetzt . . .«

Ein Schweigen des Unbehagens trat ein. Hank wußte genau, was Samanthas Vater nicht über die Lippen ging – daß und warum sie nicht hier war. Die Liebe, mit der er spekuliert hatte, war vorhanden. Dieser Mann hätte alles für seine Tochter getan.

»Das klingt, als hätte sie nicht immer bei Ihnen gelebt«, sagte Hank. Er bemühte sich, die Unterhaltung in einem leichten Gesprächston weiterzuführen.

»Ellen, ihre Mutter, hat sie mir weggenommen, als sie noch ein kleines Baby war, aber darüber möchte ich nicht reden. Ich habe meine Tochter erst wiedergesehen, als sie neun Jahre alt war. Als ich sie endlich von ihren Großeltern fortholen konnte, habe ich sie hierhergebracht.«

»Und ihre Mutter?«

»Kurz nachdem sie mich verlassen hat, ist sie gestorben.«

»Das tut mir leid. Ich weiß, was es bedeutet, ohne Mutter aufzuwachsen. Meine ist bei meiner Geburt gestorben. Meine Großmutter ist an ihre Stelle getreten, aber es war nicht dasselbe.«

»Ich hoffe, daß sie netter war als Samanthas Großmutter. Die alte Frau war eine Hexe.«

Hank lachte. »Meine *abuela* war eine gutherzige Frau. Sie ist in diesem Haus gestorben.«

»Gütiger Himmel!« entfuhr es Kingsley. »Sie haben mir nicht gesagt, daß Ihre Familie hier gelebt hat.«

»Sie haben mir keine Gelegenheit dazu gegeben«, rief ihm Hank ins Gedächtnis zurück. »Ich fürchte, als wir uns zum erstenmal gesehen haben, sind wir beide außer uns gewesen.«

»Jetzt verstehe ich, warum Sie unbedingt dieses Land kaufen wollen«, sagte Kingsley bedrückt. »Aber ich hoffe, Sie verstehen auch, warum ich es nicht verkaufen will.«

»Ich will Ihnen offen sagen, daß ich die Hoffnung hatte, Ihr Mißgeschick für mich zu nutzen«, sagte Hank ernst. »Ich habe nämlich von dem Ärger gehört, den Sie mit den *bandidos* haben. Sie scheinen der einzige in dieser Gegend zu sein, dem sie nachstellen.«

»Nachstellen ist wohl ein zu schwacher Ausdruck, Mr. Chavez.« Kingsley erhob seine Stimme. »Diese Schurken haben meine Tochter entführt!«

Hank gelang es, schockiert zu wirken. »*Dios!* Davon wußte ich allerdings nichts, Señor. Sie müssen außer sich vor Sorge sein.«

»In einem Moment krank vor Kummer, im nächsten wütend. Nie in meinem ganzen Leben war ich so fest entschlossen, jemanden zu töten. Und Gott steh mir bei, aber ich werde mehr tun, als diesen El Carnicero, ihren Anführer, nur zu töten, wenn er es wagt, meinem Mädchen etwas anzutun!«

»Wie konnte das passieren?«

»Sie ist trotz der Gefahren gemeinsam mit Ramón und ihrer Eskorte davongeritten.«

»Ramón?«

»Baroja, ein Nachbar. Und möglicherweise auch mein zukünftiger Schwiegersohn«, erklärte Kingsley.

»Ist jemand verletzt worden?« fragte Hank erbittert.

So! Ramón Baroja kam als Schwiegersohn in Frage? Samantha hatte ihn also belogen, als sie von einem Freund aus ihrer Kindheit gesprochen hatte. Worin hatte sie ihn sonst noch belogen?

»Auf Ramón ist geschossen worden, aber er wird sich wieder erholen.«

»Ich möchte Ihnen mein Mitgefühl versichern, Señor

Kingsley«, sagte Hank schnell. »Ich kann mir vorstellen, was Sie durchgemacht haben müssen. Es muß die reinste Folter sein. Ich bete darum, daß diese *bandidos* dem Mädchen nichts tun. Wahrscheinlich geht es ihnen nur um das Lösegeld und um sonst nichts.«

»Sie wollen kein Geld«, sagte Kingsley barsch. »Ich wünschte, es ginge um Geld! Dieser Abschaum der Menschheit fordert von mir, daß ich Mexiko verlasse! Ist das nicht unglaublich?«

»Und was tun Sie jetzt?« fragte Hank.

»Ich reise ab. Heute nachmittag. Morgen hätten Sie mich bereits nicht mehr angetroffen, Mr. Chavez.«

»Sie haben doch sicher noch keinen Käufer gefunden?« fragte Hank bestürzt.

»Einen Käufer? Nein, ich . . .«

»Dann nehmen Sie mein Angebot also an?«

»Sie mißverstehen mich. Ich verkaufe mein Land nicht.«

»Aber Sie verlassen es.«

»Ja, und ich werde nicht zurückkommen, ehe man mir meine Tochter übergeben hat. Aber wie ich schon sagte: Dies ist das Zuhause meiner Tochter. Ich werde sie nicht enttäuschen, indem ich das Land verkaufe.«

Hank kochte, aber das durfte er unter keinen Umständen zeigen. Wie hatte ihm ein so grober Fehler unterlaufen können? Trotz aller Zwischenfälle und der Entführung seiner Tochter wollte Kingsley zurückkommen.

»Ich kann Sie nicht verstehen, Señor. Sie bekennen sich zu der Liebe zu Ihrer Tochter, und doch wollen Sie sie wieder hierherbringen? Sie derselben Gefahr wieder aussetzen? Und was ist, wenn der *bandido* sich von Ihnen überlistet fühlt und Ihre Tochter umbringt?«

»Sobald ich meine Tochter wieder habe, ist El Carnicero ein toter Mann. Ich habe bereits die besten Kopfjäger im ganzen Land engagiert. Er wird meine Tochter nie mehr anrühren.«

»Ist Ihre Tochter so jung, daß Sie damit rechnen können, noch viele Jahre hier mit ihr zu leben?« fragte Hank unbeholfen.

»Nein, sie ist erwachsen, aber was . . .«

»Den Eindruck habe ich auch gewonnen, als Sie Ihren Nachbarn als möglichen Schwiegersohn hingestellt haben«, fuhr Hank eilig fort. »Warum beharren Sie trotzdem darauf, dieses Land für sie zu bewahren? Vielleicht heiratet sie bald und zieht ohnehin aus.«

»Das ändert nichts«, sagte Kingsley. »Wenn sie heiratet, geht dieses Land ganz an sie über. Es wird ihr als Hochzeitsgeschenk überschrieben. Die Vorkehrungen sind schon lange getroffen. Ganz gleich, ob sie hier lebt oder mit ihrem Mann auf dessen Land lebt – sie wird ihr Zuhause behalten und jederzeit hierher zurückkehren können.«

»Und Sie bleiben hier und warten auf sie?« fragte Hank trocken.

»Nein. Wie ich schon sagte, wird es ganz ihr allein gehören. Ich habe Ländereien jenseits der Grenze, auf die ich mich zurückziehen möchte. Deshalb hoffe ich, daß eine Verbindung zwischen Samantha und dem Baroja-Erben zustande kommt. Dann würden die beiden Ländereien hier zusammengelegt, und ich werde weniger als einen Wochenritt von beiden Gütern entfernt leben.«

Kingsley kehrte wieder in die Gegenwart zurück.

»Es tut mir leid, Mr. Chavez. Mir ist durchaus bewußt, daß dieses Land Ihnen viel bedeutet. Sagen Sie, wie kommt es, daß es nicht mehr im Besitz Ihrer Familie ist?«

»Unter den bestehenden Umständen würde Sie das nicht interessieren«, erwiderte Hank mit ruhiger Stimme. »Glauben Sie, daß Ihre Tochter bereit wäre, das Land zu verkaufen, wenn es erst ihr gehört?«

»Diese Entscheidung läge ganz bei ihr und ihrem Mann, Mr. Chavez. Aber ich zweifle daran. Samantha liebt dieses Land.«

»Vielleicht sollte ich unter diesen Umständen um Ihre Tochter werben und sie heiraten.«

Kingsley überhörte den sarkastischen Unterton und lachte. Er war erleichtert, daß Hank seine Niederlage mit Anstand hinnahm. »Ich könnte nicht direkt sagen, daß es mir lieb wäre, wenn Sie um meine Tochter freien, nicht, wenn das Ihre Hintergedanken sind. Aber Sie kennen sie nicht, Mr. Chavez. Es könnte sehr leicht sein, daß Sie Ihr Herz an sie verlieren, und dieses Land wäre nur noch eine Zugabe – vorausgesetzt natürlich, daß sie Sie erhört.«

Hank ging, solange er seine Gefühle noch unter Kontrolle hatte. Wenn er sich vorstellte, Samantha hätte damals seinen Heiratsantrag angenommen! Sie wären nach Mexiko gekommen, und er hätte feststellen müssen, daß er nicht nur die Frau besaß, die er haben wollte, sondern auch sein Land! Und das, ohne auch nur einen Penny für sein eigenes Land zu bezahlen! Hätte er doch Samantha für sich gewonnen! Hätte sie doch keinen anderen geliebt! Hätte sie doch nur verstanden, woran sie bei Adrien war!

Die Sache hatte zu viele Haken. Jetzt stand nur noch Haß zwischen ihnen. Dazu kam eine Art von verdrehter Begierde von seiner Seite aus. Ja, er konnte sich inzwischen eingestehen, daß er sie immer noch besitzen wollte, obwohl er sie haßte.

Doch dazu würde er es nicht kommen lassen. Bis zum bitteren Ende würde er gegen die Versuchung ankämpfen. Er würde sie mit seinen Gelüsten erschrecken. Er würde ihr Rätsel aufgeben. Doch er würde ihr die Befriedigung versagen zu wissen, daß er sich etwas aus ihr machte.

Und ihr Vater? *Perdición!* Der Mann hatte die Absicht, das Land zu verlassen, zu warten, bis seine Tochter bei ihm war, und zurückzukehren. Auf diesen Gedanken war Hank nicht gekommen. Er hätte fordern müssen, daß Kingsley verkaufte und ging, nicht nur, daß er ging. Wie zum Teufel konnte er das jetzt noch erreichen?

23

Die Sonne ging hinter den Bergen unter, als Hank und Lorenzo sich nach einer Rekordzeit, zweieinhalb Tage später, dem leerstehenden Dorf näherten. Der zügige Ritt hatte auch nicht zu einer Verbesserung von Hanks Laune geführt.

Sie waren gerade beim langsamen Aufstieg zur Öffnung des Canyons. Es war schon dunkler, aber sie würden das Dorf erreichen, ehe es vollkommen dunkel war, und daher erübrigten sich die Fackeln.

Das Licht reichte sogar noch aus, um einen einsamen Reiter zu erkennen, der weit vor ihnen um eine Biegung kam und leichtsinnig schnell den schmalen, steilen Pfad herunterritt.

»*Por Dios!*« rief Lorenzo aus. »*Sie* ist es!«

Samantha hielt ihr Pferd an, als sie die beiden auf halber Höhe der Steigung sah, ein Hindernis, das ihr den Weg abschnitt. Mehrere Sekunden lang rührte sie sich nicht von der Stelle, ebensowenig wie die Reiter, die weiter unten ihre Pferde zum Stehen gebracht hatten. Dann drängte sie ihr Pferd zur Umkehr. Doch das hatte das Tier nie gelernt, und es wollte sich nicht von der Stelle rühren.

Der Pfad war an dieser Stelle etwas breiter, aber er war nicht breit genug für das, was Samantha vorhatte. Hank hielt die Luft an, als sie das Pferd dazu brachte, sich auf den Hinterbeinen aufzubäumen, um es zur Umkehr zu zwingen. Der Pfad war schmaler, als das Pferd lang war, und wenn das Pferd die Vorderbeine vor sich setzte, würden Pferd und Reiter schnurstracks Hunderte von Metern auf den felsigen Grund der Schlucht stürzen.

»Sie ist *loca!*« rief Lorenzo.

Doch Hank dachte, daß sie mehr als nur verrückt war. Er fand, sie sei eine Idiotin, ihr Leben mit einer solchen Dummheit aufs Spiel zu setzen. Doch im nächsten Moment war es ihr gelungen. Eine Sekunde darauf ritt sie auf die Öffnung in der Felswand zu, als sei der Teufel hinter ihr her. Und sie sollte auch wirklich glauben, der Teufel habe sie ereilt, wenn er sie erst eingeholt hatte, gelobte sich Hank grimmig.

Jenseits des Dorfes, am gegenüberliegenden Ende des Tales, schlängelte sich ein Gebirgsbach über Geröllbrokken, bis er auf verschlungenen Wegen den Fuß des Gebirges erreichte. Hier war das Entkommen nicht leicht, aber mit Vorsicht war es möglich, und es war immerhin ein Weg, der aus dem Tal führte.

Wußte Samantha von diesem Weg? Hank ritt hinter ihr her und ließ sich von dem schmalen Pfad nicht davon abhalten, zu galoppieren.

Samantha preschte am Dorf vorbei und betete verzweifelt, das Tal möge einen zweiten Ausgang haben. Pasqual sah sie, als er aus einem der Häuser trat, aber daran störte sie sich nicht. Der Mann hinter ihr auf dem edlen weißen Hengst war es, der ihr Sorgen machte, der Mann, der nicht hätte hier sein dürfen.

O Gott, warum war er so früh zurückgekommen? Ihr Plan war perfekt gewesen, aber er baute darauf auf, daß Hank so lange fort war, wie er behauptet hatte. Was tat er jetzt schon wieder hier? Sie war dem Erfolg schon so nahe gewesen! Es war nicht gerecht, daß Hank ihr den einzigen Weg verstellen mußte, den sie kannte. Sie hatte fest damit gerechnet, noch einen ganzen Tag Zeit zu haben, wenn nicht gar zwei Tage.

Das Tal verengte sich. Knorrige Bäume rückten von beiden Seiten näher und warfen große Schatten, die alles in ein Dunkel tauchten. Sie wagte es nicht, sich umzusehen. Der Mustang, den sie ritt, war schon erschöpft, und gegen den weißen Hengst hatte sie keine Chance.

Samantha schrie auf, als sich eine Schnur in ihre Brüste schnitt. Sie sah an sich hinunter und fand sich in einem Lasso gefangen. Sie versuchte, es schnell abzustreifen, doch die Leine zog sich enger zusammen und riß sie fast vom Pferd.

»Bleib stehen, Sam, sonst muß ich dich vom Pferd ziehen.«

Die Stimme war so nah, so laut, daß sie in ihrem Kopf

donnernd dröhnte. Tränen traten in ihre Augen, als sie ihr Pferd zum Stehen brachte, doch sie wollte nicht, daß er sie weinen sah. Sie wischte sich die Tränen aus den Augen, drehte sich um und funkelte ihn böse an, als er ganz langsam auf sie zuritt. Er trug einen Poncho und einen breitkrempigen Sombrero, der die dunklen Stoppeln auf seinem Kinn nicht verbergen konnte. Mehr denn je sah er wie ein gefährlicher *bandido* aus. Außerdem schien er wütend zu sein, und Samantha sah, daß Lorenzo nicht mit ihm gekommen war. Sie waren allein, verborgen von Bäumen und Büschen und weit vom Lager entfernt.

»Steig ab!« befahl er ihr barsch.

»Ich denke nicht daran!«

Er forderte sie nicht noch einmal auf, sondern zerrte an der Leine. Samantha schwang schnell ein Bein über den Rücken ihres Pferdes, um auf den Füßen zu landen.

»Was hast du vor?« fragte sie zornig. Sie war mehr als nur ein wenig nervös.

»Ich bringe dich ins Lager zurück.«

»Warum muß ich dann absteigen?«

»Weil dieses Pferd nicht für deinen Gebrauch bestimmt ist«, sagte er mit schneidender Stimme, und sie merkte, daß er sich bemühen mußte, nicht zu schreien. »Du hast es übermäßig erschöpft, und mit deinem blödsinnigen Manöver auf dem schmalen Pfad hast du es grausam erschreckt. Ihr könntet beide tot sein.«

»Ich habe gewußt, was ich tue«, gab sie zurück.

Seine Stimme wurde ständig lauter, als er sagte: »Erst gibst du mir dein Wort, keinen Fluchtversuch zu unternehmen, und dann setzt du dein Leben und das des Pferdes aufs Spiel.«

Samantha erbleichte. Sie hatte ihr Versprechen vergessen. Nie zuvor hatte sie ihr Wort gebrochen. Aber das war in dem Fall etwas anderes, redete sie sich hartnäckig ein.

»Mein Wort bindet mich nicht, wenn ich es einem Banditen gebe«, antwortete sie mit eisiger Herablassung.

»Mag sein, daß du das jetzt so empfindest, *mujer*, aber du wirst noch wünschen, du hättest es nicht getan!«

warnte er sie finster. Er zerrte sie zu sich und hielt ihr steif die Hand hin. »Steig auf!«

»Ich laufe.«

Hank nahm diese Ankündigung hin, ohne ihr zu widersprechen. Er machte mit El Rey kehrt, und das Seil schnitt sich direkt oberhalb von Samanthas Taille in ihre Haut, denn dorthin war es gerutscht. El Rey setzte zu einem langsamen Trab an, und sie mußte rennen, wenn sie nicht über den Boden geschleift werden wollte.

Hank ließ sie mehr als eine Meile rennen. Sie war mehrere Meilen geritten, ehe er sie eingeholt hatte. Würde er sie den ganzen Weg zum Lager laufen lassen? Sie war nicht sicher, ob sie es schaffen konnte. Ihre Beine kamen ihr jetzt schon wie leblose Gewichte vor. Aber sie wollte ihn nicht bitten, stehenzubleiben. Er wußte nur zu genau, was er ihr antat. Dieser verdammte Kerl! Er wußte es, und er zeigte keine Gnade. Lieber wollte sie sterben, als ihn um Mitleid anzuflehen!

Plötzlich stolperte sie und fiel mit dem Gesicht auf den harten Boden. Sie hatte nicht mehr die Kraft, sich hochzuziehen, und sie wurde mehrere Meter weit von dem Pferd mitgeschleift, ehe ein Felsblock sich in ihre Rippen bohrte und sie aufschrie. Hank hielt an. Sie rollte sich auf die Seite und zog sich hoch, bis sie saß. Dann stöhnte sie, und endlich flossen die Tränen über ihre Wangen.

»Wirst du jetzt reiten?« fragte er, aber sie gestattete es sich nicht, aufzugeben.

»Ich kann deine Nähe nicht ertragen!« zischte sie. Sie zog sich auf die Füße, obwohl ihre zitternden Beine nahezu einknickten. »Ich gehe zu Fuß!«

Er zerrte an dem Seil und ließ sie vorantaumeln, doch er hielt den temperamentvollen El Rey zu einer langsameren Gangart an. Samantha brauchte nichts weiter zu tun, als die Füße voreinanderzusetzen und nicht stehenzubleiben, damit es ihr gelang, Schritt zu halten, ohne vorangezerrt zu werden.

Sie war rasend vor Wut. Es war wirklich nicht nötig, daß er ihr das Pferd verweigerte und darauf bestand, daß sie mit ihm auf einem Pferd ritt. Er zwang sie zu laufen, indem er ihren Stolz gegen sie selbst einsetzte.

Ihre Beine taten teuflisch weh, und ihr Atem ging so ruckartig, daß sie glaubte, ihre Lungen würden bersten. Sie fiel noch einmal hin, ehe sie das Dorf erreichten, und sie mußte sich dazu zwingen, wieder aufzustehen, wenn sie sich auf dem steinigen Untergrund nicht die Haut in Fetzen herunterreißen wollte. Ihre Kleider waren zerrissen. Zwei Knöpfe ihrer Bluse waren abgerissen und legten ihr Spitzenhemdchen frei. Die Haut über ihren Brüsten war verschrammt und leuchtend rot. Es war ihr gelungen, ihre Arme aus dem Lasso zu befreien, aber die Schlinge gab nicht so weit nach, daß sie sie über den Kopf ziehen konnte. Ihre Hände brannten, weil sie sich an der gespannten Leine festhielt, um einen besseren Halt zu haben. Doch sie würde nicht schreien. Lieber wollte sie Hank dafür hassen, daß er ihr das antat.

Als sich die Schlinge endlich lockerte, ließ sich Samantha auf die Knie fallen und keuchte atemlos. Sie blieb auf den Knien liegen, während die Männer sie anstarrten. Sie standen vor Hanks Haus. Pablo stand auf der Veranda und hielt eine Laterne hoch, die einen hellen, unerwünschten Lichtschein um sich verbreitete. Dem alten Mann verschlug es vor Entsetzen über den Anblick, den Samantha bot, die Sprache. Bald darauf kamen andere hinzu, darunter auch Lorenzo, der ebenso schockiert war – aber keineswegs sprachlos.

»Du wagst es, sie so zu behandeln!« fauchte er wütend. Er packte Hanks Arm, als Hank abstieg. »*Madre des Dios!* Warum?«

»Halt dich raus, Lorenzo.«

»Diesmal nicht. Sieh sie doch an!«

Das tat Hank, und in dem hellen Lichtschein sah er endlich, was er ihr angetan hatte. Doch durch ihre tränenverschmierten Augen funkelte Samantha ihn mordlustig an, und die Reue, die er möglicherweise empfunden hätte, konnte angesichts dieser Wut, die sich gegen ihn richtete, nicht aufkommen.

»Sie ist ein bißchen mitgenommen«, sagte Hank achtlos. »Das hat sie sich selbst zuzuschreiben.«

»Sie hat nur versucht zu fliehen«, erwiderte Lorenzo erhitzt. »Das kannst du ihr nicht vorwerfen.«

»So, kann ich das nicht?« zischte Hank. »Sie hat mir ihr Wort gegeben, es nicht zu versuchen.«

»Du verlangst zuviel.«

»Nein, ich erwarte etwas Besseres von ihr. Du vergißt, daß ich sie schon vorher kannte.«

»Aber mußtest du ihr das antun?« Lorenzos Stimme war jetzt ruhiger. »Du hast sie eingeholt. Sie konnte dir nicht mehr entkommen. Mußtest du sie hinter dem Pferd herschleifen?«

»Ich habe ihr angeboten, sich auf mein Pferd zu setzen, aber sie hat sich geweigert. Wie ich schon sagte – sie hat es sich selbst zuzuschreiben.«

»Ich kann einfach nicht glauben, daß . . .«

»Frag sie doch!« fauchte Hank.

Lorenzo fragte sie, aber Samantha schüttelte verbissen den Kopf und weigerte sich, Hanks Version zu bestätigen.

»Sie lügt«, sagte Hank finster. In seinen Augen braute sich ein schwarzes Gewitter zusammen. »So, wie sie mich angelogen hat, als sie mir ihr Wort gegeben hat, hierzubleiben. Und auch in vielen anderen Hinsichten.«

Samantha wünschte, sie hätte nicht versucht, Lorenzo auf ihre Seite zu ziehen, indem sie die Wahrheit bestritt. Damit hatte sie die Dinge nur verschlimmert.

»Pablo, setz Wasser auf«, sagte Hank. »Die Señorita wird ein Bad brauchen.«

Er warf Inigo die Zügel von El Rey zu und ließ die anderen stehen. Doch dabei wollte Lorenzo es nicht belassen.

»Wir sind noch nicht fertig, Rufino«, sagte er bitter.

»*Si*, das sind wir.« Hank wandte sich ihm bedrohlich zu. »Ihretwegen lasse ich mich nicht verhören, Amigo. Wenn es dir nicht paßt, wie ich sie behandle, dann kannst du augenblicklich gehen.«

»Laß es, Lorenzo«, sagte Samantha. Es war ein kaum hörbares Flüstern. »Bitte.«

»Aber, Senorita ...«

»Nein, er hat recht gehabt – ich habe gelogen. Er ... er hat mir einen Ritt angeboten, und ich habe abgelehnt.«

Lorenzos Schultern sackten zusammen. Er sah Hank zerknirscht an. »Ich hole Nita, damit sie sich um sie kümmert.«

»Nein.«

Was jetzt? fragte sie sich. Ihr war elend zumute.

»Aber sie wird Hilfe beim Baden brauchen. Und Salbe für ihre Kratzer«, beharrte Lorenzo.

»Ich werde mich um sie kümmern«, erwiderte Hank kühl. Er drehte Lorenzo seinen Rücken zu.

»Aber das geht nicht!« protestierte Lorenzo, dessen Zorn sich wieder erhob. »Eine Frau sollte ihr helfen. Du kannst doch nicht ...«

»*Basta ya!*« fiel ihm Hank heftig ins Wort, während er herumwirbelte. Seine Augen waren glasig silbern vor unterdrücktem Zorn. »Diese Frau ist mir bekannt. Ich werde nichts sehen, was ich nicht bereits gesehen habe. Hast du verstanden, Lorenzo?«

Der Schock und die Verlegenheit auf Lorenzos Gesicht waren Samantha peinlich. Er hatte es wirklich verstanden. Niemand hätte es je erfahren – kein Mensch. Doch jetzt wußte Lorenzo es, und wahrscheinlich dachte er das Schlimmste von ihr.

»Sag ihm doch, wie es kommt, daß du mich so gut kennst!« schrie Samantha wütend. Sie wünschte nur, sie hätte die Kraft gehabt, Hanks haßerfülltes Gesicht zu ohrfeigen.

»Du wirst es ihm sagen, *querida*«, erwiderte Hank. Sein Tonfall war täuschend ruhig. »Aber laß auch nicht weg, was vorher und hinterher war.«

Samantha wußte nur zu gut, was er meinte. Wie konnte sie Vergewaltigung schreien, wenn sie doch vorher alle diese leidenschaftlichen Dinge mit sich hatte geschehen lassen? Außerdem hatte er für sein Unrecht bezahlt, als sie anschließend auf ihn geschossen hatte. Es war keine Geschichte, in der sie als unschuldiges Opfer dastand.

»Ich kann diese Reibereien zwischen euch nicht verstehen«, brach Lorenzo das angespannte Schweigen.

»Das geht dich auch überhaupt nichts an, Lorenzo«, fauchte sie.

Mit einer verzweifelten Anstrengung versuchte sie, sich auf die Füße zu ziehen, und es gelang ihr, wankend stehen zu bleiben. Als Hank und Lorenzo ihr zu Hilfe kommen wollten, schrie sie: »Rührt mich nicht an, keiner von euch beiden!«

Sie zog sich am Geländer die Stufen hoch. Als Hank sie von hinten auf seine Arme zog, dankte sie es ihm nicht.

»Du Tier!« fauchte sie. »Ich will deine Hilfe nicht!«

»Du bekommst sie trotzdem, *niña*«, erwiderte er zart. Ohne ein weiteres Wort trug er sie ins Haus.

Samantha würde sich ihr Leben lang an diese Nacht erinnern. Sie war gezwungen, Hanks zärtliche Hilfeleistungen anzunehmen. Sie war zu müde und zu kaputt, um sich gegen ihn zu wehren. Er badete sie, zog sie vollständig aus und trug sie zu dem Badezuber. Sie konnte nur noch weinen, sonst nichts. Das Wasser war so heiß, daß sie glaubte, sich zu verbrühen, und er ließ sie über einen Zeitraum darin sitzen, der ihr wie Stunden erschien. Dann trug er sie zum Bett und trocknete sie von Kopf bis Fuß ab. Dabei ließ er sich mehr Zeit als nötig.

»Meine Arme tun nicht weh«, protestierte sie.

Aber ihre Hände taten weh, und sie konnte ihn nicht von seinem Vorgehen abhalten. Während der ganzen Zeit, in der er sich um sie kümmerte, war sein Gesicht verschlossen. Sie hatte keine Ahnung, was er sich dachte, und sie war zu müde, um sich zu fragen, ob das Bild der Schwäche und der Verwundbarkeit, das sie bot, ihm naheging. Er ging sachte vor, als er Salbe auf ihren Oberkörper und auf ihre Hände auftrug und einrieb, aber von seinem Gesichtsausdruck her hätte sie eine Fremde sein können, die seine Hilfe brauchte. Als er sich ihren nackten Beinen zuwandte, um ihre schmerzenden Muskeln zu massieren, stöhnte sie unter seiner Berührung, aber nicht wegen der Intimität, sondern weil seine Finger ihr Schmerzen verursachten.

Als er fertig war, schlug sie trotz ihrer Schamgefühle die Augen auf. Er stand da und starrte auf sie herunter, und sein Gesichtsausdruck war nicht mehr verschlossen. Sie erkannte das Brennen in diesen grauen Augen wieder, und das, was sie sah, war kein glühender Zorn.

Seine Augen glitten langsam über ihre entblößte Schönheit, als wäge er ihren Zustand gegen sein Begehren auf. Dann nahm er die Decke vom Fußende des Bettes und deckte sie zu.

»Schlaf gut, Kleines«, murmelte er leise auf spanisch.

Die spanischen Worte klangen noch in ihren Ohren nach, als Hank die Tür schloß und Dunkel sie umfing. Warum tat er das so oft? Er wußte nicht, daß sie Spanisch verstand. Hoffte er, daß sie an dem herumrätselte, was er sagte? Oh, warum konnte sie nicht einfach von hier fortgehen und ihn vergessen?

24

»Warum trägst du nie deine Waffe bei dir, wenn du in dieses Zimmer kommst, Hank?«

Samantha saß aufrecht im Bett. Sie lehnte an der Wand, und ihre angezogenen Beine waren unter ihrem derben Rock verborgen. Den gestrigen Tag hatte sie ganz im Bett verbracht, obwohl es nicht nötig gewesen wäre. Ihre Beine hatten nicht annähernd so weh getan, wie sie es erwartet hatte. Vielleicht lag es an dem heißen Wasser. Oder an Hanks zarter Massage. Doch sie war im Bett geblieben und hatte ihn gezwungen, sie zu bedienen.

Heute ging es ihr körperlich gut, aber sie war reizbar. Sie hatte Hank nicht verziehen.

»Hast du Angst, ich könnte versuchen, sie dir wegzunehmen?«

Hank stellte das Tablett ab. »Warum sollte ich hier eine Waffe tragen? Was habe ich hier zu befürchten, *niña*?«

»Immer verdrehst du alles«, sagte sie beleidigt. »Wie

lange willst du mich eigentlich noch hierbehalten? Es sind jetzt schon fast zwei Wochen.«

»Gefällt es dir hier nicht, Sam?«

»Ich bin nicht zu Scherzen aufgelegt, Hank Chavez.«

Er zuckte die Achseln. »Ich kann es dir nicht beantworten. Du mußt abwarten . . . genau wie ich.«

»Was ist mit deiner Reise? Hast du etwas herausgefunden?«

»Ja, unter anderem, daß dein Vater glaubt, er kann mich zum Narren halten.«

»Was soll das heißen?« Samantha sprang vom Bett. »Hat er das Land nicht verlassen?«

»Doch, er hat Mexiko verlassen.«

»Dann bring mich zu ihm. Worauf wartest du noch?«

»Er will zurückkommen, und solange er das Land nicht verkauft, wird er dich nicht wiedersehen.«

»Und was hast du jetzt vor?«

»Ich habe ihm eine neue Nachricht geschickt.«

»Und zwar?«

»Daß ich ihm auf die Schliche gekommen bin und er dich nicht sieht, ehe er verkauft.«

»Das wird nichts, Hank«, sagte Samantha. »Meinen Vater kannst du nicht reinlegen. Nicht auf lange Sicht. Dein Cousin wird ihm ein Angebot machen, und mein Vater wird sich gezwungen sehen, es anzunehmen, aber das nutzt dir nichts, Hank, weil mein Vater vor Gericht gehen wird, und deine Nachricht dient ihm als Beweis, daß die Verkaufsurkunde nicht freiwillig unterschrieben wurde und ungültig ist.«

»Antonio hat nichts mit der Sache zu tun, und dein Vater weiß von nichts!«

»Aber ich weiß es, und ich werde die Verbindung zwischen dir und deinem Cousin herstellen.«

Hank packte so plötzlich ihren Arm, daß Samantha vor Erstaunen einen Schrei ausstieß. In seinen Augen stand düsterer Zorn. Samantha wand sich und schalt sich selbst, weil sie ihren Mund nicht hatte halten können.

»Du kannst mich nicht mit Antonio in Verbindung bringen, wenn du tot bist«, zischte Hank durch zusammengebissene Zähne.

Samantha wurde blaß, aber irgendwie wurde ihr klar, daß er nur bluffte. »Du würdest mich nicht töten.«

»Bist du dir so sicher?«

»Ja«, sagte sie schlicht. »Du magst mich zwar vergewaltigt haben wie ein Barbar, aber du würdest mich nie auch nur schlagen. Ich habe dich oft verletzt, aber geschlagen hast du mich nie.«

»Einmal ist es immer das erste Mal, *chica*«, warnte er sie.

»Nein. Das steckt nicht in dir.«

Er stieß sie von sich. »Vielleicht hast du in dem Punkt recht. Ich brächte es nicht fertig, eine Frau zu töten – selbst dich nicht. Aber einen Mann, Samantha Kingsley – ich hätte keine Gewissensbisse, wenn ich einen Mann umbrächte.«

Er fuhr mit einem Finger ihr Kinn nach. Samantha wollte sich nicht einschüchtern lassen.

»Liebst du deinen Vater, Sam?«

»Was soll die Frage?« fauchte sie. »Natürlich liebe ich ihn.«

»Und du würdest um ihn trauern, wenn er plötzlich sterben würde?« fragte er zart.

Sie schnappte nach Luft. »Du elender Schuft!«

Samantha stürzte sich auf ihn und versuchte, ihm die Augen auszukratzen. Doch Hank umfaßte sie mit seinen Armen und hielt sie so fest, daß ihr Atem stockte.

»Du gehässige, verabscheuungswürdige Bestie!« keuchte sie, während sie versuchte, sich loszuwinden. »Du kommst niemals nah genug an ihn heran, um ihn zu töten.«

»Das glaubst du nicht? Nichts leichter als das, und somit wäre das neue Problem gelöst, das du mir aufgehalst hast.«

»Das kannst du nicht tun!« brauste sie auf. »Das nutzt dir nicht das geringste!«

»Ganz im Gegenteil, *niña*. Ich kann ihn töten, nachdem er das Land verkauft hat.«

»Ich als seine Tochter kann immer noch vor Gericht gehen. Du wirst niemals gewinnen.«

»Das kann sein«, räumte er ein. »Aber bis dahin ist dein Vater bereits tot, und zwar als direktes Ergebnis deiner Sturheit.« Er ließ sie plötzlich los. »Ist es das, was du willst?«

»Oh, du verfluchter Kerl!«

Sie fiel aufs Bett zurück. »Denk immer an eins, Sam. *Falls* ich dich zu deinem Vater zurückkehren lasse, kann ich ihn immer noch jederzeit töten. Und das werde ich tun, wenn er auch nur in die Nähe eines Gerichtsgebäudes kommt. Wenn du ihn liebst, kannst du ihn dazu bringen, mir keinen Ärger zu machen.«

Als er gegangen war, starrte Samantha das Tablett mit den Lebensmitteln an. Sie war in einem Maß außer sich, daß es ihr unmöglich gewesen wäre, etwas zu essen. Gütiger Himmel, warum mußte sie ihren vorlauten Mund immer gleich so weit aufreißen? Wenn sie es einmal fertiggebracht hätte, nichts zu sagen, hätte man sie nach Hause gebracht, und Hank wäre zu spät dahintergekommen, daß sein Plan nicht klappte. Er wäre nie auf die Idee gekommen, ihren Vater zu töten. Jetzt hatte er den Trumpf in der Hand. Aber ungestraft konnte sie ihn nicht davonkommen lassen. Es mußte eine Möglichkeit geben, den Spieß gegen ihn umzukehren. Es mußte einfach eine Möglichkeit geben.

25

Diego war an jenem Abend zum Essen eingeladen, und Samantha fühlte sich in seiner Gegenwart unwohl. Sie konnte nicht verstehen, warum er da war. Die Nähe dieses Mannes, der seine Frau schlug, war ihr unerträglich.

Sie hatte gehofft, einem gemeinsamen Abendessen mit den beiden entgehen zu können, doch als sie versuchte, ihr Essen in ihr Zimmer mitzunehmen, zog Hank einen

Stuhl an den Tisch und bestand darauf, daß sie blieb. Auch das konnte sie nicht verstehen, denn anschließend ignorierte er sie gänzlich, und sie war von der Unterhaltung ausgeschlossen.

Nach einer Weile fingen sie an, spanisch zu sprechen, und Samanthas Wangen glühten, denn das Gespräch drehte sich um sie. Diego äußerte auf vulgäre Weise Komplimente über sie, doch Hank äußerte sich beleidigend. Sie hätte ihn gern beschimpft, ihn seinerseits lächerlich gemacht, aber sie konnte kein Wort sagen, weil man annahm, daß sie kein Spanisch verstand. Doch Hank brachte sie bis an ihre Grenzen. Sie brauchte nicht dort zu sitzen und alles einzustecken.

Wortlos stand sie vom Tisch auf und ging in ihr Zimmer. Hank folgte ihr, und als sie sich umdrehte, um die Tür zu schließen, hielt er die Tür auf.

»Weshalb gehst du so früh, Sam? Ich habe deine Gesellschaft genossen.«

»Ich deine aber nicht – und seine auch nicht!« fauchte sie. »Ich denke nicht daran, sitzen zu bleiben und hinter meinem Rücken über mich reden zu lassen!«

»Und woher weißt du, daß wir über dich gesprochen haben?«

»Weil du keine zwei Worte gesagt hast, ohne mich anzusehen. So dumm bin ich nun auch wieder nicht.«

»Vielleicht sehe ich dich gern an.«

»Lügner!« zischte sie.

Seine Augen lachten sie funkelnd vor verschmitzter Mutwilligkeit an. »Du glaubst nicht, daß es nicht lohnt, dich anzusehen?«

»Ich weiß, daß du mich ebensosehr haßt wie ich dich«, brauste sie auf. »Und wenn ich deinen Anblick nicht ertragen kann, dann weiß ich, daß dieses Gefühl auf Gegenseitigkeit beruhen muß. Hör also auf, mit mir zu spielen. Mir reicht es!«

»Es ist nur gerecht, daß ich auch manchmal meine Spiele spiele, Sam, findest du nicht?«

»Nein, du verfluchter Kerl, nein!« schrie sie. »Du hast

deine Rache bereits gehabt.« Dann senkte sie ihre Stimme zu einem Flüstern, damit Diego sie nicht hören konnte. »Du hast mir genommen, was ich dir nie gegeben hätte. Du warst ein wildes Tier!«

Hank zog sie an ihren Schultern dicht an sich. Seine Stimme war leise und bedrohlich. »Das stimmt so nicht. Du warst die kleine Wilde, *chica*, und ich habe Male, um es zu beweisen. Vielleicht sollte ich dein Gedächtnis auffrischen, damit du weißt, wie es wirklich war.«

»Wenn du das tust, trägst du üblere Narben davon!« schrie sie mit aufsteigender Panik. »Ich schwöre dir, daß ich dich in Stücke zerreiße!«

Er ließ sie lachend los. »Das glaube ich nicht, *querida*. Ich glaube, beim nächstenmal werde ich dich dazu bringen, zu schnurren wie ein kleines Kätzchen.«

»Katzen haben Krallen, Hank. Und jetzt geh. Deine Drohungen hängen mir meterweise zum Hals raus.«

Sie stieß die Tür zu und wartete, daß er sie abschließen würde, doch das tat er nicht. Sie hörte sein Lachen, während er wieder zum Tisch ging, und kurz darauf unterhielten sich die beiden Männer wieder. Samantha ging nervös auf und ab und wartete. Sie würde nicht einschlafen können, ehe diese Tür abgeschlossen war. Sie konnte sich nicht darauf verlassen, daß Hank sie nicht belästigen würde, und sie wollte nicht, daß er sie im Bett vorfand.

Stunden vergingen. Sie hörte leise Gesprächsfetzen, gelegentlich ein lautes Lachen und das Geräusch einer Flasche, die gegen den Tisch geschlagen wurde. Betranken sich die beiden? Ein Schauer lief ihr über den Rücken. Wie würde sich ein betrunkener Hank verhalten? Würde er vergessen, daß er sie haßte? Würde er in ihr Zimmer kommen und . . . nein!

Sie setzte sich auf ihr Bett und sprang gleich wieder auf, um sich nach einer Waffe umzusehen, doch sie wußte bereits, daß es bis auf den Kerzenhalter keinen nützlichen Gegenstand gab, und dieser war nicht schwer genug, um echten Schaden anzurichten.

Die Kerze war fast heruntergebrannt, und es mußte auf

Mitternacht zugehen. Wollten die beiden denn gar nicht schlafen gehen? In diesem Moment hörte sie, daß die Tür des anderen Zimmers geschlossen wurde. War Diego endlich fort?

Sie blies die Kerze aus und glitt vollständig bekleidet unter ihre Bettdecke, um so zu tun, als schliefe sie seit Stunden. Steif wie ein Brett wartete sie darauf, daß die Tür abgeschlossen würde, und als sie keine Geräusche aus dem angrenzenden Zimmer hörte, fragte sie sich, ob Hank in seiner Trunkenheit eingeschlafen war. Und dann kam ihr blitzartig der Gedanke. Wenn er in seiner Trunkenheit im Tiefschlaf lag, konnte sie sich mühelos an ihm vorbeischleichen. Sie konnte entkommen!

Die Aufregung ließ sie ihre Decke von sich reißen. Ganz langsam öffnete Samantha die Tür. Sie hielt den Atem an. Ihr Herz sank. Hank saß immer noch mit dem Rücken zur Haustür am Tisch. Vor ihm standen zwei leere Flaschen, aber er wirkte nicht betrunken. Die Kerzen auf dem Tisch waren ausgegangen. Das Zimmer lag nur noch im gelblichen Schein der Scheite im Kamin.

»Wolltest du irgendwo hingehen?«

Sie zuckte zusammen.

»Komm her, und setz dich zu mir, *gatita*«, fuhr er mit träger Stimme fort. »Ich habe schon auf dich gewartet.«

Auch seine Stimme klang nicht betrunken, und Samantha fragte zögernd: »Was soll das heißen, auf mich gewartet? Wie kommst du darauf, daß ich nicht schlafe?«

»Durch den Ritz unter deiner Tür konnte ich das Licht der Kerze und deinen Schatten beim Aufundabgehen beobachten.«

Sie errötete und erwiderte steif: »Dann war ich wohl nicht müde.«

»Sei ehrlich, Sam.«

»Gut, ich habe darauf gewartet, daß du die Tür abschließt.«

»Du hättest auch bei offener Tür schlafen können.«

Samantha trat mit hochgerecktem Kinn an den Tisch.

»Dazu müßte ich dir trauen können, aber ich traue dir nicht.«

Hanks graue Augen strahlten mit einem amüsierten Lachen auf. »Weshalb fühlst du dich sicher, wenn ich die Tür abschließe, Sam? Ich kann sie jederzeit wieder aufschließen.«

»Das hast du aber nie getan«, hob sie hervor.

»Stimmt.«

»Warum hast du die Tür heute nicht abgeschlossen?«

»Du wolltest nirgends hingehen, und ich auch nicht. Es hatte keine . . . Eile.«

Seine Gelassenheit verdroß sie. »Du hättest dich betrinken und am Tisch einschlafen können.«

»Und du hättest daraus deinen Nutzen gezogen? Nein, *mi gatita*, von einem kleinen Tequila werde ich nicht betrunken. Und überhaupt ist Diego der Trinker. Ich habe ihm nur Gesellschaft geleistet und ihm zugehört. Siehst du, jetzt, nachdem sie fort ist, vermißt er nämlich seine Frau.«

»Ich fürchte, ich kann in diesem Punkt kein Mitleid für ihn aufbringen«, erwiderte sie trocken.

»Das kommt daher, daß du kein Herz hast.«

Sie ging nicht darauf ein. »Hast du ihn deshalb eingeladen? Um dir seine Probleme anzuhören?«

»Nein, *querida mia*«, sagte Hank mit zu sanfter Stimme. »Er war hier, um mich von einem Problem abzulenken, das ich habe. Um mich davon abzuhalten, daß ich es aus der Welt schaffe.«

Samantha erbleichte und wünschte, sie hätte ihn nicht verstanden. Diego sollte ihn von ihr fernhalten. Doch jetzt war Diego fort.

»Ich hatte mir gedacht, daß du schlafen gehst«, sagte er mit dieser zarten Stimme, während er langsam von seinem Stuhl aufstand. »Ich hatte gehofft, daß ich den Anstand besäße, dich nicht zu stören.«

»Dann hättest du die Tür abschließen sollen!« schrie Samantha. Etwas, was sie selbst nicht verstehen konnte, hatte sie gepackt.

»Vielleicht wollte ich trotz allem gar nicht, daß du schläfst«, murmelte er.

Samantha starrte ihn einen Moment lang an und schüttelte dann den Kopf. »Diesen Gedanken kannst du dir augenblicklich aus dem Kopf schlagen.«

»Ich wünschte, ich könnte es. Wirklich, Sam.«

Als er einen Schritt auf sie zuging, drehte sich Samantha um und ging in ihr Zimmer. Sie kam vor ihm an und schloß die Tür, doch er stieß die Tür auf und stieß sie zugleich ins Zimmer. Sie fiel gegen die Bettkante und verlor das Gleichgewicht. Sie fiel aufs Bett zurück, setzte sich sofort auf und starrte ihn an. Er stand in der offenen Tür, und der schwache Schein des Feuers strahlte ihn von hinten an. Ihr Herz schlug rasend, und das Kochen ihres Blutes brachte sie außer sich.

Er ließ die Tür offen, ging auf sie zu und zog dabei sein Hemd aus seiner Hose. Samantha rutschte in den hintersten Winkel und ging somit wie schon einmal in die Falle.

Samanthas Stimmung schlug um. Natürlich haßte sie diesen Mann. Natürlich verabscheute sie diesen Entführer, diesen Banditen. Doch sie wollte ihre starken Gefühle für Hank nicht verleugnen, ebensowenig jetzt wie damals unter dem Baum. Wenn Samantha etwas niemals tat, dann sich selbst belügen. Sie wollte Hank, und er würde dafür sorgen, daß sie nicht enttäuscht wurde.

Aus der Angst heraus, er könnte ihre Gedanken lesen, wandte sie ihr Gesicht zur Wand und täuschte Gleichgültigkeit vor. Er mußte den ersten Schritt tun ... und den zweiten. Nie würde sie ihm zu verstehen geben, daß sie ihn vielleicht ebensosehr begehrte wie er sie. Niemals!

Er zog erst einen Stiefel aus, dann den anderen. Als er die Stiefel auf den Boden fallen ließ, hatte dieses Geräusch etwas Endgültiges an sich, und es schien, als sei damit ihrer beider Schicksal besiegelt. Seine Hose fiel auf den Boden, und er trat sie zur Seite.

»Warum?« fragte sie. »Bist du so sehr ausgehungert nach einer Frau, daß du nicht auf eine warten kannst, die dich wirklich haben will?«

Er legte sich neben sie, und bald hatte sie ihre Bluse nicht mehr an. Jetzt konnte sie die vier Narben auf beiden Seiten seiner Brust erkennen.

»Wenn du es genau wissen willst – du warst die letzte Frau, die ich angerührt habe«, gab er offen zu. »Damals hast du ein Feuer in mir entfacht. Jetzt ist es dir wieder gelungen. Auf eine andere Frau warten? Nein, mein Kleines. Du wirst dieses Feuer löschen.«

»Du ... du schändlicher Kerl«, keuchte sie, aber ihr Protest war eher kraftlos.

»Ich werde nichts tun, was ich nicht bereits getan habe.«

»Dieser ...«

»Kannst du nicht einmal den Mund halten, Samina?« hauchte er leise.

Danach sagte keiner von beiden auch nur noch ein Wort. Sie lag quer auf dem Bett, und er legte sich sachte auf sie, ohne sie mit seinem gesamten Gewicht zu erdrücken. Dann sah er ihr tief in die Augen, und sie erwiderte seinen Blick direkt und ohne ihm auszuweichen. Zwischen ihnen waren keine Kleider mehr. Sie konnte auf ihrem ganzen Körper seine Hitze spüren.

Als Hanks Gesicht sich auf das ihre senkte, schloß sie die Augen. Sie rechnete damit, von ihm geküßt zu werden, doch sein Mund wanderte statt dessen zu ihrem Nakken, und kurz darauf durchrieselte eine Gänsehaut diese zarte Stelle.

Als sich sein Mund über einer ihrer vollen Brüste schloß und seine Zunge tanzend die erregte Brustwarze umkreiste, wand sich Samantha, um ihm näher zu sein. Sie hatte wirklich eine Glut in ihm entfacht, und auch er rief mit seinen Liebkosungen eine Glut in ihr hervor. Ihr Verstand kämpfte dagegen an, doch ihr Körper reagierte auf seine Berührung, und seine brennenden Lippen versengten ihre Haut. Und als er ihre Beine spreizte, um sich dazwischen gleiten zu lassen, löste seine Härte noch größere Hitze in ihr aus, und sie schnappte nach Luft.

Sie spürte diese steife Männlichkeit, die sich gegen sie preßte und sie erforschte, aber er drang nicht in sie ein.

Die zarte, glatte, runde Spitze ruhte vor ihr, neckte sie und folterte sie mit der Marter des Wartens. Sie wollte nichts anderes als dieses erste Eintauchen.

Sie wollte ihn. Er hatte es fertiggebracht, daß sie ihn trotz allem begehrte.

Sein Mund kehrte zu ihrem Hals zurück. »Deine Haut ist Satin«, hauchte er in ihr Ohr. »Ich habe es nicht vergessen, *querida*. Ich erinnere mich ... an alles.«

Ihr Widerstand war gänzlich geschwunden, und er wußte es. Ihre Hände streckten sich nach seinem Nacken aus, und sie zog ihn dichter zu sich. Es war an der Zeit, dieser Folter ein Ende zu bereiten, und als er tief in sie eintauchte, reckte sie ihm ihren Körper entgegen und wollte nur noch mehr. Ihre Bewegungen entsprachen den seinen, und sie war vor Leidenschaft entbrannt. Es war Liebe in ihrer wildesten und primitivsten Form.

Hank spürte kaum ihre Nägel, die sich in seinen Nakken gruben, als sie ihren Höhepunkt erreichte, denn er war ganz von seiner eigenen köstlichen Erleichterung gefangengenommen. Doch als der Hochgenuß abebbte, gewann das Festkrallen ihrer Nägel die Oberhand, und er wußte, daß sie ihn wieder hatte bluten lassen. Doch das war es wert. Zum Teufel, wenn diese Frau nicht alles wert war!

Ihr Atem ging allmählich wieder ruhiger, und ihre Finger strichen über sein Haar, als er seinen Kopf auf ihre Schulter legte. Er zog sich auf seine Ellbogen, um auf sie niederblicken zu können. Sie schlug die Augen auf, und in dem schwachen Lichtschein sah er dunkel schimmernde grüne Teiche, in denen er sich verloren hätte, wenn er nicht gut aufpaßte.

Er berührte ihre Wangen mit einer federleichten, liebevollen Geste. »Du hast mich wieder gezeichnet, *gatita*«, murmelte er.

»Ich weiß«, erwiderte sie leise, während ihre Hände zu den Narben auf seiner Brust wanderten, über die sie zart mit ihren Fingern strich. »Ich werde dich jedesmal auf irgendeine Weise zeichnen. Vergiß das nicht.«

»Du scheinst nicht böse zu sein«, bemerkte er.

»Ich muß doch nicht immer schreien«, antwortete sie, und die Andeutung eines Lächelns trat auf ihre Lippen. »Es reicht, wenn du weißt, daß ich die Wahrheit sage.«

»Ja.« Er grinste. »Aber diese neuen Narben nehme ich freudig hin, denn gegeben hast du sie mir in ...«

»Sag das nicht!« Ihr Körper wurde steif, und ihre Finger wurden zu Klauen, die sich warnend gegen seine Haut preßten. »Wag es bloß nicht!«

»Von mir aus.« Seine Augen verengten sich zu Schlitzen, und die plötzliche Wandlung, die sich mit ihr vollzogen hatte, erboste ihn. »Aber ganz gleich, ob du es vergessen willst oder nicht ... *ich* werde mich daran erinnern.«

»Oh, jetzt geh endlich!« fauchte sie. »Du hast bekommen, was du wolltest. Hau ab!«

Er stand aus dem Bett auf, und Samantha zitterte, als die kühle Nachtluft sie berührte, wo gerade eben noch seine Wärme gewesen war. Eilig deckte sie sich zu. Hank sah wütend auf sie hinunter. Es dauerte eine Weile, bis er ging. Sie drehte sich um und seufzte, als die Tür zugeschlagen und verschlossen wurde.

26

Samantha knallte das Frühstück auf den Tisch.

»Du hast lange geschlafen, Sam«, sagte Hank. »Sicher gibt es eine Erklärung für deine schlechte Laune. Soll ich raten?«

»Was hast du denn erwartet, einen Waffenstillstand? Du hast alles nur schlimmer gemacht.« Ihre Stimme war leise und bitter, und Hank zuckte zusammen.

»Es tut mir leid, Sam.«

»Nein, es tut dir nicht leid. Sei kein Heuchler.«

Sie wollte die letzte Nacht vergessen, aber sie wußte, daß sie das ebensowenig konnte wie beim erstenmal. Er hatte gesagt, daß sie in seinem Blut steckte. Wenn er bloß gewußt hätte, daß sein gutgeschnittenes Gesicht sie wie ein Spuk verfolgte. Sie dachte an ihn, wenn sie es am wenigsten wollte. Steckte auch er in ihrem Blut? Nein! Worin bestand dann seine Macht über ihren Willen? Wie kam es, daß er sie dazu bringen konnte, ihn zu begehren, obwohl sie ihn haßte?

»Du hast mich nicht nach deinem Freund gefragt.«

Sie sah zu ihm auf und stellte zum erstenmal fest, wie glatt seine Wangen aussahen, wenn er frisch rasiert war. Er hatte ein knabenhaftes Aussehen, doch er war ein ganzer Mann, dieses spanisch-amerikanische Halbblut.

»Mein Freund?« fragte Samantha mit gesenktem Blick.

»Ramón Baroja. Du hast mich nicht nach ihm gefragt.«

»Ich habe mich vor der Antwort gefürchtet«, log sie, denn sie wollte nicht zugeben, daß sie Ramón ganz vergessen hatte.

»Natürlich fürchtest du dich vor schlechten Nachrichten. Weil du mich belogen hast. Der Junge ist mehr für dich als nur ein Freund.«

Er lehnte sich zurück und sah sie aufmerksam an.

»Ich weiß nicht, wovon du sprichst.«

»Von der durchaus wahrscheinlichen Möglichkeit, daß er dein zukünftiger Ehemann ist.«

»Wer hat dir das gesagt?«

Er zuckte die Achseln. »Das Gerücht ist mir zu Ohren gekommen.«

»Gerüchte sind nur Geschwätz und keine Tatsachen. Aber was macht das für einen Unterschied? Dir kann es ohnehin egal sein.«

»Sagen wir so: Ich habe ein gewisses Interesse daran. Ist es wahr?«

Ein hämisches Grinsen breitete sich auf Samanthas Lippen aus. »Was, wenn es stimmt?« fragte sie ausweichend. Ihr Blick war herausfordernd auf ihn gerichtet.

»Das würde mir nicht gefallen, *niña*«, sagte er finster.

Sie lachte. »So? Vielleicht würdest du mir sagen, warum du etwas dagegen haben solltest.«

»Du scheinst laufend wieder zu vergessen, daß ich dich für mich haben wollte, Sam.«

Ihr Ausdruck wurde nüchterner. »Aber doch jetzt nicht mehr.«

»Es war aber so. Es mag sein, daß du mich heute haßt, und das akzeptiere ich. Du hast mir allerdings eingestanden, daß du Adrien liebst. Ich würde nicht gern glauben, daß deine Gefühle sich so schnell wandeln. Oder tun sie das doch, Sam?«

Die Nennung von Adriens Namen versetzte Samantha in neuerliche Wut. »Mir ist scheißegal, was dir paßt und was nicht.«

»Liebst du ihn?« schrie Hank.

»Sieh dich doch an, Hank. Dein Stolz bricht durch. Du kommst einfach nicht über die Tatsache hinweg, daß ich dich nicht erhört habe und vielleicht einen anderen gefunden habe.«

Beide standen auf und funkelten einander über den Tisch böse an. Dann stieß Hank plötzlich den Tisch zur Seite und kam auf Samantha zu, ehe sie weglaufen konnte. Er zog sie roh an sich. »Vielleicht hast du recht, Sam. Wenn ich dich nicht so sehr für mich gewollt hätte, würde es keine Rolle spielen. Wir hätten zusammen einiges zustande gebracht, und das weißt du jetzt ebensogut wie ich.«

Er küßte sie rauh und fordernd. Sie wehrte sich nur kurz dagegen, ehe sie auf seine Lippen reagierte und ihre Arme um seinen Hals schlang. Sein Zorn hatte sie erregt, und jetzt erregte sie seine Nähe und die Erinnerung an ihr Vergnügen in seinen Armen. Sie konnte nicht gegen all das ankämpfen.

»*Mi querida*«, hauchte er, während seine Lippen über ihre Wangen zu ihrem Hals wanderten. »Ich kann dich immer noch zu meinem Weib machen. Ich kann dich hierbehalten und dich nie mehr gehen lassen.«

»Nein!« Sie stieß ihn schockiert von sich. »Dafür ist es zu spät!«

Hank fuhr sich matt mit einer Hand durch sein Haar. Er

sah sie lange mit verwirrtem Blick an, ehe er durch das Zimmer auf die offene Tür zuging. Dort blieb er stehen und sah auf die von Büschen bewachsene Steilwand, ohne sie wirklich zu sehen. Samantha starrte seinen Rücken an.

»Du hast das doch nicht ernst gemeint – daß du mich hierbehalten willst?«

»Nein.«

Sie stellte den Tisch wieder an seinen Platz und rückte die Stühle zurecht, um sich zu beschäftigen.

»Warum hast du es dann gesagt, Hank?«

Er seufzte. »Nichts als Worte, die einem leidenschaftlichen Impuls entsprungen sind. Vergiß sie, Sam.«

Samantha blieb stehen und starrte seinen Rücken an. »Aber du willst mich doch gar nicht mehr. Das hast du doch selbst zugegeben. Du haßt mich doch . . . oder etwa nicht, Hank?«

Er drehte sich um und sah sie an. »Würdest du dich wohler fühlen, wenn ich ja sagen würde?«

»Ich will die Wahrheit wissen.«

»Die Wahrheit, *niña*, ist, daß deine Nähe mich nicht kalt läßt. Wenn ich dich so anschaue . . .« Er unterbrach sich und lächelte über die Bestürzung, die auf ihrem Gesicht stand. »Aber das ist wohl nicht das, was du hören wolltest. Mit meinem Haß scheinst du besser zurechtzukommen.«

»Es ist einfacher. Und du haßt mich doch, oder?«

Er legte seine Hand unter ihr Kinn. »Gefühle ändern sich, *gatita*. Als ich dich am Fluß genommen habe, habe ich dich gehaßt. Du weißt, warum.«

»Weil ich dich verhöhnt habe, hast du gesagt.«

»Nein, sondern weil du mich dazu benutzt hast, deine Sache mit einem anderen Mann voranzutreiben. Das hat mich so erzürnt, daß ich es nicht ertragen konnte.«

»Du hast das alles falsch verstanden, Hank. *Ich* habe nie geglaubt, daß wir beide mehr als Freunde waren.«

Er schüttelte den Kopf. »Deine Intrigen, um deinen Adrien eifersüchtig zu machen, haben mir allen Grund gegeben, die Sache anders zu sehen. Meine Gefühle haben sich vertieft, bis ich wußte, daß ich dich für mich allein haben wollte. So sehr wie dich habe ich nie eine andere Frau gewollt.«

Samantha wich vor seiner Hand zurück. »Und was ist mit Angela? Du hast gesagt, daß du sie haben wolltest.«

»Es ist erstaunlich, daß du dich daran erinnerst.« Er grinste.

»Antworte mir!« fauchte sie.

»Ich wollte sie haben. Aber bei ihr wußte ich, wie die Dinge standen. Du, *mi belleza*, hast mich sie vergessen lassen.«

»Hast du sie auch mit Gewalt genommen?« fragte sie bitter.

Seine Augen wurden stahlgrau. »Sie hat mir nichts vorgemacht, so wie du.« Dann lachte er. »Außerdem hatte sie einen Mann, der mich umgebracht hätte, wenn ich sie auch nur angerührt hätte. Zu schade, daß der, den du geliebt hast, dich nicht rächen wollte, was? Aber du hast die Rache ja selbst übernommen und deine Sache gar nicht schlecht gemacht.«

»Nicht gut genug«, sagte sie mürrisch. »Und außerdem bin ich mit meiner Rache noch nicht am Ende.«

»Ja, stimmt, die Horden von Kopfjägern, die du mir auf den Hals hetzen willst. Die dürfen wir natürlich nicht vergessen. Und auch nicht die Tatsache, daß ich jeden einzelnen von ihnen töten muß, der mir zu nahe kommt. Deine Rache wird viele Menschenleben kosten, Samantha.«

»Das meinte ich nicht.«

»So? Was denn? Willst du mich erschießen?«

»Ja, aber ich werde dafür sorgen, daß du im Sterben weißt, wie sehr deine Pläne gescheitert sind, deinem Cousin die Ländereien zurückzuerobern.«

»Und wenn ich nicht sterbe?«

»Ich kann warten. Nur solange mein Vater am Leben ist, kannst du mich zum Schweigen bringen. Wenn er stirbt, bekommt dein Cousin die Schlacht seines Lebens geliefert, und ich werde gewinnen, Hank.«

Schweigen trat ein, und dann flüsterte Hank plötzlich erschreckend leise: »Soviel bedeutet dir dieses Land?«

»Ja, und mir ist ganz gleich, wie lange ich darum kämpfen muß. Ich bekomme mein Land wieder.« Triumph trat in ihre Augen, als sie sah, wie sehr ihre Worte ihn aufwühlten, und aus reiner Gehässigkeit fügte sie noch hinzu: »Die Söhne deines Cousins werden niemals dieses Land erben, Hank... doch meine Söhne werden es erben.« Dann wandte sie sich abrupt ab und ging in ihr Zimmer, ehe er sich eine Antwort überlegen konnte.

27

Samanthas Laune verbesserte sich in den kommenden zwei Tagen hundertfach, denn Hank hatte ihr Glauben geschenkt. Er war außer sich vor Wut und konnte kein Hehl daraus machen. Die Drohungen waren ihm ausgegangen, und die gesamte Entführung hatte sich als unnütz erwiesen.

Das änderte nichts an der nahen Zukunft. Für den Augenblick hatte Hank gewonnen. Sein Cousin würde das Land bekommen – für viele Jahre, hoffte Samantha, denn sie wünschte sich, daß ihr Vater ein hohes Alter erreichen würde. Doch nur bis dahin würde Hank den Sieg davontragen. Samanthas Übermut nahm ihr die Langeweile, und sie vergaß sogar, die Tage zu zählen.

Doch Hank ging ihr jetzt gar nicht mehr aus dem Kopf, und sie dachte nicht nur im Zorn an ihn. Ihre Neugier für den Mann erwachte, der jetzt im Brennpunkt ihres Lebens stand. Er hatte sie einmal mit sich nach Mexiko nehmen wollen. Wie wäre es gewesen, wenn sie ja gesagt hätte? Die Umstände hätten völlig anders sein können, wenn sie das mit Adrien eher gewußt hätte. Wenn Hank sie gebeten hätte, ihn zu heiraten, nicht nur, mit ihm zusammenzuleben. Alles hätte ganz anders kommen können. Schließlich war er trotz allem ein außergewöhnlich attraktiver Mann –

muy guapo –, wie Froilana sich ausgedrückt hätte. Sie hatte ihn von Anfang an aufregend gefunden. Auch leugnete sie die seltsame Macht nicht, die er über sie hatte, wenn er sie in seinen Armen hielt. Wie wäre es wohl, seine willige Partnerin zu sein, statt gegen sich selbst anzukämpfen?

Sie würde es nie erfahren. Sie würde sich immer gegen ihn zur Wehr setzen. Anders konnte es nicht kommen, nicht nach allem, was geschehen war.

Dennoch stellte sie sich immer wieder diese Fragen. Er hatte diese andere Seite, die Seite an ihm, die sie nicht verstehen konnte. Er konnte der gewinnendste, liebenswerteste Mann auf Erden sein! Wenn diese grauen Augen vor Lachen strahlten und blitzten, konnte er jedem ein Lächeln entlocken.

Und es gab den Hank, der für seinen Cousin sein Leben aufs Spiel setzte. War er wirklich so selbstlos und tat alles für einen anderen? Aber was hätte es ihm einbringen sollen?

Samantha streckte ihre Beine auf den Stufen der Veranda aus. Die Morgensonne mußte sich noch ihren Weg über das Dach auf die Stufen bahnen, und noch war es kühl, aber es versprach, ein heißer Tag zu werden, selbst in dieser Höhe. Sie sah sich um. Ihre wunderbaren Berge. Sie hätte nie geglaubt, daß sie einmal dort leben würde, und sie wußte nicht einmal, wie lange.

Es machte ihr nichts aus, von Hank beobachtet zu werden, denn sie genoß es, allein auf den Stufen zu sitzen. Sicher war seine Miene finster. Sie lachte leise in sich hinein. Heute morgen hatte sie sein Frühstück anbrennen lassen, nicht absichtlich, aber natürlich legte er es so aus. Aber mehr noch fraßen die Zweifel am Gelingen seines Vorhabens an ihm, und diese Zweifel hatte sie in ihm aufkeimen lassen. Samantha stand auf und blieb in der Tür stehen. Hanks Gesicht verfinsterte sich.

»Ist etwas, Sam?« fragte er barsch. Sie wandte ihren Blick nicht ab.

»Nichts Bestimmtes.« Sie zuckte die Achseln. »Ich habe nur über dich nachgedacht.«

»So?«

»Sag mir eins: Wenn ich mich bereit erklärt hätte, als deine Frau mit dir zu leben, nur mal angenommen, hättest du dich dann trotzdem der Sache deines Cousins angenommen?«

Hank lehnte sich zurück und grinste zum erstenmal seit zwei Tagen. »Wenn du die Frau an meiner Seite wärst, würde ich mehr als zu jedem anderen zu dir halten.«

»Du sagst das doch nicht nur, damit ich an allem schuld sein soll, weil ich dich zurückgewiesen habe?«

Jetzt zuckte er die Achseln. »Denk dir doch, was du willst.«

»Hättest du mich in diese Hütte gebracht? Ist das das Leben, das du mir bieten wolltest?«

Hank lachte trocken. »Glaube mir, die Dinge hätten ganz anders gelegen. Aber wozu spekulieren? Du hast abgelehnt. Heute sind wir unter reichlich anderen Umständen hier.«

»Natürlich«, sagte sie beiläufig. Sie seufzte. »Langweilt es dich nicht, hier rumzusitzen und nichts zu tun?«

»Ich habe nichts zu tun, bis ich weiß, daß dein Vater meine letzte Nachricht bekommen hat. Mir gefällt das Warten ebensowenig wie dir.«

Samantha stellte sich ihm gegenüber. »Du könntest auch einfach aufgeben«, sagte sie beiläufig.

»Weshalb? Bloß weil du sagst, daß du am Ende doch gewinnst? Du hast keine Garantie auf ein langes Leben, Sam. Menschen sind sterblich. Dein Vater könnte dich überleben, und dann hätte mein Cousin gewonnen.«

»Klammere dich doch an solche Unwahrscheinlichkeiten, die zudem noch in ferner Zukunft liegen, wenn es dich glücklich macht.« Sie lächelte.

Hank räusperte sich. »Es gibt immer noch zwei Dinge, die ich tun kann, niña, um sicherzugehen, daß das Land im Besitz der Familie Chavez bleibt. Aber es wird dir beides nicht gefallen.«

Sie sah ihn wachsam an. »Und zwar?«

»Nun ja, wir beide könnten zusammen ein Kind machen – wenn wir das nicht bereits getan haben.«

Samantha blieb die Luft weg.

Lachen funkelte in seinen Augen. »Ich habe nicht viel darüber nachgedacht, aber du hast geschworen, daß dein Sohn das Land erben wird, und wenn einer deiner Söhne von mir ist ...«

»Niemals!« kreischte Samantha. Sie stürzte sich mit beiden Händen auf den Tisch und funkelte ihn vorgebeugt an. »Hörst du? Niemals!«

»Es war ja nur ... eine Überlegung.« Er grinste.

Ihre Augen funkelten wie Smaragdfeuer. »Ich würde dir nie einen Sohn gebären!«

»Vielleicht hast du keine Wahl.«

»Den Gedanken kannst du dir gleich aus dem Kopf schlagen!« warnte sie ihn wütend. »Eine verrücktere Idee könntest du dir gar nicht zurechtlegen. Schließlich ist es dein Cousin, der das Land will, nicht du. Was soll das also?« Sie wandte sich zornig vom Tisch ab, aber sie war so sehr außer sich, daß sie es nicht dabei belassen konnte. Sie drehte sich daher wieder um und sah ihn aus zusammengekniffenen Augen an. »Wie kannst du auch nur auf die Idee kommen, daß ich einen Sohn von dir selbst aufziehen würde? Du weißt, wie sehr ich dich hasse.«

»*Si*, ich weiß, daß dein Herz kalt ist, wenn es um mich geht. Aber wir sprechen von einem kleinen Kind – von deinem Kind. Ich glaube nicht, daß du dein Kind hassen könntest, und das nur, weil ich sein Vater bin.«

»Ich glaube selbst nicht, daß ich wirklich auch nur mit dir darüber rede!« Sie warf die Hände in die Luft. »Ich werde kein Kind von dir bekommen. Ich bin beim erstenmal nicht schwanger geworden, als du mich ... vergewaltigt hast. Beim letztenmal wird es nicht anders gewesen sein!«

»Einmal reicht, *querida*«, sagte er zärtlich. »Die Möglichkeit ist nicht auszuschließen.«

»Jede Wahrscheinlichkeit spricht dagegen!« fauchte sie, weil sie ihn für seinen zuversichtlichen Tonfall haßte.

»Ich könnte meine Chancen verbessern.«

Sie riß die Augen auf. Sie verstand nur allzugut, was er damit sagen wollte.

»Du bist wirklich verrückt«, flüsterte sie. »Deine Lust ist eine andere Sache. Aber aus einem derart verabscheuungswürdigen Grund ein unschuldiges Kind zu zeugen...«

Hank stand auf, und Samantha wich langsam zurück. »Komm mir nicht zu nah, du verdammter Kerl. Ich sage dir jetzt gleich, daß ich ein Kind von dir vielleicht noch großziehen würde, aber enterben würde ich es auf jeden Fall. Hast du verstanden? Du kannst trotzdem nicht gewinnen. Dazu lasse ich es nicht kommen!«

»Das tätest du nie, weil du bis dahin das Kind liebst und mich vergessen hast.«

Er ging einen Schritt auf sie zu, und sie schrie: »Nein!« schüttelte den Kopf und wich weiter zurück. »Nein!«

Ehe Hank sie aufhalten konnte, war sie die Treppen hinuntergelaufen. Ziellos rannte sie davon. Sie wollte ihm nur entkommen, schneller sein und sich verstecken.

»Nanu, *muchacha*.«

Ein Arm schlang sich um Samanthas Taille, hob sie vom Boden und wirbelte sie herum.

»*Caramba!* Was ist über Sie gekommen, Frau?«

Sie erkannte die Stimme, und vor Erleichterung wäre sie fast in Tränen ausgebrochen. »Gott sei Dank, daß du es bist, Lorenzo. Ich dachte schon...« Sie hielt sich an seinem Hemd fest. »Laß nicht zu, daß er mich erwischt! Bitte! Laß nicht zu, daß er mich in dieses Haus zurückholt!«

»Rufino?«

»Natürlich Rufino!« schrie sie. Am liebsten hätte sie Lorenzo geschüttelt. »Wer sonst sollte hinter mir her sein?«

»Aber er ist nicht hinter dir her.«

Samantha sah sich um. Hank lehnte träge an einem Pfosten der Veranda und beobachtete sie. Er stand dort, als sei nichts geschehen, und damit machte er sie lächerlich.

»Wohin wollten Sie laufen, Señorita?«

Sie seufzte verärgert und ließ ihn los. »Ich weiß es nicht. Und nenn mich bloß nicht mehr Señorita. Formalitäten sind hier deplaziert. Nenn mich Sam. Wie *er*.«

»Sam? Nein, nein . . .«

»Wenn du mich Samina nennst, dann breche ich dir die Nase, das schwöre ich dir!«

Lorenzo trat mit einem verwirrten Gesichtsausdruck zurück, und Samantha stöhnte. Was war nur los mit ihr? Wie kam sie dazu, ihren Ärger an ihm auszulassen?

»Es tut mir leid«, sagte sie. »Ich hatte nicht das Recht, dich so anzufauchen. Er hat mich dahin gebracht, daß ich nicht mehr weiß, was ich tue und sage.«

»Was ist passiert . . . Sam?«

»Er . . .«

Sie warf einen Blick auf das Haus. Hank lehnte immer noch auf der Veranda und wartete zuversichtlich, denn er wußte, daß sie zurückkommen mußte.

»Ich kann nicht mehr mit ihm allein sein, Lorenzo«, sagte sie leise. Sie sah ihn flehentlich an. »Er . . . er ist verrückt.«

»Was hat er getan?«

»Was hat er nicht getan!« Sie packte seinen Arm. »Bitte, Lorenzo, laß mich bei dir bleiben.«

»Aber er hat gesagt, daß du bei ihm bleiben mußt«, erinnerte Lorenzo sie vorsichtig. »Das hatten wir schon mal, Kleines. Wenn es nur darum geht, daß du nicht in seiner Nähe sein willst, werde ich mich nicht gegen ihn stellen.«

»Es geht um mehr, verdammt noch mal!«

»Komm schon. Das bügeln wir aus.«

Er nahm ihren Arm und hielt sie fest, als sie versuchte fortzulaufen. »Lorenzo, um Gottes willen, bring mich nicht zu ihm zurück!«

»Du bist albern«, sagte er ungeduldig.

»Albern!« Jetzt geriet Samantha vollständig aus der Fassung. »Er hat mich vergewaltigt!« schrie sie, ohne sich etwas daraus zu machen, daß Hank sie hören konnte. »Und das hätte er gerade eben wieder getan, wenn ich nicht davongelaufen wäre.«

Lorenzos Finger gruben sich schmerzhaft in ihren Arm, und sie zuckte zusammen. »Das ist eine grobe Anschuldigung, *mujer*! Wenn du lügst, damit ich deine Schlachten schlage . . .«

»Glaubst du, ich würde etwas derart Erniedrigendes zugeben, wenn es nicht wahr wäre?«

Lorenzo packte noch fester zu, und plötzlich hielt Samantha den Atem an, denn sie sah, wie der Zorn ihn übermannte und sein Gesichtsausdruck sich veränderte. Er fluchte laut vor sich hin und ging mit heftigen Schritten auf das Haus zu.

Samantha blieb dort stehen, wo er sie zurückgelassen hatte, und sah ihm nach. Lorenzo würde für sie kämpfen. Damit hatte sie nicht gerechnet. Erleichtert war sie jedoch auch nicht. Hatte er eine Chance, zu gewinnen? Wenn nicht, dann mußte sie sehen, wie sie mit Hank fertig wurde, und er würde wütend sein, weil sie einen seiner eigenen Männer gegen ihn aufgehetzt hatte.

Hank erwartete Lorenzo mit leicht gespreizten Beinen. Lorenzo stürmte die Stufen hinauf und holte zu einem gewaltigen Hieb aus, aber Hank duckte sich und warf sich auf Lorenzo. Sie landeten im Staub am Fuß der Treppe, Hank oben. Er preßte Lorenzos Schultern auf den Boden, aber er schlug nicht auf ihn ein.

Samantha starrte die beiden an. Nichts geschah. Wo blieb der Kampf um ihre Ehre? Hank sagte etwas zu Lorenzo, und sie kam näher, weil sie hören wollte, welche Lügen er von sich gab. Doch als sie bei den beiden ankam, standen sie auf, klopften sich den Staub aus den Kleidern, und sie hörte nur noch den Schluß.

»Wird sie einverstanden sein?« fragte Lorenzo Hank.

»Ja, das wird sie.«

»Was wird sie?« fragte Samantha mit den Händen in den Hüften. Ihre Smaragdaugen schossen Pfeile auf Hank.

»Ach, du bist also von selbst zurückgekommen?« sagte Hank. Seine Stimme war gedämpft, doch sein Blick verriet ihn. Samantha kümmerte sich nicht um seinen zornigen Blick.

»Welche Lügen hast du ihm aufgetischt, Hank?«

»Keine Lügen.«

»Du hast geleugnet, daß du mich vergewaltigt hast?« schrie sie.

»Rufino hat es nicht geleugnet«, meldete sich Lorenzo voller Unbehagen zu Wort. »Aber er wird es wiedergutmachen.«

Sie starrte Lorenzo entgeistert an. »Könntest du mir diese lächerliche Bemerkung erklären?«

Doch Lorenzo sagte nichts mehr dazu. Er ertrug ihre zornigen Blicke nicht mehr und ging schnell fort. Sie blieb mit Hank zurück.

»Was zum Teufel hast du ihm erzählt, Hank?«

»Das wirst du noch früh genug erfahren«, antwortete er barsch.

»Ich will...«

»*Silencio!*« fiel er ihr ins Wort. »Wir verlassen diesen Ort. Für deine Fragen ist jetzt keine Zeit, und ich habe auch keine Lust, deine Neugier zu stillen.«

»Verlassen?« keuchte sie. »Aber du hast doch gesagt, daß wir warten müssen, bis...«

»Ich habe es mir anders überlegt.«

»Dann bringst du mich also zu meinem Vater?«

»*Más adelante de lo explicaré*«, fauchte er ungeduldig.

Samantha warf ihm zornige Blicke nach, als Hank die Stufen hinaufstieg und ins Haus trat. Offensichtlich erwartete er, daß sie ihm folgen würde. Er würde keine ihrer Fragen beantworten.

Sie wußte, daß sie sich eigentlich über ihre Abreise hätte freuen sollen, doch statt dessen machte sie sich Sorgen. Es kam zu plötzlich, und wenn Hank ihr jede Erklärung verweigerte, mußte sie auf der Hut sein.

Was hatte dieser Mann bloß jetzt schon wieder vor?

28

In jener Nacht schlugen sie ihr Lager in der Ebene auf und taten nichts, um ihre Anwesenheit zu verbergen. Inigo bereitete am Feuer ein köstliches Mahl aus Hühnchen mit *frijoles* und *quesadillas* zu, das es durchaus mit Marias Kost aufnehmen konnte. Dieselben Männer, die Samantha in die Berge gebracht hatten, waren wieder da, aber diesmal war Hank dabei. Das war ein großer Unterschied. Selbst wenn die anderen dabei waren, fühlte sie sich bei Hank nicht sicher. Seit er an jenem Morgen ins Haus gegangen war, um seine Sachen zu packen, hatte er kein Wort mehr mit ihr gesprochen. Samantha trug den Rock und die Bluse, die Hank ihr nach ihrem ersten Bad zurechtgelegt hatte, und ihre Seidenbluse hatte sie als Jacke darübergezogen. Bei starkem Wind wärmte sie nicht sehr, aber es war besser als nichts.

Sie war gezwungen gewesen, den ganzen Tag mit Hank auf El Rey zu reiten, da man kein eigenes Pferd für sie mitgenommen hatte. Ihr Körper war steif und aufgerieben. Sie hatte vor Hank auf dem Sattel gesessen und war nicht bereit gewesen, sich entspannt an ihn zu lehnen. Dafür zahlte sie bereits jetzt.

Sie sah ihn an. Es war nie so weit gekommen, daß er ihr die zweite Möglichkeit mitgeteilt hatte, doch sie wollte ihn nicht fragen, nachdem sein erster Gedanke sie bereits schockiert hatte.

Samantha trank den Rest ihres Weines aus und stellte ihren Becher zur Seite. Lorenzo trank einen Schluck Tequila, und als er die Flasche abstellte und dabei in ihre Richtung sah, wich er ihrem Blick aus. Er hatte sie den ganzen Tag über nicht angesehen. Warum hatte sich Lorenzo so schnell zufriedengegeben? Was hatte Hank ihm erzählt? Sie hätte ihn gern gefragt, aber die ganze Geschichte schien ihn zu verwirren, nein, ihm peinlich zu sein. Peinlich für wen? Für sie?

Inigo und Diego hatten sich zum Schlafen hinter einen

Geröllblock zurückgezogen. Jetzt stand Hank auf und breitete seine Decke am Feuer aus.

»Hat jemand eine Decke für mich mitgenommen?« fragte Samantha zögernd.

Doch keiner der Männer sah sie an oder beantwortete ihre Frage. Lorenzo sah Hank an. Dann stand auch er auf und ging ein Stück weiter weg.

»Lorenzo, was tust du?« Samantha sprang auf. »Lorenzo!« Sie wollte nicht mit Hank allein sein.

»Laß ihn in Ruhe, Sam«, sagte Hank so leise, daß sie ihn kaum hörte.

»Wohin geht er?« fragte sie Hank. Ihr Verdacht wuchs, und sie hob ihre Stimme an.

»Die Männer werden nicht da schlafen, wo wir schlafen.«

»Warum?« schrie sie.

»*Cálmese.*«

»Sprich Englisch, verdammt noch mal!«

»Ich habe gesagt: Beruhige dich.«

»Dann gib mir Grund dazu!« forderte sie mit weit aufgerissenen Augen.

Hank kam auf sie zu, doch sie wich zurück. »Wovor fürchtest du dich, Sam?«

»Das weißt du selbst.«

Er schüttelte den Kopf. »Sag es mir.«

»Du und deine verrückten Ideen mit den Kindern.«

»Du hast das also ernst genommen?« fragte er belustigt.

»Natürlich nicht.« Sie versuchte, es mit Überzeugung zu sagen, doch das mißlang ihr kläglich. »Mir gefällt einfach nicht, daß die anderen dir diese ... Intimität zugestehen. Als ich auf dem Hinweg mit ihnen gereist bin, sind sie in meiner Nähe geblieben. Warum sind sie gegangen?«

»Weil ich jetzt über dich wachen kann. Um dich am Entkommen zu hindern, ist nur ein Mann nötig.«

»Aber ...«

»Ich will jetzt schlafen, Sam, und das kann ich erst, wenn du dich hingelegt hast.«

»Willst du mich festbinden?«

»Muß ich das tun?«

»Nein.«

»Dann tue ich es nicht«, sagte er einsichtig. »Ich habe eine Decke für dich.«

Er holte die Decke und hielt sie ihr hin. Samantha zögerte. Ihr Instinkt sagte ihr, daß sie ihm nicht trauen konnte. Weglaufen konnte sie jedoch auch nicht. Sie war immer noch in seiner Gewalt, selbst hier draußen auf der Ebene. Sosehr ihr dieser Umstand auch verhaßt war – sie konnte nichts dagegen tun.

Doch sie brauchte ihm nicht den Eindruck zu vermitteln, daß er sie einschüchtern konnte. Sie reckte ihr Kinn in die Luft und ging auf ihn zu, obwohl sie das Zwinkern in seinen Augen sah. Sie griff nach der Decke und entriß sie ihm. Sein Kichern wurmte sie, aber sie dachte nicht daran, ihm das zu zeigen. Sie wandte sich ab und wollte sich auf der anderen Seite des Feuers ihr Lager aufschlagen, so weit wie möglich von ihm entfernt.

Sie war verblüfft, als seine Hände ihre Schultern packten. Er zog sie zurück und zwang sie, sich auf sein Bettzeug zu legen.

»Du hast gelogen«, sagte Samantha erbittert, als er sich neben sie fallen ließ und seine Hand auf ihren Rock legte. »Du hast gesagt, daß du schlafen willst.«

»Das will ich auch . . . hinterher.«

»Nachdem du ein Baby gemacht hast?« schrie sie.

»Nachdem ich dir einen Genuß verschafft habe, Sam.«

»Du bist verrückt, wenn du glaubst, daß es mir Vergnügen bereitet, vergewaltigt zu werden!«

Hank kicherte vor sich hin. »Wer lügt hier, *dulzura*? Es hat nie eine Vergewaltigung stattgefunden.«

»Du Schuft!«

Sie ging auf sein Gesicht los. Hank schlug ihre Hand zur Seite und griff schnell nach ihren beiden Handgelenken. Dann hielt er ihr die Hände über dem Kopf zusammen.

Seine Augen waren kalt wie Stahl, sein Mund ein schmaler, harter Strich. »Mein Gesicht gefällt mir so, wie es ist«, sagte er eisig. »Wenn du es mit deinen Nägeln vernarben willst wie meine Brust, dann schwöre ich dir, daß ich dir die gleichen Narben beibringe. Denk darüber nach, Sam, ehe du deine Krallen wieder benutzt.«

Tränen traten in ihre Augen. »Du bist grausam, Hank. Du läßt mir nichts.«

»Und was hast du mir gelassen, als du mir mein Herz geraubt hast?« fragte er zart.

Sie musterte forschend seine Augen, doch sie fand in ihnen nichts weiter als die nackte Wahrheit.

»Du hast dir dein Herz zurückgeholt. Es ist ganz und verhärtet und rachsüchtig. Und außerdem hast du mir meine Unschuld geraubt, und die kann ich mir nicht wieder holen. Du hast besser abgeschnitten, und trotzdem willst du dich rächen.«

»Das ist keine Rache«, flüsterte er. »Ich lechze vor Verlangen nach dir. Ist es dir keine Genugtuung, daß du derartige Macht über mich hast?«

»Nein, ich leide unter dir.«

»Du weißt nicht, was Leiden ist, Samina. Selbst als ich dich im Zorn genommen habe, habe ich dir nicht weh getan. Was dich an diesem Tag viel mehr erzürnt hat, waren die Wahrheiten, die ich dir über Adrien gesagt habe.«

»Du läßt meine Gefühle außer acht. Ich hasse dich.«

»Aber wenn ich dich in meinen Armen halte, vergißt du es.«

»Ich vergesse es nicht!« schnaubte sie.

Er grinste sie an und streichelte mit seiner freien Hand ihre Wange. »Ich bin doch nicht blind für das, was sich in dir abspielt, wenn ich dich berühre, *querida*. Warum willst du dich so hartnäckig verstellen?«

Sie wandte ihren Blick von ihm ab, und eine tiefe Röte zog sich über ihr Gesicht und ihren Hals.

»In dir steckt Leidenschaft«, fuhr er heiser fort. »Du kannst sie nicht bekämpfen. Du fühlst sie mit mir. Ich nehme dir deinen Stolz, und das ist das einzige, worunter du wirklich leidest. Aber dein Stolz kehrt wieder zurück, und daher brauchst du ihn nicht zu verlieren, wenn du nicht willst.«

Er küßte sie, und ihr Widerstand war gebrochen. Er hatte sie durchschaut und all die Wahrheiten entdeckt, die sie vor ihm zu verbergen geglaubt hatte. Er gab ihr das Gefühl, schwach und verletzbar zu sein – nicht durch seine Stärke, sondern aufgrund des Umstands, wieviel er von ihr wußte. Wie konnte er sie so gut kennen?

Sie erwiderte seinen Kuß, und er ließ sie seine Lippen suchen, indem er sich zurücklehnte und sie somit zwang, sich ihm entgegenzurecken. Erst als sie die Grenze des Möglichen erreicht hatte und ihre Schultern vor Anstrengung zitterten, bog er ihren Kopf auf den Boden und bedeckte ihre Lippen mit einem Kuß. Er war rückhaltlos in seiner Leidenschaft, heftig, wild und erbarmungslos, und ihr Begehren entsprach dem seinen. Sie vollzog jede einzelne Bewegung mit ihm gemeinsam, und ihr Körper wurde von Fäden gezogen, die er in der Hand hatte, bis es schließlich zu einer süßen, pulsierenden Befreiung kam.

Der erste Gedanke, der Samantha durch den Kopf schoß, als sie wieder klar denken konnte, war, daß sie ihn diesmal nicht gezeichnet hatte. Doch dann war ihre Aufmerksamkeit auf seine Bewegungen gelenkt. Er rieb sich die linke Schulter und klagte.

»*Gata!* Deine Zähne sind so scharf wie deine Krallen. Wenn man mit dir auf einer Decke liegt, ist man nie in Sicherheit!«

Samantha brach in Gelächter aus, und als sie lauter lachte, sah Hank sie finster an. Sie hatte ihn doch gezeichnet, ihn gebissen, wenn sie sich auch gar nicht daran erinnern konnte.

»An deiner Stelle würde ich an meine Lage denken, ehe du dich über mich lustig machst«, warnte Hank sie leise.

Augenblicklich war sie ernüchtert. »Es tut mir leid.« Sie berührte zart seine Schulter. »Soll ich mir die Wunde ansehen?«

»Vielen Dank, ich kümmere mich selbst darum.

Schließlich habe ich mich auch um alle anderen Wunden selbst gekümmert, die ich dir zu verdanken habe.«

»Wenn du meine Hilfe nicht willst, wie wäre es dann, wenn du mich aufstehen läßt?«

Er rutschte zur Seite, aber er schlang einen Arm um sie, damit sie nicht aufstehen konnte. »Du schläfst hier.«

»Sei nicht albern«, spottete sie.

»Ich meine es ernst, Sam. Du wirst auf meinem Bettzeug schlafen. Es ist weicher als der harte Boden.«

»Mir ist gleich, wie weich es ist«, erwiderte sie hochnäsig. »Lieber schlafe ich in einem Bett aus Kakteen als neben dir.«

»Mir ist scheißegal, was dir lieber ist«, seufzte er. »Ich will, daß du neben mir schläfst, und jetzt kein Wort mehr. Und du wirst mir auch nicht davonschlüpfen, während ich schlafe.« Er knöpfte seine Kleider wieder zu und beugte sich über sie, um auch ihre Kleidung wieder zu richten. Sie wollte es selbst tun, doch er stieß ihre Hände zur Seite.

»Du bist unmöglich!« zischte sie. Sie drehte sich um, sobald er fertig war.

Hank deckte sie zu, legte sich hinter sie, schmiegte seinen Körper an sie und schlang einen Arm um Samantha. »Wenn du wütend bist, bist du wie ein Edelstein. Du glitzerst und sprühst Funken – für mich, was? Du bist meine *alhaja*.«

»Du sagst diese Dinge wohl, um mich zu ärgern?«

»*Si*.« Hank kicherte. »Es bereitet mir Vergnügen, dich aus der Fassung zu bringen. Aber weißt du auch, was mir noch mehr Vergnügen bereitet?«

»Ich will es gar nicht wissen!« gab sie kühl zurück. Dann fragte sie. »Was?«

Während er antwortete, spielten seine Finger mit einer ihrer Brustwarzen. »Es bereitet mir Vergnügen, deine Augen leidenschaftlich auflodern zu sehen, wenn ...«

»Oh, halt den Mund, du verfluchter Kerl!«

Sie hielt sich die Ohren zu, doch sie verstand ihn trotzdem. »Wenn ich dich das nächstemal will, machst du wohl nicht mehr soviel Wirbel?«

Sie antwortete ihm nicht. Zum Teufel damit. Morgen würde sie ihrem Vater und dem Tag, an dem sie Hank Chavez nie mehr sehen mußte, einen Tag näher sein.

29

Vor sechs Tagen hatten sie das Gebirge hinter sich gelassen. Sie waren an der Ranch der Kingsleys vorbeigeritten – falls es überhaupt noch die Ranch der Kingsleys war. Nach allem, was Samantha wußte, hatte ihr Vater sie bereits verkauft. Bei diesem Gedanken wurde sie trübsinnig, während sie einen weiten Bogen um die Ranch machten und auf die Grenze zuritten.

Hank hatte offensichtlich keine Eile. Er schien seine Füße mühsam voranzuschleifen, stand morgens nur schwer auf und schlug nachts früh ein Lager auf. Durch ihr langsames Vorwärtskommen hatten sie fast zwei Tage vergeudet. Hank schien sich auch keine Sorgen zu machen, daß sie auf jemanden treffen könnten, der auf der Suche nach Samantha war.

Sie waren nur einen Tagesritt von ihrem Zuhause entfernt, als sie in ein kleines Dorf ritten. Samantha hatte längst ihre steife Haltung im Sattel aufgegeben. In dieser Ortschaft kannte sie niemanden, aber es gab eine Kirche, woraus sie schloß, daß hier anständige Menschen lebten. Sie kam auf den Gedanken, daß sie hier möglicherweise Hilfe finden konnte. Dazu war es lediglich erforderlich, daß sie ohne Hanks Wissen mit einem einzigen Menschen sprach. Daher schöpfte sie Hoffnung, als Hank vor einer *cantina* anhielt und abstieg, um hineinzugehen. Sie wartete mit den anderen draußen. Keiner von ihnen war abgestiegen. Die Straße lag an jenem Abend im Dunkeln, obwohl ein Lichtschein aus mehreren Häusern drang und vor der Kirche am anderen Ende der Straße eine Fackel brannte. Es war ein kleines Arbeiter-Pueblo, und die meisten Einwohner lagen wohl schon in ihren Betten.

Es dauerte zwanzig Minuten, bis Hank wieder auf die Straße trat und Samantha von El Rey hob. Lorenzo und Diego folgten ihnen in die *cantina*, während Inigo die Pferde fortführte, um sie zu versorgen.

In dem kleinen Saloon war es schummrig. Am Ende der Theke, die neben der Treppe war, flackerte eine kleine Kerze. Dahinter lag eine Tür. Am anderen Ende des Raumes brannte unter einem großen Kochtopf ein Feuer. Eine Frau unbestimmbaren Alters beugte sich über das Feuer, um es zu schüren. Nur wenige Tische standen in dem Raum. Ein weißhaariger Mann schlief an einem der Tische. Er hatte das Eintreffen der Reisenden nicht bemerkt.

Die Mexikanerin, die sich um das Feuer kümmerte, drehte sich lächelnd um, als sie eintraten. Sie bedeutete ihnen, sich an einen der Tische zu setzen, und sie sagte, das Essen sei bald fertig. Diego und Lorenzo setzten sich, zogen ihre Hüte ab und entledigten sich ihrer Satteltaschen und ihrer Flinten. Hank dagegen führte Samantha zur Treppe und nahm die Kerze, die auf diesem Ende der Theke stand, um ihnen den Weg zu leuchten.

Während sie die schmalen Stufen erstiegen, hielt er mit festem Griff ihren Ellbogen fest.

»Bleiben wir über Nacht hier?« fragte sie, ehe sie das obere Ende der Treppe erreicht hatten.

»Ja. Es gibt nur zwei Zimmer, aber Señora Mejia war so freundlich, uns ihr eigenes Zimmer zur Verfügung zu stellen.«

»Die Frau, die unten am Feuer sitzt?«

»Ja. Sie ist die Wirtin. Eine Witwe.«

Señora Mejia war es also, an die sich Samantha wenden mußte. Wie sollte sie das bewerkstelligen, wenn Hank sie im Zimmer einschloß?

»Bekomme ich denn kein Abendessen, ehe du mich einsperrst?«

Hank kicherte über ihren beißenden Tonfall. »Ich dachte mir, daß du wohl gern ein Bad nehmen würdest. Dann kannst du zum Essen runterkommen.«

Sie hatten den oberen Treppenabsatz erreicht. Die beiden Zimmer lagen direkt vor ihnen, und aus einem kam ein junger Bursche mit zwei leeren Eimern.

»Dein Bad ist bereit«, sagte Hank. Er bedankte sich bei dem Jungen, ehe er Samantha in das Zimmer führte.

Das Zimmer war gut beleuchtet. Der Zuber, der für Samantha bereitstand, war klein, aber das Wasser dampfte, und ein Duft nach Rosen stieg auf. Samantha lächelte. Man hatte dem Wasser ihren liebsten Badezusatz hinzugefügt. Außerdem lagen saubere Kleider auf dem schmalen Bett.

»Sind die für mich?« Samantha deutete auf den weißen Rock und die Bluse, die mit feinster Spitze eingefaßt war, und auf die bezaubernde *mantilla*, die daneben lag.

»Ja.«

»Von der Señora?«

»Nein, eine ihrer Freundinnen hat eine Tochter, die deine Größe hat. Die Kleider sind neu. Du kannst sie behalten.«

»Du hast sie gekauft?« Er nickte. »Und das Rosenwasser war wohl auch deine Idee? Meine Güte! Du warst wohl ganz schön beschäftigt, während wir draußen auf dich gewartet haben. Kannst du jemanden holen, der mir bei meinem Bad hilft?«

»Es ist mir ein Vergnügen, dir behilflich zu sein.«

»Schon gut, ich brauche niemanden«, fauchte sie.

Er grinste. »Dann sehen wir uns unten, wenn du dein Bad genommen hast.«

Er schloß die Tür und ließ sie allein zurück. Sie lief sofort zum Fenster, um zu sehen, ob sie von dort entfliehen konnte, aber hier bot sich kein Ausweg, denn es lag zu hoch. Sie konnte nichts anderes tun, als ihr Bad zu nehmen und zu hoffen, daß es ihr später gelingen würde, kurz mit Señora Mejia zu reden.

Eine knappe Stunde später kam Samantha die Treppe herunter. Nach dem Bad fühlte sie sich wesentlich wohler. Sie hatte sich auch die Haare gewaschen. Der Spitzenrock und die Spitzenbluse paßten ihr gut. Sie waren sauber gearbeitet und wahrscheinlich als ein ganz besonderes Geschenk für die Señorita gedacht gewesen, für die sie eigentlich geschneidert worden waren. Sie hoffte, daß das Mädchen von Hanks Geld ein ebenso schönes Geschenk bekommen würde.

Doch warum hatte er sich diese Mühe gemacht? Es standen auch Sandalen für sie bereit, und die *mantilla*, die sie sich über ihre feuchten Haare hängte, war aus derselben zarten Spitze gefertigt, die den Rock und die Bluse schmückte. Samantha kam sich vor wie ein junges Mädchen, das sich aufmachte, um den *caballero* zu treffen, dem es seine Gunst schenkte. Doch der einzige Mann, den sie treffen würde, war Hank.

Er saß mit Señora Mejia in der *cantina*. Die anderen waren gegangen. Die beiden saßen am Feuer und unterhielten sich wie alte Bekannte. Auch Hank hatte sich umgezogen. Er trug den schwarzen Anzug, den er getragen hatte, als er sie vor so langer Zeit zum Abendessen ausgeführt und sie anschließend zum erstenmal geküßt hatte. Damals hatte sie begriffen, daß sie ihn nicht länger dazu benutzen durfte, Adrien eifersüchtig zu machen. Wie idiotisch dieser einfältige Plan gewesen war! Und wozu hatte all das geführt!

Hank kam auf Samantha zu und nahm ihre Hand. Er führte sie an einen Tisch, auf dem eine kleine Kerze brannte. Hier war für zwei gedeckt, und eine Flasche Wein und ein Korb mit Früchten standen auf dem Tisch. Die Señora servierte *bistec guisado*, einen deftigen Fleischeintopf, Reis und Brot.

»Wo sind die anderen, Hank?« fragte Samantha.

»Sie haben schon gegessen.«

Mehr sagte er nicht. Er schenkte beiden Wein ein. Samantha runzelte die Stirn. Irgend etwas gefiel ihr nicht. Warum gab sich Hank so formell? Und warum dieses intime Abendessen zu zweit?

Hank bemerkte ihr Stirnrunzeln. »Stimmt etwas nicht, Sam?«

Die Frage, die sie gern gestellt hätte, hätte ihn nur belustigt, und daher war sie zu stur, sie zu stellen. »Nein, ich habe mich nur gefragt, wieso es dir sicher erscheint, in dieser Ortschaft Rast zu machen. Ich bräuchte nichts weiter zu tun, als jemandem hier zu erzählen, daß du mich entführt hast.«

»Hier spricht niemand Englisch.« Er grinste.

»Woher willst du das wissen?«

»Ich kenne hier jeden Menschen, Sam«, erwiderte er. »Sie haben alle auf der Hazienda de las Flores gelebt.«

Samantha schnappte nach Luft. »Die Leute deines Cousins?«

»Ja. Die Alten und die Frauen und Kinder sind hierhergezogen, nachdem der Don umgebracht worden ist und alle jungen Männer von der Hazienda fortgeholt wurden. Die Männer, die die Revolution überlebt haben, sind später zu ihren Familien zurückgekehrt. Sie konnten nicht auf die Hazienda zurückgehen. Inzwischen war dein Vater dort, und er hatte seine eigenen Feldarbeiter und seine eigenen Hausangestellten. Selbst der Padre hier hat im Dienst der Familie Chavez gestanden.«

Samantha war sprachlos. Und sie hatte damit gerechnet, hier Hilfe zu finden! Kein Wunder, daß Hank sich sicher fühlte. Jeder dieser Menschen würde sie hassen, wenn sie erfuhren, daß sie die Tochter des Mannes war, der dem Sohn ihres *patrón* seine Ländereien vorenthielt.

Sie errötete, weil ihr klar wurde, was passiert wäre, wenn sie Señora Mejia um Hilfe gebeten hätte.

»Warum hast du mich vorher nicht gewarnt?« fragte Samantha erbittert.

Hank täuschte Bestürzung vor. »Weshalb? Es gab keinen Grund für dich, das zu wissen.«

Sie funkelte ihn böse an, doch sie schwieg. Erzürnt machte sie sich über ihr Essen her, doch bald verflog ihr Zorn. Nach dem dritten Glas Wein fand sie sich resigniert damit ab, noch etwa eine Woche mit Hank verbringen zu müssen, bis sie die Grenze erreicht hatten. Dort konnte sie ihn nicht gefangennehmen lassen, doch der Tag, an dem er für sein Unrecht zahlen mußte, würde noch kommen.

»Komm, Sam. Wir machen jetzt einen Spaziergang.«

Hank stand auf und hielt ihr seine Hand hin, doch Samantha schüttelte den Kopf. »Ich möchte lieber hierbleiben und mich betrinken.«

Sie griff nach der Weinflasche, doch er zog sie ihr weg. »Nein. Vorher machen wir einen Spaziergang. Wenn wir zurückkommen, kannst du trinken, soviel du willst.«

»Aber ich will nicht mit dir spazierengehen«, erwiderte sie verdrossen.

»Ich bestehe darauf. Und das reicht doch wohl als Grund aus?« Er grinste.

»Oh!«

Ohne den Arm anzunehmen, den er ihr anbot, stolzierte sie aus der *cantina*, doch als vollkommenes Dunkel sie draußen umfing, blieb sie stehen. Kein Mond und keine Sterne waren zu sehen. Es war so kühl und windstill, als zöge ein Sturm herauf. Wahrscheinlich würde sich noch in der Nacht ein Sturm zusammenbrauen.

»Komm mit, Sam.«

Hank griff nach ihrem Ellbogen und führte sie auf die Straße. Sie kamen an dem Gemischtwarenladen neben der *cantina* vorbei, an der Schmiede, an ein paar anderen Häusern. Aus den Häusern drang ein schwacher Lichtschein auf die Straße, und dort, wo die Kirche am Ende der Straße aufragte, war es heller. Zwei Männer standen vor der Kirche und unterhielten sich. Die Tür stand offen, und im Innern der Kirche brannten Kerzen.

Samantha ließ sich von Hank führen. Der Wein hatte sie leichtsinnig gemacht. Das war ein angenehmes Gefühl.

Er ging langsam, und sie hielt mit ihm Schritt. Seine Hand an ihrem Ellbogen sorgte dafür, daß sie gerade ging. Er sagte kein Wort.

»Hast du ein bestimmtes Ziel, Hank?«

»*Si, casarse.*«

Samantha blieb erstarrt stehen und hatte das Gefühl, keinen Wind mehr in den Segeln zu haben.

»Heiraten? *Heiraten!* Dich?«

»*Hable un poco más bajo.*«

»Ich denke nicht daran, meine Stimme zu senken!« brauste sie auf. Sie wand sich aus seinem Griff los. »Du bist verrückt!«

»Und du verstehst ausgezeichnet Spanisch«, erwiderte Hank ruhig und mit einem angedeuteten Grinsen auf den Lippen.

Samantha hielt den Atem an. »Das war wohl ein Witz? Du mit all deinen schmutzigen Tricks!« schnaubte sie erbost. »So etwas zu sagen – und das nur, damit ich zugebe, daß ich Spanisch verstehe! Ja, ich spreche Spanisch! Und das hast du von Anfang an gewußt, oder etwa nicht?«

»*Si.*«

»Gut, und was für einen Unterschied macht das?«

»Keinen.«

»Warum spielst du mir dann einen so üblen Scherz?«

»Ich habe dir keinen Scherz gespielt, Sam. Das, was ich gesagt habe, ist wahr. Wir werden heiraten. Heute nacht. Genauer gesagt: jetzt!«

Sie konnte ihn nur fassungslos anstarren, doch der Ernst seines Tonfalls sagte ihr, daß er es so meinte.

»Das . . . das kann doch nicht dein Ernst sein, Hank!«

»Oh, doch, *gatita.*« Er zuckte die Achseln. »*Lo exigen las circunstancias.*«

»Welche Umstände erfordern es?«

»Die, die du geschaffen hast. Mir behagt es ebensowenig wie dir, aber mit deinen Intrigen, meine Pläne zunichte zu machen, zwingst du mich dazu, zu drastischen Mitteln zu greifen.«

»Ist *das* deine zweite Alternative?«

»Sie war es. Ich war dagegen. Glaubst du denn, daß ich ein zänkisches Weib wie dich wirklich heiraten will? Nein, Sam, eine richtige Ehe zwischen dir und mir wäre niemals möglich. Wir könnten nicht wie normale Menschen zusammenleben. Einer von uns beiden brächte den anderen um.«

»Warum also das Ganze?« schrie sie, doch dann kam sie selbst auf die Antwort. »Diese Entscheidung mußt du im Gebirge getroffen haben, als Lorenzo über dich hergefallen ist! Damit hast du ihn beruhigt, stimmt's? Du hast ihm gesagt, du würdest mich heiraten!«

»Ja. Du hast mich zu diesem Schritt gezwungen. Ich mag Lorenzo. Ich wollte ihm nichts tun. Ich hatte schon vorher eine Heirat mit dir in Erwägung gezogen und den Gedanken verworfen, aber daraufhin habe ich es mir noch einmal überlegt. Außerdem sind damit die Probleme gelöst, die du mir in den Weg gestellt hast. Ich tue es zwar ungern, aber auf diese Weise gehe ich als Sieger aus dieser Sache hervor.«

Samantha richtete sich steif auf. »Vergißt du dabei nicht eins ... *amante?*« sagte sie verächtlich. »Wenn du mich heiraten willst, muß ich einwilligen.«

»Das wirst du tun.«

»Um keinen Preis.«

»Doch, Sam. Du wirst es für das Leben deines Vaters tun. Wenn wir nicht heute nacht noch heiraten, wird Diego zur Grenze reiten. Er wird deinen Vater finden und ihn töten.«

»Du ... du ...«

»Spar es dir. Ich bin fest entschlossen.«

»Du ... *despreciable! Culebra! Tiránico diablo!*«

»Sam ...«

»*Vil picare! Pillo! Sucio ...*«

»*Basta ya!*« fauchte Hank. »Dein Haß ist meinem ebenbürtig, aber wir werden trotzdem heiraten.«

»Aber das ist doch Wahnsinn!« protestierte sie heftig. »Du glaubst, mich unter Kontrolle zu haben, wenn du mein Mann bist. Aber daraus wird nichts! Ich werde nicht mit dir zusammenleben!«

»Das erwarte ich nicht von dir, und das will ich auch keineswegs«, erwiderte Hank. »Ich werde dich zu deinem Vater zurückbringen.«

Samantha beruhigte sich. »Ich werde mich von dir scheiden lassen. Du erreichst nichts damit!«

»Ich würde dir raten, damit ein bis zwei Monate zu warten, – du könntest noch froh sein, den Titel Señora zu tragen.«

Samantha errötete heftig. »Für den Fall, daß ich feststellen muß, daß ich ein Kind bekomme? Das macht mir nichts aus. Ich würde mich trotzdem von dir scheiden lassen.«

Hank zuckte die Achseln. »Das spielt dann auch keine Rolle mehr.«

»Wieso?«

»Komm schon.« Er überging ihre Frage und griff nach ihrem Handgelenk. »Sie warten schon auf uns.«

Samantha sah, wer *sie* waren. Die beiden Männer vor der Kirche waren Lorenzo und Inigo.

Nur zu schnell hatten sie die Stufen der Kirche erreicht. Samantha fühlte sich, als würde sie zum Schlachtplatz geführt. Lorenzo mied den Blick, mit dem sie ihn verfluchte. Sie nahm an, daß eine Vergewaltigung in seinen Augen nicht von Bedeutung war, solange Hank sie heiratete. In seinen Augen schien er damit alles wiedergutzumachen.

»*Todo está arreglado*«, sagte er zu Hank.

»Gut«, erwiderte Hank zufrieden. »Dann bringen wir es doch hinter uns.«

Hinter uns? Ja, sagte sich Samantha. Bring es hinter dich, und vergiß es möglichst schnell. Es würde ihr Leben nicht wahrhaft verändern, wenn sie jetzt Hank Chavez heiratete. Sie war zu diesem Schritt gezwungen. Sie würde sich nie als wirklich verheiratet ansehen. Sobald sie wieder bei ihrem Vater war, in Sicherheit vor Hank, würde sie eine Scheidung erwirken. So einfach war das. Sie würde sich jetzt nicht gegen ihn auflehnen.

Es dauerte nicht lang. Wenige Momente darauf sprach ein kleiner alter *padre* geheiligte Worte und verband sie vor den Augen Gottes mit Enrique Antonio de Vega y Chavez. Sie hörte gar nicht erst zu. Sie brauchte einen Rippenstoß, als sie an der Reihe war zu sprechen. Sie sprach die Worte. Sie willigte ein. Als alles verstummte, wußte sie, daß es vorbei war.

»*Dios le bendiga*«, sagte der Geistliche, und Hank küßte sie, ein kurzes, pflichtbewußtes Berühren der Lippen, das sie kalt ließ.

Dann führte Hank sie aus der Kirche, und der Geistliche machte eine Bemerkung darüber, wie gut sie sich als Paar ausnahmen. Lorenzo erwiderte darauf: »*Se detestan mutuamente.*«

Samantha stellte sich das Gesicht des Geistlichen vor, wenn er erführe, daß Hank und sie einander verabscheuten. Der alte Mann würde es nicht verstehen. Sie selbst verstand auch nichts mehr. Sie war erschöpft.

Aber sie war verheiratet.

30

»Samantha Chavez.« Samantha ließ den Namen versuchsweise über ihre Lippen kommen. »Señora Chavez.« Sie runzelte die Stirn. »Ich mag den Namen nicht. Es ist der verhaßte Name eines verhaßten Mannes.«

»Du bist betrunken, Sam.«

»Na gut, dann bin ich eben betrunken.«

Sie ließ sich kichernd auf ihr Bett zurückfallen und breitete ihre Arme weit aus. Aus der Weinflasche, die sie in der Hand hielt, schwappte etwas Wein auf den Boden, doch sie merkte es nicht. Hank blickte kopfschüttelnd auf sie herunter, und seine dunklen Augen waren nicht zu deuten. Das ließ sie erneut kichern.

Er hatte sie von der Kirche aus direkt in dieses Zimmer zurückgebracht. Sie hatte mit dem Schlimmsten gerechnet, aber er hatte sie dort zurückgelassen. Zwei Flaschen Wein hatten bereitgestanden, und Samantha hatte die eine schnell ausgetrunken, denn sie hatte gehofft, die wirren Verwicklungen dieser Nacht ertränken zu können und auch das zu ertränken, was ihr noch bevorstehen konnte. Sie hatte gerade die zweite Flasche angesetzt, als Hank zurückgekommen war.

Sie schloß die Augen, um etwas dagegen zu tun, daß sich alles in ihrem Kopf drehte. Als sie die Augen wieder aufschlug, waren etliche Minuten vergangen, und Hank beugte sich jetzt über sie. Als erstes bemerkte sie seine entblößte Brust. Dann ließ sie ihre Blicke tiefer gleiten, doch sie errötete und sah ihm lieber eilig wieder in die Augen. Er lächelte sie an, und sie schloß ihre Augen wieder.

»Jetzt mach schon, Hank«, sagte Samantha mit belegter Stimme. »Ich werde mich morgen ohnehin nicht mehr daran erinnern.«

»Woran erinnern?«

»Daran, daß du mich wieder vergewaltigst.«

»Vergewaltigen?« Er strafte sie mit seinen Blicken. »Wir sind jetzt verheiratet.«

»Ha!« lachte Samantha. »Das Zeremoniell, zu dem du mich gezwungen hast, hat nichts geändert. Ich will jetzt ebensowenig von dir berührt werden wie vorher.«

»Dann sei ganz locker, *chica*. Ich wollte dich nur ausziehen, damit du besser schlafen kannst.«

»Wirklich?«

Hank zog sie hoch, bis sie auf dem Bett saß. Ihr Kopf spielte nicht mit. Alles pochte und drehte sich wie verrückt. Sie konnte Hank nicht deutlich erkennen. Sie nahm ihn nur als einen verschwommenen Umriß wahr, der von einer Seite auf die andere schwankte, und das verschlimmerte ihre Schwindelgefühle.

»Jetzt halt endlich still!« fauchte sie ihn an.

Hank grinste, aber er sagte nichts. Als Samantha die Augen schloß, war sie wieder in der Lage, einen zusammenhängenden Gedanken zu fassen. Sie wußte, was hier vorging.

Sie machte sich nichts vor. Sie wußte, daß sie betrunken war. Sie wußte, daß Hank sie auszog. Sie spürte die kühle Luft auf ihrem Körper, als sie sich von ihm zurücklegen ließ. Selbst ihre Unterwäsche entfernte er. Dann spürte sie, wie er die Bettdecke unter ihr herauszog, dann die Wärme der Decke, mit der er sie zudeckte.

Doch Samantha konnte nicht glauben, daß Hank wirklich gehen würde. Schließlich hatte sie nur so viel Wein getrunken, um auf ihn vorbereitet zu sein. Sie hatte es getan, um so betrunken zu sein, daß sie keinerlei Erinnerung an ihre Hochzeitsnacht haben würde. Sollte das umsonst gewesen sein?

Es war zu still im Bett.

»Hank? Hank, wo bist du?« lallte Samantha.

»Hier, *querida*.«

Seine Stimme war dicht neben ihrem Ohr, und als sie sich umdrehte, fand sie sein Gesicht neben ihrem Gesicht auf dem Kopfkissen vor. Er ließ einen Arm unter ihren Nacken gleiten und zog ihren Kopf auf seine Schulter. Gut! Sie wußte, daß er gelogen hatte. Er würde diese Gelegenheit nicht ungenutzt verstreichen lassen. Sie war einfach zu angreifbar im Moment.

»Mach bitte . . . schnell«, nuschelte sie.

Hank lachte. »Als meine Ehefrau verdienst du meine Bedachtsamkeit und meine Aufmerksamkeit.«

Es klang eher so, als hätte er mit sich selbst und nicht mit ihr gesprochen, und es dauerte eine Weile, bis das, was er gesagt hatte, in Samanthas wirre Gedankengänge vorgedrungen war.

»Du wirst mich nicht gewaltsam nehmen?«

Hank lachte leise vor sich hin. »Ganz im Gegenteil, mein kleines Juwel. Wir sollten unsere Ehe nicht so besiegeln, daß du hinterher in aller Aufrichtigkeit sagen kannst, nichts sei geschehen, weil du dich an nichts erinnern kannst. Ich warte, bis du dich mit Sicherheit daran erinnern kannst.«

»Ich will nicht warten. Bitte, Hank.«

»Du wirst doch nicht endlich doch noch um meine Liebe flehen, Samina?«

Der Spott in seiner Stimme ließ sie zusammenzucken, denn ihr wurde klar, daß sie ihn tatsächlich darum bat. Sie grub ihre Nägel in die zarte Haut auf seinen Rippen.

»Findest du es etwa rücksichtsvoll, zu warten, bis ich mich an alles erinnern kann?«

Hank antwortete nicht. Ihre Nägel glitten langsam von ihm und hinterließen das Brennen von kleinen Schnittwunden. Dann lag ihre Hand matt neben ihm, und ihr Atem ging gleichmäßig, wenn auch ein wenig schwer.

Hank seufzte. Samanthas zarte Brüste drückten sich gegen seine linke Seite und brannten ebensosehr wie die Kratzspuren. Er verzehrte sich danach, sie zu lieben. Diese verrückte Heirat, die Gründe, aus denen er auf ihr bestanden hatte . . . in diesem Augenblick dachte er nicht an diese Dinge. Ihr warmer Körper, der sich dicht an ihn schmiegte, stand jedem Denken im Weg und ließ ein Feuer in ihm entflammen, das nicht herunterbrennen würde, ehe er sie damit entzündet hatte.

Aber nicht jetzt, nicht in ihrer Trunkenheit. So sollte diese ganz besondere Vereinigung nicht aussehen.

Hank verfluchte sich. Er hatte sie nach dem Zeremoniell allein gelassen, um ihre Ängste zu steigern. Sie sollte warten und sich wundern. Doch damit hatte er nur sich selbst eins ausgewischt. Er hatte nicht wissen können, daß Señora Mejia für ihre kleine Privatfeier Wein im Zimmer bereitstellen würde. Er hatte nicht wissen können, daß sein Groll verfliegen würde, daß er es sich anders überlegen und etwas Besonderes aus dieser Nacht würde machen wollen.

Er war ins Zimmer gekommen, um Samantha dazu zu bringen, daß sie ihn begehrte – aus den einzig richtigen Gründen. Er hatte vorgehabt, sie dahin zu bringen, daß sie ihn ebensosehr begehrte wie er sie.

Samantha wälzte sich herum und ließ ein Bein auf Hanks Beine gleiten. Er stöhnte, löste seine Glieder eilig von ihr und sprang aus dem Bett. Er blieb stehen und blickte wieder auf sie hinunter. Sie wachte nicht auf. Sie nahm den Aufstand nicht wahr, der in ihm tobte.

Ihr Haar breitete sich über das Kissen, und er bewunderte das tiefe Kastanienbraun mit dem Rotschimmer, seidig und zart. Eine einzelne, lose Locke kringelte sich auf ihren Brüsten und hob und senkte sich leicht mit ihren Atemzügen. So hatte er sie bisher noch nie gesehen, so friedlich, so schön. Er mußte die Fäuste ballen, um sie nicht zu berühren.

»Diese Frau treibt mich in den Wahnsinn!« fluchte er. Dann griff er nach seiner Hose, ehe er das Zimmer verließ.

Es würde eine lange, qualvolle Nacht werden – nicht allzu anders als viele andere Nächte, seit er Samantha kannte.

31

»Die Hochzeitsnacht ist vorbei, Hank«, protestierte Samantha schläfrig. »Du hast deine Chance verpaßt.«
»Was stört das Tageslicht die Liebenden?«
»Die Liebenden? Mein Gott!« sagte sie. Erfolglos versuchte sie, seine Hand wegzustoßen.

Hank lachte. Er hatte sie mit seinen Händen geweckt. Sie war aus ihrem Tiefschlaf erwacht, und seine Hände hatten ihren ganzen Körper gestreichelt. Die Empfindungen waren so köstlich gewesen, daß sie geglaubt hatte, zu träumen. Seine Hände ganz real vorzufinden, war ein Schock gewesen.

»Na, dann mach doch.« Sie bemühte sich, ihre Stimme möglichst gelangweilt klingen zu lassen. »Ich weiß, daß es keinen Sinn hat, dich zurückzuhalten, wenn du so anfängst. Ich habe es satt, es auch nur zu versuchen.«

»Hoffst du, mich mit deiner Gleichgültigkeit verletzen zu können?« fragte Hank zart.

Sie sah ihm in die Augen und runzelte die Stirn. »Könnte es dich verletzen? Wäre es wirklich ein Unterschied für dich?«

Hank grinste vielsagend. »So hättest du es wohl gern, was? Aber deine Überlegungen sind nutzlos, *querida*. Deine Gleichgültigkeit hält nicht an. Das weißt du so gut wie ich.«

Seine Lippen berührten sie zärtlich. Kurz darauf glaubte sie, von der Glut seines Kusses verzehrt zu werden. Als dieser Kuß ein Ende fand, wollte sie mehr. Hank lag auf ihr, hielt ihre Schultern fest, und seine Brust preßte sich gegen sie. Seine Lippen, die zu ihrem Nacken herunterglitten, machten sie wahnsinnig.

Dieser Macht, die er über sie hatte, konnte sie sich nicht entziehen. Wozu auch? Irgendwie gelang es ihm immer, eine Reaktion aus ihr hervorzulocken. Es gelang ihm immer, den Sieg davonzutragen. Sie setzte ihren Verstand ein. Schließlich war er ihr angetrauter Ehemann. Sie waren verheiratet. Ihr Mann ... ihr Ehemann.

Immer wiederholte sie sich das in Gedanken, bis Hank in sie eindrang und sie stöhnte. Sie umklammerte seine Hüften mit ihren Beinen und reagierte mit rasender Leidenschaft auf seine Stöße.

»*Mi marido*«, sagte sie laut, ohne sich dessen wirklich bewußt zu sein.

Dann packte sie seinen Kopf und biß in sein Ohr, nicht allzu fest, doch fest genug, um seine Aufmerksamkeit darauf zu lenken. »Du wolltest, daß ich mich daran erinnere«, flüsterte sie, ehe sie mit ihrer Zunge in sein Ohr fuhr und spürte, daß er zitterte. »Auch du wirst dich daran erinnern, *querido*!«

Sie küßte ihn hingebungsvoll und leidenschaftlich, und seine Leidenschaft nahm ungeheuer zu. Er wurde zum Mann, zum Tier, und sie genoß es. Sie erreichte ihren Höhepunkt gleichzeitig mit ihm, und genüßlich kosteten sie gemeinsam das Abebben aus.

Doch Hank war noch nicht fertig mit ihr. Er nahm sie wieder, so wild wie beim erstenmal – aber auch so zärtlich. Er zog sie mit sich, und diesmal kosten ihn ihre Nägel. Ihre Hände waren so zart wie seine, denn endlich wollte sie in dem Maß Vergnügen bereiten, wie sie es empfing. Und das gelang ihr auch.

Es war nicht der Zeitpunkt zu rätseln. Die Fragen würden sich ihr später stellen. Jetzt war Samantha nur von Empfindungen durchströmt, von Empfindungen und von Reaktionen auf Hanks Zärtlichkeit.

Er war ein erstaunlicher Mann, dieser gutaussehende *bandido* – ihr Gemahl. Mit diesem Gedanken schlief sie ein, träge, ermattet, Hank halb auf ihr, halb neben ihr, und sein Kopf ruhte auf ihren Brüsten.

»Es ist Zeit, Sam. Wir ziehen weiter.« Hank weckte sie mit einem sanften Schütteln.

Er war angezogen, und er drehte sich um, um ihre Kleider aufzusammeln. Sie dankte stumm dafür, daß sein Blick nicht auf sie gerichtet war, denn sie errötete bei der Erinnerung, und sie wollte nicht, daß er ihre Verlegenheit bemerkte. Schließlich benahm er sich, als sei nichts Besonderes vorgefallen. Konnte es wirklich sein, daß er sich nichts dabei dachte?

Sie empfand alles ganz anders. Ihr war nicht klargewesen, daß Hank ein so zärtlicher Mann sein konnte. Das warf ein neues Licht auf ihn und erschütterte sie in ihrer bisherigen Feindseligkeit. Dieser Umstand war gefährlich, sogar extrem gefährlich. Sie *mußte* diese Vereinigung vergessen, diese wunderbare gemeinsame Nacht vergessen. *Er* hatte sie offensichtlich längst vergessen.

»Ich bringe dich jetzt zu deinem Vater«, sagte er schließlich.

Er reichte ihr die Kleider, die sie beim Reiten getragen hatte. Irgendeine gute Seele hatte ihre Kleider gewaschen. Der Spitzenrock und die Spitzenbluse, ihr Hochzeitskleid, waren verschwunden. Sie wollte nicht danach fragen.

Sie schwang ihre Beine über die Bettkante und wandte ihm den Rücken zu. »So, erst heiratest du mich, und dann bringst du mich wieder zu meinem Vater?«

»Zumindest wirst du nie eine *solterona* sein«, sagte er kichernd.

»Eine alte Jungfer!« rief sie empört. »Niemals!«

»Glaubst du etwa, dein Ramón hätte dich geheiratet, wenn er gesehen hätte, wie du von einem anderen einen dicken Bauch bekommst? Es gibt nicht viele Männer, die befleckte Ware nehmen.«

»Du bist widerwärtig!« Ihre Augen sprühten grünes Feuer. »Und du gehst von etwas aus, was nie passieren wird! Ich habe dich nicht gebraucht, um meinen Ruf zu retten. Und danken werde ich dir das gewiß nicht.«

Hank lächelte, und seine grauen Augen tanzten. Dieses Gesicht, diese Augen, die Art, wie er sie ansah ... O Gott, was tat er mit ihr?

»Du hast mir immer noch nicht gesagt, warum du mich wirklich geheiratet hast«, sagte Samantha ruhiger. »Und den Unsinn, daß du mich vor der Schande bewahren willst, glaube ich nicht. Warum also, Hank?«

»Kannst du dir das wirklich nicht selbst denken?«

»Würde ich dich fragen, wenn ich es wüßte?«

»Vielleicht weißt du es morgen«, sagte er achselzuckend.

»Warum stellst du es nicht jetzt klar? Es war zwecklos. Du kannst mich nicht bändigen. Du gibst mich meinem Vater zurück, und ich lasse mich scheiden. Was hast du erreicht? Deinem Cousin ist nicht geholfen. Er kann mein Land nicht behalten.«

»Du willst es gar nicht wissen, Samina«, erwiderte er geheimnisvoll. »Wirklich, es würde dir den ganzen Tag verderben.«

»Du hast mir den Tag bereits verdorben!« schrie sie ihm nach.

Viele Menschen hatten sich draußen versammelt, um sich von Hank zu verabschieden. Sie nannten ihn Don Enrique. Der Name kam ihr bekannt vor, aber sie konnte ihn nicht unterbringen. Alle wußten, daß sie Hanks Frau war, seine rechtmäßige Frau. Sie hielt diese lächelnden Gesichter nicht mehr aus, die ihnen Glück wünschten und alles nur noch schlimmer machten.

32

Auf dem harten Ritt nach El Paso gab Hank Samantha keine Gelegenheit, mit ihm zu reden. Er verweigerte ihr die Antwort auf alle Fragen, und als sie ihr Lager aufschlugen, hatte sie keine Lust mehr, mit ihm zu reden. Er bestand nicht auf seinen Rechten, nicht, ehe die letzte Nacht anbrach und sie ihr Lager eine Meile vom Rio

Grande und dem El Paso aufgeschlagen hatten. Hank rechnete damit, ihren Vater an dieser Stelle anzutreffen.

Auch in dieser Nacht war Hank wieder zärtlich. Und Samantha, die wußte, daß dies das letzte Mal sein würde, konnte es an Zärtlichkeit fast mit ihm aufnehmen.

Als sie am nächsten Morgen erwachte, war er fort. Die anderen Männer waren noch da und faulenzten, als sei kein Aufbruch in Sicht. Samantha war bestürzt. Hank hatte sich nicht einmal verabschiedet. Als Lorenzo ihr Kaffee und Essen brachte, forderte sie ihn lächelnd auf, sich zu ihr zu setzen, denn sie hoffte, etwas aus ihm herausholen zu können. »Wohin ist er so früh gegangen?«

»Nach El Paso.«

»Allein? Ist Antonio dort? Will er seinen Cousin dort treffen?«

»Antonio?«

Samantha seufzte. »Du kennst Antonio nicht! Mein Gott, du weißt gar nicht, warum ich entführt worden bin?«

»Ich befolge Befehle, und dafür werde ich bezahlt. Ich stelle keine Fragen.«

Samantha spürte ihren Zorn aufsteigen, aber sie wollte Lorenzo nicht quälen. »Was hat Hank gesagt, ehe er losgeritten ist? Hat er mir eine Nachricht hinterlassen?«

»*Si*, er hat gesagt, daß du in sechs bis sieben Monaten nach ihm Ausschau halten sollst.«

Sie runzelte die Stirn. »Was soll das heißen?«

Lorenzo zuckte die Achseln. »Er hat gesagt, du würdest es verstehen.«

Im nächsten Moment verstand sie es, und sie errötete. Falls sie schwanger war, würde sie in sechs bis sieben Monaten ganz offensichtlich schwanger sein. Selbst zum Abschied mußte er sie noch verhöhnen!

»Er kommt also nicht zurück?« fragte sie.

»Nein.«

»Aber wann werde ich zu meinem Vater gebracht? Woher weiß ich, daß alles klappt?«

»Wir warten hier, Sam. Dein Vater wird dich hier holen.‹

»Wann?«

Wieder zuckte er die Achseln. »Vielleicht heute – oder auch morgen. Sei geduldig, Kleines. Bald bist du wieder bei deinem Vater.«

Auf dem Ritt nach El Paso machte Hank sich Sorgen. Würde es ihm gelingen, Kingsley scheinbar zufällig zu treffen? Es mußte den Anschein des Zufälligen haben. Er würde sagen, daß er nach El Paso gekommen war, um einen Cousin zu besuchen. Bei seinem Zusammentreffen mit Kingsley würde er sich erstaunt zeigen.

Dios, es war äußerst riskant. Hätte er doch nur seine Pläne nicht plötzlich ändern müssen. Ein zweites Zusammentreffen mit Kingsley nach der Entführung war gefährlich. Der Mann konnte Verdacht schöpfen. Er hatte vorgehabt, länger zu warten, zu riskieren, daß Kingsley einen anderen Käufer fand, ehe Hank auftauchte. Doch er hatte seine Pläne geändert – wegen Samantha. Sie war zu gewitzt, und selbst jetzt konnte er noch nicht sicher sein, daß er an alles gedacht hatte.

Als ihr Ehemann konnte Hank frei über ihren gesamten Besitz verfügen. Daran würde die Scheidung nichts ändern. Samantha konnte die Ehe auflösen, aber sie konnte nicht das an sich reißen, was im Moment ihrer Eheschließung rechtmäßig an ihn übergegangen war – die Hazienda de las Flores beispielsweise.

Dennoch wollte Hank die Kaufurkunde in den Händen haben, bezahlt und vollkommen legal. Das hieß, daß er für etwas zahlte, was ihm bereits gehörte. Er wollte das Land gar nicht umsonst haben. Das war nie seine Absicht gewesen, und er bestand darauf, dafür zu zahlen. Sein Angebot hing jedoch von Pats Versprechen ab, und wenn Pat einen Fehlschlag erlitt, konnte Hank nicht zahlen. Mit Samantha als seiner Frau brauchte er sich darum jedoch keine großen Sorgen mehr zu machen.

Warum ruhte er sich also nicht auf seinen Erfolgen aus? Warum verspürte er ein unterschwelliges Bedauern, Reue, die verrückte Sehnsucht, sein Pferd umzukehren und mit Samantha wieder ins Gebirge zu reiten, um sie für alles zu entschädigen, was er ihr angetan hatte, um ihren Vater und seine Ländereien zu vergessen, um Samantha auf irgendeine Weise dazu zu bringen, ihn zu lieben?

Dios mio, er war verrückt, so etwas auch nur zu denken. Sie trieb ihn wirklich in den Wahnsinn!

33

Samantha wäre auf die Palme gegangen, wenn es Palmen gegeben hätte. Vier Tage waren vergangen, und niemand war gekommen. Die Maihitze war zum Umkommen, und das Wasser, das aus dem Fluß geholt wurde, war warm und schmeckte rostig. Die Lebensmittelvorräte gingen zur Neige, und die Männer spürten Samanthas Ungeduld ebensosehr wie ihre eigene.

Am vierten Nachmittag hatte sie das Warten satt. Sie war verklebt und schmutzig, und wenn es ihren Stolz auch schmerzte, es zuzugeben, so roch sie doch ebenso schlecht wie die Männer. Die Sonne hatte sie braungebrannt, und wenn ihr Vater jetzt gekommen wäre, hätte er sie wahrscheinlich gar nicht erkannt. Doch er kam nicht. Warum bloß?

»Es ist etwas schiefgegangen, Lorenzo«, sagte Samantha, nachdem sie ihn von den anderen fortgezogen hatte, um allein mit ihm zu reden. »Du hast von einem oder zwei Tagen gesprochen. Warum ist mein Vater nicht gekommen?«

Lorenzo wußte auch nicht mehr als sie. »Vielleicht war er nicht in El Paso.«

»In dem Fall wäre Hank zurückgekommen. Außerdem hat mein Vater eine Ranch, die nur einen Ritt von ein paar Stunden außerhalb der Stadt liegt. Dort wäre er, wenn er nicht in der Stadt ist. Jemand, der ihn sucht, hätte ihn inzwischen längst gefunden.«

»Wir können nur warten.«

»Ohne Essen?« hob sie hervor. »Nein, ich fordere, daß du mich in die Stadt bringst. Wir werden uns selbst ein Bild davon machen, was hier vorgeht.«

»Ich habe Auftrag zu warten.«

»Bis in alle Ewigkeit?« fauchte sie. »Verdammt noch mal, dann reite du eben los. Niemand wird etwas davon erfahren. Bring raus, wo mein Vater ist.«

Als Lorenzo den Kopf schüttelte, versuchte Samantha, ihn tief zu treffen. »Warum nicht?« schrie sie. »Was ist, wenn Hank etwas zugestoßen ist? Angenommen, es hat nicht geklappt und er konnte meinem Vater nicht mitteilen, wo ich bin? Vielleicht warten wir umsonst.« Sie sah seinen finsteren Blick und fuhr mit Nachdruck fort: »Es wäre ein leichtes, herauszufinden, ob mein Vater seine Ländereien in Mexiko verkauft hat. Er soll sie an einen Antonio Chavez verkauft haben, Rufinos Cousin. Du mußt dich nur erkundigen. Bitte, Lorenzo. Wie lange sollen wir denn untätig warten?«

Er gab nach. Sie brauchten Lebensmittel, und diesen Vorwand benutzte er Diego und Inigo gegenüber.

Während Lorenzos Abwesenheit war Samantha ein Nervenbündel. Das Warten und die Vorahnung schlechter Nachrichten setzten ihr zu. Sie war sicher, daß etwas schiefgegangen war.

Als ob das noch nicht genug wäre, mußte Samantha mit Diego und seinem lüsternen Grinsen zurechtkommen. Zum erstenmal war sie seiner Obhut unterstellt. Die Tatsache, daß Inigo bei ihnen war, nahm ihr nichts von ihrer Nervosität. Inigo war in ihren Augen immer noch ein Feigling. Wenn Diego sich entscheiden sollte, über sie herzufallen, wäre er ihr keine Hilfe gewesen.

Daher hätte ihre Erleichterung nicht größer sein können, als Lorenzo direkt vor Einbruch der Dunkelheit bei Sonnenuntergang zurückkehrte. Er wirkte jedoch müde und besorgt, und sie erwartete atemlos die Neuigkeiten, die er mitbrachte.

Er starrte sie mehrere unerträglich lange Momente an,

als fragte er sich, was genau er ihr sagen sollte. Schließlich sagte er ganz schlicht: »Wir gehen jetzt.«

»Gehen? Einfach so?« Verwirrung und Furcht ließen sie aufbrausen.

»*Por Dios!*« rief Lorenzo ungeduldig aus. »Das ist es doch, was du hören wolltest!«

»Ich will hören, warum mein Vater mich nicht geholt hat! Was ist ihm zugestoßen?«

»Nichts... jedenfalls nicht, soweit ich weiß. Er war in der Stadt, aber er ist wieder auf seiner Ranch.«

Samantha hätte am liebsten geweint. »Das Land ist also gar nicht verkauft worden? Ich werde weiterhin als Gefangene gehalten?«

»Das Land ist verkauft worden. Vor zwei Tagen. Der Kaufvertrag ist im Gericht hinterlegt.«

»Woher weißt du das?«

»Ich habe den Beamten ausfindig gemacht. Er erinnert sich an Señor Kingsley – und an den neuen Besitzer. Der Verkauf ist außerdem öffentlich kundgegeben worden. Ich nehme an, dein Vater hat geglaubt, daß einer von uns da ist und von dem Verkauf erfährt.«

»Aber Rufino war da!« rief sie ihm in Erinnerung. »Warum hat er meinem Vater nicht gesagt, wo ich zu finden bin? Mein Vater hat seinen Teil getan, Lorenzo. Ich verstehe das nicht.«

»Ich auch nicht.« Lorenzo seufzte.

»Du hast Rufino nicht gefunden?«

»Nein«, erwiderte er widerstrebend.

»Dann...« Plötzlich riß sie ihre Augen weit auf. »Er hat das Land doch nicht etwa an jemand anderen verkauft? Ich meine, o mein Gott, Hank wäre außer sich, wenn jemand anderer als sein Cousin das Land gekauft hätte. Das würde erklären...«

»Nein«, unterbrach Lorenzo ihre Mutmaßungen. »Der Beamte, den ich ausgefragt habe, erinnert sich an den Käufer. Es war Antonio Chavez.«

»Ich...« Wieder wollte sie ihrer Verwirrung Ausdruck verleihen, doch plötzlich war sie gar nicht mehr verwirrt. »Dieser elende Schuft! Das hat er absichtlich getan!«

»Wer?«

»Hank! Rufino!« fauchte sie aufbrausend. »Er hat nie die Absicht gehabt, meinem Vater mitzuteilen, wo er mich findet. Merkst du es denn nicht? Das war seine Rache. Wahrscheinlich ist er längst mit seinem Cousin verschwunden und lacht darüber, daß er mich und meinen Vater warten läßt.«

Lorenzo schüttelte finster den Kopf. »Das kann ich nicht von ihm glauben.«

»Warum nicht?« fragte sie erbost. »Du kennst ihn nicht so gut wie ich . . .!«

»Aber du bist seine Frau.«

»Was hat das damit zu tun? Er wollte mich genausowenig heiraten wie ich ihn. Er mußte mich zwingen, einzuwilligen.«

»Das kann ich nicht glauben«, erwiderte Lorenzo hartnäckig.

Samantha verlor gänzlich die Geduld. »Lorenzo, er ist nicht der Mann, für den du ihn zu halten scheinst. Es mag sein, daß er dir das Leben gerettet hat, aber das macht ihn noch nicht zu einem ehrenwerten Menschen. Er hat mir damit gedroht, meinen Vater zu töten, wenn ich ihn nicht heirate. Glaubst du wirklich, ich hätte es gewollt? Glaubst du wirklich, eine Ehe hätte alles wiedergutgemacht, was er mir angetan hat? Wenn er etwas will, ist ihm jedes Mittel recht. Zu der Sorte von Mann zählt er.«

»*Basta ya!*« fauchte Lorenzo wütend.

»Wenn das noch nicht reicht! Du glaubst mir immer noch nicht, Lorenzo? Aber Hank hat bekommen, was er wollte, und er ist verschwunden. Das kannst du nicht abstreiten. Ich hätte vor zwei Tagen freigelassen werden sollen. Aber ich bin immer noch hier – du bist immer noch hier. Er hat dich in derselben Klemme sitzenlassen wie mich, ohne sich darum zu scheren!«

Lorenzo kniff die Augen zu Schlitzen zusammen. »Pack deine Sachen! Wir gehen jetzt!«

»Wohin?«
»Ich bringe dich zu deinem Vater«, erwiderte er barsch.
»Und was ist mit den anderen?«
»Sie gehen jetzt wieder ihre eigenen Wege. Die Sache ist aus.«

Es war aus, es war wirklich aus. Sie war auf dem Weg nach Hause zu ihrem Vater. Es war nur noch eine Frage von wenigen Stunden, bis sie bei ihm war ...

Das Wasser, das ihm in die Nase gespritzt wurde, brachte Hank wieder zu Bewußtsein. Man hatte ihm einen ganzen Eimer Wasser ins Gesicht geschüttet. Es war nicht das erste Mal, aber er vergaß es und versuchte, das Wasser aus seinen Augen zu schütteln. Der Schmerz ließ ihn innehalten. Er schoß durch seinen Kopf wie die Explosion von Tausenden von winzigen Lichtern. Das brachte ihm die Erinnerung zurück – die Erinnerung an alles.

Sein eines Auge war geschlossen, und den Mund konnte er kaum öffnen. Seine Lippen waren blutverschmiert und sein Kiefer und seine Wangen geschwollen. Er konnte immerhin noch dankbar dafür sein, daß seine Nase nicht gebrochen war und er noch alle Zähne im Mund hatte.

Was den Zustand seines übrigen Körpers anging, war er nicht sicher. Zwei Rippen waren mit Sicherheit gebrochen, doch es kam ihm vor, als sei auch sein ganzer restlicher Körper zermalmt – bis auf seine Hände. In den Händen hatte er gar kein Gefühl mehr, nicht einmal in den beiden Fingern seiner rechten Hand, die umgebogen worden waren, bis die Knochen knackten.

Wie lange hatte er so dagelegen? Mit den Stricken gefesselt, die sich in seine Handgelenke schnitten und die Taubheit seiner Hände bewirkten? Einen Tag? Zwei? Es war Nacht. Soviel konnte er durch das verschwommene Flimmern wahrnehmen, das er mit seinem offenen Auge erkannte. Die Tür der alten Scheune stand offen – wegen des Gestanks, seines Gestanks. Man hatte Hank jede Nahrung, aber auch die Möglichkeit, sich zu erleichtern, verweigert. Doch diese Peinlichkeit war seine geringste Sorge. Hank sah nämlich keinen Ausweg.

Wie hatte plötzlich alles so danebengehen können? Am zweiten Tag seines Aufenthaltes in der Stadt hatte er, wie erhofft, Hamilton Kingsley getroffen. Kingsley schien keinen Verdacht geschöpft zu haben. Hank hatte sich gar nicht erst erboten, das Land zu kaufen. Er hatte gewartet, bis Kingsley das Thema zur Sprache brachte. Dazu war es nur allzu schnell gekommen, und der Handel war abgeschlossen worden. Noch am selben Nachmittag hatten sie die Dokumente unterschrieben. Hank hatte den Kaufvertrag, und er trug ihn in diesem Moment an seinem Körper, in seiner Jackentasche. Das Land gehörte ihm, er war der rechtmäßige Besitzer, aber was half ihm das jetzt?

Immer wieder hatte er sich gefragt, ob es die Sache wert war, und allmählich war er zu dem Schluß gekommen, daß sie es nicht war. Viel Geduld hatte man auch nicht mehr mit ihm. Seine Peiniger hatten seinen beharrlichen Widerstand satt, und wer konnte wissen, was als nächstes kam?

Und was war mit Kingsley? War er noch hier? Wie dieser Mann ihn zum Narren gehalten hatte, bis er den Kaufvertrag in den Händen gehalten hatte! Dann hatte er gesehen, wie der Rancher mit zwei seiner Männer sprach, und er hatte eine erste Unsicherheit verspürt. Kurz darauf waren diese beiden Männer in sein Hotelzimmer gekommen. Sie hatten ihn eingeladen, auf Kingsleys Ranch mitzukommen. Als er abgelehnt und sich schließlich geweigert hatte, hatten sie mit gezückten Waffen darauf bestanden.

Es war am frühen Abend gewesen. Niemand hatte beobachtet, wie man ihn aus der Stadt geleitet hatte. Er hatte nicht einmal Gelegenheit gehabt, Kingsley eine Nachricht überbringen zu lassen, damit dieser wußte, wo er Samantha finden konnte.

Aber das interessierte Kingsley im Moment gar nicht. Jetzt, nachdem er die Anweisungen genau befolgt hatte, nahm er es als selbstverständlich hin, daß seine Tochter auf dem Weg zu ihm war. Nein, Kingsley wollte El Carnicero – oder den Banditen, den er für El Carnicero hielt. Er war so rachelüstern, wie Samantha es nur sein konnte, und er war davon überzeugt oder hatte sich von seinen Männern davon überzeugen lassen, daß Hank ihn zu El Carnicero führen konnte.

Hanks einziger Trost bestand darin, daß niemand auch nur eine Anspielung darauf gemacht hatte, er selbst könnte El Carnicero sein. Jeder wußte, daß der Bandit ein kleingewachsener, fetter Mexikaner war. Doch Hank wurde für ein Mitglied seiner Bande gehalten.

Das konnte er Kingsley nicht wirklich vorwerfen. Wenn er in Kingsleys Lage gewesen wäre, hätte er alles getan, was in seiner Macht stand, um zu behalten, was ihm gehörte. Außerdem hatte der alte Mann nicht gewußt, wie weit seine bezahlten Schläger bei Hank gingen. Als er Hanks Verfassung sah, hatte er sich angewidert abgewandt, aber Nate Fiske, der Sprecher der Männer, hatte diese Behandlung verteidigt.

»Sie wollen doch ein Geständnis haben, oder nicht? Einen Beweis, mit dem Sie Ihr Land zurückgewinnen können?« hatte er Kingsley gefragt. »Und El Carnicero? Wenn wir ihn nicht kriegen, kann er so was wieder tun. Dieser Mexake gehört zu seinen Leuten.«

»Und was ist, wenn er nicht dazugehört?« hatte Kingsley gefragt und somit seine noch bestehenden Zweifel enthüllt. »Was ist, wenn er die Wahrheit sagt?«

Nate Fiske lachte. »So haben Sie die Sache gestern noch nicht gesehen, Mr. Kingsley. Als Sie ihm das Land verkauft haben, waren Sie noch sicher, daß er mit der Bande zu tun hat.«

»Ich habe mich von euch überzeugen lassen, aber . . .«

»Vielleicht sollte ich noch einmal auf gewisse Fakten hinweisen«, hatte Nate ungeduldig gesagt. »Der Ärger hat erst angefangen, nachdem dieser Kerl Sie aufgesucht hat und Ihr Land kaufen wollte. Sie haben abgelehnt, und plötzlich waren die Banditen hinter Ihnen her und haben gefordert, daß Sie Mexiko verlassen. Als das nicht geklappt hat, haben die Banditen sich Ihre Tochter geschnappt, und dann ist er wiederaufgetaucht. Rein zufällig? Vielleicht. Wenn man davon absieht, daß Sie den Fehler begangen haben, ihn in Ihre Pläne einzuweihen. Daraufhin haben die Banditen eine neue Forderung gestellt. Entweder Sie verkaufen, oder Sie können Ihre Tochter abschreiben. Und wer taucht dann zum rechten Zeitpunkt in El Paso auf und ist immer noch darauf versessen, Ihr Land zu kaufen? Hören Sie, Mr. Kingsley, Chavez hat diese Banditen entweder selbst angeheuert, oder er ist einer von ihnen. In beiden Fällen werde ich aus ihm herausbekommen, wo El Carnicero zu finden ist. Und dafür zahlen Sie mich schließlich. Es wird Sie noch mehr kosten, durch ein Geständnis Ihr Land wiederzubekommen, aber Sie sind doch bereit, dafür zu zahlen, oder nicht?«

Hamilton Kingsley hatte widerwillig genickt. Er hatte nichts weiter gesagt und Nate Fiske mit seinem Schweigen seine Zustimmung erteilt, zu tun, was nötig war.

Das einzige, was Hank noch helfen konnte, war, wenn er durchhielt, indem er weiterhin auf seiner Unschuld beharrte. Er konnte nur beten, daß einer dieser rauhen Männer ihm schließlich doch noch glauben würde. Vielleicht ließ Kingsley sich auch erbarmen und rief sie zurück. Das konnte allerdings noch lange dauern. Kingsley war zu empfindsam, und er würde sich wahrscheinlich nicht mehr blicken lassen, bis alles vorbei war.

Eine Flucht stand außer Frage. Es waren sieben Männer von der brutalsten Sorte. Hank kannte diesen Menschenschlag, der leichtes Geld verdienen wollte und zu allem fähig war, selbst zu Mord. Er haßte sie inzwischen alle – Nate, der Hanks Pläne durchschaut hatte, und Ross, den riesigen Texaner, der ihm mit einem Fausthieb zwei Rippen eingeschlagen hatte. Dann gab es noch den, den sie Sankey nannten, und er hatte gelacht, als er Hanks Finger umbog. Er war zugleich auch derjenige, der darauf beharrte, daß nur weitere Foltern ein Geständnis herbeiführen konnten.

Die Namen der anderen kannte Hank nicht. Drei der Männer hielten sich im Hintergrund und standen Wache, während die anderen schliefen. Sie hielten sich aus den Verhören und aus den Foltern heraus.

Hank stellte fest, daß er einen der Männer am meisten haßte, und das war Camacho, der Mexikaner mit dem flachen Gesicht. Ein kleiner, doppelzüngiger, wendiger Schurke. Er war der Schlimmste von allen. Er flüsterte ihm spanische Worte zu und heuchelte Mitgefühl mit seiner beschwichtigenden Stimme, die er nur einsetzte, wenn Hank die größten Qualen erlitt.

Sein bärtiges Gesicht bewegte sich jetzt dicht vor Hanks Augen. »Bist du wach, Amigo? Die Gringos werden ungeduldig. Ich kann dir nicht helfen, solange du mir nicht sagst, was sie wissen wollen.«

Hank versuchte, die Stimme abzublocken, die ihm einschmeichelnd zuredete, aber es gelang ihm nicht. Er sah jetzt klarer. Ein paar der Männer schliefen, aber Sankey war nicht unter den Schlafenden. Er kauerte mitten in der Scheune vor einem Feuer und hielt ein Messer mit langem Griff in die Flammen. Allein die Frage, was er mit diesem Messer anfangen würde, war eine Folter für sich.

»*Confiesa Usted Sufatta?*«

»Welche ... Schuld?« gelang es Hank hartnäckig hervorzustoßen.

»*Estúpido hombre!*« sagte Camacho angewidert. »Nate, dem reicht es. Bald läßt er Sankey mit dir machen, was er will. Warum gestehst du nicht jetzt? Wenn der alte Kingsley sein Land durch dieses Geständnis wiederbekommt, heißt das mehr Geld für diese *desperados. Comprende?* Die Männer wollen mehr Geld haben. Also, was ist?«

Hank antwortete nicht, und Sankey rief: »Hat es ihm gereicht, Camacho?«

»Ich glaube nicht, Amigo.« Der Mexikaner schüttelte matt den Kopf. »Er stellt sich sehr dumm an.«

»Dann geh weg, und laß ihn in Ruhe.« Sankey stand auf. »Jetzt bin ich dran.«

»Laß das bleiben, Sankey.« Nate vertrat ihm den Weg. »Ich habe dir gesagt, daß das nicht in Frage kommt. Er würde es unter keinen Umständen überleben.«

»Zum Teufel, in den Ländern im Osten wird das laufend gemacht. Die Männer überleben es – sie sind bloß keine Männer mehr.« Sankey kicherte vor sich hin. »Verdammt noch mal, Nate, ich brauche es doch gar nicht wirklich zu tun. Ich garantiere dir, daß er in dem Moment alles auspackt, in dem die heiße Klinge seine Haut berührt.«

»Es gibt andere Möglichkeiten. Der Alte will nicht, daß er stirbt, und wenn wir Geld wollen, müssen wir es auf seine Art machen. Verstanden?«

»Wie wäre es dann damit?«

Sankey zog seine Waffe und feuerte sie ab, ehe Nate ihn zurückhalten konnte. Hank wand sich zuckend, als die Kugel sich durch seinen Schenkel schnitt. Doch er schrie nicht auf. Im nächsten Moment ließ der Schmerz nach, und nur ein dumpfes Brennen blieb zurück. Sein Körper entspannte sich, wurde schwerer und schwerer, und sein Verstand verlor die Schärfe und spielte ihm Streiche. Er sah den Goldgräber aus Denver vor sich, von Kugeln durchlöchert, aber am Leben. Er sah Samantha mit einer Waffe in der Hand, bereit, immer mehr Kugeln in seinen Körper abzuschießen, und dabei lächelte sie triumphierend. Er hätte im Gegensatz zu dem Goldgräber nicht überlebt, nicht wenn er ihrer Gnade ausgesetzt war. Das war sein letzter Gedanke, ehe beide Bilder verschwammen und nur Schwärze zurückblieb.

34

Samantha ließ sich von Lorenzos Pferd gleiten, ehe er es wirklich zum Stillstand gebracht hatte. Dann lief sie die Stufen zur Veranda hinauf und wirbelte herum. Sie hatte Lorenzo fast vergessen.

»Du wartest doch, oder?«

»Ich glaube nicht, Sam. Hier. Rufino hat mich gebeten, dir das zu geben, ehe ich dich abliefere.«

Samantha fing das Bündel auf, das er ihr zuwarf. Selbst in der Dämmerung erkannte sie den weißen Spitzenrock und die weiße Spitzenbluse. Ein Kloß stieg ihr in die Kehle. Warum wollte Hank, daß sie diese Kleidungsstücke behielt? Als Erinnerungsstück? Verdammter Kerl, immer wieder versetzte er ihr Seitenhiebe.

Sie war entschlossen, sich die Sache nicht nahegehen zu lassen. Für sie war keine Sentimentalität mit diesen Kleidern verknüpft. Sie nahm das Bündel unter den Arm und stand im bleichen Mondschein da.

»Du kannst nicht einfach davonreiten, Lorenzo. Gib mir Gelegenheit, meinen Vater zu sehen, und dann komme ich wieder und sage dir adiós. Wir haben so vieles gemeinsam durchgemacht.«

Sein Pferd trat nervös auf der Stelle, denn die Spannung des Reiters übertrug sich. »Ich bin hier nicht sicher.«

»Unsinn«, spottete sie. »Du glaubst doch nicht etwa, ich würde zulassen, daß dir etwas geschieht? Du hast mich zu meinem Vater gebracht. Er wird dir dankbar sein.«

»Nein, Sam!«

»Nun gut, Lorenzo.« Sie seufzte und sagte dann impulsiv: »Verstehst du, ganz gleich, ob du mir geholfen hast oder nicht – deine Gegenwart hat mir manchmal Mut gemacht. Und dafür möchte ich dir danken.«

»*Adiós, Amiga.*« Sein Abschiedsgruß drang als Flüstern zu ihr.

»*Hasta la vista*, Lorenzo.«

Samantha blieb noch einen Augenblick lang stehen und sah ihm nach, während er davonritt. Somit war ihre letzte Verknüpfung mit ihrem höllischen Abenteuer abgerissen. Ihre Kehle war zugeschnürt. Doch daran wollte sie jetzt nicht denken. Ihr Vater erwartete sie.

Sie drehte sich um und betrat eilig das alte Haus. Es war Jahre her, seit sie hier gewesen war, doch sie konnte sich noch gut an die Räumlichkeiten erinnern. Drinnen war es dunkel. Leer. Sie hatte nicht damit gerechnet, daß es ganz so leer sein würde, aber schließlich war ihr Vater noch nicht lange hier. Die Möbel waren vermutlich noch nicht eingetroffen. Gedankenverloren fragte sie sich, ob ihr Vater überhaupt ein Bett hatte, in dem er schlief.

Sie ging von einem Raum zum anderen. »Vater?« Ihr Herz schlug schneller, als sie feststellen mußte, daß sie allein in dem leeren Haus war. Lorenzo war fort. Als sie den Schuß hörte, hielt sich Samantha die Hand vor den Mund, um ihren Schrei zu ersticken. Das Kleiderbündel fiel auf den Fußboden. Mit weit aufgerissenen Augen hielt sie den Atem an. Lorenzo? O Gott, war das eine Falle? Hatte ihr Vater Lorenzo erschossen?

Die Waffe, die Lorenzo ihr zurückgegeben hatte, ehe sie den Fluß überquerten, war in ihrer Hand, und sie lief auf die Haustür zu und riß sie auf. Vergeblich bemühte sie sich, in der Dunkelheit etwas zu erkennen. Nichts war zu sehen. Wolken waren vor den Mond gezogen.

Sie wußte nicht, was sie tun sollte. Ihre erste Vermutung war nicht mehr haltbar, denn ihr Vater wäre längst ins Haus gekommen. Die Ranch war verlassen, und doch hatte jemand einen Schuß abgefeuert. Lorenzo? Aber wozu?

Dann hörte sie das Pferd, das auf die Ranch zu galoppierte und seinen Schritt zögernd verlangsamte, als es näher kam. Das Geräusch der Hufe verhallte, und als niemand auftauchte, hätte Samantha am liebsten laut aufgeschrien.

»Ist alles in Ordnung, *chiquita*?«

Sie zuckte zusammen. »Verdammt noch mal, Lorenzo, du hast mich fast zu Tode erschreckt.«

»Tut mir leid, Sam. Aber als ich dich allein auf der Veranda gesehen habe, wußte ich nicht, ob ich näher kommen sollte oder nicht.«

»Aber ich *bin* allein, Lorenzo«, sagte sie. »Mein Vater ist nicht hier.«

»Hast du deshalb den Schuß abgefeuert?«

»Ich doch nicht. Warst du es nicht?«

»Der Schuß ist von hier gekommen, Sam. Ich dachte, du wolltest mir ein Signal geben, damit ich zurückkomme.«

»Nein, ich ... ich glaube, wir sollten uns umsehen.

Wenn ich mich recht erinnere, stehen hinter dem Haus eine Scheune und ein Lagerhaus und noch einige Häuser dahinter.« Dann kam ihr plötzlich ein Gedanke. »Vielleicht fand mein Vater, daß eines der Häuser der Arbeiter bewohnbarer ist als dieses hier. Dort könnte er sein. Du hast doch gesagt, daß er heute nicht in der Stadt war.«

»Er kann inzwischen wieder in die Stadt geritten sein, Sam.«

»Irgend jemand ist jedenfalls hier!« fauchte sie, doch sie wechselte schleunigst wieder ihren Tonfall. »Würdest du ... bitte mit mir kommen, um nachzuschauen?«

Er nickte widerstrebend. »Das muß ich wohl tun. Aber ich sage dir gleich, Sam, daß ich nicht den Wunsch habe, auf einen zornigen Vater zu treffen.«

»Du kannst immer noch leise verschwinden, wenn ich ihn gefunden habe«, schlug sie erleichtert vor.

»Du kannst mir glauben, daß ich das tun werde.«

Sie gingen um das Haus herum, und ehe sie die Scheune auch nur sehen konnten, hörten sie Stimmen. Dann sahen sie einen Lichtschein, der aus der Scheune drang. Lorenzo legte eine Hand auf Samanthas Schulter, um sie zurückzuhalten, doch sie schüttelte seine Hand ab. Ihr Vater mußte in der Scheune sein. Aber irgend etwas stimmte nicht. Die Stimmen stritten sich.

Sie blieb erstarrt in der offenen Tür stehen und spürte Übelkeit in sich aufsteigen. Eilig trat sie aus dem Lichtkegel. Ihr Vater war nicht da. Er konnte nicht da sein. Der arme Mann, der festgebunden war und blutete – Hamilton Kingsley hätte so etwas nicht mitgemacht. Niemals!

»Ist dein Vater da, Sam?« flüsterte Lorenzo.

»Nein.«

»Dann ...«

Sie zitterte, als die Stimmen aus der Scheune deutlicher zu vernehmen waren.

»Amigos, ihr streitet euch umsonst. Er ist nicht tot. Er ist lediglich ohnmächtig.«

»Bist du sicher, Camacho?«

»*Si*. Er atmet.«

»Siehst du, Nate, ich habe dir doch gesagt, daß er nicht tot ist. Aber jetzt weiß er, was er zu erwarten hat.«

»Halt den Mund, Sankey«, knurrte Nate. »Ich habe es satt mit dir. Noch eine solche Geschichte, und du kannst gehen!«

»Du erreichst nichts, wenn du dem Kerl keine Angst einjagst«, brachte Sankey zu seiner Verteidigung hervor.

»Es reicht«, sagte Nate barsch. »Du kannst dich glücklich schätzen, daß der Alte heute abend in die Stadt geritten ist und den Schuß nicht gehört hat. Wenn er . . .«

»Na und? Ich habe ihn nicht getötet.«

»Halt's Maul!« Nate wandte sich von ihm ab. »Camacho, verbinde seine Wunde, ehe er verblutet.«

»Ich finde, wir sollten ihn wecken«, mischte sich Sankey ein. »Jetzt können wir ihm klarmachen, daß es uns ernst ist.«

»Schließt sich einer von euch Sankeys Meinung an?«

Nach einem längeren Schweigen ergriff der Mexikaner das Wort. »Mehr hält er nicht aus. Es wäre das beste, ihm Zeit zu lassen, damit er wieder zu sich kommt. Ein Toter sagt uns gar nichts.«

Die anderen schlossen sich ihm an. Nur Sankey wollte es nicht dabei belassen. Nate sprach ein Machtwort und beendete damit die Diskussion.

Vor der Scheune versetzte Lorenzo Samantha einen Rippenstoß. »Mir gefällt das alles nicht«, flüsterte er. »Was hast du gesehen?«

»Es scheint eine Art Verhör zu sein. Ich habe sechs, vielleicht auch sieben Männer gesehen, und derjenige, über den sie sprechen, ist mit den Händen zwischen zwei Pfählen aufgehängt. Ich habe noch nie jemanden gesehen, der so übel zugerichtet worden ist – verquollen, vernarbt und angeschossen. Ein Bein blutet. Er muß gräßliche Schmerzen haben.«

»Und die Männer? Arbeiten sie für deinen Vater?«

Samantha wandte sich erzürnt um. »Wage es nicht, zu

glauben, daß diese üblen Kerle für meinen Vater arbeiten!« zischte sie. »Niemals würde er eine solche Brutalität zulassen!«

»Aber sie haben von einem alten Mann gesprochen, der wieder in die Stadt geritten ist«, hob Lorenzo behutsam hervor.

»Es muß jemand anderes gewesen sein.«

»Sie sind aber auf seiner Ranch«, sagte Lorenzo beharrlich.

»Nein!« fiel sie ihm ins Wort. »Ich werde es dir beweisen.«

Lorenzo konnte Samantha nicht zurückhalten. Sie trat deutlich sichtbar für jeden, der in diese Richtung schaute, in die offene Tür. Doch niemand sah in diese Richtung. Zögernd trat Samantha einen Schritt vor. Lorenzo blieb so stehen, daß er nicht gesehen wurde.

Die meisten Männer hatten sich hingelegt, um zu schlafen, doch zwei saßen am Feuer, und einer von den beiden blickte auf und sah Samantha in der Tür stehen.

Erst sagte er gar nichts. Erstaunen drückte sich in seinem dunklen Mischlingsgesicht aus. Er starrte sie nur an und nahm ihr schmutziges, verwahrlostes Äußeres und die Waffe in ihrer Hand wahr. »Camacho, du übernimmst die erste Wache«, sagte der Mann, der neben dem Mexikaner gesessen hatte und jetzt aufstand. »Weck mich in ein paar Stunden.«

Camacho grinste breit und zeigte seine Zahnlücken zwischen faulenden Zähnen. »Ich glaube kaum, daß du dich vorerst schlafen legen kannst, Nate«, erwiderte er, ohne Samantha aus den Augen zu lassen. »Wir haben Besuch.«

»Was zum . . .« Nate verstummte, als er in die Richtung sah, in die Camacho blickte. Er kniff die Augen zusammen. »Wer zum Teufel sind Sie?«

»Es wäre angemessener, wenn ich Ihnen diese Frage stelle«, erwiderte Samantha mit ruhiger Stimme.

Der Klang einer weiblichen Stimme ließ die anderen, die noch nicht eingeschlafen waren, aufschrecken. Mit breitem Grinsen musterten sie Samantha. Nur Nate sah sie noch finster an.

»Bist du allein, Mädchen?« fragte jemand.

»Was tut sie hier?«

»Der Herr hat meine Gebete erhört!« Sie brachen in Gelächter aus.

»Ihre Männer übertreten ihre Befugnisse«, sagte Samantha kühl. »Und das, was sie getan haben, ist ekelhaft.«

Ihr Blick fiel auf den Mann, dessen Kopf herunterhing und den sie barbarisch zusammengeschlagen hatten. Sie wandte sich wieder ab und sah die Männer mit einem Ausdruck an, der Ekel und Abscheu widerspiegelte.

»Haben Sie irgendein Interesse an diesem Mann?«

Die Frage kam überraschend, und sie sah Nate geringschätzig an. »Nur ein allgemein menschliches Interesse. So sollte niemand mißhandelt werden.«

»Vielleicht ist sie eine Freundin von ihm, Nate«, bemerkte ein fetter, fleischiger Mann. »Vielleicht kann sie uns sagen, was wir wissen wollen. Überlaß sie mir für ein paar Minuten . . .«

»Du hältst dich raus, Sankey!« brauste Nate auf, dem Samanthas verächtlicher Blick Unbehagen einflößte. »Und du, Mädchen, du erklärst mir jetzt sofort, was du hier zu suchen hast.«

»Dies ist die Ranch meines Vaters, und ich befehle Ihnen, sie augenblicklich zu verlassen.«

»Ihr Vater? Sie sind Samantha Kingsley?«

Sie schnappte nach Luft. »Kennen Sie meinen Vater?«

Nate gewann etwas mehr Boden unter den Füßen. »Wir arbeiten für ihn. Sie regen sich wegen nichts und wieder nichts auf, Ma'am. Wir sind keine Eindringlinge. Wir tun unsere Arbeit.«

»Sie lügen!«

Nates Augen nahmen eine dunklere Färbung an. »Dasselbe könnte ich von dir behaupten, Mädchen. Vielleicht hat Sankey recht gehabt, und du gehörst zu den Entführern und bist nur hier, um dem da zur Flucht zu verhelfen.«

Als ihr klar wurde, was das zu bedeuten hatte, drehte sich Samanthas Magen um. »Entführer? Mein Gott, geht es etwa darum?«

»Wir sind engagiert worden, um die Banditen ausfindig zu machen, die sich Kingsleys Tochter geschnappt haben und ihn gezwungen haben, sein Land an diesen Kerl zu verkaufen.«

Erstarrt fragte sie: »Wer ist dieser Mann?«

»Er nennt sich En ... En ... ach, zum Teufel, einer dieser langen spanischen Namen, irgend so was und hinten Chavez.«

»Antonio!« keuchte sie.

»Siehst du, Nate, sie kennt ihn doch.«

»Nein, ich kenne ihn nicht.« Sie schüttelte bedächtig den Kopf. Sie wollte Antonio nicht noch einmal ansehen – sie konnte es nicht. Hanks Cousin! »Warum habt ihr das getan? Ich kann mir nicht vorstellen, daß mein Vater euch befohlen hat, einen Menschen zu foltern!«

»Kingsley will El Carnicero. Ihm ist ganz gleich, wie wir vorgehen, um ihn zu finden. Und dieser Chavez wird uns zu ihm führen.«

»Nein, das wird er nicht tun«, sagte sie mit ruhiger Stimme, obwohl ihr Zorn sich sichtlich zusammenbraute. »Und ihr werdet ihn sofort in Ruhe lassen, oder ich sorge dafür, daß ihr alle gefeuert werdet. Ich kenne meinen Vater, und ich sage euch, daß er das, was ihr hier getan habt, unverzeihlich finden wird.«

»Moment mal ...«

»Hör nicht auf sie, Nate. Das ist nicht Kingsleys Tochter. Schau sie doch an. Glaubst du, so sieht seine Tochter aus? Sie gehört zu denen, wie Chavez.«

»Mir ist rundum egal, wer sie ist«, mischte sich ein gewaltiger Riese von einem Mann jetzt ein. »Ich nehme von einer Frau keine Befehle entgegen.«

»Sieh mal, Mädchen«, sagte Nate jetzt, »du solltest lieber nach El Paso reiten und uns überlassen, wie wir unsere Arbeit machen. Wenn Sie wirklich Samantha Kingsley sind, finden Sie Ihren Vater dort vor. Er erwartet Sie.«

»Ich gehe nicht, ehe Sie diesen Mann losgebunden haben«, sagte Samantha mit fester Stimme. Sie wußte, daß sie sich auf einen Standpunkt einließ, den sie durchaus noch bereuen konnte, aber sie sah sich dazu gezwungen. »Er braucht einen Arzt. Ich bringe ihn zum Arzt.«

»Den Teufel tust du!« schrie Sankey. Er kam auf sie zu.

Ohne auch nur nachzudenken, schoß Samantha auf ihn. Eilig richtete sie die Waffe wieder auf Nate. Sein Gesicht war so aschfahl wie die Gesichter der anderen. Doch er war nach wie vor ruhig und kontrolliert. Wie gewöhnlich hatten die Männer sie unterschätzt.

»Werden Sie ihn jetzt freilassen?« fragte sie Nate.

»Hier steht zuviel Geld auf dem Spiel. Und du kannst uns nicht alle erschießen, Mädchen.«

»So, kann ich das nicht?«

Es war reine Aufschneiderei. Der Schuß hatte die beiden Schlafenden geweckt, und sie waren zu sechst. Sie konnte nicht alle auf einmal erschießen. Das wußten alle. Und was war mit Lorenzo? Stand er noch draußen?

Samantha versuchte, schnell zu einem Entschluß zu kommen, aber sie wußte nicht, was sie als nächstes tun sollte. Männer wie diese würden sich ohne Kopfzerbrechen auf eine Schießerei mit einer Frau einlassen. Aber konnte sie jetzt noch zurück?

»*Dios mio!*«

Lorenzos Ausruf ließ Samantha zusammenzucken. »Ich war noch nie so froh, jemanden zu sehen, Amigo«, sagte sie, als er in die Scheune trat und sich hinter sie stellte. »Ich hatte schon Angst, du seist fort.«

Lorenzo sah sie scharf an und sagte wütend: »Wie kannst du so ruhig hier stehen, während er gemartert an den Händen hängt? Erkennst du ihn denn nicht?«

Dieser unerwartete Groll schockierte sie. »Ich habe Antonio Chavez nie gesehen. Wie sollte ich ihn wiedererkennen? Und ruhig bin ich wohl kaum.«

»*Por Dios.* Schau näher hin, Kleines.« Lorenzo erkannte seinen Irrtum und sprach freundlicher mit ihr. »Es ist Rufino.«

Ihre Blicke flogen zu dem Mann. »Nein!« keuchte sie. Das schwarze Haar, das unkenntliche Gesicht. »Nein!« Sie vergaß alle anderen, rannte auf den Mann zu und ließ die Waffe sinken. »Das ist er nicht.« Die schwarze, blutbefleckte Kleidung war der Anzug, den Hank getragen hatte, als er sie geheiratet hatte.

Sie hatte ihn erreicht. Sie nahm weder die Gerüche wahr, noch ihren rasenden Herzschlag, noch ihren Magen, der sich umdrehte. *Er ist es nicht. Er ist es nicht*.

Langsam und furchtsam knöpfte Samantha sein Hemd auf, um Beweise zu finden. Ja, er hatte die Narben auf seiner Brust. Die Farbe wich aus ihrem Gesicht, und ein Schrei entriß sich ihrer Kehle. Durch die schwarzen Quetschungen auf seinem Magen und seinen Rippen waren die Narben kaum zu erkennen. Sie brach auf dem Fußboden zusammen und würgte, und obwohl sie ihre Augen fest zudrückte, verfolgte sie dieses Bild. Hank, o Gott! Nein!

Samantha stöhnte. Sie vergaß ihre gesamte Umgebung. Lorenzo hatte sich nicht von der Stelle gerührt. Niemand achtete auf Samantha. Lorenzo allein hielt die Männer in Schach. Zwei Revolver mit je sechs Schuß Munition in den Händen eines Mannes, der beide Finger am Abzug hatte, waren schon etwas ganz anderes.

»Was zum Teufel ist in sie gefahren?« brummte Ross.

»Rede du mit ihm, Camacho«, befahl Nate, ohne auf Ross zu achten. »Du sprichst seine Sprache. Erklär ihm, daß wir nur unsere Arbeit tun.«

»Hier wird nicht geredet«, sagte Lorenzo, ehe Camacho auch nur den Mund aufmachen konnte. »Wir warten bis *la niña* sich wieder gefaßt hat. Sie wird darüber entscheiden, was hier geschieht.«

»Also ich denke gar nicht daran, hier rumzustehen und nach der Pfeife einer Frau zu tanzen«, quengelte Ross.

»Erzwing nichts, Ross«, warnte ihn Nate. »Willst du so enden wie Sankey?«

»Zum Teufel, das da ist eine verrückte Frau. Er weiß, daß er es nicht gegen uns alle aufnehmen kann.«

»Sind Sie sicher, Señor?« fragte Lorenzo mit gefährlicher Ruhe. »Vielleicht wüßten Sie gern, was ich denke?«

Camacho packte Ross am Arm. »Reg dich ab, Amigo. Der da ist einer wie ich. Der gibt nicht auf und kneift.«

»Du glaubst, ich fürchte mich vor einem mageren ...«

»Natürlich nicht«, lenkte Camacho ein. »Aber seine Revolver sind nicht so harmlos, oder?«

»Worum geht es Ihnen hier eigentlich?« fragte Nate.

»Ich will die Freilassung dieses Mannes«, erwiderte Lorenzo.

»Und dann?«

Lorenzo verstand seine Furcht und lächelte finster. »Sie brauchen mich nicht zu fürchten, Señor. Chavez ist mein Amigo, aber ich bin kein rachsüchtiger Mensch.«

»Und was ist mit ihr?«

»Das ist wieder etwas anderes.«

»Aber sie hat gesagt, sie kennt ihn nicht«, hob Camacho hervor, wobei er einen bedenklichen Blick auf Samantha warf, die auf dem Boden saß und zitterte. Mit einem Mann konnte er es jederzeit aufnehmen, aber mit Frauen kannte er sich nicht aus, am allerwenigsten mit Frauen, die bewaffnet waren. Und diese Frau jagte ihm Angst ein. Sie hatte bereits seinen Freund erschossen, ohne mit einer Wimper zu zucken. »Ist sie *loca*?«

»Nein. Und es ist auch kein Wunder, daß sie ihn nicht erkannt hat. Ihr habt ihn bis zur Unkenntlichkeit zugerichtet«, erwiderte Lorenzo kalt. »Ganz nebenbei, Señor, sie ist diejenige, die sie zu sein behauptet. Und sie kannte diesen Mann – sogar sehr gut. Doch ihre Gefühle für ihn ...« Lorenzo zuckte die Achseln. »Ich kann es nicht ...«

»Sei still, Lorenzo! Du redest zuviel!«

Er grinste und sah Samantha an, die ihn auf die vertraute Weise böse anfunkelte. Sein Grinsen wurde breiter. Er hatte schon gefürchtet, allein mit den Männern fertig werden zu müssen, weil sie vollständig zusammengebrochen war. Er wußte, daß es besser war, wenn sie aufgebracht war. Dann verlor sie wenigstens nicht wieder ihre

Selbstbeherrschung. Und er wußte, wie er sie aufbringen konnte.

»Das war nur so eine Vermutung, Sam«, sagte er unschuldig. »Verstehst du, ich bin verwirrt. Du behauptest, ihn zu hassen, und trotzdem...«

»Jetzt halt den Mund, du verdammter Kerl!« schrie Samantha. Sie zog sich auf die Füße. In ihrem Gesicht fehlte nach wie vor jede Spur von Farbe, und ihre Augen waren wild und glasig, als sie sich zu den Männern am Feuer wandte. »Ihr elenden Schurken!« zischte sie. Dann schien sie wieder in sich zusammenzusacken. »Ich wollte mit eigenen Augen sehen, daß ihm genau das widerfährt. Das habe ich ihm schon lange gewünscht.«

»Ist alles in Ordnung, Sam?« rief Lorenzo mit scharfer Stimme.

Sie stürzte mit funkensprühenden Augen auf ihn zu. Der Zorn bot ihr Erleichterung, und Samantha gab sich ihm hin. Das nahm ihren Schuldgefühlen einen Teil der Gräßlichkeit. »Sorg nur dafür, daß sie nicht in meine Nähe kommen, Lorenzo. Ich werde ihn losschneiden, und wenn einer von ihnen auch nur einen Schritt auf mich zu macht, dann erschießt du ihn.«

»Läßt du sie so davonkommen, Nate?« fragte Ross kampflustig.

Samantha drehte sich um und richtete ihre Waffe auf den massigen Texaner. Er riß die Augen auf, und jemand stieß einen Pfiff des Erstaunens über ihr langsames, gezieltes Handeln aus. Doch Ross fühlte sich provoziert und zog seine Waffe. Sie ließ ihn den Colt mit dem langen Lauf aus dem Halfter ziehen und schoß ihn dann aus seiner Hand.

»Wenn Sie noch einmal den Mund aufmachen, Mister, dann werden das die letzten Worte sein, die Sie je sprechen«, sagte Samantha eisig zu ihm. »Dasselbe gilt auch für den Rest von euch. Und Sie, Señor«, sagte sie, während sie Camacho mit ihrer Waffe ein Zeichen gab, »Sie werden mir helfen.« Er starrte sie an, und sie fauchte: »*Comprende?*«

Der Mexikaner trat vorsichtig näher. Sich zu nah an eine verrückte Frau zu begeben – das war so ungefähr das letzte, was er wollte.

Samantha trat zurück und bedeutete Camacho, Hank loszuschneiden. Sie hielt ihre Waffe auf ihn gerichtet und war auf alles gefaßt, was er mit dem Messer hätte anrichten können, das er aus seinem Gürtel zog. Doch er schnitt Hank ganz einfach los, stützte ihn dabei mit seinem Körper ab und ließ ihn behutsam auf den Boden gleiten.

»Sein Pferd. Wo ist es?« fragte sie.

»Hinter der Scheune. Ich gehe es holen.«

»Nein. Sie bleiben hier, damit mein Freund Sie im Auge hat.«

Samantha hatte weiche Knie. El Rey war noch gesattelt. Sie führte ihn zu Hank. Dann sah sie wie hypnotisiert in das Gesicht, das sie nicht erkannte.

»Wie sollen wir ihn in die Stadt bekommen, Sam?«

Sie blickte in das dunkle, forschende Gesicht auf, und die Frage brachte sie dazu, ganz allmählich wieder klar zu denken. »Ich weiß es nicht. Es gibt keinen Wagen, und wir haben auch keine Zeit, eine Tragbahre anzufertigen. Er wird mit dir reiten müssen, Lorenzo. El Rey kann euch beide tragen – wenn du Hank stützen kannst.«

»Ja, das geht.«

»Du mußt ihn aufrecht halten«, warnte sie Lorenzo. »Ich glaube, daß er gebrochene Rippen hat. Alle . . . diese Quetschungen. Ich will nicht, daß er auf diesen Stellen liegt und durchgerüttelt wird.«

»Ich sorge dafür, daß es ein sanfter Ritt für ihn wird.«

»Ich weiß, daß du aufpaßt. Es ist nur . . . sieh ihn doch an, Lorenzo.« Sie fing wieder an, ihre Selbstbeherrschung zu verlieren, und ein ersticktes Schluchzen kam aus ihrer Kehle, doch Lorenzo griff nach ihrem Arm und schüttelte sie.

»Noch nicht, Kleines. Gib jetzt nicht auf. Laß uns erst dafür sorgen, daß wir ihn sicher von hier fortbringen. Dann darfst du weinen.«

»Weinen? Ich denke gar nicht daran!« Sie riß sich von

ihm los, holte tief Atem und wandte sich an Camacho. »Hilf uns, ihn auf sein Pferd zu heben. Und sieh dich vor. Ich will nicht, daß er erwacht, ehe er bei einem Arzt ist.«

Sie trat zur Seite, um die Männer überwachen zu können, damit Lorenzo sich um Hank kümmern konnte. Es gelang den beiden, Hank auf den Sattel zu heben. Sie hörte ein Stöhnen, und ihre Augen blitzten auf. Ihre Finger umfaßten die Waffe fester.

»*Vamonos ahora*, Sam.«

»Warte einen Moment.«

»Sam...«

»Ich habe noch ein paar Worte mit diesen Gentlemen zu reden«, sagte sie mit sorgsam kontrollierter Stimme. »Geh schon! Ich hole dich ein.«

Widerstrebend drängte Lorenzo El Rey voran. Samantha hatte ihre Waffe weiterhin auf die Männer gerichtet, während El Rey sich entfernte. Als das Pferd so weit gegangen war, daß sein Hufschlag kaum noch zu vernehmen war, sprach sie.

»Ihr habt hier eure Zeit vergeudet, aber ich werde dafür sorgen, daß ihr eure Bezahlung bekommt.« Sie sah Nate fest in die Augen. »Es wird allerdings keine Belohnung für El Carnicero geben. Auch dafür werde ich sorgen. Für den Moment könnt ihr euch als gefeuert betrachten.« Sie zuckte nicht unter Nates Blick zusammen.

»Sehen Sie...«, setzte er an.

»Sie sollten mich lieber ausreden lassen, Mister«, schnitt sie ihm das Wort ab. »Weil ich Sie aus ganzem Herzen umbringen möchte. Die Nacht ist noch nicht vorbei, und ich bin noch nicht fort, und daher würde ich den Atem anhalten, wenn ich an Ihrer Stelle wäre.« Als er seine Lippen zusammenkniff, fügte sie hinzu: »Ich erwarte im Moment nicht von Ihnen, daß Sie mir glauben. Sie werden bald genug dahinterkommen, daß alles, was ich gesagt habe, wahr ist. Ich bin Samantha Blackstone Kingsley, und wenn ich mich mit meinem Vater auseinandergesetzt habe, wird er wünschen, nie eine Tochter gehabt zu haben. Aber das betrifft Sie nicht.«

Sie wartete, um zu sehen, wie ihre Worte aufgenommen wurden. Keiner der Männer rührte sich, doch Samantha ließ nicht in ihrer Wachsamkeit nach. Es schien, als seien die beiden Störenfriede ausgeschaltet – Sankey lag auf dem Boden und war möglicherweise tot, und Ross hielt sich mit Mordlust in den Augen die Hand. Diese Sorte kannte sie. Er würde ihr keine Schwierigkeiten mehr machen.

Sie sah Nate wieder an. »Ich werde jetzt nach El Paso reiten. Wenn Sie Lust haben, können Sie mir sogar folgen. Aber halten Sie sich bis morgen meinem Vater fern. Ich traue mir selbst nicht zu, ihn heute nacht noch zu sehen. Wenn Sie sich nicht in jedem Punkt nach meinen Anweisungen richten, kann es gut sein, daß ich Männer wie Sie engagiere, die Ihre Verfolgung aufnehmen und Ihnen genau das tun, was Sie meinem ... Freund getan haben. Sie können an meinen Worten zweifeln, aber das würde ich Ihnen nicht raten.«

Sie glitt aus der Scheune und rannte auf das Haupthaus zu. Lorenzo erwartete sie dort mit seinem Pferd. Er war geräuschlos zurückgeritten, um Samantha zu beschützen.

Ohne ein Wort stieg sie auf, und sie ritten nach El Paso. Samantha wandte gar nicht erst ihren Blick zurück, um zu sehen, ob die anderen ihnen folgten.

35

Die Morgendämmerung würde schon bald hereinbrechen. Sie hatten stundenlang gewartet. Als der Arzt herauskam und Hanks Verletzungen einzeln aufzählte, mußte sich Samantha an der Bank festhalten, auf der sie saß. Sie hatte sich einen Arzt mit Kenntnissen gewünscht, keinen ländlichen Viehdoktor, der nebenbei auch Menschen behandelte, und dieser Arzt verstand mit Sicherheit etwas von seinem Handwerk.

Schließlich hielt sie die Einzelheiten nicht mehr aus.
»Herr Doktor, wird alles gut ausgehen?«
»Das kann man noch nicht sagen, Miß. Bei Knochen weiß man nie genau, ob sie gerade zusammenwachsen oder nicht.«

Sein Tonfall war so tadelnd, als hätte sie seine Fähigkeiten in Frage gestellt. Er war übermüdet. Sie hatten ihn geweckt, und seit Stunden hatte er sich um Hank gekümmert.

»Können Sie mir nicht sagen, ob es wieder wird?«
»Das kann man jetzt noch nicht sagen.«
»Ich glaube, *la señorita* wünscht zu wissen, ob er es überleben wird«, mischte sich Lorenzo behutsam ein.

Der Arzt runzelte die Stirn. »Natürlich wird er es überleben. Er ist übel zusammengeschlagen worden, aber ich habe schon Schlimmeres gesehen.«

»Aber sein Bein. Es hat auf dem Ritt hierher schrecklich geblutet.«

»Das ist nicht von Bedeutung.«
»Sind Sie sicher?«
»Sehen Sie, Miß, das Schlimmste, was diesem jungen Mann passieren kann, wäre eine Infektion, die zu Blutvergiftung führt. In dem Fall müßte ich das Bein amputieren.«
»Nein!«
»Ich sagte, daß es das Schlimmste ist, was passieren kann. Und selbst, wenn es nötig werden sollte, scheint er so gesund zu sein, daß er es überleben würde. Aber das ist unwahrscheinlich. Die Wunde war sauber. Dort ist kein Ärger vorherzusehen. Schlimmer steht es um seine Finger.«

»Könnten wir ihn sehen?«
»Davon würde ich im Moment abraten. Er ist nicht zu sich gekommen, während ich mich mit seinen Wunden befaßt habe, und das ist ein Segen. Er ist jetzt ruhig. Sein Atem geht normal. Ruhe ist in diesem Stadium die beste Medizin. Es reicht, wenn Sie ihn morgen besuchen. Ich würde vorschlagen, daß Sie sich jetzt selbst ausruhen, Miß, denn sonst muß ich Sie als nächste behandeln.«

Samantha nickte. Sie war ausgelaugt. Nur Schlaf konnte

diesen Alptraum auswischen, wenigstens für kurze Zeit. Lorenzo brachte sie zu dem Hotel, in dem auch ihr Vater abgestiegen war, doch der Mann an der Anmeldung wollte auf Samanthas Anblick hin eine Vorauszahlung haben, ehe er ihr ein Zimmer gab. Samantha hatte kein Geld und wollte auch kein Geld von Lorenzo annehmen. Es endete damit, daß Samantha ihren Revolver zog. »Ich will ein Zimmer, und zwar sofort«, sagte sie.

Der junge Angestellte wich so schnell zurück, daß er gegen das Schlüsselbrett knallte. »Nehmen Sie jedes Zimmer, das Sie wollen!« keuchte er. Er griff nach dem erstbesten Schlüssel.

»Nein, Sie Dummkopf«, sagte Samantha. »Ich will Ihnen meine Waffe doch nur als Sicherheit dalassen.« Sie schob sie über den Tisch. »Sie ist weit mehr wert als eine Übernachtung. Wenn ich sie nicht morgen zurückfordere, können Sie mich rauswerfen und meine Waffe behalten. So, und jetzt den Schlüssel.«

Lorenzo verabschiedete sich von Samantha. Er blieb nicht im selben Hotel. »Es gibt billigere Unterkünfte«, hob er hervor, als sie Einwände machen wollte. »Ich bin vielleicht nicht arm, aber ich lebe nicht über meine Verhältnisse.«

Sie war zu müde, um sich auf eine Diskussion einzulassen, und so ließ sie ihn gehen, nachdem sie ausgemacht hatten, daß sie sich am Nachmittag im Haus des Arztes treffen würden.

Inzwischen war es taghell. Rötliches Licht drang durch die Fenster des Zimmers im ersten Stock, das man Samantha gegeben hatte. Irgendwo in diesem Hotel lag ihr Vater und schlief. Sie hatte es gar nicht mehr eilig, ihn zu sehen. Sie fühlte sich verraten. Das war natürlich unlogisch und einseitig. Was ihr Vater getan hatte, hatte er für sie getan. Ihre Reaktion entsprang ihren verwirrten, aufgewühlten Gefühlen.

Wo war die Samantha Kingsley, die geschworen hatte, daß sie sehen wollte, wie Hank ausgepeitscht, verfolgt und getötet wurde? Sie hätte jubilieren sollen, als sie sehen durfte, wie übel Hank zusammengeschlagen worden war, doch statt dessen war sie wie eine rückgratlose, rührselige Frau zusammengebrochen. Warum hatte dieser Anblick sie in Stücke zerrissen? Und was konnte sie ihrem Vater sagen, nachdem sie wußte, daß er das, was vorgefallen war, zugelassen hatte?

Samantha ließ sich auf das Bett fallen und preßte ihre Handflächen gegen ihre Schläfen. Nur zu bald würde sie die Antworten auf ihre Fragen finden. Nur zu bald.

36

Samantha war gerade eingeschlafen, als es erst beharrlich klopfte und dann gegen ihre Tür hämmerte. Sie hielt sich beide Ohren zu, doch das Klopfen hörte nicht auf. Eine Stimme rief ihren Namen. Sie kannte diese Stimme.

»Komm rein!« rief sie so laut, daß ihr Vater sie über den Lärm, den er veranstaltete, hören konnte.

Die Tür flog auf, und Hamilton Kingsley stand in einem makellosen, maßgeschneiderten grauen Anzug vor ihr. »Ich hätte nicht geglaubt, daß du es bist, Sam!« sagte er strahlend. »So, wie man dich mir beschrieben hat ... Es geht dir doch gut? Ich meine ...«

»Ja, natürlich. Sieht man mir das nicht an?«

Ihr sarkastischer Tonfall ließ Hamilton erstarren. Er trat einen Schritt zurück und sah sie sich genauer an.

»Wenn man es genau nimmt, siehst du grauenhaft aus. Was haben sie dir angetan, Sam? Ich will die Wahrheit hören.«

»Wage es nicht, das Thema zu wechseln.«

Er war verblüfft. »Was?«

»Wie konntest du nur, Vater. Wie konntest du ihn von diesen Männern foltern lassen!«

»Ihn?« Hamilton trat stirnrunzelnd zurück. Alles, was Nate Fiske ihm gerade eben erzählt hatte, entsprach offensichtlich der Wahrheit. Er hatte kein Wort geglaubt.

»Du kennst Chavez also.« Es war keine Frage, sondern eine Fortsetzung seiner bisherigen Überlegungen. »Er gehört also doch zu den Leuten von El Carnicero. Ich hatte also doch recht!«

»Und was ist, wenn ich sage, daß du dich irrst?« fragte Samantha.

»Ich bekäme ganz verflucht große Schuldgefühle. Es ist sogar so, daß ich bereits diese ungeheuerlichen Schuldgefühle hatte, weil eine minimale Chance bestand, daß er doch unschuldig sein könnte. Aber bei Gott, jetzt brauche ich mir nichts mehr vorzuwerfen.«

Samantha starrte ihren Vater ungläubig an. »Ich glaube, du solltest mein Zimmer besser verlassen, Vater.«

»Was?«

»Ich habe gesagt – raus!« sagte sie zähneknirschend. »Ich bin jetzt nicht dazu aufgelegt, mit dir zu reden. Ich bin müde, und ich würde mit Sicherheit etwas sagen, was ich hinterher bereuen müßte.«

»Aber nein, Samantha.« Hamilton schüttelte entschlossen den Kopf. »Dem kannst du nicht aus dem Weg gehen. Du wirst mir sagen, wie du dazu gekommen bist, diesem Mann zu helfen. Für den Moment habe ich meine Leute zwar zurückgerufen, aber...«

»Deine Leute?« schrie sie ihn an. »Deine bezahlten Mörder, meinst du wohl. Ist dir klar, daß ich gestern nacht durch deine Männer in größerer Gefahr war als während der ganzen Zeit bei meinen Entführern? Ich habe ihnen gesagt, wer ich bin, aber das hat nichts genutzt. Ich mußte auf zwei der Männer schießen.«

»Du mußtest was?«

»Ach, hat der gute alte Nate vergessen, das zu erwähnen, Vater?« fragte sie mit schneidender Stimme. »Vielleicht hat er auch vergessen, den Zustand des Mannes zu erwähnen, den du sie hast foltern lassen? Daß du etwas Derartiges zugelassen hast...«

Das Gift in ihrer Stimme schockierte ihn. »Hör zu, Sam, niemand ist gefoltert worden.«

»Als was bezeichnest du es denn, auf jemanden zu

schießen, der angebunden und hilflos ist? Ihm die Finger und die Rippen zu brechen? Mein Gott, ich habe ihn nicht einmal erkannt!« schrie sie, und Tränen traten in ihre Augen. »Ich habe ihm direkt ins Gesicht gesehen und trotzdem nicht gewußt, wer es ist!«

»Verdammt noch mal, Samantha, ich wußte nicht, daß sie so weit gehen würden«, protestierte Hamilton.

»Das ist keine Ausrede!« brauste sie auf. »Du hättest ihn niemals diesen Kerlen ausliefern dürfen. Du mußt gewußt haben, worauf du dich einläßt!«

»Ja, gut«, gestand Hamilton voller Unbehagen ein. »Ich habe also einen Fehler gemacht. Aber Nate hat mir versichert, er könnte Chavez zum Sprechen bringen. Verstehst du das denn nicht, Sam? Ich muß El Carnicero finden. Ich muß mich vergewissern, daß etwas Derartiges nie mehr vorkommen kann.«

»Du hättest warten können. Ich hätte dir sagen können, daß El Carnicero uns nie mehr Ärger machen wird.«

»Wie kannst du sicher sein?«

»Weil es keinen Carnicero gibt.«

»Moment mal . . .«

Sie fiel ihm ungeduldig ins Wort. »Ja, gut, es gibt einen Banditen dieses Namens, aber der richtige Carnicero hat nie auch nur von uns gehört. Hank hat nur seinen Namen angenommen.«

»Wer zum Teufel ist Hank?«

»Chavez.«

»Antonio?«

»Nein, sein Cousin, Enrique.«

»Aber das ist doch Antonio. Enrique Antonio de Vega y Chavez, der Mann, an den ich das Land verkauft habe.«

»Nein, Vater . . .« Samantha unterbrach sich. Sie hatte diesen Namen schon einmal gehört, aber wo? Plötzlich, allzu plötzlich, fiel es ihr ein, und sie erbleichte. Der Geistliche! Das war der Name, den er genannt hatte, als sie Hank geheiratet hatte.

Plötzlich paßte alles zusammen. Es gab keinen Cousin. Hank selbst war es, der das Land haben wollte!

Warum hatte er ihr nicht die Wahrheit gesagt? Im Rückblick kannte sie die Antwort.

»Ich bin froh, daß er das Land hat, Vater.«

»Froh? Das kann doch nicht dein Ernst sein!« keuchte er.

»Ich fürchte, doch. Oh, ich liebe dieses Land, und es wird mir fehlen. Aber Hank bedeutet es mehr. Es hat seiner Familie gehört. Wirklich, es war sein Land.«

»Willst du damit sagen, daß der Kerl, an den ich das Land verkauft habe, derjenige ist, der dich entführt hat? Der Anführer dieser Banditen?«

»Ja.«

»Warum zum Teufel hast du ihm dann geholfen?«

»Ich weiß es nicht«, sagte sie leise.

Als sie nicht weitersprach, sagte er: »Nun, somit ist alles geklärt. Wenn du ihn identifizieren kannst, hat er keine Möglichkeit, das Land zu behalten.«

»Ich will aber, daß er es behält.«

Hamilton schüttelte den Kopf. »Ich habe gutes Geld für dieses Land bezahlt und . . .«

»Er hat doch gezahlt, oder?« schnitt sie ihm das Wort ab.

»Mit einem Schuldschein!« schrie Hamilton.

»Dann wirst du den Schuldschein achten und ihm mit der Bezahlung Zeit lassen. Er wollte offensichtlich für das Land zahlen. Er hätte nicht bezahlen müssen. Er hätte nichts zu riskieren brauchen. Das Land hat ihm ohnehin schon gehört.«

»Vielleicht vor langer Zeit . . .«

»Nein, Vater. Heute. Es gehört ihm heute. Er hat es durch mich bekommen.« Samantha spürte seine Verwirrung und erklärte widerstrebend: »Er ist mein Mann.«

Sie starrten einander lange an, ehe Hamilton auf dem Absatz kehrtmachte. Er war so angewidert, daß er das Zimmer verlassen mußte, um Samantha nicht augenblicklich zu schlagen. Alle diese Wochen, in denen er sich Sorgen gemacht hatte, verrückt vor Angst gewesen war – und all das nur, weil sie ihm durchgebrannt war und geheiratet hatte. Den Mann geheiratet, der sie entführt hatte.

Doch in der Tür drehte er sich noch einmal zu ihr um. Ihr

Anblick, wie sie mit hängenden Schultern und gesenktem Kopf im Bett saß, ließ seinen Zorn schmelzen.

»Warum, Sam? Sag mir nur, warum.«

»Er hat mich zu einer Heirat gezwungen.«

»Ich werde ihn umbringen!« dröhnte Hamilton.

»Nein, Vater, laß es sein. Ich lasse mich von ihm scheiden. Es spielt keine Rolle mehr.«

»Aber das Land gehört trotzdem ihm.«

»Verdammt noch mal, ich habe dir doch gesagt, daß ich nicht will, daß du etwas dagegen unternimmst.«

»Was kann ich tun? Ob du dich scheiden läßt oder nicht – alles, was durch diese Eheschließung an ihn gefallen ist, bleibt sein Besitz.«

Plötzlich lachte sie laut heraus. Natürlich. Deshalb hatte er sie geheiratet. Und deshalb hatte er auch gesagt, daß es keine Rolle spielte, ob sie sich von ihm scheiden ließ.

»Ich finde das gar nicht komisch, Sam. Dieser Mann sollte ausgepeitscht werden.«

»Ja, das habe ich auch oft gedacht«, gab sie zu.

»Er hat es verdient, was Nate und die anderen Jungen ihm angetan haben!« fuhr Hamilton fort. Sein Zorn steigerte sich.

»Nein, das hat er nicht verdient«, sagte Samantha ernüchtert. »Es geht nur um meine eigenen Gewissensbisse, Vater.«

»Was soll denn das nun wieder heißen?«

»Ich habe ihn so sehr gehaßt, daß ich mir seinen Tod gewünscht habe, Vater. Aber es hat mich innerlich entzweigerissen, Hank so zu sehen. Ich wußte nicht, daß ich so empfinde, und ich kann es dir nicht erklären. Ich selbst hätte diejenige sein können, die für sein Leiden verantwortlich war. Das ist meine Sorge, Vater, und daß dich die Schuld trifft, macht es nicht leichter für mich. Es ändert nichts. Er wird mir die Schuld daran geben.«

»Du glaubst, daß er sich rächen wird?«

»Nein. Er hat bekommen, was er wollte. Und jetzt soll er wieder gesund werden.«

»Was interessiert dich das, Sam? Du sagst, du hast ihn gehaßt. Warum? Wegen der Entführung?«

»Wir haben viel gestritten. Es gibt viele Gründe.«

»Verdammt noch mal, Sam, muß ich es aussprechen?«

»Ja, gut, er hat mich ... verführt«, schrie sie. »Aber er hat mich auch geheiratet. Aber das ist nur einer der Gründe. Ich habe ihn schon kennengelernt, ehe ich nach der Schule wieder nach Hause gekommen bin. Damals habe ich Adrien geliebt, oder zumindest habe ich geglaubt, daß ich ihn liebe. Aber Hank hat mir häßliche Wahrheiten über Adrien enthüllt, und dafür habe ich ihn gehaßt. Er hat mich mit Gewalt genommen, weil ich ihn benutzt habe, um Adrien eifersüchtig zu machen. Er wollte mich, und ich habe ihn ausgenutzt. Also hat er mich ausgenutzt. Ich habe allerdings auf ihn geschossen. Und ich habe ihn gehaßt.« Sie unterbrach sich, als ihr klar wurde, daß ihre Worte als ein wirrer Wortschwall aus ihr heraussprudelten. »Was spielt das jetzt für eine Rolle; ich bin nicht mehr auf Rache aus. Ich will nur noch all das vergessen. Laß es dabei bleiben, wie es ist, Vater. Und laß vor allem Hank in Ruhe. Er hat genug gelitten – und ich auch.«

Samantha rollte sich wieder auf ihrem Bett zusammen und wandte ihrem Vater den Rücken zu. Sie war vollkommen ausgelaugt. Mehr konnte sie nicht erklären. Sie hatte das Gefühl, verrückt zu werden, wenn sie erklären – oder gar darüber nachdenken – mußte, was mit Hank los war und warum sich ihre Gefühle für ihn plötzlich so verändert hatten. Warum, verdammt noch mal, warum bloß?

37

Hank warf die Karten hin und lehnte sich zurück. »Für heute bin ich am Ende, Amigos, und wahrscheinlich bleibt das auch noch eine Weile so. Ich kann mir diese kleinen Vergnügungen nicht mehr leisten.«

Dabei grinste er, doch dem jungen Carlos, der mit den anderen *vaqueros* und ihren Familien gekommen war, war unbehaglich zumute, als er hörte, daß sein *patrón* eingestand, in einer argen Klemme zu sein. Es war zwar kein Geheimnis, daß die Dinge schlecht standen, doch es war etwas anderes, wenn Don Enrique darüber sprach... Carlos trank seinen Tequila aus und verließ den Raum.

Hank griff nach der Flasche, die auf dem Tisch stand, und füllte sein Glas noch einmal nach. »Ich nehme an, du findest, daß ich meinen Mund hätte halten sollen?«

Lorenzo zuckte die Achseln. »Darüber maße ich mir kein Urteil an.«

»Dann schau nicht so finster.«

Sie waren allein im Raum. Nur, wenn sie allein waren, ließ Hank alle Vorspiegelungen sein. Lorenzo grinste ihn an. Er gewöhnte sich allmählich an Hanks Schwermütigkeit und Verdrossenheit.

»Ich werde mich jetzt wohl auch zurückziehen, Amigo«, sagte Lorenzo leichthin. »Wenn es so weit mit dir ist, kann man ja doch nicht mit dir reden.«

»Wie weit ist? Mir fehlt nichts.«

»Siehst du«, sagte Lorenzo. »Du kannst nicht einmal die schlichte Wahrheit zugeben.«

Hank seufzte. »Was erwartest du denn von mir? Daß ich ständig klage, weil die Dinge nicht so laufen, wie ich es wollte? Oder soll ich vielleicht lächeln und so tun, als hätte ich nicht kläglich versagt?«

»Es könnte etwas nutzen, wenn du aufhörst, dich selbst als Versager zu betrachten. Du bist nicht gescheitert. Du hast gewonnen, Amigo. Du hast deine Hazienda. Du hast deine Leute wieder bei dir.«

»Ja, das habe ich, aber ich habe nicht die Mittel, um sie zu bezahlen«, erwiderte Hank erzürnt.

»Ist auch nur eine Klage laut geworden? Nein. Sie sind froh, dir wieder dienen zu können, wieder auf der Hazienda zu leben und dazuzugehören, zu dieser Hazienda, auf der viele von ihnen geboren sind und auf der die meisten deinem Vater gedient haben. Die Dinge stehen nicht mehr so wie zu Zeiten deines Vaters, aber du bist erst seit zwei Monaten hier. Zwei Monate reichen nicht, um deine Mühen als mißlungen anzusehen.«

»Es ist genug Zeit vergangen, um zu wissen, daß ich es nicht schaffe, Lorenzo. Der Alte hat nichts zurückgelassen, nicht ein Möbelstück, nicht ein Stück Vieh, nicht einmal einen Sack Salz. Alles, was ich noch hatte, habe ich gebraucht, um das Nötigste zu kaufen. Ich habe mein Land, aber ich habe mir keine Gedanken darüber gemacht, was hinterher kommt.«

»Die Minen werfen ihren Ertrag ab«, erinnerte ihn Lorenzo. »Und die Gärten liefern Nahrungsmittel. Niemand ist am Verhungern.«

»Das reicht nicht. Wie lange kann ich diese Menschen noch bitten, sich mit weniger zu begnügen, als sie es vorher gewohnt waren? Die Minen werfen fast nichts ab, obwohl sich die Männer krumm und lahm arbeiten, da Kingsley auch die Anlagen zur Kupfergewinnung mitgenommen hat. Der Gewinn reicht gerade, um davon die Rinder und die Fuhrwerke zu bezahlen, die die Männer zu den Minen transportieren. Es wird noch lange dauern, bis ich eine anständige Anlage kaufen kann, und noch länger, bis wir wieder Rinder haben. Bis dahin...«

»Bis dahin wird es eben hart, und das wäre es für jeden, der bei Null anfängt. Niemand hat geglaubt, daß es anders kommen würde, Hank. Du bist der einzige, der mit den Fortschritten, die du gemacht hast, unzufrieden ist.«

Hank trank sein Glas aus und grinste Lorenzo an. »Warum gibst du dich mit mir ab, Amigo?«

Lorenzo lächelte. »Ich habe nichts Besseres zu tun.«

»Aber du arbeitest für nichts. Und außerdem mußt du dir auch noch mein Gejammer über meine Sorgen anhören. Ich bin dir dankbar für deine Hilfe. Ich kann nur einfach nicht verstehen, warum du mir hilfst. Du hast deine Schuld bei mir beglichen. Du bist mir nichts mehr schuldig.«

»Ja, aber ich habe hier eine hübsche *muchacha* gefunden, Carlos' *hermana*...« Als Hank ihn zweifelnd ansah, gab

Lorenzo auf. »*Está bien*.« Er zuckte die Achseln. »Ich habe versprochen, bei dir zu bleiben, bis du mich nicht mehr brauchst.«

Hank griff nach seinem leeren Glas. »Mir hast du es nicht versprochen. Du sprichst wohl von ihr?«

Lorenzo nickte.

»Das glaube ich dir genausowenig wie die anderen Dinge, die du mir über sie einreden wolltest, Lorenzo«, sagte Hank kühl. »Wenn du statt dessen gesagt hättest, daß sie dich bezahlt hat, damit du mir nachspionierst, würde ich es eher glauben.«

»Mit diesen Worten beleidigst du mich, nicht diese Frau«, erwiderte Lorenzo leise.

»So habe ich es nicht gemeint. Ich kann nur einfach nicht glauben, was du über sie sagst.«

»Kannst du es nicht, oder willst du es nicht?«

»Ich kenne sie! Diese Frau kann mich nicht riechen!«

»Mag sein«, stimmte Lorenzo zu. Dann sagte er: »Es ist mir allerdings nicht so vorgekommen.«

»Und was hältst du davon, daß sie auf mich geschossen hat?« fragte Hank wütend.

»Wann? In jener Nacht?«

»Ja, in jener Nacht.«

Lorenzo schüttelte den Kopf. »Amigo, sie war nicht in der Scheune, als auf dich geschossen worden ist. Ich hatte sie gerade erst zur Ranch gebracht.«

»Aber ich habe doch gesehen, daß . . .«

Hank unterbrach sich. Mühsam versuchte er, sich zu erinnern. Er hatte Samantha gesehen, die Waffe in der Hand und ohne einen Funken Mitgefühl in ihren entflammten grünen Augen. Diese Erinnerung trug er in Gedanken mit sich, das letzte Bild, das er gesehen hatte, ehe er im Haus des Arztes wieder zu sich gekommen war. War es nur ein Fantasiegespinst? Er hatte auch den Goldgräber gesehen, und das war mit Sicherheit nur eine Erscheinung gewesen.

»Nun gut, vielleicht habe ich mir auch nur eingebildet, daß sie auf mich geschossen hat«, gab Hank verdrossen zu. »Aber ich glaube dir beim besten Willen nicht, daß sie dir geholfen hat, mich aus meiner Lage zu befreien.«

»Ich habe *ihr* geholfen. Ich hätte nicht den Mut gehabt, allein in diese Scheune zu gehen.«

»Deine Bescheidenheit ehrt dich«, sagte Hank zynisch. »Warum gibst du nicht zu, daß du mich allein befreit hast?«

»*Dios mio*, weil es nicht so war! Wenn Sam es nicht mit diesen Männern aufgenommen hätte, wärst du wahrscheinlich tot. Wir wußten nicht, daß du ihr Gefangener warst. Ich hatte keinen Grund, mich einzumischen.«

»Das hast du aber getan.«

»Weil sie einen der Männer erschossen hat und ich ihr zu Hilfe gekommen bin. Ich wollte sehen, ob ich sie heil rausholen kann, ehe es zu spät ist. Dann habe ich dich gesehen, und ich habe Sam gesagt, daß du es bist. Verstehst du, sie wußte nicht, daß du derjenige warst, dem sie zu Hilfe kommen wollte.«

»Wenn du mir *das* eher gesagt hättest, hätte ich dir vielleicht geglaubt«, gab Hank zurück. »Ich kann mir vorstellen, daß sie irgendeinem armen Irren hilft, aber nicht mir. Ich nehme an, sie hat ihren Spaß daran gehabt, mich so vorzufinden?«

»Als ihr klargeworden ist, daß du es warst«, erklärte Lorenzo eilig, denn so weit hatte Hank ihn bisher nie kommen lassen, »kam eine Reaktion, die selbst ich nicht erwartet hätte. Sie ist vor deinen Füßen zusammengebrochen und konnte nicht mehr.«

»Verdammt noch mal, Lorenzo . . .«

»Nein, diesmal hörst du mir bis zum Schluß zu. Ich habe keinen Grund, dich zu belügen, Hank. Ich habe keinen Grund, dir die Dinge anders darzustellen, als sie sich zugetragen haben. Ich gebe offen zu, daß ich fast soviel Angst hatte, als Sam zusammengebrochen ist, wie damals, als ich fast erhängt worden bin. Sie hat ihre Selbstbeherrschung restlos verloren, und ich stand den Männern allein gegenüber und mußte auch noch auf sie aufpassen. Ich wußte, daß ich es allein nicht schaffen konnte. Sie hatte mich mit ihrem Mut angesteckt. Aber ich konnte gleich sehen, daß die Männer sich noch mehr vor ihr fürchteten, als sie stöhnend und murmelnd vor deinen Füßen zusammengebrochen ist, denn das hat ihnen gezeigt, daß du ihr sehr viel bedeutest.«

»Unsinn.«

»Ich sage nur, was meiner Meinung nach in den Männern vorgegangen ist, und ich habe ohnehin dasselbe gedacht. Sie war eine gefährliche Frau mit einer Waffe in der Hand, eine Frau, die um so gefährlicher war, als sie einen Grund hatte, sie alle zu töten. Sie hat einen der Männer verspottet. Er hat seine Waffe gezogen, und sie hat sie ihm ganz lässig aus der Hand geschossen. Danach haben sich die Männer ruhig verhalten. Sie hatte die Situation vollkommen unter Kontrolle. Sie hat den Männern Befehle erteilt und dafür gesorgt, daß man dich losgeschnitten hat. Sie hat mir sogar befohlen, mit dir vorauszureiten, aber ich habe natürlich umgekehrt, um sie nicht allein zu lassen.«

»Gut, Lorenzo, und warum? Warum sollte sie das tun?«

Er zuckte die Achseln. »Ich habe sie nicht gefragt. Sie ist deine Frau. Mir erschien es nur natürlich. Und eigentlich geht es mich nichts an.«

»Die Heirat hat ihre Gefühle mir gegenüber nicht geändert«, erwiderte Hank, doch sein Freund wechselte das Thema.

»Sie hat in jener Nacht stundenlang mit mir gewartet, während der Arzt dich versorgt hat. Sie ist nicht gegangen, ehe er gesagt hat, daß du es überleben wirst. Am Nachmittag des nächsten Tages war sie wieder bei dir, aber du warst immer noch bewußtlos. Sie ist gegangen, als du angefangen hast, im Schlaf zu murmeln.«

»Was habe ich gesagt?«

»Einen Namen«, erwiderte Lorenzo. Er grinste breit. »Den Namen einer anderen Frau.«

Hank sah ihn finster an. »Hast du danach noch mit ihr geredet?«

»Nur kurz.«

»Hat sie dir gesagt, warum sie mich nicht hat verhaften lassen?«

»Nein.«

»Verdammt noch mal, was hat sie denn gesagt?«

»Nur, daß dir niemand das Recht auf dein Land streitig machen wird. Und sie hat mir das Versprechen abgenommen, daß ich bei dir bleibe.«

»Sie hat gewußt, daß das Land an mich verkauft worden ist?«

»*Si.*«

»*Dios*, jetzt verstehe ich es endlich«, sagte Hank leise. Sein Zorn gewann wieder die Oberhand. »Sie hat Mitleid mit mir gehabt.«

Lorenzo verhielt sich stumm.

»Sie wußte, daß das Land vor langer Zeit gestohlen worden ist. Das hat ihr leid für meinen Cousin getan, und jetzt tut es ihr leid für mich. *Perdición!*« fluchte Hank. »Ich will ihr Mitleid nicht. Eher gebe ich das Land zurück, als mich von dieser Frau bemitleiden zu lassen!«

Lorenzo war überrascht. »Welche Rolle spielt das noch? Du hast, was du haben wolltest.«

»Aber das ist mir wichtiger!«

»Warum?«

»Darum!«

Lorenzo sah Hank nach, der aus dem Zimmer stürzte. Er kannte die Wurzel der Unzufriedenheit seines Freundes. Es waren nicht die Härten, die sie durchmachten. Nein, sein Kummer drehte sich um Samantha Kingsley Chavez, seine Frau.

38

»Wer zum Teufel hat Sie reingelassen?« fragte Hamilton Kingsley. Er erhob sich hinter seinem Schreibtisch, und sein Gesicht lief rot an. »Ganz gleich, wer – raus mit Ihnen, Chavez! Raus!«

Hank ignorierte diesen Befehl und trat näher an Kingsleys Schreibtisch heran. »Ich komme nicht grundlos, Señor.«

»Rache? Das hätte ich mir denken können.«

»Nein«, fiel ihm Hank ins Wort. »Ich will keine Rache. Ich habe mich entschieden, die Zeit zu vergessen, die ich hier verbracht habe.«

»Und weshalb?« fragte Hamilton argwöhnisch.

»Wie Sie sehen, bin ich wieder genesen«, antwortete Hank mit unbewegter Stimme. »Außerdem bin ich für Gerechtigkeit, und ich muß zugeben, daß Sie nicht grundlos gehandelt haben.«

»Keineswegs, wenn man das wahre Ausmaß Ihrer Verbrechen bedenkt. Hätte ich damals gewußt, was ich heute weiß . . .«

»Darum geht es jetzt nicht, Señor. Tatsache ist, daß Sie Gelegenheit hatten, mich verhaften zu lassen, und Sie haben diese Gelegenheit nicht genutzt. Daraus kann ich nur schließen, daß Sie sich ebenso wie ich entschlossen haben, die ganze Sache zu vergessen.«

»Das war nicht meine Entscheidung«, gab Hamilton kühl zurück. »Wenn es nach mir gegangen wäre, würden Sie für den Rest Ihres elenden Lebens im Gefängnis schmachten!«

»Wie kommt es dann . . .«

»Weil Sam es so haben wollte.«

»Warum?«

»Woher zum Teufel soll ich das wissen?« tobte Hamilton. »Welche Rolle spielt das für Sie noch? Sie sind frei. Sie haben bekommen, was Sie wollten.«

Hank sah ihn finster an. So, wie sein Freund Lorenzo, glaubte auch dieser Mann, Hank solle zufrieden sein. Keiner von beiden wußte, wie wichtig es für ihn war, zu erfahren, warum sich Samantha auf seine Seite geschlagen hatte.

»Wollen Sie damit sagen, Señor, daß Sie Ihrer Tochter ihren Willen gelassen haben, ohne sie nach einer Erklärung zu fragen? Es fällt mir schwer, das zu glauben.«

»Ach«, winkte Hamilton angewidert ab, »sie hat behauptet, daß das Land Ihnen mehr bedeutet als ihr. Sie hatte das Gefühl... Sie hätten genug gelitten.«

Hanks Augen wurden zu Schlitzen. »So. Mein Verdacht hat sich also bestätigt. Sie hat aus Mitleid nachgegeben.«

»Mitleid?« Hamilton lachte. »Sie kennen meine Tochter nicht.«

»Alles andere wäre unsinnig.«

»Denken Sie doch, was Sie wollen. Ich denke gar nicht daran, mich mit Ihnen darüber zu unterhalten.«

»Dann werde ich Samantha selbst fragen.«

»Nein, das werden Sie nicht tun«, sagte Hamilton mit abschließender Kühle.

Hank sah ihm fest in die Augen. »Hat sie sich von mir scheiden lassen?«

Hamilton setzte sich erschöpft hin. »Zu meinem Leidwesen nicht.«

»Dann ist es mein Recht, sie zu sehen.«

»Nicht in meinem Haus! Falls Ihnen das nicht klar sein sollte, Chavez – Sie sind hier kein willkommener Gast. Bringen Sie vor, was Sie zu sagen haben, und dann verschwinden Sie.«

Ein Muskel in Hanks Kiefer zuckte. Er rannte gegen die Wand, und das wußte er selbst nur zu gut. Er war allein gekommen, weil er nicht den Eindruck machen wollte, etwas gewaltsam zu erzwingen und somit weitere Feindseligkeit zu schaffen. Er wußte eigentlich gar nicht, was er erwartet hatte.

»Ich bin gekommen, um meinen Schuldschein zurückzufordern«, sagte Hank steif. Er legte einen Bankscheck auf den Schreibtisch.

Hamilton nahm den Scheck überrascht in die Hand. »Ich muß schon sagen, damit hätte ich nie gerechnet. Sind Sie plötzlich zu Reichtum gekommen?«

»Ja, in der Tat.«

Hamilton hatte seine Frage sarkastisch gemeint, und jetzt ließ ihn die Antwort schlucken. »Mit meinen Minen?« schrie er. »Mein Gott! Sie zahlen mich vom Ertrag meiner eigenen Minen!«

»Das wäre eine Ironie des Schicksals – wenn es so wäre«, sagte Hank. »Nein, Señor, die Kupferminen tragen sich kaum. Dieses Geld kommt von Silberfunden in Colorado.«

»Eine gute Mine?«

»Nach Angaben meines Partners, ja.«

»Das schlägt dem Faß den Boden aus«, sagte Hamilton widerwillig. »Zum Teufel, Chavez, Sie könnten in eine Mistgrube fallen und anschließend nach Rosen duften. Sie haben alles, was Sie je wollten, stimmt's?«

»Nein, nicht ganz, Señor.«

»Ach? Soll das heißen, daß es doch noch so etwas wie Gerechtigkeit auf Erden gibt?«

Hank konnte sich nur noch mit Mühe zusammenreißen. »Mein Schuldschein?«

Hamilton zog ihn aus einer Schublade und warf ihn auf den Schreibtisch. »Somit haben Sie hier nichts mehr zu suchen, Chavez. Es mag zwar sein, daß Sie im Moment noch mit meiner Tochter verheiratet sind, aber ich für mein Teil erkenne diese Ehe nicht an. Lassen Sie sich nie wieder hier blicken.«

Hank sah seinen Schwiegervater fest an und fragte sich, ob er sein Anliegen gewaltsam vorantreiben sollte. Er wollte Samantha unbedingt sehen. Doch er war allein. Kingsley brauchte nichts weiter zu tun, als ein paar seiner *vaqueros* zu rufen.

»Ich gehe, Señor. Würden Sie Samantha sagen, daß ich hier war? Und daß ich möchte, daß sie sich mit mir in Verbindung setzt?«

»Ich werde es ihr sagen, aber es wird keinen Unterschied machen. Sie will Sie nicht sehen.« Er lachte trocken. »Als sie das letzte Mal Ihren Namen genannt hat, war es, um Sie zu verfluchen. Nein, Chavez, sie hat ganz entschieden nicht den Wunsch, Sie zu sehen.«

Hank drehte sich auf dem Absatz um. Sein Zorn braute sich immer heftiger zusammen, als er sich auf den Weg zu

El Rey machte. Samantha war hier, irgendwo. Hier, und doch unerreichbar. Er wollte nur mit ihr reden. Glaubte ihr Vater, er würde sie ein zweites Mal entführen? *Dios,* sie war schließlich seine Frau! Er hatte nicht vorgehabt, aus diesem Umstand einen Nutzen zu ziehen, und dennoch war es eine bestehende Tatsache. Und Samantha hatte nichts unternommen, um etwas daran zu ändern, bisher jedenfalls nicht.

»*Mi caballo, por favor*«, sagte Hank zu dem alten *vaquero,* der im Stall stand.

Er wollte nicht in diese Scheune treten. Allein der Anblick dieses Ortes ließ ihn die Qualen und die Ängste empfinden, die er hier schon empfunden hatte. Außerdem mußte er an das denken, was Lorenzo ihm von jener Nacht erzählt hatte. Er konnte Samantha deutlich vor sich sehen, strahlend schön in ihrem Zorn. Aber eine Samantha, die ihm half? Die ihn rettete? Das konnte er sich immer noch nicht vorstellen, nicht, solange er die Gründe nicht kannte. Er mußte die Gründe erfahren. Wenn er sich weiterhin den Kopf darüber zerbrach, würde er noch verrückt werden.

»Ihr Pferd, Señor.«

»*Gracias.*«

Hank stieg auf, aber er ritt nicht los. Er sah sich um. Vor allem war sein Blick auf das Haus gerichtet. Befand sich Samantha in diesem Haus, oder war sie ausgeritten?

Die Ranch war hergerichtet worden und erweckte den Eindruck, als hätten die Kingsleys immer dort gelebt. Seine eigene Ranch sah genauso gut aus, seit Patrick McClure ein Vermögen auf seiner Türschwelle abgelegt hatte. Hank hätte zufrieden sein sollen, wie Lorenzo es ihm immer sagte. Er hatte sein Ziel erreicht. Er hatte seinen Familienbesitz wieder erworben, und die Ranch blühte und gedieh. Alles war wieder so wie in besten Zeiten. Aber er empfand eine solche Leere. Ihm fehlte etwas. Hank konnte seinen Triumph nicht auskosten. Selbst sein neuerlicher Reichtum war ihm völlig gleichgültig.

»Sie wird nicht plötzlich auftauchen, Señor. Es war Zeitverschwendung, hierherzukommen.«

Hank sah den alten Mexikaner scharf an. »Was soll das heißen?«

»Sind Sie nicht gekommen, um Sam zu sehen?«

»Ich bin gekommen, um eine Schuld zu begleichen«, erwiderte Hank kühl.

Der *vaquero* grinste, und Hanks Zorn glimmte auf. »Es gibt viele Möglichkeiten, Schulden zu bezahlen. Sie hätten deshalb nicht den langen Weg zurücklegen müssen.«

»Wer sind Sie?«

»Manuel Ramirez. Ich war schon bei dem *patrón*, ehe seine Tochter zu ihm gekommen ist. Nichts geht in dieser Familie vor, ohne daß ich davon erfahre.«

»Dann wissen Sie, wo Samantha ist?«

»Natürlich. Genauso selbstverständlich ist, daß ich weiß, daß Sie ihr Ehemann sind, Señor Chavez.«

»Dann sagen Sie mir eins, Manuel: Sind Sie nicht auch der Meinung, daß ein Mann das Recht hat, seine Frau zu sehen?«

»Gewiß«, erwiderte Manuel, doch er fügte hinzu: »Vorausgesetzt, die Frau hat ihren Mann freiwillig geheiratet.«

Hank sah ihn finster an. »Ich will doch nur mit ihr reden, verdammt noch mal!«

»Wozu, Señor? Sie wollten sie doch eigentlich gar nicht heiraten. Und Sie haben ihr gesagt, daß es ihr jederzeit freisteht, sich scheiden zu lassen.«

»*Qué diablos!*« fluchte Hank. »Woher wissen Sie das alles?«

»Sam hat meiner Frau und meiner Tochter vieles anvertraut, solange sie hier war. Sogar manches, was sie selbst dem *patrón* nicht erzählt hat.«

Hank musterte den Mann nachdenklich. Dann sagte er freundlich: »Dann können Sie mir vielleicht sagen, warum sie mir in jener Nacht geholfen hat.«

»*Sí.* Ich weiß, warum. Aber es ist nicht meine Sache, Ihnen das zu sagen, Señor. Das ist etwas, was Sie von niemand anderem als von Sam selbst hören sollten.«

»*Por Dios!* Wenn ich sie doch nicht sehen kann ...«

Manuel zuckte die Achseln, ohne noch etwas zu sagen.

Erbost riß Hank an den Zügeln und ritt los. Doch dann schoß ihm etwas durch den Kopf, was Manuel gerade gesagt hatte, und er hielt El Rey an und ließ ihn zur Scheune zurücktraben. »*Solange sie hier war*«, hatte er gesagt.

»Ramirez! Sam ist gar nicht hier, oder?«

Manuel grinste breit. »Ach, Sie haben mich also doch bei meinem Versprecher ertappt. Ich dachte schon, Sie hätten es nicht gemerkt.«

»Ist sie hier?«

»Nein, Señor. Sie war hier nicht glücklich. Sie ist schon seit mehreren Monaten fort. Wenn Sie sie sehen wollen, werden Sie weit reisen müssen.«

»Wohin?« fragte Hank ungeduldig.

»In das Land, in dem sie geboren wurde.«

»Sie ist in England!« Hank war vollkommen verblüfft.

»*Si*, in England, bei ihrem *hermano*, der dort lebt.«

39

»Sam, wenn du dich nicht eilst, wirst du nicht rechtzeitig fertig!«

»Ach, laß mich doch in Ruhe, Lana«, murrte Samantha, die sich das warme, feuchte Tuch auf die Stirn preßte. »Ich habe schreckliche Kopfschmerzen, und ich spüre, daß ich eine Erkältung bekomme.«

»Ich glaube, das sind nur Ausreden, weil du nicht aus deinem warmen Bett kommen willst.«

»Unsinn. Was stört mich die Kälte? Es ist Winter. Ich gewöhne mich daran.«

»Du bist die Kälte ebensowenig gewohnt wie ich«, schalt Froilana. »Und wenn du dich erkältet hast, dann liegt es daran, daß du auf deinen morgendlichen Spaziergängen im Park bestehst.«

»Ich kann doch nicht ständig in diesem Haus bleiben!«

»Bei schönem Wetter nicht. Aber wir haben seit einem Monat kein anständiges Wetter mehr gehabt. Außerdem warst du den ganzen Nachmittag im Bett. Es ist völlig ausgeschlossen, daß du Kopfweh hast.«

»Wenn ich vorher keine Kopfschmerzen gehabt hätte, hätte ich inzwischen welche. Du bist wirklich schlimmer, als deine Mutter es je war. Tu dies, tu jenes. Wenn ich gewußt hätte, wie sehr du versuchen würdest, mich zu bevormunden, hätte ich dich zu Hause gelassen.«

»Und wer hätte sich dann um dich gekümmert?«

»Verdammt noch mal, Lana, ich bin doch kein Kind mehr!« fauchte Samantha.

»Dann benimm dich auch nicht so. Und steh endlich auf!«

»Nein. Laß dir lieber eine Ausrede einfallen, warum ich nicht mit meinem Bruder esse. Wirklich, Lana, ich sehe überhaupt nicht ein, warum ich mich für ein schlichtes Abendessen stundenlang fertigmachen soll. Shellys Förmlichkeit macht mich *loco*. Wenn er für möglich hielte, daß ich mitspiele, würde er mir vorschreiben, zum Frühstück in einem Ballkleid zu erscheinen.«

»Du vergißt, daß das heute kein schlichtes Abendessen ist, Sam. Seine *novia* kommt heute zum Essen, damit du sie kennenlernst.«

»O Gott!« stöhnte Samantha. Sie warf die warme Bettdecke von sich und setzte sich matt auf. »Das habe ich völlig vergessen. Warum hast du mir das nicht gleich gesagt? Hol mir ein Kleid – das leuchtendgelbe Samtkleid, und bring mir die gelben Schuhe. Und ein Tuch. Vergiß das Tuch nicht, ein warmes Tuch. Ich denke gar nicht daran, in diesem großen, kalten Raum zu sitzen und fast zu erfrieren, um meinem Bruder eine Freude zu machen. Oh, verdammt noch mal, wie konnte ich das bloß vergessen?«

»Vielleicht hast du an etwas anderes gedacht.«

»Ich habe nicht gegrübelt, Lana, und ich wünschte, du würdest aufhören, mir Grübeleien zu unterstellen. Ich denke fast gar nicht mehr an ihn.« Froilanas Schweigen war beredt, und Samantha gab auf. Sie hatte dieses Thema satt. Sie argumentierte ohnehin nur mit Lügen, und Froilana ließ sich nicht täuschen. Samantha dachte an Hank. Sie dachte ständig an ihn.

»Sie hat sich verspätet?« fragte Samantha, als sie in den Salon trat und Sheldon allein vorfand.

»Frauen kommen immer zu spät, meine Liebe.«

Sie ließ ihm diese Bemerkung durchgehen, obwohl sie gerade durch größte Hast das Gegenteil bewiesen hatte. Derartige Bemerkungen waren typisch für Sheldon. Er war so snobistisch, daß sie manchmal nicht sicher war, ob sie ihren Bruder mochte.

Er war keineswegs das, was sie erwartet hatte. Ihr Zusammentreffen war für beide Teile eine Überraschung gewesen. Sheldon fand sie zu lebhaft, zu offen, zu amerikanisch. Sie fand ihn schlichtweg fad und dumm.

Sheldon war ganz das, was ihre Großmutter sich gewünscht hätte, der perfekte aristokratische Snob. Doch er war ihr Bruder, der einzige Verwandte, den sie außer ihrem Vater hatte. Aber er hatte bei ihrer Großmutter gelebt, und die beiden hatten sich auseinanderentwickelt. Beide sprachen anders und dachten anders und hatten absolut nichts miteinander gemeinsam. Abgesehen von ihrer äußeren Ähnlichkeit schienen sie nicht im entferntesten miteinander verwandt zu sein.

Samantha mußte sich sogar immer wieder in Erinnerung zurückrufen, daß er ihr Bruder war, denn selbst nach all diesen Wochen, die sie zusammen verbracht hatten, war er für sie ein Fremder. Er hatte ihr keine Fragen gestellt. Alles, was Sheldon von ihr wußte, hatte sie ihm aus freien Stücken erzählt.

Sie war mit der Bereitschaft zu ihm gekommen, ihre Seele bloßzulegen, doch sie hatte es sich schnell anders überlegt, als sein mangelndes Interesse zu offensichtlich wurde. Er hatte weder gefragt, warum sie nach England gekommen war, noch, wie lange sie bei ihm zu bleiben gedachte, oder auch nur, warum ihr Mann nicht mitgekommen war. Es erleichterte sie, nicht über Hank reden zu müssen, aber es wunderte sie, daß er nie eine Frage nach ihrem Vater stellte – sie nicht einmal nach seiner Gesundheit fragte!

Sie nahm an, daß seine Erziehung ihn so hatte werden lassen. Sie konnte so wohlwollend sein, seinen Mangel an Neugier als Diskretion auszulegen. Sein Gefühl, daß jeder sein eigenes Leben lebte und daß dieses Leben niemand anderen etwas anging, zeigte sich auch umgekehrt: Er sprach mit keinem Wort über seine Vergangenheit. Sie erfuhr nur über ihn, was sie selbst beobachten konnte.

So erfuhr sie auch von Teresa Palacio, Sheldons zukünftiger Braut. Eines Morgens kündigte er ihr beim Frühstück an, daß er im Frühjahr heiraten würde. Bis zu diesem Augenblick hatte er die junge Spanierin mit keinem Wort erwähnt, obwohl Samantha bereits seit einem Monat bei ihm zu Besuch war. Samantha sah dem Zusammentreffen besorgt entgegen. Um ihres Bruders willen wollte sie einen guten Eindruck auf das Mädchen machen.

»Darf ich dir vor dem Essen ein Glas Wein einschenken?« fragte Sheldon mit dumpfer, lebloser Stimme.

Samantha schüttelte den Kopf. Sie fragte sich, wie sich jemand in diesen kalten, gefühllosen Mann verlieben konnte. Zugestanden, er sah gut aus. Sehr gut sogar, und er war reich – ihre Großeltern hatten ihm ihren gesamten Besitz vermacht. Aber er war so ... so verflucht langweilig. Leblos. Aber vielleicht war Teresa ja auch so wie Sheldon.

»Vielleicht ein Glas Tee?«

»Ich warte, bis deine *novia* da ist.«

Samantha ging unruhig im Zimmer auf und ab. Sie fühlte sich unwohl, wenn sie mit Sheldon allein war. Sie wünschte, es wäre nicht so gewesen, und sie wußte, daß es nicht so hätte sein sollen, aber es war so. Sie versuchte, sich an ihre gemeinsame Kindheit zu erinnern, doch je länger sie darüber nachdachte, desto klarer wurde ihr, daß sie auch damals fast nie zusammengewesen waren. Sie hatten keine wirkliche Kindheit erlebt, und als Erwachsene hatten sie keine normale Beziehung zueinander.

»*Novia*. Ein so putziges Wort«, bemerkte Sheldon zu Samanthas Überraschung. »Teresa nennt mich ihren *novio*.

Sie möchte, daß ich Spanisch lerne, aber ich sehe nicht ein, wozu wir beide eine neue Sprache lernen sollen.«

»Sie spricht kein Englisch?«

»Noch nicht sehr gut.«

Samantha grinste. »Wie seid ihr zwei dann jemals soweit gekommen, über eine Hochzeit zu sprechen?«

Sobald sie die Frage gestellt hatte, war ihr klar, daß sie das nicht hätte tun sollen. Sheldon sah sie mißbilligend an, und dieser Blick, den sie nun schon so oft gesehen hatte, erzürnte sie. Sie konnte nicht einmal eine spontane Frage stellen, ohne daß er völlig außer sich geriet.

»Du brauchst mir nicht zu antworten, Bruder«, sagte sie steif. »Ich vermute, es geht mich genausowenig an wie alles andere.«

Sein milchweißes Gesicht nahm plötzlich Farbe an, und Samantha war begeistert. Sie wollte wirklich ein einziges Mal erleben, daß ihr stoischer, gefühlloser Bruder aus der Fassung geriet, und sei es nur, um zu beweisen, daß er ein Mensch war. Sie seufzte. Wahrscheinlich war das zuviel verlangt.

»Wir haben wirklich einen Übersetzer gebraucht, als wir uns kennengelernt haben, meine Liebe. Jean Merimée hat sich als durchaus angemessen erwiesen. Du erinnerst dich doch an Jean? Du hast ihn beim Rennen kennengelernt, als du gerade erst angekommen warst und noch nicht . . .«

Samantha brach in Gelächter aus, als Sheldons Gesicht noch dunkler wurde. »Als ich mich noch nicht entschieden hatte, deinen Vergnügungen fernzubleiben? Es ist dir immer noch peinlich, stimmt's?«

»Nein, Samantha, die Entscheidung lag bei dir.«

»Meine Entscheidung! Weißt du, mir macht das nichts aus. Für mich ist es ganz natürlich, daß ich so aussehe, wie ich aussehe. Aber ich wußte, wie unwohl dir mit mir zumute war, und daher habe ich deine weiteren Einladungen abgelehnt. Sieh nur! Nicht einmal reden kannst du darüber! Ich bedaure deine zukünftige Frau, Sheldon, ich bedaure sie wirklich. Du wirst sie wahrscheinlich in ihrem Zimmer einschließen, wenn sie . . .«

»Also wirklich, Samantha!«

Sie lächelte ihn unschuldig an. »Willst du denn keine Kinder haben?«

»Doch, natürlich«, erwiderte er zögernd.

»Dann muß ich Teresa warnen, was deine Einstellung betrifft. Sie wird gut daran tun, alle Neuigkeiten dieser Art so lange wie möglich für sich zu behalten.«

»Gütiger Himmel, du würdest doch nichts dergleichen zu Teresa sagen!«

Grüne Lichter tanzten schelmisch in Samanthas Augen. »Glaubst du nicht, daß Teresa es mir danken würde?«

»Ich danke es dir bestimmt nicht.«

»Wieso, Sheldon? Habe ich dich verärgert?« fragte sie ernst. »Du wirkst recht zornig.«

»Ich bin nicht zornig«, sagte er. Seufzend schüttelte er den Kopf. »Ich kann dich einfach nicht verstehen, Samantha.«

»Du hast es nie versucht«, erwiderte sie in vollem Ernst. »Sonst wüßtest du, daß es nur ein Spaß war.«

»Aber deine plumpe Direktheit...«

»... gehört zu mir. Seit ich England verlassen habe, konnte ich geradeheraus sagen, was ich meine. Du kannst dir gar nicht vorstellen, was für ein Segen es ist, diese Freiheit zu haben. Ich werde deine *novia* nicht mit meiner Direktheit schockieren, Sheldon. Ich kann durchaus taktvoll sein. Erwarte nur nicht von mir, daß ich mir bei dir die Zunge verrenke. Du bist mein Bruder, und wenn ich dir gegenüber nicht offen sein kann...« Sie unterbrach sich und grinste ihn an, als an der Eingangstür geklopft wurde. »So, deine *novia* erlöst dich von deiner dreisten Schwester. Ich mache ihr auf.«

»Nein, Samantha.«

Doch sie trat aus dem Salon in den Flur und hielt den Butler auf seinem Weg zur Tür zurück. »Das mache ich schon, Wilkes.«

»Samantha!« Sheldon folgte ihr in die Eingangshalle. »Es schickt sich nicht, daß du...«

»Unsinn«, schnitt sie ihm das Wort ab. »Es ist viel netter, wenn man es nicht so förmlich anfängt.«

Sheldon konnte nichts mehr sagen, ohne seine Stimme zu erheben, und das hätte er nie getan. Samantha drehte sich zu ihm um. Er stand in der Tür zum Salon und starrte die Decke an, als wolle er sagen: *Mein Gott, was mag als nächstes kommen?* Sie strahlte selbstzufrieden. Sie konnte sich nicht erinnern, wann sie das letzte Mal so gute Laune gehabt hatte. Sheldon hatte fast seine Fassung verloren – fast. Vor ihrer Abreise würde sie noch erreichen, ihnen beiden zu beweisen, daß Sheldon ein menschliches Wesen war.

In dem Moment, in dem sie die Tür erreichte, wurde noch einmal angeklopft, und Samantha setzte ein freundliches Gesicht auf. Sie mußte dem Gast zeigen, wie anmutig und anständig sie sich benehmen konnte.

»Bienvenido, Señori...« Die Begrüßung blieb ihr im Hals stecken, als das Licht auf den Mann fiel, der auf der Türschwelle stand. »Lorenzo?« keuchte Samantha.

»Sam«, sagte er ganz schlicht.

»Oh, mein Gott.« Sie lachte. »Was um Himmels willen tust du hier?«

»Als sich mir die Chance geboten hat, mir Europa anzusehen, konnte ich nicht widerstehen«, erwiderte Lorenzo, während er seinen Hut abnahm. Die Melone machte sich sehr eigentümlich auf Lorenzos Kopf. Sein Blick fiel auf ihren Bauch, und er grinste sie an. »Wie ich sehe, hast du ein bißchen zugenommen. Das steht dir.«

Doch Samantha hörte nicht, was er sagte. Endlich hatte sie die Kutsche und den Mann am Randstein bemerkt, der gerade den Fahrer bezahlte. In heller Panik schlug sie die Tür zu, und dieser Laut ließ Sheldon und Wilkes wieder in die Eingangshalle eilen.

»Bist du verrückt geworden, Samantha?« fragte Sheldon. Er ging zur Tür.

»Es ist... nicht Teresa.«

Ehe Sheldon etwas sagen konnte, wurde laut an die Tür geklopft.

»Samantha . . .«

»Nein! Mach nicht auf, Sheldon. Sie werden schon wieder weggehen.«

»Das ist doch absurd. Wilkes, würden Sie freundlicherweise nachsehen, wer da ist.«

»Verdammt noch mal, Sheldon!« schrie Samantha. So schnell sie konnte, lief sie auf die Treppe zu. »Laß mich wenigstens erst den Raum verlassen«, rief sie über die Schulter zurück. »Ich will ihn nicht sehen.«

»Wen?«

»Meinen Mann.«

»Gütiger Himmel«, rief Sheldon aus. »Sie hat ihm die Tür vor der Nase zugeschlagen, Wilkes. Können Sie sich vorstellen, was der arme Mann von uns denken muß?«

»Nein, Sir«, erwiderte Wilkes trocken.

»Lassen Sie ihn endlich rein. Wir haben ihn schon zu lange draußen in der Kälte stehen lassen.«

40

»Du kannst dich nicht auf alle Zeiten hier oben verstecken, Sam.«

»Doch, das kann ich, und das werde ich auch tun.« Froilana schüttelte streng den Kopf. »Dein Bruder hat ihn eingeladen, hier zu wohnen. Irgendwann mußt du ihn sehen.«

»Nein.«

»Aber die *novia* ist gekommen, und unten wird ein Abendessen für dich gegeben.«

»Sag ihnen, so sollen das Abendessen ohne mich einnehmen.«

»*Madre de Dios*«, schimpfte Froilana. Sie hatte die Hände auf die Hüften gestemmt. »Willst du, daß dein Mann dich für feige hält? Du machst dir und deinem Bruder Schande. Wie soll der Señor seiner *novia* das erklären?«

»Es wird ihm schon etwas einfallen.« Samantha seufzte verärgert. »Na gut, meinetwegen. Verdammt noch mal! Lieber treffe ich mit ihm zusammen, als dir den ganzen Abend zuzuhören. Aber du wirst noch wünschen, du hättest mich nicht gezwungen, runterzugehen, Lana«, warnte sie das Mädchen. »Meine Abwesenheit wird meinen Bruder weniger beschämen als meine Anwesenheit. Ich kann mich nicht in einem Raum mit Hank aufhalten, ohne in Wut auszubrechen und aus der Fassung zu geraten.«

Diesmal beschloß ihr Mädchen, zur Abwechslung zu schweigen.

Samantha betrat den Salon kampfbereit, ja, nach Streit lechzend. Aber ein Blick auf Hank reichte aus; sämtliche Worte, die sie sich zurechtgelegt hatte, entfleuchten ihr. Sie nahm nicht einmal die vielen Augenpaare wahr, die auf sie gerichtet waren, und auch nicht die Erleichterung ihres Bruders. Sie verpaßte das Erstaunen auf Teresas Gesicht. Sheldon hatte Teresa hinsichtlich der Verfassung seiner Schwester nicht vorgewarnt. Jean Merimée war da, doch sie sah nur Hank.

Er sah umwerfend gut aus. Sein Haar war auf beiden Seiten zurückgekämmt und wellte sich bis auf seinen Nacken. Sein Gesicht war frisch rasiert, und er strahlte sie mit tiefen Grübchen in den Wangen an. Seine Augen funkelten auf die ihnen eigene Weise. Er war mit förmlicher Eleganz gekleidet. Unter dem schwarzen Smoking trug er eine burgunderfarbene Weste und ein weißes Seidenhemd mit diamantbesetzten Knöpfen. Edle Gewänder standen Hank.

In dem Moment, in dem Hanks Augen von ihrem Gesicht zu ihrem dicken Bauch wanderten, wurde sich Samantha schlagartig ihres eigenen Aussehens bewußt. Sie platzte mit dem erstbesten heraus, was ihr einfiel.

»So, Sheldon, wo ist jetzt deine *novia*?«

»Hier.«

Samantha drehte sich in die Richtung um, aus der seine Stimme gekommen war. Es fiel ihr schwer, ihre Blicke von

Hank loszureißen. »Ja, natürlich.« Sie ging auf Sheldon zu und begrüßte die junge Spanierin an seiner Seite.

Samantha war von ihrer Schönheit erschlagen. Dunkle, feuchtglänzende Augen, fast blauschwarzes Haar, das unter eine kurze *mantilla* reichte. Sie hatte ein unglaublich sinnliches Gesicht mit vollen, weichen Lippen, den Augenbrauen einer Katze und hohen, schmalen Backenknochen.

»Teresa.« Samantha errötete. »Sie müssen mir verzeihen. Ich habe meinen Mann sehr lange nicht mehr gesehen.«

»Das war ... *evidente*«, erwiderte Teresa nicht ohne Schwierigkeiten, ehe sie sich an Jean wandte und auf spanisch weitersprach. »Liebling, könntest du der da bitte erklären, daß ich noch nicht mit ihrer Sprache vertraut bin. Ich bezweifle, daß ich dieses vulgäre Englisch je erlernen werde.«

»*Das* soll ich ihr wirklich sagen?« fragte Jean entgeistert.

»Nein. Liebling, nur ...«

»Das wird kaum nötig sein«, fiel ihr Samantha auf spanisch ins Wort. »Sie werden bei mir nicht wie bei meinem Bruder einen Dolmetscher brauchen.«

Teresas Mund zog sich zu einem kleinen kugelrunden O zusammen, und ihr oliver Teint leuchtete dunkler auf, doch sie faßte sich schnell. »Es tut mir leid, Samantha. Ich hatte keine Respektlosigkeit beabsichtigt.«

Samantha lächelte, aber in ihren Augen stand keine Wärme, als sie Jean ansah, an den sich die Zukünftige ihres Bruders mit solcher Intimität gewandt hatte. Teresa sah bezaubernd aus, aber Samantha hatte nicht das Gefühl, daß sie sie mögen würde. Sie mußte sich fragen, ob Sheldon sich wirklich glücklich schätzen konnte.

»Machen Sie sich jetzt darüber keine Gedanken mehr, Teresa«, sagte Samantha freundlich. Es gelang ihr, das Lächeln aufzubehalten. »Mein Bruder hat mir gegenüber erwähnt, daß Sie Englisch lernen. Sie sollten sich wirklich mehr anstrengen. Es zahlt sich aus, wenn man versteht, was andere sagen – vor allem, wenn über einen selbst geredet wird.«

Jean Merimée rührte sich unruhig, und Teresa trat einen Schritt näher zu Sheldon, als wolle sie damit etwas aussagen. »Ich nehme an, Sie haben recht.«

»Wäre es zuviel verlangt, um ein bißchen Englisch zu bitten?« wagte sich Sheldon vor.

»Natürlich nicht«, erwiderte Samantha zuvorkommend. »Ich habe nur gerade zu deiner *novia* gesagt, daß wir beide uns näher kennenlernen sollten. Schließlich hast du mir sehr wenig von ihr erzählt, Sheldon.«

In dem Moment kündigte Wilkes das Abendessen an, und Sheldon hätte fast einen Seufzer der Erleichterung von sich gegeben. »Sollen wir? Jean, wenn du so freundlich wärst.« Er schob dem kleingewachsenen Franzosen Teresa zu, und Jean begleitete sie zu Tisch.

Samantha sah den beiden nach und dachte, daß Jean Merimée wohl der Typ Mann war, der bei Frauen Erfolg hatte. Er sah nicht besonders gut aus, doch seine Ausstrahlung hatte es in sich. Der Hauptgrund mochten seine auffallenden strahlendblauen Augen sein. Samantha hatte ihn vom ersten Moment an nicht gemocht. Er hatte Annäherungsversuche bei ihr gemacht, und sie hatte ihn zurückgewiesen und dann beobachtet, wie er geschmeidig an die Seite einer anderen Frau geglitten und ihr dieselben Avancen gemacht hatte. Und jetzt hörte sie, daß Teresa und er sich unterhielten, als seien sie die Verlobten . . .

»Was hat er hier zu suchen?« fragte Samantha Sheldon mit einer Kopfbewegung zu Jean hin.

»Er war so freundlich, Teresa hierherzubegleiten.«

»Du vertraust sie ihm allein an?«

»Natürlich.« Sheldon schnappte empört nach Luft. »Er ist einer meiner Ratgeber und gleichzeitig auch ein guter Freund, Samantha.«

»So, und mit wem ist er so eng befreundet?«

»Samantha«, sagte Sheldon eindringlich. Er hatte nicht wirklich zugehört. »Ich muß dich bitten, dich für den Rest des Abends zu benehmen. Mein Gott, du hast noch kein Wort mit deinem Mann gesprochen.«

»Ich habe auch nicht die Absicht«, sagte sie so beiläufig, daß er nicht wußte, was er darauf antworten sollte.

Er ging eilig auf Hank und Lorenzo zu, die am anderen Ende des Raumes standen. »Mr. Chavez, Mr. Vallarta, würden Sie uns Gesellschaft leisten?«

Samantha achtete auf Hanks Bein, als er die ersten Schritte machte, doch alles schien in Ordnung zu sein. Nicht einmal ein Humpeln war zu erkennen. Nachdem sie sich dieser Sorge entledigt hatte, warf sie ihm einen frostigen Blick zu, nahm Lorenzos Arm und ging mit ihm ins Eßzimmer.

»So, Amigo«, sagte sie lächelnd. »Sollte ich endlich deinen Nachnamen erfahren haben?«

»*Si*, ich bin stolz darauf, diesen Namen tragen zu dürfen.«

»Darf ich das so auffassen, daß du deine Ungesetzlichkeiten aufgegeben hast?« spottete sie aus einem Anflug von Leichtsinn heraus.

Lorenzo grinste breit und nickte. »Ich bin jetzt durch und durch ehrbar. Seit er reich ist, zahlt dein Mann mich gut.«

»Wenn du diese Unterhaltung fortsetzen willst, wäre ich dir dankbar, wenn du ihn nicht mehr erwähnen würdest«, erwiderte sie mit scharfer Stimme.

»Ach, Sam.« Er kicherte in sich hinein. »Du hast dich nicht verändert. In deinem Zustand sind die meisten Frauen ruhig und heiter. Aber du bist immer noch eine kleine hitzköpfige Kratzbürste. Soll ich dir sagen, was er getan hat, als du uns die Tür vor der Nase zugeschlagen hast?«

»Wie konntest du das erklären? Du kannst unmöglich wissen, warum.«

»O doch. Du wolltest nicht, daß er dich in deinem momentanen Zustand sieht.«

»Unsinn«, sagte sie mit erzwungener Ruhe. »Ich wollte ihn einfach nicht sehen, das ist alles.« Als er nichts sagte, fragte sie: »Nun, was hat er getan, als du ihm gesagt hast, ich sei so fett wie eine Kuh?«

»So habe ich es nicht gesagt.«

»Lorenzo!«

»Er hat gelacht«, sagte Lorenzo.

Samantha zuckte zusammen. »Ja, typisch. Ganz typisch.«

»Du hast mich mißverstanden, Sam«, versicherte Lorenzo ihr hastig. »Er freut sich sehr.«

»Natürlich«, zischte sie. »Er war so verflucht sicher, daß es dazu kommen würde. Jetzt kann er damit angeben.«

»Ich sage dir, daß er glücklich ist, weil er Vater wird«, beharrte Lorenzo. »Ich kenne ihn gut, Sam, vielleicht besser als du. In diesem Punkt irre ich mich nicht.«

»Mir ist ganz gleich, was du glaubst, Lorenzo. Ich weiß, daß es anders ist. Hat er nicht gesagt, daß ich in sechs bis sieben Monaten nach ihm Ausschau halten soll? Du selbst hast mir diese Nachricht übermittelt. Was glaubst du wohl, warum ich hierhergekommen bin? Damit er mich nicht findet. Damit er nichts davon erfährt. Aber er ist trotzdem gekommen – und habe ich dich nicht gewarnt, nicht mit mir über ihn zu sprechen?«

Sobald sie im Eßzimmer waren, blieb sie nicht länger an Lorenzos Seite. Sie war wütend. Hank hatte also gelacht? Dieser verfluchte Kerl!

Samantha setzte sich verdrossen hin, doch fast wäre sie wieder aufgestanden, um den Raum zu verlassen, als Hank sich auf den Stuhl neben ihr setzte. Es war ein riesiger Tisch, und sechs Plätze waren frei, doch er mußte sich neben sie setzen.

Zum Glück wurde das Essen in dem Moment serviert, in dem Sheldon seinen Platz am Kopfende des Tisches einnahm. Samantha konzentrierte sich auf ihren Teller. Das gab ihr die Gelegenheit, sich zu sammeln, ihren Zorn zu unterdrücken und sich zu überlegen, was Hanks Anwesenheit wohl wirklich zu bedeuten hatte.

Die Unterhaltung, die um sie herum geführt wurde, durchdrang Samanthas Gedanken. Lorenzo, der ihr gegenübersaß, erzählte Jean Merimée von Mexiko. Doch die Worte, die ihr Bruder an Teresa richtete, waren das, was Samanthas Aufmerksamkeit auf sich zog.

».... und zehn Jahre sind sehr schnell vergangen. Das ist ihr erster Besuch nach all der Zeit.«

»Dann sie war nicht hier, als dein liebe *abuela* sterben?« versuchte sich Teresa.

»*Abuela*?«

»Großmutter«, erklärte sie.

»Aber nein, damals war Samantha nicht hier.«

»So schade. Eine so nette Frau, so freundlich.«

Samantha blieb fast der Bissen im Hals stecken. Einen Moment lang vergaß sie Hank völlig, während sie entgeistert Teresa Palacio anstarrte und sich dann fragend an ihren Bruder wandte.

»Spricht sie von *unserer* Großmutter, Sheldon?«

»Ja. Teresa sagt, daß sie sie vor einigen Jahren kennengelernt hat, lange, ehe sie mich kennengelernt hat.«

»Sie war eine wunderbare Frau«, fügte Teresa hinzu. Ihre dunkelbraunen Augen waren Samantha zugewandt. »Es ist mir eine Freude, daß ich sie kannte, ehe sie starb.«

»Henrietta Blackstone?«

»*Si.*«

Samantha war mehr als überrascht, doch sie entschloß sich, Teresa zumindest Zweifel einzupflanzen. »Sheldon, du hättest mir schreiben sollen, daß Großmutter im Alter nicht mehr ganz so verbittert war. Vielleicht wäre ich dann eher gekommen.«

Sheldon räusperte sich verlegen. »Sie ist mit dem Alter nicht weicher geworden, meine Liebe, oder zumindest habe ich davon nichts gemerkt. Sie hat auch nicht ... ja, also ... sie hat nie ...«

»Mir nie verziehen, daß ich nach Amerika gegangen bin?« half ihm Samantha lächelnd weiter.

»Ich hätte es nicht so plump formuliert«, sagte Sheldon. In seinem Blick stand eine Warnung.

»Nein, das tust du nie.«

»Ach, deshalb sind Sie also enterbt worden?« fragte Teresa.

Samantha hätte am liebsten gelacht, als Sheldons finsteres Gesicht sich von ihr zu seiner plump direkten zukünftigen Braut wandte.

»Woher wissen Sie das?« fragte Samantha. »Ich kann nicht glauben, daß mein Bruder mit Ihnen darüber spricht, daß ich enterbt worden bin?«

»Ihre *abuela* hat zu mir von Ihnen gesprochen«, erklärte Teresa. »Nicht Sheldon.«

Samantha lehnte sich zurück und musterte die etwas ältere Frau, die ihr gegenübersaß. Es fiel ihr schwer, Teresa zu glauben. Henrietta Blackstone, eine freundliche, wunderbare Frau?

Diese Beschreibung war so lachhaft, daß es einfach lächerlich war. Und daß ihre Großmutter mit einer Fremden über sie gesprochen hatte, nachdem sie geschworen hatte, Samanthas Namen nie mehr auszusprechen? Aber weshalb sollte Teresa lügen?

»Es stimmt natürlich, daß ich enterbt worden bin«, gab Samantha zu. »Zwischen meiner Großmutter und mir war in keiner Hinsicht ein Einverständnis möglich. Sie hat mich enterbt, als ich es vorgezogen habe, zu meinem Vater zu ziehen, statt bei ihr zu bleiben. Das ist ein Entschluß, den ich übrigens nie bereut habe.«

»Dann bereuen Sie auch Ihren Verlust nicht?«

»Für mich spielt das keine Rolle. Mein Vater ist nicht gerade arm, Teresa. Ich habe alles, was ich mir nur wünschen kann.«

»Sie hat zudem auch einen reichen Mann«, mischte sich Jean plötzlich ein.

Samantha drehte sich zu Hank um. Er zuckte die Achseln.

»Der Reichtum meines Mannes ist irrelevant, Monsieur Merimée.« Samanthas Blick war voll kühler Geringschätzung. »Außerdem halte ich dieses Thema für eher geschmacklos.«

»Verzeihen Sie mir, Samantha«, sagte Teresa zerknirscht. Ihrem aufgesetzten Lächeln fehlte jede Spur von Bedauern. »Meine Sorge war nur, Sie könnten Ihrem *hermano* diese Erbschaft mißgönnen. Es ist nicht gut, Neid in der Familie zu haben.«

Samantha war sprachlos. Und sie hatte gefürchtet, ihren Bruder durch Grobheiten zu verärgern! Er saß da und starrte Teresa mit wütenden Augen und verkniffenen Lippen an. Es mußte ihn ungeheuer viel Mühe kosten, seine Gefühle nicht zu zeigen.

»Deine Sorge um die Gefühle meiner Schwester ist ... ergreifend, Teresa«, sagte Sheldon in das angespannte Schweigen hinein. »Aber du hättest dir keine Sorgen zu machen brauchen. Ihr erstgeborenes Kind bekommt die Hälfte des Blackstone-Vermögens.«

»Was?« fragte Teresa mit leicht erregter Stimme.

Samantha warf ihr einen scharfen Blick zu. Auch Jean Merimée wirkte beunruhigt.

»Das verstehe ich nicht, Sheldon«, sagte Jean. »Ich habe das Testament deiner Großmutter doch selbst vollstreckt. Darin wurde nicht erwähnt ...«

»Nein, das stimmt«, fiel ihm Sheldon trocken ins Wort. »Aber es bestand kein Anlaß, daß du etwas über das Testament meines Großvaters erfährst, das du nicht vollstreckt hast. Er war nicht so stur und verbissen wie seine Frau. Er wollte nicht, daß seine einzige Enkelin leer ausgeht, und daher hat er auf dem Weg über ihre Kinder für ihren Unterhalt gesorgt. Meine Großmutter wußte nichts davon.«

Samantha unterdrückte ein Grinsen. Am liebsten hätte sie ihrem Bruder Beifall gespendet. Er hatte kühl ein paar Federn gerupft und somit seinen Zorn zu seiner Zufriedenheit ausgelebt. Jetzt war er so ruhig und gefaßt wie immer. Wie stellte er das an? Vielleicht konnte sie doch noch etwas von ihrem Bruder lernen.

Sie hätte eigentlich wütend sein sollen, weil sie bisher nichts davon gewußt hatte, aber sie war nicht wütend. Dennoch konnte sie nicht widerstehen, Sheldon noch ein bißchen aus der Reserve zu locken.

»Ist das eine der Kleinigkeiten, die du erst im letzten Moment klarstellst, Sheldon? Es erstaunt mich, daß du vor der Geburt meines Erstgeborenen damit herausrückst.«

Ihr Hohn saß. Sheldon versuchte, sie mit einem Blick in ihre Schranken zu weisen, doch sie ignorierte ihn. Sie widmete einmal mehr ihre gesamte Aufmerksamkeit ihrem Teller.

»Warum verärgerst du absichtlich deinen Bruder?«

Wie oft hatte sie diese tiefe Stimme in ihren Träumen gehört! Samantha wollte ihn nicht ansehen. Sie wappnete sich.

»Das geht dich nichts an.«

»Sieh mich an, Kleines.« Das war zart, leise und spanisch und so dicht an ihrem Ohr, daß sie seinen Atem spüren konnte.

Sie konnte es nicht ertragen. Steif erhob sie sich und entschuldigte sich höflich, ehe sie das Zimmer verließ. Ihr Zustand erlaubte es ihr, sich früh zurückzuziehen. Sie hätte es nicht ertragen, auch nur noch ein Wort von dieser zarten, schmeichlerischen Stimme zu hören. Sie konnte nicht mit ihm sprechen, noch nicht. Sie wollte ihn schlagen, ihn anschreien – ihn küssen. Dieser verfluchte Kerl!

41

Hank öffnete die Schlafzimmertür ohne anzuklopfen, doch er bereute diesen Impuls augenblicklich. Samantha ließ sich gerade von ihrem Mädchen beim Ausziehen helfen. In dem Blick, den Samantha ihm zuwarf, stand Mordlust. Das Mädchen, das ihr half, zog schnell Samanthas Kleid wieder über ihre Schultern und trat mit weit aufgerissenen Augen einen Schritt zurück.

»Verzeih mir, Sam«, sagte Hank unbeholfen.

Samantha dachte natürlich gar nicht daran. »Dir verzeihen? Nachdem du unaufgefordert hier eindringst, obwohl du weißt, daß du unerwünscht bist? Wie kannst du es wagen?«

»Ich könnte sagen, daß es mein gutes Recht ist, das Schlafzimmer meiner Frau zu betreten«, erwiderte Hank kühl.

Samantha holte scharf Luft. »Wenn du mir mit deinen Rechten als Ehemann kommst, lasse ich mich so schnell scheiden, daß du gar nicht weißt, wie dir geschieht.«

»*Das* ist dein Mann?« keuchte Froilana.

»Tu nicht so, als hättest du ihn nicht schon gesehen, als mein Bruder ihn hereingebeten hat, Lana. Du hast mir selbst erzählt, was sich zwischen den beiden abgespielt hat.«

»Ich habe ihn aber nicht richtig gesehen. Ich stand auf dem oberen Treppenabsatz und habe nur gehört, was sie geredet haben. *Caramba!!*« rief Froilana fasziniert aus. »Wie kannst du einem so gutaussehenden Mann böse sein?«

Hank kicherte in sich hinein, und Samantha zuckte zusammen. »Meine Güte«, sagte sie. »Wenn du ihn so unwiderstehlich findest, Lana, dann kannst du ihn haben. Aber sorg vorher dafür, daß er mein Zimmer verläßt.«

»Ich würde ihn mit Vergnügen nehmen«, sagte das Mädchen ohne jede Scham, »aber ich glaube, er will dich.«

»Du bist unmöglich! Raus mit euch, alle beide«, schrie Samantha außer sich. »*Dejadme!*«

»Geh schon, *chica*«, sagte Hank einschmeichelnd zu Froilana. »Laß mich ein paar Minuten mit ihr allein.«

»Wage es nicht, Lana!« fauchte Samantha, doch das Mädchen sah von ihr zu Hank, grinste breit, verließ das Zimmer und schloß die Tür hinter sich.

Samantha hätte am liebsten laut geschrien und Hank etwas an den Kopf geworfen. Sie blickte jedoch nur gehässig in seine lachenden grauen Augen.

»Ich nehme an, es belustigt dich, daß du sie so schnell rumgekriegt hast?«

»Wenn man bedenkt, daß ich bei dir nie solches Glück

gehabt habe, ist doch verständlich, daß es mir Spaß macht.«

Smaragdaugen blitzten. »Du kannst dich augenblicklich umdrehen und ihr durch diese Tür folgen.«

»Erst unterhalten wir uns miteinander.«

»Nein, das tun wir nicht! Ich weiß genau, was du zu sagen hast, aber das brauche ich mir nicht anzuhören. Lieber schreie ich. Wir sind hier nicht in den Bergen, Hank. Wenn ich schreie, kommt jemand.«

»Du würdest einen Tumult verursachen?«

»Ja«, erwiderte sie fest. »Ich habe genug durchgemacht. Eher lasse ich dich rauswerfen, als mir deine Angebereien anzuhören!«

»Angebereien?«

»Verschone mich vor deinem Unschuldsblick«, sagte sie höhnisch. »Du bist hierhergekommen, um mir zu sagen, du hättest es mir ja gleich gesagt. Siehst du – ich habe es für dich ausgesprochen. Würdest du jetzt vielleicht gehen?«

Hank schüttelte den Kopf. »Da denkst du sehr an die Vergangenheit, *gatita*. Du solltest die unerfreulichen Dinge vergessen. Ich habe mich auch darum bemüht.«

»Vergessen!« Sie riß die Augen auf. »Ich erinnere mich an alles! An alles, Hank.«

»Ich wünschte, es wäre nicht so.« Er stieß einen tiefen Seufzer aus. »Ach, Samina, ich hatte gehofft, es käme anders. Ich bin nicht aus den Gründen gekommen, die du mir unterstellst. Ich bin nur gekommen, um dir eine Frage zu stellen.«

Sie war skeptisch, aber er wirkte so offen, so ehrlich.

»Welche Frage?«

»Ich will wissen, warum du dich nicht an mir gerächt hast, wie du es mir geschworen hast. Du hättest Gelegenheit dazu gehabt.«

Samantha starrte ihn bestürzt an. »Du hast den weiten Weg zurückgelegt, um mich *das* zu fragen?«

»Ja.«

»Das glaube ich nicht.«

»Frag Lorenzo. Er wird dir sagen, wie sehr mich das beschäftigt hat«, sagte er. »Hattest du Mitleid mit mir?«

»Mitleid?« Sie lachte überrascht auf. »Wie hätte ich Mitleid mit dir haben können? Du hast alles bekommen, was du wolltest, und bist jetzt reich.«

»Du hättest mich verhaften und ins Gefängnis werfen lassen können«, fuhr er fort. »Du hättest mich in jener Nacht den Männern überlassen können, die dein Vater engagiert hat. Statt dessen hast du mich zum Arzt gebracht. Du hast dich auf meine Seite gestellt, gegen deinen Vater. Warum?«

Sie wandte sich ab, denn sie sah sich dieser Frage nicht gewachsen, die sie sich selbst nie offen hatte beantworten können. »Ich konnte nicht mehr, Hank – nicht mehr kämpfen und nicht mehr streiten. Ich fand, wir hätten beide genug gelitten.«

»Wirklich, *querida?*« Seine Stimme klang näher.

Samantha wirbelt herum. Seine Nähe machte sie schwach und rief ihr Dinge in Erinnerung, die sie längst hätte vergessen sollen.

»Ich habe deine Frage beantwortet«, sagte sie betont kühl. »Jetzt kannst du wieder nach Mexiko fahren und mich in Ruhe lassen.«

Seine Augen liebkosten ihre Gesicht und wanderten dann auf ihren Bauch. »Nein. Ich bleibe eine Weile. Zumindest so lange, bis das Kleine geboren ist.«

Samanthas Gesichtszüge versteinerten. »Du bist hier nicht willkommen.«

»So, aber dein Bruder hat mich herzlich aufgenommen.« Hank grinste. »Er ist großzügiger als du.«

»Nur weil er nichts über unsere wirkliche Beziehung zueinander weiß«, sagte sie hitzig. »Du bist nur auf dem Papier mein Mann. Falls du versuchen solltest, etwas daran zu ändern...«

»Hör auf, Sam. Warum streitest du schon wieder? Du hast selbst gesagt, du wolltest nicht mehr streiten, doch in dem Moment, in dem du mich siehst, streckst du deine Krallen aus.«

Sie konnte seinem forschenden Blick nicht standhalten. »Es liegt an dem Grund deines Kommens.«

»Aber ich habe dir doch gesagt, daß ich nicht deshalb gekommen bin. Ich wollte Antworten haben. Ich bin allerdings nicht sicher, ob du mir alles beantwortet hast.«

»Natürlich habe ich das getan.«

»Warum erschwerst du uns dieses Treffen so sehr, wenn du selbst findest, wir hätten genug gelitten?«

Samantha stand kurz vor den Tränen. Natürlich hatte er recht. Sie benahm sich dumm, und sie wußte nicht einmal weshalb. Lag es an ihrem Zustand, daß sie sich so verhielt? Genau das hatte sie nicht gewollt – daß er sie so sah.

»Wir hätten uns nicht wiedersehen sollen, Hank«, sagte sie bemüht ruhig. »Ich habe nicht damit gerechnet, dich jemals wiederzusehen. Ich bin nach England gegangen, um dich nicht sehen zu müssen.«

Hank wandte seinen Blick ab. Seine Stimme war nicht mehr als ein Flüstern, als er sie fragte: »Haßt du mich immer noch so sehr?«

»Ich . . . ich weiß selbst nicht mehr, was ich empfinde. Ich kann nur nicht mit dir zusammensein, wenn ich . . . so wie ich jetzt . . . so, wie ich aussehe . . . ich, bitte, geh doch, Hank.«

Samantha wandte sich ab, doch er zog ihr Gesicht vor seine Augen. »Was ist, Sam?« fragte er zart. »Ist es dir peinlich, daß ich dich in deinem Zustand sehe?«

»Überhaupt nicht!«

Er grinste. »Du lügst, *querida*. Es ist dir peinlich. Aber dazu hast du keinen Grund. Weißt du denn nicht, wie schön du bist?«

Samantha zuckte zusammen. »Würdest du jetzt gehen!« sagte sie gepreßt.

»Du bist so stur wie eh und je.« Er seufzte. »Ich werde gehen, Sam. Ich werde auch dieses Haus verlassen, da meine Gegenwart dich aus der Fassung bringt, und das ist im Moment nicht gut. Für den Fall, daß du mich brauchst, werde ich deinem Bruder eine Adresse hinterlassen. Aber ehe ich gehe, werde ich das tun, was ich vom ersten Moment an tun wollte, als ich dich heute abend gesehen habe.«

Ehe Samantha verstand, was Hank meinte, zog er sie zart in seine Arme und küßte sie. Seine Lippen waren wie Wein, den man bis auf den letzten Tropfen auskosten mußte, ein Genuß, der ihr so lange versagt gewesen war. Die Gewalt, die er immer über sie gehabt hatte, wenn er sie in seinen Armen hielt, war sofort wieder da, so stark wie jedesmal. Sie vergaß alles um sich herum und spürte nur noch seinen Kuß, den Zauber dieses Kusses, das Wunder dieses Kusses.

Es dauerte lange, bis Hank sich mit einem Seufzer von ihr losriß. Er warf ihr einen Blick zu, in dem sehnsüchtiges Verlangen lag. Doch er hielt sich an sein Wort, wandte sich ab und ging.

Samantha starrte entgeistert die geschlossene Tür an. Er konnte sie immer noch atemlos und bebend zurücklassen. Warum? Warum konnte das nur er?

42

Sie war in Schweiß gebadet. »Kommt der Arzt?« fragte Samantha, die sich vergebens bemühte, über den Schmerz Herr zu werden, der immer stärker wurde.

»*Si, si*, er ist auf dem Weg«, versicherte ihr Froilana, die gerade Holz nachlegte, obwohl das Feuer schon lodernd brannte.

Die Wehen hatten an diesem Nachmittag eingesetzt. Erst hatte sich Samantha nichts dabei gedacht. Im letzten Monat hatte sie so oft ein geringfügiges Unbehagen verspürt. Der dumpfe Schmerz erschien ihr bedeutungslos. Doch Froilana hatte ihr Stirnrunzeln bemerkt. Ihr war klar, daß es an der Zeit war.

Samantha hätte am liebsten geweint oder geflucht. Sie hätte sich nicht träumen lassen, daß es so schlimm sein würde. Sie hatte gehört, es sei schmerzhaft, aber es sei jede

Minute dieser Schmerz wert. Ha! Wer hatte ihr diesen Unsinn erzählt? Lana? Was wußte denn Lana? *Das* hatte sie nie durchgemacht. Es war einfach unglaublich. Sie beschloß, es zu ihrem Lebensinhalt zu machen, anderen Frauen abzuraten, jemals Kinder zu bekommen.

»Willst du mich mit diesem Feuer rösten?« schrie Samantha.

»*Cálmese*, Sam.«

»Glaubst du, du wärst an meiner Stelle ruhig?«

»Willst du, daß sie dich unten hören?«

»Wer?«

»Dein *hermano* und ...«

Samantha stöhnte. Sobald der Schmerz nachließ, sah sie ihre Freundin scharf an. »Und?«

»Habe ich und gesagt? *Cielos*, wo bin ich bloß mit meinen Gedanken?« erwiderte Froilana ausweichend.

Samantha ging der Sache nicht weiter auf den Grund. Sie war zu erschöpft, um sich dafür zu interessieren, wer noch unten saß. Wahrscheinlich Teresa. Seit jenem Abend vor zwei Monaten, an dem Hank plötzlich wieder in ihr Leben getreten war, war sie oft zu Besuch gekommen.

Samantha hatte Sheldon nie nach Hanks Adresse gefragt. Sheldon seinerseits hatte Hanks Besuch mit keinem Wort erwähnt. Sie konnte sich gut vorstellen, daß er diesen Abend einfach vergessen wollte.

Hier lag sie jetzt und bekam Hanks Kind. Es war nicht fair, daß seine Rache so weit gegangen war. Samantha biß sich auf die Lippen, als der Schmerz wieder einsetzte.

»Wann hört das denn endlich auf, Lana?« fragte sie in ihrer Verzweiflung. »Ich halte das wirklich nicht mehr lange aus.«

»Du wehrst dich dagegen. Damit machst du alles schlimmer. Es kann noch lange dauern, und bis dahin ist der Arzt auch bestimmt da.«

»Ich glaube, ich sterbe, ehe es vorbei ist«, stöhnte Samantha.

»Es ist nur beim ersten Kind so schlimm, Samantha. Beim nächsten geht alles leichter.«

»Beim nächsten! Noch ein Kind! Niemals!«

Samantha fiel auf ihr Kissen zurück. Seit Monaten war sie nur noch unglücklich. Das Leben auf der Ranch ihres Vaters war qualvoll gewesen, weil sie sich durch die Scheune täglich an jene grauenvolle Nacht erinnert hatte. Doch als Samantha merkte, daß sie schwanger war, war ihr Haß auf Hank wieder erwacht. Er hatte ihr ein Kind gewünscht, und er hatte bekommen, was er wollte. Sie war wütend, aber gleichzeitig war sie auch erleichtert, weil sie jetzt einen Vorwand hatte, diesen verhaßten Ort zu verlassen.

Doch auch in England war es ihr nicht bessergegangen. Bei der Vorstellung, das Kind allein aufziehen zu sollen, wurde ihr ganz elend zumute.

Der Schmerz wurde unerträglich, und Samantha schrie laut auf. Im selben Moment betrat der Arzt das Zimmer. Es interessierte sie nicht mehr, daß der Arzt gekommen war. Hank war derjenige, der jetzt hiersein sollte. Er war für sie verantwortlich. Nein, sie wollte ihn nicht hierhaben, sie wollte nicht, daß er wußte, wie sehr sie litt.

Sheldon hatte Hank versprochen, ihn holen zu lassen, wenn es soweit war, und Hank war überglücklich, als er die Nachricht bekam. Lorenzo war mit ihm gekommen, doch Hank hatte ihm nicht eine Sekunde zugehört, während sie durch London fuhren. Samantha gebar sein Kind. Ihr Kind. Das Kind, das ihrer beider Kind war.

Gleich nach seinem Eintreffen hörte er die Schreie von oben, und er war völlig erledigt. Mit einem Glas in der Hand saß er in der hintersten Ecke des Salons, so weit wie möglich von der geschlossenen Tür entfernt. Er ließ das Eis in seinem Glas klirren, um die Geräusche von oben ein wenig zu übertönen, doch ab und zu wich jede Spur von Farbe aus seinem Gesicht. Er saß völlig benommen da, hielt seinen dritten Drink in der Hand und litt mit dem, was er von oben hörte, mit.

»Sie sollten nicht hiersein, Hank«, sagte Sheldon, als

wieder ein Schrei erstarb und den Raum in eine gespenstische Stille tunkte. »Ich auch nicht, wenn man es genaunimmt.« Er war der einzige, der im Zimmer auf und ab ging. »Gütiger Himmel, hier haben Männer nichts zu suchen.«

Hank bemühte sich, Sheldon klar zu sehen. Es dauerte mehrere Sekunden, bis er etwas sagte. »Sie werfen mich doch nicht raus?«

»Nein, natürlich nicht.«

»Dann bleibe ich.«

»Mein Club ist ganz in der Nähe. Warum gehen wir nicht . . .?« erbot sich Sheldon.

»Nein.«

Lorenzo schüttelte den Kopf. »Er hat recht, Hank. Du hast hier im Moment nichts zu suchen. Geh eine Weile fort.«

»Mein Platz ist an ihrer Seite«, erwiderte Hank.

»Sie weiß nicht, daß du hier bist«, hob Lorenzo hervor. »Du kannst ihr nicht helfen.«

»Laß mich, Lorenzo. Ich will genau hier . . .« Der bisher lauteste Schrei drang durchs Treppenhaus, und Hank entglitt das Glas. »Mein Gott! Sie stirbt. Ich habe sie umgebracht.«

»Unsinn«, schalt Lorenzo.

Hank wandte sich ihm zu. »Kannst du mir beschwören, daß sie nicht sterben wird? Kannst du das?«

»O mein Gott«, fiel ihnen Sheldon ins Wort. »Ich halte das nicht mehr aus. Es ist hochgradig unschicklich und . . . und es macht mich absolut wahnsinnig. Bleiben Sie, wenn Sie bleiben müssen. Ich gehe.«

Er holte seinen Mantel und ging auf die Tür zu. Doch während er durch den Flur ging, ertönten gleichzeitig der Schrei eines Kindes und Froilanas Freudenschrei: »Es ist ein Junge!«

Sheldon trat wieder in den Salon. Auf seinen Lippen stand die Andeutung eines Lächelns. »Ich habe einen Neffen.«

Hank war bereits von seinem Stuhl aufgesprungen. Er

lief an Sheldon vorbei, sprang die Treppe hinauf und riß die Tür zu Samanthas Schlafzimmer auf.

Dampf stieg von dem kochenden Wasser auf, und die Hitze war unerträglich. Froilana versuchte, Protest gegen Hanks Anwesenheit einzulegen, doch der Arzt nickte zustimmend, und sie wandte sich wieder der Säuberung des Babys zu.

»Sind Sie der Ehemann?«

Hank hörte die Frage nicht. Er starrte auf das riesige Bett, ohne Samanthas Gesicht sehen zu können. »Ist sie in Ordnung?«

»Wollen Sie *el niño* sehen?« fragte Froilana stolz.

Doch Hank ignorierte auch sie. »Ist sie in Ordnung?« wiederholte er mit Nachdruck.

»Warum fragst du mich nicht selbst?« sagte Samantha leise. Hank trat näher zum Bett. Samantha konnte die Augen kaum offenhalten, doch es gelang ihr, ihn fest anzusehen, ehe sie die Augen wieder schloß. Nie hatte er sie so erschöpft gesehen.

»Sam?«

»Was tust du hier?« Ihre Stimme war belegt.

»Ich habe mir von deinem Bruder versprechen lassen, daß er mich holen läßt«, erklärte Hank eilig. »Du kannst mir doch nicht das Recht streitig machen, hierzusein, Sam, oder?«

»Doch, das kann ich. Du wolltest mich doch vorher auch nicht haben. Dir war doch gleich, ob ich mich scheiden lasse. Was also hast du hier zu suchen?«

Hank sagte verlegen: »Das Kind natürlich.«

»Natürlich«, erwiderte sie.

»Ich bin nicht auf Streit mit dir aus, Sam«, sagte er seufzend. »Mein Gott, ich dachte, du stirbst hier oben.«

»Das ist ja absurd«, sagte sie mit mattem Hohn. »Es war unangenehm, aber jede Frau, die Kinder hat, hat das durchgemacht. Ich kann mich ... noch nicht mal ... erinnern ...«

Samanthas Augen fielen wieder zu, und ihre Stimme versagte. Hank blieb auf der Stelle stehen und starrte sie an. Er wollte nicht gehen. Samantha Blackstone Kingsley Chavez, seine Frau, die Mutter seines Sohnes, die Frau, nach der er ein wildes Verlangen hatte. Diese Frau erstaunte ihn immer wieder mit ihrem Stolz, ihrem Wagemut, ihrem Temperament, ihrer Leidenschaft. Wenn sie ihn nur wirklich gehaßt hätte, ihn immer gehaßt hätte, wäre er wenigstens nicht so verwirrt. Aber in der Leidenschaft hatte sie ihm gezeigt, wie es für sie beide sein konnte. Es wäre besser, er hätte es nie gewußt. Dann hätte er sich nie eingestanden, daß er sie liebte. Denn selbst, wenn er sie haßte, liebte er sie.

43

Die Kutsche fuhr langsam durch den Park. Die Frühlingsluft ließ die Vorhänge flattern.

»Glaubst du, Sheldon war wütend, weil ich dich gebeten habe, mich nach Hause zu bringen, Jean?« fragte Teresa.

Der Franzose zuckte die Achseln. »Wer weiß, *chérie*? Wer weiß, ob dieser Engländer je in seinem Leben wütend war? Ich glaube, offen gestanden, nicht, daß er allzuviel empfindet. *Ich* würde meine Verlobte niemals einem anderen Mann so häufig anvertrauen, ob Freund oder nicht.«

»Unterschätze ihn nicht!« warf Teresa nicht ohne Schärfe ein. »Männer, die so kalt sind, können zu Ausbrüchen von Gewalttätigkeit neigen.«

»Dann hättest du dich eben von ihm nach Hause bringen lassen sollen.«

»Ich hätte eine Heimfahrt mit dieser Frau nicht ertragen. Er nimmt sie jetzt immer mit, ganz gleich, wohin wir gehen. Noch eine ihrer gehässigen Bemerkungen, und ich hätte laut geschrien. Du weißt nicht, was sie schon zu mir gesagt hat. Als sie wieder eine normale Figur hatte, ist ihre Zunge sehr scharf geworden. Ich fürchte, sie weiß von uns beiden, *caro*.«

»Unsinn, *ma chérie*«, schalt Jean Teresa. »Samantha hat

höchstens eine Vermutung. Und wenn sie gehässig ist, dann liegt das zweifellos an ihrem Mann. Die beiden können nicht in einem Raum sein, ohne daß die Funken fliegen, und jetzt ist Chavez wegen seines Sohns in das Stadthaus der Blackstones gezogen. Samantha paßt das überhaupt nicht, aber sie kann nichts dagegen tun, weil sich Sheldon in diesem Ehekrieg auf die Seite ihres Mannes geschlagen hat.«

»Das ist mir egal. Ihre Anspielungen machen mich nervös. Bisher läßt sie ihre Bemerkungen auf spanisch fallen, damit Sheldon sie nicht versteht, aber . . .«

»Sie läßt ihre eigene Unzufriedenheit an dir aus, Teresa, das ist alles«, beschwichtigte Jean das Mädchen.

»Aber warum muß ich mir das gefallen lassen?« fauchte Teresa. »Ich hasse diese Frau.«

»Jetzt hör aber auf.«

»Du wagst es, in diesem herablassenden Ton mit mir zu reden? Oh, ich hasse dich, wenn du mich wie ein Kind behandelst.«

»Wozu machst du diesen ganzen Wirbel?« fragte Jean, der diese Ausbrüche kannte. »Bald bist du verheiratet, und dann brauchen wir uns keine Sorgen mehr zu machen.«

»Werde ich denn wirklich heiraten, Jean?« fragte sie. »Hast du das andere Testament gefunden?«

»Nein«, gab er bedrückt zu. »Aber ich fürchte, ich weiß, was wir wissen wollten. Mein Seniorpartner hat das Vermögen des alten Mannes verwaltet.«

»Und was fürchtest du?«

»Es ist so gekommen, wie ich gefürchtet habe, Teresa«, sagte er feierlich. »Wenn Sheldon stirbt, ohne Nachkommen zu hinterlassen, fällt alles an Samanthas Kind.«

»Selbst dann, wenn ich seine Frau bin?«

»Ja. Der alte Mann hat sich abgesichert, daß sein Besitz an einen blutsverwandten Erben fällt.«

»Verflucht sei diese Frau mit ihrem Kind!« zischte Teresa. »Sie macht meine sämtlichen Pläne zunichte. Ich habe zu lange an dieser Sache gearbeitet, Jean. Ich kann es mir nicht leisten, Sheldon aufzugeben und einen anderen Mann zu suchen. Ich habe meinen letzten Familienschmuck versetzt. Ich habe nicht mehr das Geld, um mir den richtigen Mann zu fangen.«

»Beruhige dich, *chérie*. Noch haben wir nicht verloren.«

Teresa funkelte ihn wütend an. »Unser Plan bestand darin, Sheldon nach einem Monat Ehe umzubringen. Jetzt sagst du, daß ich nichts habe, wenn er stirbt.«

»Exakt. Aber es ist besser, daß wir das jetzt erfahren haben, ehe wir uns Sheldon vom Hals geschafft haben. Das Testament setzt keine zeitlichen Begrenzungen. Ob Samantha jetzt ein Kind bekommen hat, oder ob sie es in fünf oder zehn Jahren bekommen hätte – das Anwesen wäre in jedem Fall an ihr erstgeborenes Kind gefallen. Wenn wir Sheldon als ersten umgebracht hätten, hätten wir alles verloren. Sobald das Anwesen dem Jungen gehört, haben wir keine Möglichkeit mehr, es zurückzuverlangen.«

Teresas Augen blitzten auf. »Du sagtest ›als ersten‹, *querido*. Hast du eine Lösung für unser Problem?«

»Es gibt nur eine Lösung. Samantha und der Junge müssen vorher sterben. Erst wenn er ein Jahr alt ist, fällt die Hälfte des Besitzes an ihn. Wenn er dieses Alter nicht erreicht, gehört uns alles, sobald Sheldon tot ist. Denn wenn es Samantha nicht mehr gibt, gibt es keinen Blackstone mehr, der den Besitz für sich beanspruchen kann.«

»Sie hat aber vor, direkt nach unserer Hochzeit nach Amerika zurückzukehren. Wie sollen wir sie dort aus dem Weg schaffen? Dort wird sie von ihrem Vater beschützt. Das ist zu riskant.«

»Wir werden uns darum kümmern müssen, ehe sie abreist.«

»Aber die Hochzeit findet in zwei Wochen statt.«

»Je eher, desto besser. Deine Hochzeit mit Sheldon kann vielleicht wegen dieser Tragödie um ein paar Monate verschoben werden, aber dann sind wir frei von allen Sorgen und können zu unseren ursprünglichen Plänen zurückkehren.«

»Und wie?«

Er zuckte die Achseln. »Ich habe es mir noch nicht genauer überlegt. Hast du irgendwelche Ideen?«

»Selbstmord. Schließlich ist sie sehr temperamentvoll – und sie versteht sich nicht mit ihrem Mann.«

»Du meinst, sie bringt erst das Baby und dann sich selbst um?« Jean lachte trocken. »Nein, nein, *chérie*, das mit dem Selbstmord haut nicht hin. Sie betet den kleinen Jungen an. Niemand würde jemals glauben, daß sie ihn getötet hat. Sich selbst vielleicht noch, aber nicht den Jungen.«

»Dann könnte man dem Mann die Schuld geben. Es ist kein Geheimnis, daß sie vorhat, zu ihrem Vater zurückzukehren, und Chavez ist dort nicht willkommen.«

»Ja, aber auch er würde niemals den Jungen umbringen.«

»Und was schlägst du vor?« fragte Teresa verdrossen. »Sie ist nirgends allein mit dem Kind, außer im Haus ihres Bruders. Und die beiden müssen auf einmal umgebracht werden.«

»Das stimmt, und da wir sie dort nicht umbringen können, müssen wir beide zusammen aus dem Haus locken.«

»Aber dieses mexikanische Dienstmädchen ist immer dabei, wenn sie mit dem Kind das Haus verläßt.«

»Ich rede nicht davon, daß sie absichtlich das Haus verläßt. Irgendwie werden wir sie aus dem Haus locken, vielleicht wenn alle anderen schlafen. Ja, jetzt habe ich es!« sagte er aufgeregt. »Es wird den Anschein haben, als sei Samantha mit dem Kind fortgelaufen. Sie kann eine Nachricht hinterlassen, die das unterstreicht. Der Grund ihres Weglaufens ist natürlich ihr Mann. Sie fürchtet, er wird versuchen, ihr das Kind wegzunehmen, und daher muß sie gehen, ohne daß er je erfährt, wohin sie gegangen ist – das heißt, sie verschwindet.«

»Aber Sheldon muß erfahren, daß sie tot sind. Sie müssen für tot erklärt werden.«

»Ja, eine ganz einfache Geschichte. Sie ist auf Straßenräuber gestoßen. Die Straßen auf dem Land sind nicht sicher.« Er grinste. »Hören wir nicht ständig von Raubüberfällen und Morden? Natürlich weiß sie das nicht, und daher wird sie so dumm sein, Sheldons beste Kutsche zu nehmen. Welcher Räuber kann einer prächtigen Kutsche widerstehen, die ohne Eskorte vorbeikommt?«

»Du bist wirklich brillant, *caro*!« rief Teresa aus. »Kein Wunder, daß ich dich so sehr liebe.«

»Und ich dich, *ma bien-aimée*.«

»Aber du wirst es selbst tun?«

Jean kniff seine hellblauen Augen zusammen. »Ich glaube nicht. Sie ist zu schön.«

»Jean!«

Er kicherte in sich hinein. »Wirf mir nicht vor, daß ich Schönheit zu schätzen weiß, Teresa. Wenn es nicht so wäre, hätte ich mich nicht in dich verliebt. Aber mach dir keine Sorgen. Ich kenne einen Mann, der für Geld jeden umbringt.«

»Können wir uns das denn leisten?«

»Das kostet uns nichts. Wenn er die Sache erledigt hat, schaffen wir ihn uns vom Hals. Es macht mir nichts aus, übles Gesindel zu töten.«

»Wann?«

»Vermutlich morgen nacht. Sie geht mit dir zum Wohltätigkeitsball?«

»Ja.«

»Dann wird sie hinterher erschöpft sein und tief schlafen. Die einzige Schwierigkeit besteht darin, sie und den Jungen aus dem Haus zu schaffen, ohne beobachtet zu werden.«

»Aber wie willst du unentdeckt in das Haus kommen?«

»Kein Problem. Sheldon kann nicht wissen, daß ich weiß, daß er morgen abend nicht zu Hause ist. Ich komme unter irgendeinem Vorwand, nachdem Sheldon und Samantha zum Ball gegangen sind. Wilkes wird mir eine Erfrischung anbieten, obwohl Sheldon nicht zu Hause ist. Während er sie holt, hinterlasse ich eine Nachricht, daß ich nicht warten konnte. Dann gehe ich nach oben und verstecke mich, bis es soweit ist. Wilkes wird glauben, daß ich das Haus verlassen habe, und Sheldon wird sich nichts dabei denken, wenn Wilkes ihm sagt, daß ich da war.«

»Du wirst doch vorsichtig sein, *querido*?«

»Natürlich, *chérie*. Das bin ich unserer Zukunft schuldig.«

44

»Du willst dich verführerisch anziehen?« bemerkte Froilana, während sie Samantha den zartroten Schal brachte, der zu ihrem Kleid paßte.

»Natürlich nicht«, sagte Samantha mürrisch.

»Aber das Kleid ist so tief ausgeschnitten ...«

»Das ist jetzt Mode, Lana, und sonst gar nichts«, schnitt ihr Samantha das Wort ab. »Und jetzt hör auf, mich zu necken. Es ist ein wichtiger Ball. Du willst doch, daß ich hübsch aussehe, oder?«

»Du ziehst dich doch nur für ihn so an.«

»Er kommt gar nicht mit!« fauchte Samantha.

»Das sagt er immer, und dann kommt er doch später nach.«

»Hank ist nur wegen Jaime hier.«

»Du machst dir viel vor, Sam.«

»Jetzt hör endlich auf! Ich habe es satt, mir deine Märchen anzuhören, Lana. Hank interessiert hier nur eins, und das ist sein Sohn.«

»Wenn du einen Raum betrittst, kann er seine Blicke nicht von dir losreißen. Was ist das denn, wenn nicht ...«

»Du weißt nicht, wovon du sprichst!«

»Und du weigerst dich, die Tatsachen zu sehen!« schrie Froilana zurück.

»So!«

Samantha verließ beleidigt das Zimmer. In letzter Zeit stritt sie sich ständig mit Froilana, und immer über Hank. Da sein Zimmer gleich gegenüber lag, hörte er zweifellos viele dieser Streitigkeiten mit an. Für ihn mußte es sehr komisch sein. Für sie war es schrecklich, daß ihr eigenes Mädchen seine hartnäckigste Verbündete war.

Froilana ließ sich von seiner äußeren Erscheinung begeistern, das war alles. Aber Samantha wußte, wie er wirklich war, ein Mann, der alles getan hätte, um zu bekommen, was er wollte.

Und jetzt wollte er seinen Sohn. Warum? Das war das Verblüffende an der Geschichte. Schon ehe sie wußte, daß sie schwanger war, hatte er ihr klargemacht, daß sie allein mit dem Kind fertig werden mußte, und seit der Nacht, in der Jaime geboren war, lebte sie in der Angst, Hank könnte versuchen, ihr den Jungen wegzunehmen.

Sie standen am Rande des Saales und sahen junge und ältere Paare auf dem Parkettboden des Ballsaals an sich vorbeiwirbeln. Teresa war ungewöhnlich still. Jean Merimée war ausnahmsweise nicht dabei, und Samantha fragte sich, ob das der Grund für Teresas gedämpfte Laune war, denn wenn der Franzose in der Nähe war, gab sie sich meistens sehr lebhaft. Es war erschreckend, wieviel Aufmerksamkeit Teresa Jean widmete. Sheldon schien keine Notiz davon zu nehmen. Doch Samantha fiel es auf. Sie hatte sich bemüht, Entschuldigungen für Teresas Verhalten gegenüber Jean zu finden, aber es war zwecklos. Die beiden strahlten eine Vertrautheit aus, die zu offensichtlich war. Warum konnte Sheldon das nicht erkennen?

Sheldon besorgte Erfrischungen für die Damen, und Samantha stand steif neben Teresa. Sie war schlecht gelaunt, und wenn sie jetzt mit Teresa geredet hätte, hätte sie sie vermutlich der Untreue angeklagt. Das hatte keinen Sinn. Sie hatte keine Beweise, und das Verhältnis zwischen den beiden Frauen war ohnehin schon angespannt.

Mehrere von Sheldons Bekannten forderten Samantha zum Tanzen auf, doch sie lehnte ab. Wenn Hank dabeigewesen wäre, hätte sie nicht abgelehnt, aber Hank war nicht da. Sie wünschte, sie wäre mit Jaime zu Hause. Sie ging nur zu Veranstaltungen und Essenseinladungen mit Sheldon, um Hank das Gefühl zu geben, daß sie ausgehen und Spaß haben konnte, ohne auch nur einen Gedanken an ihn zu verschwenden. Aber seit Hank nicht mehr mitging, war ihr langweilig, und oft ließ sie ihre schlechte Laune an Teresa aus. Nicht daß sie es nicht verdient hätte, aber Samantha war ungern in dem Maß gehässig.

Es war alles Hanks Schuld. Wenn er nur wieder gehen würde, mußte sie nicht mehr an ihn denken...

Sheldon kehrte mit den Erfrischungen zurück und brachte Freunde mit, die Samantha noch nicht kannte. Als er sie ihr vorstellte, hörte sie nicht allzu genau zu, doch unwillkürlich starrte sie den großen Mann und seine schöne Frau an. Sie waren ein ausgesprochen schönes Paar, und Samantha erblaßte vor Neid, als sie das liebevolle Verständnis bemerkte, das die beiden einander entgegenbrachten.

»... eines der Anwesen der Maitlands war eine Ranch in der Gegend, und Angela und ich haben uns entschlossen, dort zu leben.«

»So ein Zufall«, bemerkte Teresa. »Samantha kommt auch aus Texas. Sie kennen einander nicht?«

Der Mann grinste. »Ich fürchte, nein, Miß Palacio. Texas ist nicht gerade klein.«

»Was bringt dich nach England, Bradford?« fragte Sheldon. »Oder bist du nur zu Besuch hier?«

»Eigentlich ist es eine verspätete Hochzeitsreise. Ich wollte Angela England im Frühling zeigen, aber letztes Jahr haben wir es nicht geschafft, weil wir zu sehr damit beschäftigt waren, ein neues Haus zu bauen.«

»Du hast mir gar nicht gesagt, daß du amerikanische Freunde hast, Sheldon«, sagte Samantha. Sie kannte die Aversion ihres Bruders gegen das, was er als ›amerikanische Sitten‹ bezeichnete, und sie war wirklich erstaunt, ihn so freundschaftlich mit diesem Mann zusammenstehen zu sehen. »Du warst doch nicht in Texas, oder?«

»Nein, meine Liebe, ich habe Bradford vor ein paar Jahren hier kennengelernt. Seine Familie besitzt ein Grundstück, das nicht allzuweit von Blackstone entfernt liegt.«

»Und wie gefällt es Ihnen hier ... Angela?« fragte Samantha die hübsche Brünette mit den violetten Augen.

»Es ist etwas kälter, als ich es gewohnt bin.« Angela lächelte.

»Ich weiß, was Sie meinen. Ich habe den ersten Winter seit elf Jahren hier verbracht und dachte, ich friere mir den ...«

»Samantha!« rief Sheldon entrüstet aus.

»Sieh das nicht so verbittert, Shelly«, sagte Samantha. Sheldon strafte sie für diesen Spitznamen mit einem noch finstereren Blick als sonst.

Bradford Maitland brach in schallendes Gelächter aus, und seine goldbraunen Augen strahlten. »Das ist ein Mädchen nach meinem Herzen, Sheldon. Du hättest mir sagen sollen, daß du eine so lebhafte Schwester hast. Ich hätte sie nach meiner Rückkehr in Amerika besucht.«

Angela versetzte Bradford einen Rippenstoß. »Vergiß nicht, daß du inzwischen ein verheirateter Mann bist, Bradford Maitland«, sagte sie ernst. Er zog sie dichter an sich und flüsterte etwas, was sie zum Lachen brachte.

Samantha grinste fröhlich. Die beiden gefielen ihr. Sie waren offen und fürchteten sich nicht, ihre Zuneigung und ihre Launen vor Publikum zu zeigen. Es mußte wunderbar sein, so glücklich zu sein.

»Nun seht doch, wer sich doch noch entschlossen hat, uns Gesellschaft zu leisten«, schnurrte Teresa.

Samantha drehte sich um. Sie rechnete damit, Jean Merimée vorzufinden. Doch statt dessen kam Hank auf sie zu. Plötzlich fiel ihr der gewagte Ausschnitt ihres Kleides ein. Natürlich würde sie ihn ignorieren. Jetzt mußte sie doch mit anderen Männern tanzen.

Sie sah ihn näher kommen. Sein Blick war nicht auf sie gerichtet, sondern auf Bradford und Angela Maitland, die ihn ebenfalls ansahen. Die junge Frau lächelte ihn erfreut an, der gutaussehende Mann blickte finster.

»Ich glaube es nicht!« rief Angela Maitland mit unverhohlener Freude aus. »Hank Chavez!«

»Angelina.« Hank nahm strahlend ihre beiden Hände.

»So schön wie immer. Und nach wie vor mit dem da zusammen?« Er wies mit einer Kopfbewegung auf ihren Mann.

»Und wie sie das ist!« erwiderte Bradford steif. »Sie ist inzwischen meine Frau.«

»Ich habe mit nichts anderem gerechnet, *mi amigo*«, sagte Hank freundlich. »Allerdings werde ich nie verstehen, was sie an Ihnen findet.«

»Das ist mir gleich, solange Sie ihr nicht zu nahe kommen«, sagte Bradford, und Samantha war schockiert darüber, wie ernst das klang.

»Jetzt hört ihr aber beide auf!« mischte sich Angela ein. »Ist das etwa eine Art, mit alten Freunden umzugehen?«

»Er ist immer noch so eifersüchtig wie damals, was?« flüsterte Hank Angela zu, und Bradford sah ihn finster an. Hank lachte. »Nur die Ruhe, Amigo. Meine Frau ist euch sicher schon vorgestellt worden? Wie kannst du glauben, Bradford, ich hätte noch Augen für eine andere Frau, wenn ich selbst eine so schöne Frau habe wie Samantha?«

»Das ist *Ihre* Frau? Da soll mich doch der Teufel holen.« Bradford wurde lockerer. »Meinen Glückwunsch.«

»Es freut mich sehr für dich, Hank«, sagte Angela.

»Ich wäre auch froh, wenn sie nicht mit ihren Blicken Pfeile auf mich abschießen würde«, erwiderte Hank mit gespieltem Ernst. »Ich glaube, wir haben beide eifersüchtige Menschen geheiratet, stimmt's, Kleines?« Er zwinkerte Angela zu. »Ich sollte mich jetzt wohl um meine Frau kümmern, ehe sie den Eindruck bekommt, daß ich sie vernachlässige.«

Samantha war so wütend, daß sie buchstäblich rot sah. Angela ... Angelina ... das war also Hanks große Liebe, die Frau, von der er so oft gesprochen hatte, die Frau, nach der er gerufen hatte, als man ihn zusammengeschlagen hatte und er im Delirium lag. Und mit dieser Frau hatte sich Samantha unterhalten, und sie hatte ihr wirklich gefallen – es war unglaublich. Diesen beiden zuzuhören, und sich von *ihm* als eifersüchtig bezeichnen zu lassen! Wenn das nicht absurd war! Eifersüchtig?!

»Tanz mit mir, *querida*.«

»Nein!« zischte sie, doch Hank überhörte ihre Ablehnung und wirbelte sie auf die Tanzfläche.

»Ich glaube, unser Freund hat echte Probleme«, bemerkte Bradford gegenüber Angela, als er sie auf die Tanzfläche zog.

»Nicht mehr Probleme, als ich sie habe«, gab Angela vielsagend zurück.

Bradford reagierte brummig auf diese Anspielung auf seine Eifersucht, die ihn fast die Frau gekostet hatte, die er liebte. »Trotzdem hat er Glück gehabt. Sie ist eine Schönheit.«

»Ich glaube, sie hat auch Glück gehabt.«

»So, findest du?«

»Ja, aber nicht annähernd soviel Glück wie ich.«

Bradford strahlte vor Stolz und zog seine Frau dichter an sich. »Wie sehr ich dich doch liebe, Angel.«

Samantha sah Bradford und Angela über die Tanzfläche wirbeln, und in ihren Augen glitzerte grünes Feuer. »Laß mich los, Hank. Ich warne dich.« Sie versuchte noch einmal, sich von ihm loszureißen, doch es gelang ihr nicht.

»Du willst doch keine Szene machen, *gatita*? Dein Bruder sieht uns zu.«

»Das ist mir egal!«

»Warum bist du so wütend?«

»Ich bin nicht wütend!« gab sie erbost zurück. Dann zischte sie: »Wie kannst du es wagen, mich in eine so peinliche Lage zu bringen? Wie kannst du es wagen, mich der Eifersucht zu bezichtigen?«

Er zog belustigt die Augenbrauen hoch. »Warst du es etwa nicht?«

»Nein!«

»Warum versuchst du dann, mich mit Blicken zu töten?«

»Du hast mich in Verlegenheit gebracht, du verfluchter Kerl!« Ihre Stimme zog verblüffte Blicke an, doch Samantha ließ sich dadurch nicht beirren. Die Wut machte sie blind. »Was muß Teresa glauben, wenn sie sieht, wie du dieser Frau schmeichelst, während ihr Mann danebensteht?«

»Seit wann interessiert dich, was Teresa glaubt? Du benimmst dich ihr gegenüber noch nicht mal höflich.«

»Dann geht es eben darum, was mein Bruder denkt.«

»Ich habe lediglich eine alte Freundin begrüßt, Sam. Du spielst den Vorfall hoch.«

»Eine alte Freundin, meine Fresse! Glaubst du etwa, ich wüßte nicht, wer sie ist? Das ist deine Angelina. Du hast sie geliebt.«

»Ich wollte sie besitzen.«

»Willst du sie immer noch?«

»Nein, Samantha, dich will ich.«

»Ha!«

»Es ist an der Zeit, dir das zu beweisen. Heute nacht, wenn alles still im Haus ist, komme ich zu dir.«

Samantha schnappte nach Luft. »Wenn du das tust, stehst du vor der Mündung meines geladenen Revolvers«, sagte sie erbittert.

Hank wich überrascht zurück. »Du hast deinen Revolver in dieses zivilisierte Land mitgenommen?«

»Wo ich bin, ist auch mein Revolver.«

Er seufzte. »Du enttäuschst mich, Sam. Ich nehme an, du würdest auf mich schießen wie auf diesen Goldgräber in Denver?«

Samantha stolperte, als diese Worte zu ihr durchdrangen. Hank fing sie auf. »Woher weißt du davon?«

»Ich war dabei. Ich wollte schon immer wissen, warum du so oft auf diesen Mann geschossen hast.«

»Weil er mich nicht in Ruhe lassen wollte«, erwiderte sie. Dann fügte sie hinzu: »Genau wie du.«

»Soll das eine Drohung sein?«

»Das kannst du sehen, wie du willst«, sagte sie steif.

Hank beugte sich vor und flüsterte: »Ich glaube, ein paar Einschüsse würden mich nicht stören, wenn ich dafür dich noch einmal bekäme.«

Seine zarte Stimme brachte sie fast um den Verstand. In

seiner Nähe wurde sie schwach, wie immer. Plötzlich war Angela vergessen.

»Hank...«

»Es ist lange her, *querida*.«

»Tu es nicht, Hank.«

»Hast du vergessen, wie es ist?«

»Hör auf! Du brauchst nicht zu glauben, ich wüßte nicht, worauf du hinaus willst. Du benutzt mich nur dazu, in Jaimes Nähe zu sein. Du hast selbst gesagt, daß wir niemals eine normale Ehe führen können.«

»Als ich das gesagt habe, war ich wütend.«

»Ja, wütend, weil du mich geheiratet hast, obwohl du mich nicht wolltest. Du wolltest mich nie heiraten. Vielleicht willst du mich haben – aber du haßt mich.«

»Sam...«

»Ach, laß mich doch in Ruhe.«

Samantha trat ihm fest gegen das Schienbein, und Hank ließ sie los. Samantha stellte sich eilig neben ihren Bruder. Am liebsten wäre sie sofort gegangen. Aber es war noch zu früh. Hank ließ Samantha für den Rest des Abends in Ruhe. Sie redete sich ein, daß sie jetzt erleichtert sein müßte. Schließlich hatte sie bekommen, was sie wollte – oder etwa nicht?

45

Hank erwachte ganz plötzlich. Er griff nach der Uhr, die auf dem Nachttisch stand. Da er die Zeit nicht erkennen konnte, suchte er Streichhölzer, fand aber im Dunkeln keine. Was mochte ihn geweckt haben?

Er stand auf und öffnete vorsichtig die Tür, doch im Gang war es still und dunkel. Er schloß die Tür wieder. Hank war hellwach. Es erstaunte ihn, daß er, so besorgt, wie er war, überhaupt hatte schlafen können. Ob sie wohl schlief?

Versonnen trat er ans Fenster und lehnte sich an das

Fenstersims. Was sollte er mit Samantha anfangen? Sie hörte ihm nicht zu. Nicht einen Moment lang legte sie ihre Wachsamkeit ab. Wenn sie es nur zugelassen hätte, wäre alles anders zwischen ihnen.

Die Kutsche der Blackstones, die auf die Straße fuhr, zog Hanks Aufmerksamkeit auf sich. Mit gerunzelter Stirn sah er dem Wagen nach, der eilig fortfuhr. Wohin fuhr Sheldon mitten in der Nacht? Plötzlich fiel Hank etwas ein. Wenn Sheldon nicht da war, konnte er seiner Schwester nicht zur Hilfe kommen, wenn Hank einfach zu ihr ging. Würde sie wirklich auf ihn schießen? Nicht wenn sie schlief und er das Zimmer ganz leise betrat. Was hatte Bradford an diesem Abend zu ihm gesagt?

»Wenn du sie liebst, wird dir etwas einfallen«, hatte Bradford gesagt. »Vergiß deinen Stolz, wenn es sein muß, aber sprich offen über das, was dir auf dem Herzen liegt.«

Genau das würde er tun. Er mußte sie dazu bringen, ihm zuzuhören. Er würde ihr eingestehen, daß er sie nie gehaßt hatte, daß er nur so getan hatte, weil es ihn verletzt und erbost hatte, daß sie ihn benutzt hatte, als Mittel zum Zweck. Ja, er würde ihr eingestehen, daß es ihre Ablehnung seiner Person war, was ihn am meisten verletzt hatte.

Hank verlor keine Zeit. Er ging sofort über den Flur zu Samanthas Tür, doch als er sie öffnete, fand er einen leeren Raum vor. War sie in ein anderes Zimmer gezogen, weil er ihr gesagt hatte, er würde nachts zu ihr kommen? Das sah Samantha gar nicht ähnlich.

Hank fluchte. Was hoffte sie damit zu erreichen, daß sie sich vor ihm verbarg? War sie bei Jaime?

Doch auch das Kinderzimmer war leer, und beim Anblick der leeren Wiege gefror Hank das Blut in den Adern. Hank fiel die Kutsche wieder ein, die fortgefahren war, und er stürzte in Sheldons Zimmer.

Ohne zu zögern trat er ein. Als er Sheldon schlafend vorfand, wuchs seine Sorge. Hank rüttelte Sheldon wach.

»Ihre Schwester – wohin ist sie gefahren?«

»Was?«

»Samantha hat mit Jaime und ihrem Mädchen das Haus verlassen. Wohin ist sie mitten in der Nacht gefahren?«

»Um Himmels willen, woher soll ich das wissen?«

»Sie hat Ihnen nicht gesagt, daß sie wegfährt?«

»Nein.« Sheldon stand auf und zog sich schnell eine Hose über. »Sind Sie sicher, daß sie das Haus verlassen hat?«

Hank nickte. »Die Zimmer sind leer, und eine Ihrer Kutschen ist vor kurzem losgefahren.«

»Haben Sie nach einer Nachricht gesucht? Oder nachgesehen, ob sie Kleider mitgenommen hat?«

»Nein.«

Sheldon zündete eine Lampe an und nahm sie mit in Samanthas Zimmer. Auf dem Nachttisch lag eine Nachricht.

»Sie schreibt, daß sie nicht zurückkommt, daß sie von Ihnen fort will.« Sheldon war bestürzt.

»*Perdición!* Sie schleicht sich mitten in der Nacht aus dem Haus! Das glaube ich nicht. Das wäre die feigste Lösung, und sie ist nicht feige.«

»Ich gebe zu, daß das komisch klingt, aber es ist eine Tatsache, daß sie fort ist. Wahrscheinlich ist sie inzwischen am Hafen.«

»Die Kutsche ist in die andere Richtung gefahren.«

»Mein Gott, was denkt sie sich bloß?« murmelte Sheldon. »Die Landstraßen sind nachts nicht sicher. Manche sind sogar am Tag nicht sicher.«

Hank fuhr sich mit den Händen durch die Haare. Wie lange hatte Samantha das schon geplant? Sein Blick fiel auf den offenen Kleiderschrank. Er war voll. Aber es lag auch auf der Hand, daß sie mit leichtem Gepäck reisen wollte. Wahrscheinlich hatte sie wenig mitgenommen. Auf ihrem Frisiertisch standen Parfums, Puderdosen und eine kleine Schatulle, auf die Hank zuging.

»Was tun Sie?« fragte Sheldon.

Hank öffnete die Schatulle und runzelte die Stirn. »Sie hat ihren Schmuck hiergelassen.«

»Alles?«

»Die Schatulle ist voll.«

Hank trat zum Schreibtisch und zog eilig die Schubladen auf. Samanthas Revolver blinkte ihn an, und ihre Worte hallten in seinem Kopf wider. »*Wo ich bin, ist auch mein Revolver.*«

46

Tiefschwarze Nacht herrschte in der Kutsche. Samantha hatte nicht die leiseste Vorstellung davon, in welche Richtung sie fuhren. Froilana kauerte neben ihr und drückte Jaime an ihre Brust. Jean Merimée saß den beiden Frauen gegenüber. Sie ahnten nicht, wer den Wagen lenkte.

Sie hatte nichts tun können, als Froilana sie weckte und sie Jean sah, der das Baby im linken Arm hielt und eine Waffe auf seinen Kopf gerichtet hatte. Er hatte Samantha befohlen, ein paar Kleider einzupacken. Sie hätte vorher an den Schreibtisch gehen sollen. Dort lag ihr Revolver. Doch sobald sie ein paar Kleider eingepackt hatte, befahl Jean ihr und Froilana, den Raum zu verlassen. Er war außerordentlich nervös und gereizt, weil er festgestellt hatte, daß Froilana in Jaimes Zimmer schlief. Das zwang ihn, Froilana mitzunehmen, und damit hatte er nicht gerechnet.

Samantha hatte darum gebetet, jemand möge erwachen, aber niemand hatte sie gehört, bis die Kutsche abgefahren war.

Jean weigerte sich, irgendwelche Fragen zu beantworten. Er behielt die Straße hinter der Kutsche im Auge, bis sie London verlassen hatten. Auf der dunklen Landstraße fuhren sie langsamer. Samantha fragte sich, wie der Kutscher überhaupt etwas sehen konnte.

Sie zog ihren Morgenmantel über ihrem Nachthemd zusammen. Jean hatte nicht zugelassen, daß sie sich anzog. Diese Peinlichkeit, am nächsten Morgen irgendwo anzukommen, und Froilana und sie mit nicht mehr als Nachthemd und Morgenmantel bekleidet! Und wie auf

Erden kam sie dazu, sich darum Sorgen zu machen, solange sie nicht einmal den Grund kannte, aus dem Jean sie entführte?

Schon wieder eine Entführung. Aber diesmal mußte sie sich nicht nur um sich selbst Sorgen machen. Sie konnte Froilanas Gesicht nicht erkennen. Wie durch ein Wunder hatte Jaime während all dessen geschlafen. Ihr kleiner Engel, der Hank bis auf die grünen Augen so ähnlich sah. Ihrer beider Kind.

Wenn Jean nur Jaime nicht mitgenommen hätte! Er hätte seine Lösegeldforderungen an Sheldon oder an ihren Vater auch stellen können, wenn er nur sie entführt hätte. Aber vielleicht wollte Jean auch von Hank Geld haben? Hank hätte kein Lösegeld für sie bezahlt, aber für Jaime würde er alles geben, was er besaß. Verfluchter Jean! Wie konnte er nur so widerlich sein! Und wie lange würde es diesmal dauern, bis alles vorbei war und sie wieder nach Hause gehen konnte?

Wie als Antwort auf ihre stumme Frage klopfte Jean mit seinem Spazierstock gegen die Seitenwand der Kutsche, und der Wagen hielt an. »Steigt aus!« befahl Jean.

»Wo sind wir?«

»Tun Sie, was ich gesagt habe, Samantha.«

Sein Tonfall beugte jedem Widerspruch vor. Draußen war es ein wenig heller, aber nur unbedeutend. Sie befanden sich in einem Wald, und ein eiliger Blick in alle Himmelsrichtungen ließ nichts als Wald erkennen. Keine Häuser, nichts als Bäume. Wo waren sie?

»Hier ist nichts, Sam«, flüsterte Froilana, die mit dem Kind nervös neben ihr stand.

In ihrer Stimme schwang ein Entsetzen mit, das ansteckend war. Samantha riß sich zusammen. »Ich weiß, Lana. Mach dir keine Sorgen.« Sie versuchte, das Mädchen zu beschwichtigen, aber ihr Herz überschlug sich fast. Plötzlich wurden ihr die Kleider zugeworfen.

»Zieht euch an«, sagte Jean barsch. »Ihr könnt nicht in Nachthemden gefunden werden.«

Gefunden? »Warum haben wir hier angehalten, Jean?«

»Weiter brauchen wir nicht zu fahren.«

»Das verstehe ich nicht.«

»Natürlich nicht, aber Sie werden es gleich verstehen.« Er rief dem Fahrer zu: »Peters! Eil dich, ehe jemand kommt.«

Peters stieg von der Kutsche, und Samantha zitterte, als eine neue Angst sie ergriff.

»Jean, um Himmels willen! Was soll das heißen?« schrie sie. Sie stellte sich dichter neben Froilana und Jaime.

»Es ist wirklich ein Jammer, Samantha«, seufzte Jean. Sein Seufzen klang nach echtem Bedauern. »Ich will das nicht tun, aber ich muß es einfach tun.«

»Was tun?« schrie Samantha.

»Kein Grund zur Hysterie. Peters hat mir versprochen, es schnell und schmerzlos hinter sich zu bringen.«

»Was?«

»Euch zu töten, natürlich.«

»*Madre de Dios!*« kreischte Froilana.

»Das kann doch nicht Ihr Ernst sein, Jean«, sagte Samantha, die plötzlich ganz ruhig war. Ihre Angst war verflogen. »Aus welchem Grund denn?«

»Geld«, sagte er gelassen.

»Aber ich ...« Sie unterbrach sich, denn langsam fing sie an zu verstehen. »Sie meinen das Geld, das an Jaime geht? Sie würden uns alle umbringen, damit Teresa die Hälfte des Blackstone-Vermögens bekommt?«

»Nicht die Hälfte, meine Liebe, obwohl wir wahrscheinlich auch von der Hälfte gut leben könnten.«

»Wir?«

»Jetzt stellen Sie sich nicht so ahnungslos, Samantha.«

Aus seiner Stimme war Ungeduld herauszuhören. »Sheldon ist zu naiv, um Argwohn zu schöpfen, aber Sie doch nicht.«

»Sie und Teresa?«

»Genau.«

»Aber was haben Sie davon, Jean? Sie wird meinen Bruder heiraten. Geben Sie sich damit zufrieden, Teresas bezahlter Liebhaber zu sein?«

»Teresa hat recht gehabt. Sie sind eine Hexe. Nein, Ihrem teuren Bruder wird demnächst ein Unfall zustoßen. Diesen Plan hatten wir von Anfang an. Es ist zu schade, daß Sie und der Junge uns im Weg stehen. Das wäre nicht nötig gewesen, wenn nicht das Testament Ihres Großvaters gewesen wäre. Wenn wir eher davon gewußt hätten, hätten wir uns niemals Sheldon als Teresas Mann ausgesucht. Peters...«

»Nein, einen Moment noch«, fiel ihm Samantha ins Wort. »Es gibt eine andere Möglichkeit, Jean. Mein Mann ist reich. Mein Vater auch. Sie brauchen niemanden zu töten.«

»Hören Sie, meine Liebe, Sie wissen doch selbst, daß es dafür zu spät ist. Außerdem ist das Blackstone-Vermögen groß, und Teresa ist eine habgierige Frau. Sie ist Reichtum gewohnt. Als ihre Familie ihr Vermögen verloren hat, war sie ziemlich verzweifelt.«

Samantha konnte Verzweiflung gut verstehen. Sie war am Rande der Panik, denn Peters stand da und wartete nur noch auf Jeans Anweisungen.

»Bitte, Jean. Jaime ist doch noch ein Baby. Geben Sie ihn einer anderen Familie. Niemand wird es je erfahren. Ihn brauchen Sie wirklich nicht umzubringen.«

»Das geht nicht. Das Geld wird zurückbehalten, bis er tot gemeldet ist.«

»Sie können mein Baby nicht töten!«

»Glauben Sie, mir macht das mehr Spaß als Ihnen?« schrie er zurück. »Ich habe keine Wahl mehr. Wir sind schon zu weit gegangen. So, und jetzt reicht es...«

Er verstummte, als sie Pferdehufe hörten.

Jean fluchte. »Wir haben Zeit vergeudet, und jetzt kommt jemand. Gehen Sie zu den Pferden, Peters – schnell! Wenn jemand Fragen stellt, sagen Sie, daß ein Pferd lahmt. Ich gehe mit den Frauen in den Wald, bis der Reiter fort ist.«

Peters rührte sich nicht von der Stelle. »Laß sie mich jetzt töten, Boß. Die Zeit reicht.«

»Nein, Sie Dummkopf!« fauchte Jean. »Wir können

nicht riskieren, daß wir Zeugen haben. Es muß nach einem gewöhnlichen Raubmord aussehen.«

»Aber ich bin schnell«, protestierte Peters mit Blicken auf die Straße. »Ich will doch nicht mit einem Kerl reden, der selbst ein Räuber sein könnte. Wir können verschwinden, ehe er kommt.«

Samantha ging langsam rückwärts und zog Froilana mit sich, während die Männer stritten. Dann rief sie: »Lauf, Lana!«

Sie warf den Männern die Kleider zu, die sie im Arm gehalten hatte. Dann zog sie Froilana mit sich in den Wald. Die beiden rannten um ihr Leben. Jean fluchte, und Peters rief ihnen den dummen Befehl nach, sie sollten stehenbleiben.

»Laufen Sie ihnen nach, Peters. Ich bleibe bei der Kutsche. Wenn Sie sie nicht finden, kriegen Sie keinen Pfennig.«

Samantha kam auf eine Lichtung, aber dort war es so hell, daß sie Froilana wieder in das Dunkel des Waldes zurückzog. Sie liefen mehrere Meter nach links, und dann zog Samantha Lana hinter einen Busch. Ihr Herz schlug schmerzhaft, und ihr Atem ging stockend.

»Ich höre nichts«, flüsterte Samantha.

»Ich ... ich fürchte mich, Sam.«

»Ich weiß. Sei ganz still. Und, bitte, Lana, paß auf, daß Jaime nicht schreit. Wenn sie ihn hören ...« Ein Schuß ertönte, und beide zuckten zusammen. »Mein Gott! Wer es auch war – Jean hat den Reiter erschossen!«

»*Madre de Dios*, jetzt werden sie uns zu zweit suchen!« Froilanas Stimme war hoch vor Angst.

»Du darfst nicht hysterisch werden!« flüsterte Samantha eindringlich. »Bleib ganz ruhig. Sie werden uns nicht finden. Es ist zu dunkel.«

»Aber sollten wir nicht doch weglaufen? Raus aus den Wäldern?«

»Nein, sie würden uns hören, auch wenn wir noch so leise sind. Im Moment haben sie unsere Spur verloren. Hör jetzt auf zu reden. Sei ganz still.«

Sie kauerten auf dem feuchten Boden und horchten furchtsam auf jeden Laut. Das Laub war dicht, und solange niemand in die Nähe kam, war es ein gutes Versteck. Qualvoll langsam vergingen Minuten. Aus der Ferne ertönte ein Schrei. Samantha hörte, daß ihr Name gerufen wurde, aber die Frauen verhielten sich vollkommen still. Eine absurde Vorstellung, daß Samantha auf diesen Ruf reagieren könnte!

Jaime fing an, leise zu weinen. Froilana wiegte ihn auf ihren Armen, und Samantha betete, er möge nicht lauter schreien.

Plötzlich knackten Zweige ganz in der Nähe, und Samantha hielt den Atem an. Schritte näherten sich, und die Geräusche wurden immer lauter.

»O Gott, er kommt näher«, flüsterte Samantha. »Lana, ich halte ihn auf, während du mit Jaime davonläufst.«

»Nein!« stieß das Mädchen entsetzt hervor.

»Tu, was ich dir sage!«

»Nein!«

»Verdammt noch mal, Lana, ich kann ihn besser aufhalten als du. Jetzt lauf endlich weg, und rette mein Baby. Geh schon!«

Dieser Erklärung konnte Froilana nichts entgegensetzen. Sie umarmte Samantha schnell und verschwand im Unterholz links neben ihnen. Es war keinesfalls zu früh, denn es war nur wenige Minuten später, als von rechts ein Mann auftauchte. Samantha wußte nicht, ob es Jean oder Peters war, aber das spielte keine Rolle. Sie schnappte nach seinen Beinen, um ihn so zu Fall zu bringen, wie sie es bei Kälbern gelernt hatte. Er schlug fluchend auf den Rücken, und sie hämmerte mit ihren Fäusten auf ihn ein, bis er herumrollte und sie mitriß. Sie ging auf seine Augen los, weil ihre einzige Hoffnung darin bestand, ihm die Augen auszukratzen, doch er fing ihre Handgelenke in der Luft und drückte ihre Arme auf den Boden.

»Ich habe dich schon einmal wegen deiner Nägel gewarnt, Sam.«

»Hank?« entfuhr es ihr ungläubig. »O Gott . . . Hank!«

Sie fing an zu schluchzen. Er zog sie zart auf die Füße und nahm sie in den Arm.

»Jetzt ist es vorbei, *querida mia*. *Mi amor*, sei jetzt ganz still«, beschwichtigte er sie. »Du bist in Sicherheit. Es ist ausgestanden.«

47

Der Heimritt kam ihr sehr lang vor. Sheldon hatte auf Jean geschossen. Das war der Schuß, den die Mädchen gehört hatten. Er war nur verwundet, nicht tot, und Sheldon hatte ihn auf Hanks Pferd gebunden. Er wollte Jean persönlich ins Gefängnis bringen und ihn bis dahin nicht aus den Augen lassen.

Endlich hatte sich Sheldons Temperament gezeigt. Er war außer sich vor Wut, nachdem Samantha ihm die tödlichen Pläne erklärt hatte, die Jean und Teresa geschmiedet hatten. Samantha hatte so lange darauf gewartet, ihn zornig zu erleben. Sie war sehr froh, daß er Teresas Verrat nicht allzu übel aufnahm. Er war wütend, weil man ihn reingelegt hatte, aber um Teresa tat es ihm nicht leid.

Peters war ihnen entkommen. Es hatte lange gedauert, bis sie Froilana eingeholt hatten. Sie saß in der Kutsche und schlief. Hank kutschierte den Wagen, und Samantha drückte Jaime dicht an sich. Zu leicht hätte sie ihn und auch ihr eigenes Leben verlieren können. Sie betete darum, nie mehr eine solche Nacht zu erleben.

Als sie das Stadthaus der Blackstones erreichten, brach eine graue Morgendämmerung herein. Sheldon brachte Jean in die Stadt. Samantha empfand fast Mitleid mit Teresa, wenn sie sich vorstellte, daß Sheldon sie jetzt holte.

Froilana brachte Jaime in sein Zimmer, und Hank folgte Samantha in ihr Zimmer und schloß die Tür hinter sich. Sie drehte sich um und sah ihn genau an. Sie war ihm dankbar. Wenn er ihren Revolver nicht gefunden und seine Schlußfolgerungen daraus gezogen hätte, wäre sie jetzt wahrscheinlich tot. Daraufhin hatten sie einen Waffenstillstand vereinbart. Sie glaubte kaum, daß es lange dabei bleiben würde.

»Was willst du, Hank?«

Er antwortete nicht. Samantha bemerkte seinen finsteren Blick. Er kochte vor Wut.

»Antworte mir.« Ihr Tonfall war aggressiv.

Er explodierte. »Kannst du dir überhaupt vorstellen, wieviel Angst ich um dich hatte? *Por Dios!* Fast hätte man dich getötet!«

Samantha reckte ihr Kinn in die Luft. »Komm mir nicht mit diesem Tonfall! Es war schließlich nicht meine Schuld!«

»Aber wie!« schrie er. »Wenn du mich nicht gewarnt hättest, dein Zimmer zu betreten, hätte dieser Franzose dich nie bekommen. Erst hätte er mich umbringen müssen!«

»Ja, schön. Es hätte mir viel genutzt, wenn du tot wärst!«

Sie starrten einander wütend an. Plötzlich grinste Samantha, weil ihr klar wurde, wie idiotisch dieser Streit war. Hank lachte laut los.

»Hast du meinen Bruder gesehen?« fragte Samantha kichernd. »Ich schwöre dir, daß er am liebsten noch mal auf Jean geschossen hätte, als er versucht hat, die Sache zu erklären.«

»Und was ist mit dir? Mich umzuwerfen wie ein Rind!«

»Zu schade, daß ich kein Seil hatte.«

»Das hätte dir gefallen, was? Mich zu fesseln und mir Übel anzutun?«

»So schlimm war ich nun auch wieder nicht.«

»Jedenfalls hast du verloren.«

»So?« Sie grinste. »Ich muß feststellen, daß du mich nicht gerade lange auf dem Boden gehalten hast, du stolzer Sieger. Jedenfalls nicht so lange ... wie ... als ... du ...«

Samantha wurde plötzlich nüchtern. Warum hatte sie das gesagt? Ein Erwähnen der Vergangenheit konnte den unbeständigen Waffenstillstand brechen.

Auch Hank fiel auf, was sie gesagt hatte. Heute nacht

war ihm klarer denn je zu Bewußtsein gekommen, wie sehr er sie liebte. Während er ihr nachgejagt war, war er halb wahnsinnig gewesen vor Angst, er könnte zu spät kommen. Er mußte es ihr sagen.

»Samantha.«

Sie wich zurück. Ihre Wachsamkeit nahm zu. »Nein, Hank, ich glaube, du solltest lieber . . .«

Er riß sie an sich und erstickte ihre Proteste mit seinen Lippen. Sie hob die Hände, um ihn von sich zu stoßen, doch ehe sie ihn auch nur berührt hatte, war ihr Widerstand geschmolzen. Ihre Arme schlangen sich um seinen Nacken. Diese langen Monate der Trennung, in denen sie immer wieder daran gedacht hatte, was zwischen ihnen war, Erinnerungen an den leidenschaftlichen Zauber, den er auf sie ausüben konnte, an die unglaubliche Ekstase. Samantha wollte es wiedererleben, sie brauchte es, nur dieses eine letzte Mal!

Kein Weg führte zurück, nicht, wenn er sie mit seinen Lippen versengte, sie hochhob, sie zu ihrem Bett trug.

Sie büßte ihren Morgenmantel ein, ihr Nachthemd gleich darauf. Nicht eine Sekunde hörte Hank auf, sie zu küssen und Samanthas Leidenschaft zu entfachen. Als er einen Moment lang zur Seite rückte, um sich auszuziehen, erwartete sie atemlos die Berührung ihres Körpers durch seinen Körper. Nur zu schnell war es soweit. Sie umschlang ihn mit ihren Armen und Beinen und reckte ihm ihren ganzen Körper entgegen.

Das, was wenige Momente später folgte, war fast mehr, als sie ertragen konnte. Sie war fast augenblicklich gekommen, und doch ging es weiter und immer weiter, während Hank sich in sie grub, um schließlich selbst einen Höhepunkt zu erreichen.

Als Hank völlig verausgabt und unendlich verletzbar auf ihr zusammenbrach, spürte Samantha eine große Zärtlichkeit in sich aufkeimen. Er begehrte sie wirklich, wenn auch nichts sonst. Diese Erkenntnis nahm sie mit sich in den Schlaf.

Als Hank erwachte, stand Samantha am Fußende des Bettes und hielt ihren Revolver auf ihn gerichtet. Sie trug nur ihr weißes Flanellnachthemd, und ihr Haar strömte als dunkle Fülle über ihre Schultern und ihren Rücken. Sie strahlte eine Unschuld aus, die in krassem Gegensatz zu dem Zorn in ihren Augen stand. Mit der Waffe bedeutete sie ihm aufzustehen, und Hank fluchte in sich hinein. Er hatte Gelegenheit gehabt, mit ihr zu reden, aber diese Gelegenheit hatte er sich verscherzt, als sie auf seinen Kuß reagierte. Die Leidenschaft hatte ihn das Reden vergessen lassen, das so wichtig gewesen wäre. Hatte er sich die einzige Gelegenheit, mit ihr zu sprechen, verscherzt?

Er zog sich wütend an. »Du spielst kein faires Spiel, Samantha.«

»Erzähl du mir nichts von Fairneß«, fauchte sie. »Du hast mich ausgenutzt.«

»Nein, ich habe dich nur geküßt. Alles weitere haben wir beide getan – gemeinsam.«

»Ich denke nicht daran, darüber zu reden«, sagte sie steif. »Du gehst jetzt, Hank.«

Seine Augen zogen sich bei diesem Tonfall zusammen. »Verdammt noch mal, Sam, wir müssen miteinander reden.«

»Nein.«

»Aber so können wir nicht weitermachen, und...«

»Wir können nicht unter einem Dach leben, weil es sonst wieder so kommt.«

»Wäre das denn so schlimm?« fragte er zärtlich.

»Ja«, sagte sie ungerührt.

Er schüttelte den Kopf. »Das wahre Problem besteht darin, daß wir gegeneinander kämpfen, obwohl wir längst keinen Grund mehr dazu haben.«

»Ich habe meine Gründe«, sagte sie. »Ich traue dir nicht, Hank. Ich fahre wieder nach Hause. Und zweifellos wirst du auf die Hazienda de las Flores zurückkehren, um die du so erbittert gekämpft hast. Damit sind unsere Probleme gelöst.«

»Aber du bist meine Frau.«

»Nur auf dem Papier. Das war dein eigenes Werk, oder solltest du das vergessen haben? Du hast mich nur geheiratet, um an dein Land zu kommen. Du hattest nie vor, mich jemals wiederzusehen. Du hast dir nicht das geringste aus mir gemacht. Hast du das vergessen, Hank?«

»Ich habe damals fast ausschließlich Dinge gesagt, die ich nicht so gemeint habe«, erinnerte er sie. »Du hast geschworen, dich von mir scheiden zu lassen, aber du hast es nie getan.«

»Wenn du dir Sorgen machst, ich könnte dich ewig durch diese Ehe binden, dann läßt sich das regeln. Irgendwann werde ich mich von dir scheiden lassen.«

»Das ist es nicht, was ich will.«

»Ich weiß, was du willst, Hank.« Sie hob die Stimme. »Aber Jaime bekommst du nicht.«

»Sam...«

»Nein! Du gehst jetzt!«

»Fürchtest du dich vor dem, was ich dir zu sagen habe?« fragte er mit zarter Stimme. »Hältst du mich deshalb davon ab, ehe ich auch nur angefangen habe?«

»Ich bin nicht dumm, Hank. Dein Plan ist mir durchaus bewußt. Du wirst mir sagen, daß du mich liebst, daß wir um Jaimes willen eine richtige Ehe führen sollten. Aber es werden nur Lügen sein, Hank.«

»Ich liebe dich wirklich, Sam.«

Sie zuckte zusammen, als sie diese Worte wahrhaft hörte. Aber sie durfte ihm nicht trauen.

»Nein, das tust du nicht. Ich kenne dich, Hank. Du sagst alles, um das zu bekommen, was du willst, und du willst Jaime. Das kann ich dir nicht vorwerfen. Aber du hast ihn mir überlassen. Er gehört jetzt mir, nicht dir.«

»Was kann ich sagen, um dich davon zu überzeugen, daß ich dich liebe?«

»Nichts«, erwiderte sie hartnäckig. »Deine wahren Gefühle hast du mir vor langem unter Beweis gestellt.«

»Das war nur Zorn und Stolz, Sam, ich schwöre es dir.«

»O Gott!« schrie sie. »Raus!« Sie richtete den Revolver wieder auf ihn. »Raus! Ich halte das nicht mehr aus!«

Hank sah sie einen Moment lang fest an. Dann schlug er die Tür hinter sich zu. In dieser Geste lag eine Endgültigkeit, die Samantha tief in ihrem Innern davon überzeugte, daß sie ihn nie wiedersehen würde. Er würde das Haus möglichst bald verlassen, und das war das Ende.

In ihre Augen traten Tränen, die sie erbost wegwischte.

48

Samantha verließ ihr Zimmer für den Rest des Tages nicht. Froilana kam später, um ihr zu sagen, Hank hätte seine Sachen gepackt und sei fort. Es erstaunte Samantha nicht, daß er sich nicht verabschiedet hatte. Sie fühlte sich benommen, verausgabt und vollkommen leer.

Als sie sich am nächsten Tag zu Sheldon an den Frühstückstisch setzte, teilte sie ihm mit, daß sie sich noch in derselben Woche auf die Heimreise machen würde. Es war typisch für Sheldon, daß er die Neuigkeit aufnahm, ohne auch nur eine Augenbraue hochzuziehen, doch mit seiner Antwort überraschte er Samantha.

»Warum so eilig, meine Liebe?« sagte er trocken. »Schließlich ist dein Mann nicht mehr hier, über dessen Anwesenheit du so oft geklagt hast.«

»Höre ich einen gewissen Sarkasmus aus deinen Worten heraus, Sheldon?« fragte sie.

»Du mußt selbst zugeben, daß du dich diesem Mann gegenüber nicht direkt fair verhalten hast«, erwiderte er.

Samantha bemühte sich gar nicht erst, ihren Zorn zu unterdrücken. »Du hast dich immer auf seine Seite gestellt, ohne die näheren Umstände auch nur zu kennen. Bist du je auf den Gedanken gekommen, daß ich gute Gründe haben könnte, mich nicht mit ihm einzulassen? Dieser Mann haßt mich!«

»Das ist doch lächerlich. Es war deutlich zu erkennen, daß er dich liebt.«

»Woher willst du das wissen?« fauchte sie. Dann fügte sie in schneidendem Tonfall hinzu: »Du hast ja nicht mal erkannt, was direkt vor deiner Nase mit Teresa und Jean los war. Deine Beobachtungen von Hank können mich nicht beeindrucken.«

»Du kämpfst mit gemeinen Mitteln, findest du nicht, Schwester?« fragte Sheldon mit gedämpfter Stimme.

Samantha errötete. »Es tut mir leid«, erwiderte sie. Sie war wirklich zerknirscht. »Das hätte ich nicht sagen sollen.«

»Schon gut, Samantha«, sagte er. »Die Sache ist vorbei, und ich klage mit Gewißheit nicht über den Verlust.«

»Hast du sie denn nicht geliebt?«

»Doch, vermutlich schon.«

»Vermutlich?« fragte Samantha ungläubig. »Warum hast du sie gebeten, dich zu heiraten, wenn das alles ist, was du empfunden hast?«

Sheldon zuckte die Achseln. »Sie wäre eine angemessene Frau für mich gewesen. Es war an der Zeit, daß ich heirate.«

»Glaubst du nicht, es wäre schön, einen Menschen zu heiraten, den du liebst?« fragte sie. »Oder willst du keine Liebe?«

»Dasselbe könnte ich dich auch fragen.«

Samanthas Augen sprühten Funken. »Weder Hank noch ich wollten heiraten. Ich habe dir doch gesagt, daß du die näheren Umstände nicht kennst.«

»Aber ihr liebt einander.«

»Mein Gott! Du ärgerst mich genausosehr wie er, Sheldon. Wir haben gerade über dich gesprochen – zur Abwechslung. Würdest du bitte beim Thema bleiben?«

»Wenn du es unbedingt wissen willst – ich habe mich schon eine ganze Weile nach einer Frau umgesehen.«

»Und Teresa war das Beste, was du finden konntest? Ich kann es einfach nicht glauben, Sheldon. Es gab doch sicher auch andere?«

»Ja, es hat einige gegeben, an die ich mein Herz hätte verlieren können. Aber ich fürchte, *ich* war nicht nach dem Geschmack dieser Frauen.«

»Ich kann dir sagen, warum.«

Er sah sie scharf an. »Lieber nicht. Du bist für meine Begriffe etwas zu direkt.«

»Und du bist nicht direkt genug.«

»Es gibt gewisse Maßstäbe, die ein Gentleman . . .«

»Ach, dummes Geschwätz«, schalt Samantha. »Wo steht denn geschrieben, daß ein Mann keine Gefühle zeigen darf? Das ist dein Problem, Sheldon. Du erhitzt dich nie. Du kannst dich nicht einmal für etwas erwärmen. Immer gibst du dich kalt wie Stein. Weißt du, daß du in dieser Nacht zum erstenmal, seit ich hier bin, deine Stimme erhoben hast? Du warst wunderbar!«

»Ich war wütend, Samantha.«

»Natürlich. Du hattest auch allen Grund dazu. Ein Mensch muß zwischendurch seine Empfindungen zeigen, Sheldon. Wenn dich etwas amüsiert, dann zeig es. Wenn du glücklich bist, dann zeig auch das.«

»Und wenn du verliebt bist?« fragte er mit Nachdruck. »Du solltest dich selbst nach deinem Rat richten, Samantha.«

»Wir reden nicht von mir«, sagte sie kühl, und daraufhin verstummten beide.

Er hatte recht. Sie liebte Hank, aber sie hatte es ihm nie gezeigt. Wann hatte sie eigentlich aufgehört, ihn zu hassen, und sich in ihn verliebt? Spielte das denn jetzt noch eine Rolle? Sie konnte nicht noch einmal von vorne anfangen. Sie hatte sich seinen Haß zugezogen, und das ließ sich nicht mehr ändern, weder jetzt, noch später. Es war aus.

»Hast du Teresa gesehen?« fragte Samantha in der Hoffnung, sich von Hank abzulenken.

»Ja. Es war wirklich amüsant, wie sie die Unschuldige gespielt hat. Sie hat versucht, mir einzureden, daß Jean aus eigenem Antrieb gehandelt hat und daß nichts zwischen ihnen war.«

»Du hast ihr doch nicht geglaubt?«
»Natürlich nicht. Es war offensichtlich, daß sie von mir die Nachricht erwartet hat, du seist tot – und nicht, daß ich ihr mitteile, ihr Liebhaber sei im Gefängnis. Sie war sichtlich schockiert. Ich fürchte, ich habe die Fassung verloren. Und du hast recht, mir war anschließend wohler zumute.«
Samantha lächelte verschmitzt. »Du solltest mit mir nach Hause kommen, Sheldon. Vater könnte dir wahrhaft beibringen, wie man die Fassung verliert.«
»Vielleicht tue ich das sogar.«
Samanthas Mund blieb vor Staunen offen stehen. »Ist das dein Ernst?«
»Ja. Warum nicht?«
»Oh, Shelly . . .«
»Um Himmels willen, Samantha, nenn mich nicht so!« sagte er.
»Ach, sei still.« Sie lachte. »Es ist einfach wunderbar. Vater wird so glücklich sein. Es wird eine solche Überraschung für ihn! Oh, Sheldon, ich könnte dich küssen.«
»Soweit wollen wir uns nun doch nicht hinreißen lassen, meine Liebe. Noch ist nicht jede britische Politur von mir abgefallen.«
»Das kommt noch, Sheldon. Ja, ganz bestimmt. Ich werde dafür sorgen.«
Sheldon richtete seine Augen hilfesuchend gen Himmel.

49

Nie sollte Samantha den Gesichtsausdruck ihres Vaters vergessen, als er seinen ausgewachsenen Sohn sah. Es kam zu einer ergreifenden Familienfeier.

Einen Monat später war Sheldon wie ausgewechselt. Hamilton war immer in seiner Nähe und brachte ihm alles bei, was man auf einer Ranch lernen kann. Er sah ihm zu, belehrte ihn und war unendlich stolz, seinen Sohn endlich doch bei sich zu haben.

Samantha fühlte sich ein wenig vernachlässigt, aber sie freute sich so sehr für ihren Vater, daß sie nicht klagen konnte. Jetzt waren sie eine vollständige Familie. Doch sie vermißte etwas – einen Mann. Der kleine Jaime bedeutete ihr alles, aber er konnte die Leere nicht ganz ausfüllen, die sie empfand.

Auf der Heimreise hatte sie Seelenforschung betrieben und festgestellt, daß sich ihr Leben nicht zu einem abgerundeten Bild zusammensetzen ließ. Wenn es ihr nur möglich gewesen wäre, etwas zu ändern, damit die Zukunft nicht mehr ganz so trostlos und einsam vor ihr lag.

Sie sagte sich, daß sie zumindest einen Versuch unternehmen konnte. Hank liebte sie zwar nicht, und es konnte damit enden, daß sie ihn umbrachte, weil er eine andere Frau ansah, insbesondere, wenn es sich um Angela handeln sollte, aber mit ihm würde sie glücklicher sein als ohne ihn. So sah die Wahrheit aus. Sie brauchte Hank. Sie mußte ihn ansehen können, ihn berühren können. Verdammt noch mal, sie würde ihn dazu bringen, sie zu lieben.

Samantha war bei ihrem Entschluß unwohl zumute. Auf dem ganzen Weg zur Hazienda de las Flores fürchtete sie, daß Hank sie vielleicht gar nicht sehen wollte. Es konnte sein, daß sie ihn bei ihrem letzten Zusammentreffen zu sehr verärgert hatte. Aber sie mußte einen Versuch wagen.

Sie wollte Jaime nicht als Mittel zum Zweck mißbrauchen, um Hank zu beeinflussen. Daher ließ sie ihn bei ihrem Vater zurück. Hank mußte sie um ihrer selbst willen akzeptieren. Schließlich hatte sie auch ihren Stolz.

Sie war unglaublich nervös, als sie die Hazienda erreichte, ihr früheres Zuhause. Jetzt war es Hanks Zuhause. Manuel und sein Sohn hatten sie auf dem Ritt begleitet, der sich über eine Woche zog, und als Lorenzo ihnen entgegenritt, waren alle drei verschwitzt und erschöpft. Lorenzos freundliche Begrüßung konnte Samanthas Ängste nicht ausräumen. Er fragte nicht nach dem Grund ihres Kommens, aber die beiden Pferde, die mit ihrer Kleidung bepackt waren, deuteten auf einen längeren Besuch hin, und beim Anblick dieses Gepäcks strahlte Lorenzo.

Hank saß in der *sala* und befaßte sich mit seinen Einnahmen, als Lorenzo Samantha ins Haus führte. Samantha blieb nervös stehen und wartete darauf, daß er seinen Blick auf sie richten würde. Sie wußte, daß sie nicht gerade den besten Eindruck machte. Ihre grüne Seidenbluse war verknittert und wies Schweißflecken auf, und ihr schwarzer Reitrock und ihre Reitweste waren fast braun vor Staub. Einzelne Haarsträhnen hingen unter ihrem breitkrempigen Hut heraus.

Sie hatte den weißen Spitzenrock und die dazugehörige Bluse mitgebracht, die Kleidung, die sie bei ihrer Hochzeit getragen hatte, und schon bei dem Gedanken daran errötete sie. Hank brauchte diese Kleidungsstücke nur zu sehen, um zu wissen, warum sie gekommen war.

Lorenzos Ankündigung steigerte Samanthas Unbehagen.

»Amigo, schau mal, was uns reingeschneit ist.«

Hank blickte auf. Dann erhob er sich langsam und sprachlos. Die Spannung stieg, während er sie anstarrte und ein Moment nach dem nächsten verging.

Lorenzo grinste. »Tja, ich glaube, ich überlasse euch jetzt ... was auch immer. Bringt euch nur bitte nicht gegenseitig um, ja?«

Das Schweigen, das folgte, nachdem Lorenzo den Raum verlassen hatte, war unerträglich.

»Dieser Raum«, sagte sie schließlich, während sie alles ansah, nur nicht Hank, »ist kaum wiederzuerkennen.«

»Die Einrichtung macht viel aus.«

Sie konnte nicht von seiner Stimme auf seine Stimmung schließen. »Ja, daran liegt es wohl«, bestätigte sie ihm eilig. »Ich denke, daß das übrige Haus auch sehr verändert ist.«

»Möchtest du es gern sehen?«

»Nein. Vielleicht später.« Sie fragte sich, warum sie diese lächerliche Unterhaltung führten.

»Was tust du hier, Samantha?« platzte Hank schließlich heraus. Endlich bot sich ihr die Gelegenheit, aber sie brachte es nicht über sich, einzugestehen, warum sie gekommen war. Immer wieder hatte sie sich die Worte zurechtgelegt, aber als sie Hank gegenüberstand, wollten sie ihr nicht über die Lippen kommen.

»Ich war zufällig in dieser Gegend«, sagte sie schnell. Für diese alberne Ausrede hätte sie sich augenblicklich selbst einen Tritt verpassen können.

»Du hast Ramón besucht?«

Sie hörte den Zorn aus seiner Stimme heraus, und ihr Rücken wurde steif. »Nein, ich habe Ramón nicht besucht«, erwiderte sie mit Schärfe in ihrem Tonfall. »Und nur zu deiner Information: Ich brauche keinen Vorwand, um hierherzukommen. Dies hier ist auch mein Haus. Oder hast du vergessen, daß ich deine Frau bin? Wenn ich mich entschließen sollte, hier zu leben, könntest du nichts dagegen unternehmen.«

»Das kann doch nicht dein Ernst sein?«

Seine Überraschung brachte sie endgültig aus der Fassung. »Doch, es ist mein Ernst. Ich glaube sogar, ich werde wirklich bleiben. Ich würde gern sehen, was du tust, um mich davon abzuhalten.«

Hank sah sie verblüfft an. Dann schüttelte er den Kopf. »Ich werde dich nie verstehen, Sam. Du erinnerst mich daran, daß du meine Frau bist, aber ich glaube, mich zu erinnern, daß du genau das geleugnet hast, als wir das letzte Mal zusammen waren.«

»Damals hat es mir in den Kram gepaßt.«

»Ach? Und jetzt paßt es dir in den Kram, diesen Status zu benutzen, um Zugang zu meinem Haus zu bekommen?«

»Zu unserem Haus.«

Hank ging um seinen Schreibtisch und blieb vor ihr stehen. »Ach, unser Haus. Und gleichzeitig hast du gesagt, daß wir nicht unter demselben Dach leben können. Genau das hast du gesagt, weißt du noch? Ich nehme an, du willst, daß ich ausziehe?«

Sie konnte ihm den Zorn nicht verübeln. Die ganze Sache lief vollkommen falsch.

»Nein, ich ...«

»Du was?« fiel er ihr grob ins Wort. In seinen dunklen Augen zogen Sturmböen auf. »Du glaubst, daß wir zusammen hier leben können? Vielleicht gefällt dir der Krieg als Dauerzustand, aber mir paßt das nicht.«

»Mir auch nicht!« schrie sie zurück.

»Warum bist du dann hierhergekommen? Warum hast du dich nicht von mir scheiden lassen? Warum hast du dem Spiel kein Ende gemacht, damit ich aufhören kann zu hoffen?«

»Weil ich dich liebe, verdammt noch mal!«

Hank war fassungslos, aber nur einen Moment lang. Er sah ihr tief in die Augen. Dann lachte er. »Ach, Samina, wie lange habe ich darauf gewartet, daß du das sagst!«

Er streckte seine Arme nach ihr aus, doch sie wich zurück. »Rühr mich nicht an, Hank.«

Er überging ihre Warnung, streckte wieder die Arme nach ihr aus und kam näher.

»Laß das. Ich meine es ernst. Wir haben vorher noch einiges zu regeln.«

»Nun gut.«

Er trat zurück und strahlte vor Vergnügen. Samantha konnte sich nur mit Mühe konzentrieren. Doch sie mußte sich dazu bringen, die Dinge auszusprechen, die gesagt werden mußten.

»Bist du bereit, unserer Ehe eine Chance zu geben?« begann sie.

»*Querida*, wie konntest du daran zweifeln?«

»Dann versuchen wir es doch. Aber ich warne dich, Hank, ich nehme keine Untreue hin.«

»Ich auch nicht.«

Sie nickte. Dann ging sie auf und ab. Jetzt kam der schwierigste Teil, und sie fürchtete sich vor dem, was sie hören würde. »Außerdem will ich nicht, daß du so tust, als würdest du dir etwas aus mir machen, wenn es nicht so ist. Ich will mit dir zusammenleben, aber ich will keine Scheinheiligkeit.«

»*Qué diablos!*« fluchte er. »Willst du damit etwa sagen, daß du trotz dieser verrückten Zweifel hierhergekommen bist?«

»Meine Zweifel sind nicht verrückt, Hank. Du hast mich gehaßt, Hank, und das weißt du selbst.«

»Du hast dasselbe empfunden, Kleines«, sagte er zärtlich. »Aber es gibt einen Unterschied. Ich habe dich nie *wirklich* gehaßt.«

»Ja.«

»Und jetzt sagst du, daß du mich liebst. Soll ich an deinen Worten zweifeln, Sam?«

»Nein«, sagte sie voller Unbehagen.

»Warum zweifelst du dann an meinen Worten?«

»Das ist etwas anderes.«

»Wieso?«

»Du wolltest mich nicht heiraten«, sagte sie beharrlich. »Du warst wütend darüber.«

»Ja, das war ich. Weil ich dich aus dem falschen Grund geheiratet habe und nicht aus dem richtigen.«

»Um das Land zu bekommen?«

»Ja. Ich wollte dich nicht aus diesem Grund heiraten«, sagte er zart. »Ich wollte dich heiraten, um dich zu haben und zu lieben. Aber du wolltest nicht.«

Samantha war noch nicht restlos überzeugt. »Du hast mich nie gebeten, dich zu heiraten, Hank, nicht ein einziges Mal. Damals in Colorado hast du mich aufgefordert, deine Geliebte zu werden, nicht deine Frau.«

»Du hast mich nie ausreden lassen.«

»Du hast gesagt, du hättest nie die Absicht gehabt, mir eine Heirat vorzuschlagen«, sagte sie.

»Ach, Samina, hast du denn nicht gemerkt daß nur verletzter Stolz aus mir gesprochen hat? Natürlich hatte ich vor, dich zu heiraten. Ich habe dich damals geliebt – und ich liebe dich auch heute.«

»Was ist mit Angela?«

»*Por Dios!* Kannst du nicht einfach akzeptieren, was ich sage?«

»Aber du hast sie geliebt.«

»Ich habe dir schon einmal gesagt, daß sie eine schöne Frau ist und daß ich sie wollte. In dem Moment, in dem ich dich kennengelernt habe, war sie vergessen.«

»Wirklich?«

Er seufzte. »Ja, wirklich. Bist du jetzt zufrieden?«

Sie nickte zögernd, und er grinste breit. »Würdest du jetzt vielleicht endlich herkommen und mich küssen?«

Sie flog in seine Arme. »Oh, Hank! Es tut mir so leid. Aber ich mußte einfach sicher sein. Das verstehst du doch, oder nicht?«

Sie bedeckte sein Gesicht mit Küssen und gab ihm keine Gelegenheit zu einer Antwort. Schließlich hielt er ihren Kopf fest und gab ihr einen richtigen Kuß.

»Ja, *mi amor*, ich verstehe es. Nach allem, was zwischen uns gewesen ist, hatten wir beide Grund zu Zweifeln. Aber jetzt nicht mehr, Samina. Bitte, keine Zweifel mehr. Du bist zu mir gekommen, und jetzt lasse ich dich nie mehr gehen. Für den Rest unseres Lebens wirst du nie mehr an meiner Liebe zweifeln.«

Sie preßte sich an ihn und lächelte beseligt. »Für den Rest unseres Lebens. Wie wunderbar das klingt. *Mi caro, mi querido*, ich hoffe, dir ist klar, daß ich dich an dieses Versprechen mahnen werde. Und falls wir uns wieder streiten sollten – oder besser gesagt: dann, wenn wir uns wieder streiten werden – weißt du vermutlich, wie du es wieder in Ordnung bringst. Ich glaube, das hast du immer gewußt.«

»Ja«, murmelte er, und die grauen Lichter tanzten in seinen Augen. »Genau so«, sagte er, und er küßte sie wieder.

Epilog

Samantha beugte sich auf dem Sattel vor. Sie ritten über die nördliche Bergkette und sahen die Rinderherde, die doppelt so groß war wie die ihres Vaters. Samantha warf einen Seitenblick auf Hank, aber er nahm sie nicht zur Kenntnis. Er überblickte stolz sein Land, ihrer beider Land. Doch sie musterte ganz unverhohlen ihren Mann.

Sie würde sich erst daran gewöhnen müssen, an ihn als an ihren Mann zu denken. Zu lange hatte sie es nicht getan. Zu lange war sie ein Dummkopf gewesen. Jetzt wußte sie, daß sie sich die ganze Zeit über etwas vorgemacht hatte.

Wie konnte Hank sie immer noch lieben, nach allem, was er ihretwegen durchgemacht hatte? Doch er liebte sie. Sie zweifelte nicht daran, nicht mehr. Ein Schauer lief ihr über den Rücken, als sie an die letzte Nacht dachte. Sie hatte sich schon vor langem gefragt, wie es wohl wäre, seine willige Partnerin zu sein, und jetzt wußte sie es. Es war schöner als alles, was man sich vorstellen konnte.

»Lorenzo kommt. Es war aber auch an der Zeit.« Hank behielt seinen Freund im Auge, der im Galopp auf sie zukam.

»Du hast ihn erwartet?«

»Ja.«

»Ich dachte, wir reiten allein aus.«

Aus ihrer Stimme war deutlich Enttäuschung herauszuhören, und Hank grinste sie an. »Es sollte eine Überraschung werden, *querida*. Wenn ich dir vor unserem Verlassen der Ranch gesagt hätte, daß wir nicht zurückreiten, hättest du unseren Aufbruch hinausgezögert oder dich vielleicht sogar geweigert, mitzukommen.«

»Mitzukommen? Wohin?«

Lorenzo näherte sich ihnen und überreichte Hank wortlos zwei dichtgefüllte Satteltaschen. »In die Berge. Diese Vorräte reichen bis zu unseren Ankunft. Ich habe gestern abend schon andere mit weiteren Vorräten vorausgeschickt«, erklärte Hank.

»Soll das heißen, daß wir drei wieder zu diesem Lager reiten?« fragte Samantha atemlos.

Lorenzo kicherte vor sich hin. »Ich käme liebend gern mit, Sam, aber ich bin nicht erwünscht. Und der da«, sagte er mit einer Kopfbewegung, die auf Hank wies, »vergeudet meine Zeit, indem er mich mit den Vorräten hierherreiten läßt, damit er es aufschieben kann, dir zu sagen, was er vorhat.«

Samantha errötete, als ihr die ganze Tragweite dieses Vorhabens klar wurde. »Wir reiten in die Berge, nur wir beide?«

Hank erwiderte: »Es ist nicht das erste Mal, daß ich mit diesem Gedanken spiele, Sam. Ich wollte bereits direkt nach unserer Hochzeit mit dir in die Berge zurückkehren.«

»Ich wünschte, du hättest es getan.«

»Du hast nichts dagegen?«

»Etwas dagegen? Ich finde, das ist eine wunderbare Idee.«

»Wenn ihr beide wirklich fort wollt, dann solltet ihr euch eilen«, warnte Lorenzo sie. »Wir scheinen Besuch zu bekommen.«

»Was zum Teufel...«, sagte Hank stirnrunzelnd, als er eine große Schar von Reitern und einen Wagen aus dem Norden kommen sah.

»Nein... das ist doch mein Vater!« rief Samantha aus.

»*Perdición!*« fluchte Hank. »Was tut er hier?«

»Du hast keinen Grund, dich aufzuregen, Hank.«

»Hast du vergessen, wie er für mich empfindet?« fragte Hank. »Oder akzeptiert er mich etwa jetzt als seinen Schwiegersohn?«

»Nein, das nicht«, erwiderte Samantha bedrückt. »Er wollte auch gar nicht, daß ich hierherkomme. Aber ich bin gekommen, siehst du? Er konnte mich nicht davon abhalten.«

»Dann muß ich annehmen, daß er zu deiner Rettung kommt?« sagte Hank finster. »Wenn er glaubt, daß er mir dich wegnehmen kann...«

»Jetzt hör aber auf, Hank.« Es kostete sie Mühe, die Stimme nicht zu heben. »Er ist schließlich mein Vater.«

»Und ich bin dein Mann.«

Hank sagte das so zart, daß Samanthas Ärger verflog. Samantha grinste. »Und es ist an der Zeit, daß mein Vater diese Tatsache ein für allemal akzeptiert.«

Sie ritt der Gruppe entgegen, ehe Hank noch etwas sagen konnte. Er schüttelte den Kopf, denn diese plötzliche Wendung der Geschehnisse behagte ihm überhaupt nicht. Fünf Minuten später, nur fünf Minuten später, und sie wären auf dem Weg in die Abgeschiedenheit der Berge gewesen.

»Laß den Kopf nicht hängen, Amigo«, sagte Lorenzo. »So schlimm ist es nun auch wieder nicht.«

»Nicht schlimm? Ich hätte sie ganz für mich haben können, Lorenzo. Wie würde es dir gefallen, wenn man dich um die Zeit mit einer Frau betrügt, die du liebst?«

Lorenzo lachte. »Ihr habt noch genug Zeit. Ihr habt den Rest eures Lebens Zeit.«

»Das stimmt wohl«, räumte Hank ein. »Aber jetzt, im Moment, hilft mir das auch nicht weiter.«

Die beiden Männer folgten Samantha. Als sie zu der Gruppe stießen, stand sie neben dem Wagen und drückte Jaime an sich. Froilana, die im Wagen saß, sah Samantha an. Hamilton Kingsley stand neben seiner Tochter, und auf seinem Gesicht stand finstere Mißbilligung, weil sie nicht auf das hörte, was er zu ihr sagte. Auch Sheldon stand in der Nähe, und Hank belustigte der Anblick des Engländers in Cowboy-Kleidung mit umgeschnallter Waffe.

Hank begrüßte flüchtig die Männer, während er abstieg. Seine Aufmerksamkeit galt, ebenso wie Samanthas Aufmerksamkeit, seinem Sohn. Eilig trat Hank an Samanthas Seite und strich leicht mit der Hand über Jaimes Kopf. Samantha blickte lächelnd zu ihm auf. Ihre Augen strahlten vor Glück. »Du hast ihn seit Monaten nicht mehr gesehen. Hier.« Sie reichte ihm Jaime. »Siehst du, wie sehr er gewachsen ist?«

Hank lachte, als Jaime seine winzigen Finger nach der breiten Krempe seines Huts ausstreckte und ihm den Hut vom Kopf zog. Das Baby hatte nichts Eiligeres zu tun, als die Krempe in den Mund zu stecken. Samantha schalt Jaime zärtlich aus, während sie ihm den Hut wegnahm. Hank strahlte die beiden an und setzte seinen Hut wieder auf. Sein Sohn. Seine Frau. Ihm graute bei dem Gedanken, wie sein Leben ausgesehen hätte, wenn Samantha nicht zu ihm zurückgekehrt wäre. Doch sie war gekommen, und jetzt würden sie eine Familie sein.

Es gab jedoch ein Familienmitglied, das nicht allzu glücklich über diesen Umstand war.

»Señor Kingsley.« Hank nickte dem Älteren steif zu.

»Chavez«, sagte Hamilton barsch.

»Also wirklich«, seufzte Samantha. »Ihr zwei solltet lieber anfangen, euch gegenseitig zu mögen – ob ihr wollt oder nicht.«

»Samantha...«, setzte Hamilton an, doch sie schnitt ihm das Wort ab.

»Was tust du hier, Vater? Ich habe dir doch gesagt, daß ich dich benachrichtige, wenn du Jaime bringen sollst.«

»Er hat seine Mutter vermißt«, sagte Hamilton hilflos.

»Unsinn«, schalt sie ihn. »Du mußt am selben Tag losgeritten sein wie ich. Was also tust du wirklich hier?«

»Ich bin gekommen, damit du wieder zu Verstand kommst!« platzte er heraus. »Und um dich wieder nach Hause zu holen.«

»Ich bin zu Hause«, sagte Samantha. Sie wandte sich an ihren Bruder. »Verdammt noch mal, Shelly, du warst absolut dafür, daß ich hierhergehe. Du hast es verstanden. Warum hast du ihm das nicht ausgeredet?«

Sheldon sah sie beschämt an. »Ich habe es versucht, meine Liebe. Ich vermute, daß ich die Kunst des Streitens noch nicht beherrsche.«

Er sagte das so feierlich, daß Samantha in Gelächter ausbrach. Sie konnte ihm nicht böse sein. Auch ihrem Vater konnte sie nicht böse sein. Sie war einfach zu glücklich, um jemandem böse sein zu können.

»Das macht nichts, Shelly. Du wirst es noch lernen«, neckte sie ihn. »Und was dich angeht, Vater – sieh mich an. Sehe ich so aus, als bräuchte ich Hilfe?« Sie umarmte ihn. »Ich bin froh, daß du dir solche Sorgen um mich machst, aber dazu besteht kein Anlaß.« Sie sah ihm ernst in die Augen, denn sie hoffte, daß sie es ihm verständlich machen konnte, damit er sich für sie freute. »Ich liebe ihn. Ich liebe ihn von ganzem Herzen. Und er liebt mich.«

»Aber . . .«

»Nein. Laß die Vergangenheit bitte ruhen. Wir haben alles falsch gemacht. Was zählt, ist das Heute.«

»Bist du sicher, Sammy?«

»Ganz sicher.«

»Nun, wenn das so ist.« Er ging auf Hank zu und hielt ihm seine Hand hin. »Ich vermute, es ist an der Zeit, daß ich diese Eheschließung akzeptiere. Alte Männer benehmen sich von Zeit zu Zeit wie Dummköpfe. Ich hoffe, Sie werden diesem alten Esel verzeihen.«

Hank lächelte und schüttelte Hamiltons Hand. »Mit Vergnügen. Und Sie werden es nicht bereuen, daß Sie diese Bindung billigen. Das verspreche ich Ihnen.«

Samantha nahm Jaime und legte ihn Froilana, die noch im Wagen saß, auf den Schoß. »Das einzige Problem besteht darin, daß du zu einem ungünstigen Zeitpunkt gekommen bist, Vater.« Sie nahm Hanks Hand und lächelte verschmitzt. »Wir wollten gerade fortreiten.«

Hanks Augen tanzten vor Vergnügen, als er Samantha zu El Cid führte und ihr beim Aufsteigen behilflich war. »Sie sind alle herzlich willkommen auf der Hazienda«, sagte er, »wenn es Ihnen nichts ausmacht, unsere Rückkehr zu erwarten.«

»Wohin wollt ihr?« fragte Hamilton mit finsterem Gesicht.

»Man könnte es als Flitterwochen bezeichnen.«

»Jetzt? Aber ihr seid doch schon seit einem Jahr verheiratet.«

»Viele Menschen verschieben ihre Flitterwochen.« Sie lachte. Als sie Hanks belustigten Blick auffing, wußte sie, daß auch er an Bradford und Angela Maitland dachte. »Unsere Flitterwochen sind längst überfällig.«

»Aber wie lange wollt ihr verreisen?«

»Vielleicht zwei Wochen.«

»Oder auch einen Monat«, sagte Hank, während er sich auf El Rey setzte.

»Schau nicht so finster, Vater.« Samantha kicherte. »Du hast Erholung nötig. Mach es dir in dem Haus gemütlich, besuch deine alten Freunde, die in dieser Gegend wohnen. Wir sind zurück, ehe du weißt, daß die Zeit verflogen ist.«

»Ich nehme an, mir bleibt nicht viel anderes übrig«, brummte er vor sich hin.

»Das stimmt. Adios.« Dann sah Samantha Hank an, und in ihre Augen trat ein schelmischer Glanz. »Reite mit mir um die Wette. Ich hänge dich ab.«

»O Gott!« hörte sie ihren Vater seufzen.

Hank genoß diese Herausforderung. »Du hast kaum eine Chance, zu gewinnen, *gatita*«, warnte er sie.

»So, wirklich nicht?«

Seite an Seite ritten sie los. Sie wurden immer schneller, bis Samantha ihre Finger an die Lippen legte und einen schrillen Pfiff ausstieß. El Rey blieb augenblicklich stehen. Samantha ritt weiter, und ihr Lachen trieb mit dem Wind zu Hank zurück. Er schüttelte den Kopf, aber er mußte selbst lachen. Gegen sie konnte er nie gewinnen. Er hatte in der Vergangenheit nicht gewonnen. Er würde auch in Zukunft nicht gewinnen.

Aber das spielte keine Rolle. Er hatte ihre Liebe gewonnen.

Johanna Lindsey

Fesselnde Liebesromane voller Abenteuer und Zärtlichkeit.
»Sie kennt die geheimsten Träume der Frauen...«

Zorn und Zärtlichkeit
01/6641

Wild wie der Wind
01/6750

Die gefangene Braut
01/6831

Zärtlicher Sturm
01/6883

Das Geheimnis ihrer Liebe
01/6976

Wenn die Liebe erwacht
01/7672

Herzen in Flammen
01/7746

Stürmisches Herz
01/7843

Geheime Leidenschaft
01/7928

Lodernde Leidenschaft
01/8081

Wildes Herz
01/8165

Sklavin des Herzens
01/8289

Fesseln der Leidenschaft
01/8347

Sturmwind der Zärtlichkeit
01/8465

Geheimnis des Verlangens
01/8660

Wild wie deine Zärtlichkeit
01/8790

Gefangene der Leidenschaft
01/8851

Lodernde Träume
01/9145

**Wilhelm Heyne Verlag
München**

Ellen Tanner Marsh

Sie schreibt wie die weltweit erfolgreiche Johanna Lindsey: Romane voll leidenschaftlicher Liebe und romantischen Abenteuern.

01/8384

Außerdem erschienen:

Gezähmtes wildes Herz
01/7796

Der Glanz der Seide
01/7882

Wogen der Zärtlichkeit
01/7962

Im Bann der Liebe
01/8034

Zauber des Verlangens
01/8174

Wilhelm Heyne Verlag
München

Catherine Coulter

...Romane von tragischer Sehnsucht und der Magie der Liebe

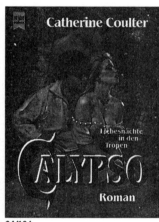

04/104

Außerdem lieferbar:

Lord Deverills Erbe
04/15

Liebe ohne Schuld
04/45

Magie der Liebe
04/58

Sturmwind der Liebe
04/75

Die Stimme des Feuers
04/84

Die Stimme der Erde
04/86

Die Stimme des Blutes
04/88

Jadestern
04/96

Wilhelm Heyne Verlag
München

Karen Robards

...Romane über das Abenteuer der leidenschaftlichen Liebe

04/123

Außerdem erschienen:

Das Mädchen vom Mississippi
04/25

Sklavin der Liebe
04/41

Piraten der Liebe
04/52

Freibeuter des Herzens
04/68

Tropische Nächte
04/82

Feuer für die Hexe
04/94

Im Zauber des Mondes
04/102

Süße Orchideen
04/108

Wilhelm Heyne Verlag
München